Der ungezähmte *Highlander*

Weltbild Taschenbuch

Die Autorin

HANNAH HOWELL hat sich seit ihrem ersten Buch 1988 einen Namen als Autorin romantischer historischer Romane gemacht. Die begeisterte England-Reisende lebt an der Ostküste der USA, wo ihre Familie seit 1630 ansässig ist. Sie ist verheiratet, hat zwei erwachsene Söhne, einen Enkel und fünf Katzen, von denen eine den Namen Oliver Cromwell trägt.

HANNAH HOWELL

Der ungezähmte *Highlander*

ROMAN

Aus dem Amerikanischen
von Angela Schumitz

Weltbild

Die amerikanische Originalausgabe erschien 2005 unter dem Titel *Highland Champion* bei Zebra Books, New York.

Besuchen Sie uns im Internet:
www.weltbild.de

Dieses Werk wurde vermittelt durch die Literarische Agentur
Thomas Schlück GmbH, 30827 Garbsen
Übersetzung: Angela Schumitz, Gröbenzell
Projektleitung: usb bücherbüro, Friedberg/Bay.
Redaktion: Gerhild Gerlich
Umschlaggestaltung: Atelier Seidel – Verlagsgrafik, Teising
Umschlagmotiv: Victor Gadino via Agentur Schlück GmbH, Garbsen
Satz: Dirk Risch, Berlin
Druck und Bindung: CPI Moravia Books s.r.o., Pohorelice
Printed in the EU
ISBN 978-3-86800-775-6

2015 2014 2013 2012
Die letzte Jahreszahl gibt die aktuelle Ausgabe an.

1

Schottland, Frühling 1475

Warum steht ein Engel neben Bruder Matthew?, dachte Liam, als er durch seine dichten Wimpern die zwei Gestalten betrachtete, die sorgenvoll auf ihn heruntersahen. Und warum konnte er seine Lider nicht aufheben? Dann setzte der Schmerz ein, und Liam begann zu stöhnen. Bruder Matthew und der Engel kamen näher.

»Glaubst du, dass er es überlebt?«, fragte Bruder Matthew.

»Aye«, erwiderte der Engel. »Auch wenn es ihm vermutlich noch ein Weilchen lieber sein würde, es nicht getan zu haben.«

Wie seltsam. Die Stimme dieses Engels ließ Liam an eine in sanftes Kerzenlicht getauchte Schlafkammer denken, an weiche, nackte Haut und dicke Felle. Er versuchte, die Hand zu heben, doch selbst diese winzige Bewegung löste unerträgliche Schmerzen aus. Er hatte das Gefühl, als hätte ihn ein Pferd niedergetrampelt, vielleicht auch mehrere. Sehr große Pferde.

»Er ist ein hübscher Bursche«, sagte der Engel und streichelte mit einer kleinen, sanften Hand Liams Stirn.

»Woher willst du das wissen? Er sieht aus, als ob ihn jemand in den Boden genagelt hätte und dann mit einer Herde Pferde über ihn hinweggeritten wäre.«

Bruder Matthew und er hatten oft ähnliche Gedanken. Er gehörte zu den wenigen Männern, die Liam vermisst hatte, nachdem er das Kloster verlassen hatte. Jetzt vermisste er die weiche Hand des Engels. Auch wenn sie nur kurz seine Stirn gestreichelt hatte, schien diese sanfte Berührung seinem Schmerz die Schärfe genommen zu haben.

»Stimmt«, erwiderte der Engel. »Trotzdem kann man sehen, dass er groß, sehnig und wohlgebaut ist.«

»Solche Dinge sollten dir nicht auffallen.«

»Meine Güte, Cousin, ich bin doch nicht blind!«

»Das mag sein, aber trotzdem schickt es sich nicht. Und du weißt, dass er sich momentan nicht in bester Verfassung befindet.«

»Wohl wahr. Aber wenn er wiederhergestellt ist, sieht er bestimmt blendend aus, oder? Vielleicht sogar so gut wie unser Cousin Payton, was meinst du?«

Bruder Matthew schnaubte verächtlich. »Besser. Um ehrlich zu sein, habe ich deshalb auch nie gedacht, dass er bei uns bleiben würde.«

Warum sollte sein Äußeres jemanden auf den Gedanken bringen, dass er für das Leben im Kloster nicht geschaffen war? Liam fand das ungerecht, konnte seine Meinung aber nicht kundtun. Trotz seiner Schmerzen konnte er klar denken. Es wollte ihm nur nicht gelingen, seine Gedanken in Worte zu fassen oder sich zu bewegen, um zu verdeutlichen, dass er das Gespräch mitbekam. Obwohl er sie durch seine Wimpern hindurch ansehen konnte, waren seine Lider offensichtlich nicht weit genug aufgeschlagen, um die beiden wissen zu lassen, dass er wach war.

»Du glaubst also nicht, dass er sich wirklich berufen gefühlt hat?«, fragte der Engel.

»Nay«, erwiderte Bruder Matthew. »Er beschäftigte sich zwar gern mit Büchern, und er besitzt auch eine rasche Auffassungsgabe, aber wir konnten ihm hier nicht viel beibringen. Wir sind nur ein kleines Kloster, nicht reich, und keine große Bildungsstätte. Außerdem glaube ich, dass es ihm hier zu still und zu friedlich war. Er hat seine Familie vermisst. Da ich ein paar seiner männlichen Blutsverwandten kennengelernt habe, kann ich das gut verstehen. Es sind alles laute – na ja, ziemlich wilde Burschen. Das Studium hat Liams Ruhelosigkeit eine Weile gebremst, aber letztlich nicht ausreichend. Ich glaube, das stille, täglich gleichbleibende Ritual, die Eintönigkeit des Tagesablaufs hat auf sein Gemüt gedrückt.«

Liam war überrascht, wie gut sein alter Freund ihn kannte und verstand. Er war tatsächlich ruhelos gewesen, und er war es in gewisser Weise noch immer. Die Ruhe im Kloster, der starre Tagesablauf des klösterlichen Lebens hatten begonnen, ihn niederzudrücken und ihn eher erstickt als gestützt. Und seine Familie hatte er wirklich sehr vermisst. Einen Moment lang war er froh, dass er nicht reden konnte, denn er fürchtete, dass er sonst wie ein verzweifeltes Kind nach seinen Verwandten gefragt hätte.

»Es ist bestimmt nicht leicht«, sagte der Engel. »Es hat mich sehr gewundert, dass du dich so gut in dieses Leben eingefügt hast. Aber du fühlst dich tatsächlich berufen, oder?«

»Aye«, erwiderte Bruder Matthew schlicht. »Das habe ich sogar schon als Kind getan. Aber glaub ja nicht, dass ich euch nicht vermisse, Keira. Manchmal tue ich das sogar schmerzlich, obgleich unsere Bruderschaft auch eine Art Familie ist. Dennoch werde ich euch vielleicht bald einmal besuchen. Ich habe mich in letzter Zeit oft gefragt, wie groß die Kinder mittlerweile sind und ob alle gesund und munter sind. Briefe können so etwas nicht wirklich zeigen.«

»Das stimmt«, seufzte Keira. »Ich vermisse sie auch schrecklich, und dabei bin ich erst ein halbes Jahr weg.«

»Keira«, wiederholte Liam den Namen in seinem Kopf. Ein schöner Name. Er versuchte, seinen Arm zu bewegen, auch wenn es wehtat, und verspürte einen Anflug von Panik, als sein Arm dem Befehl nicht gehorchen wollte. Dann merkte er, dass er am Bett angebunden war, was sein Unbehagen verstärkte. Warum hatten sie ihn angebunden? Warum wollten sie nicht, dass er sich bewegte? Waren seine Verletzungen so schwer? Irrte er sich, wenn er dachte, sie wollten ihm helfen? War er in Wahrheit ihr Gefangener? Während ihm diese Fragen im Kopf herumschwirrten, kämpfte er gegen die Schmerzen an und zerrte an seinen Fesseln. Ein Stöhnen entkam ihm, als ihn ein stechender Schmerz durchzuckte. Er beruhigte sich erst wieder, als kleine, weiche Hände sich auf ihn legten, eine Hand auf seine Stirn, die andere auf seine Brust.

»Ich glaube, er wacht allmählich auf, Cousin«, sagte Keira zu Matthew, und zu Liam: »Keine Sorge, Sir, alles wird gut.«

»Gefesselt«, stieß Liam zwischen zusammengebissenen Zähnen hervor. Der Schmerz beim Reden sagte ihm, dass sein Gesicht viele Schläge abbekommen haben musste. »Warum?«

»Damit du dich nicht bewegst, Liam«, sagte Bruder Matthew. »Keira glaubt zwar, dass nur dein rechtes Bein gebrochen ist, aber du hast so heftig um dich geschlagen, dass wir uns Sorgen machten.«

»Aye«, pflichtete ihm Keira bei. »Ihr seid halb tot geprügelt worden, Sir. Am besten verhaltet Ihr Euch möglichst ruhig, um Eure Schmerzen nicht zu vergrößern. Habt Ihr große Schmerzen?«

Liam entfuhr ein derber Fluch ob dieser ihm völlig idiotisch erscheinenden Frage. Er hörte Bruder Matthew vor Schreck nach Luft schnappen. Zu seiner Überraschung lachte Keira leise.

»Es war wirklich eine dumme Frage«, sagte sie, mit einem Lachen in der sinnlichen Stimme. »An Euch ist kaum eine Stelle, die nicht von Blutergüssen schillert, und Euer rechtes Bein ist gebrochen. Es ist allerdings ein recht sauberer Bruch, den ich wieder eingerichtet habe. Es ist drei Tage her, und um den Bruch oder im Blut zeigt sich kein Gift, das Bein sollte also gut ausheilen.«

»Liam, ich bin's, Bruder Matthew. Keira und ich haben dich in das kleine Cottage am Rand des Klostergeländes gebracht. Die Brüder ließen es nicht zu, dass Keira sich im Kloster um deine Wunden kümmerte.« Er seufzte. »Sie waren nicht gerade erfreut über ihre Anwesenheit, obwohl sie gut im Gästetrakt versteckt war. Vor allem Bruder Paul hat sich sehr aufgeregt.«

»Aufgeregt?«, murrte Keira. »Unsere Cousine Elspeth hätte gesagt, er …«

»Aye«, fiel ihr Bruder Matthew hastig ins Wort. »Ich weiß, was unsere Cousine gesagt hätte. Ich glaube, sie hat zu lange bei diesen ungehobelten Armstrongs gelebt. Für eine Lady hat sie mittlerweile ein viel zu loses Mundwerk.«

Keira schnaubte abfällig. »Meine Güte, du bist aber wirklich fromm geworden, Cousin.«

»Natürlich, ich bin ein Mönch, wir werden hier zur Frömmigkeit erzogen. Wenn du möchtest, helfe ich dir, Liam einen Heiltrank einzuflößen oder seine Verbände zu wechseln, aber dann muss ich wieder ins Kloster.«

»Na gut, am besten siehst du mal nach, ob er sich erleichtern muss«, sagte Keira. »Ich gehe kurz raus, dann kannst du dich darum kümmern. In der Zwischenzeit werde ich mich im Klostergarten nach ein paar Kräutern umsehen. Ich bin gleich wieder da.«

»Wie soll ich das denn machen?«, fragte Bruder Matthew, doch die einzige Antwort war die Tür, die sich hinter Keira schloss. »Freches Ding«, murrte er erbittert.

»Cousine?«, fragte Liam und merkte, dass nicht nur sein Hals verletzt war, sondern auch sein Kiefer und sein Mund.

»Cousine? Ach so, ja, das Mädchen ist eine Cousine von mir, eine aus der gewaltigen Horde von Cousinen, um ehrlich zu sein. Eine Murray, du weißt schon.«

»Kirkaldy?«

»Aye, das ist mein Clan. Wie der ihrer Großmutter. Aber jetzt müssen wir sehen, ob wir diese Sache hinkriegen. Ich fürchte, es wird dir wehtun, egal, wie behutsam ich bin.«

Es tat weh. Liam schrie auf, was seine Schmerzen allerdings nur noch verschlimmerte. Er war froh, als ihn wieder die Dunkelheit umfing, und der gute Bruder Matthew, der gar nicht aufhören konnte, sich zu entschuldigen, war es ebenso.

»Oh je, er sieht ein bisschen blasser aus«, bemerkte Keira, nachdem sie ihre Kräuter auf einen Tisch gelegt hatte und an das schmale Bett getreten war, an das Liam angebunden war.

»Er hat noch immer große Schmerzen. Und ich fürchte, ich habe sie noch vergrößert«, meinte Bruder Matthew.

»Du kannst nichts dafür, Cousin. Es geht ihm zweifellos besser, aber solche Verletzungen brauchen Zeit, um zu heilen. An diesem Mann ist wohl kaum ein unversehrter Teil. Es ist ein wahres Wunder, dass nur sein Bein gebrochen ist.«

»Bist du dir sicher, dass er nur verprügelt wurde? Oder dass er überhaupt verprügelt wurde?«

»Aye, Cousin, er ist verprügelt worden, daran besteht kein Zweifel. Aber vielleicht wurde er diesen Hügel auch hinuntergestoßen. Manche Verletzungen könnten von dem felsigen Hang, den er hinuntergerollt, und von dem felsigen Boden, auf dem er schließlich aufgeschlagen ist, herrühren. Bislang hat er dir wohl noch nicht sagen können, was ihm zugestoßen ist, oder?«

»Nay. Er hat kaum ein Wort gesagt, dann hat er vor Schmerzen geschrien, und seitdem ist sein Zustand unverändert.« Bruder Matthew schüttelte den Kopf. »Ich wünschte, ich könnte mir einen Reim darauf machen. Wer tut ihm so etwas Schreckliches an? Seit er vor Jahren das Kloster verlassen hat, habe ich zwar nicht viel von ihm gesehen, aber im Grunde ist er keiner, der sich Feinde macht, noch dazu solche heimtückischen Feinde.«

Keira überprüfte die Stricke, mit denen Liam ans Bett angebunden war, und musterte ihn. »Vermutlich ist er schon öfters der Eifersucht begegnet.«

Bruder Matthew runzelte die Stirn. Seine Cousine schien ein reges Interesse an Liam Cameron zu haben, weit mehr, als eine Heilerin an ihrem Kranken haben sollte. Eine Heilerin musste doch bestimmt nicht ständig seine Haare berühren, so oft wie Keira Liams dichtes, kupferfarbenes Haar. Liam sah wahrhaftig nicht besonders gut aus, die Prügel hatten ihm einiges von seiner Schönheit genommen; doch offenbar besaßen sein zerschlagener Körper und sein übel zugerichtetes Gesicht noch genügend Reize für Keira.

Er versuchte, Keira als erwachsene Frau zu sehen und nicht

als die Cousine, mit der er als Kind gespielt hatte. Verblüfft stellte er fest, dass seine Cousine kein Kind mehr war, sondern eine sehr attraktive Frau. Sie war klein und schlank, und dennoch weiblich, denn ihre Brüste waren voll und wohlgeformt und ihre Hüften hübsch gerundet. Ihre dichten, glänzend schwarzen Haare waren zu einem dicken Zopf geflochten, der ihr auf dem Rücken bis über die schmale Taille herabhing. Ihre helle Haut wirkte durch das Schwarz der Haare noch reiner, cremeweiß mit einem Anflug von gesunder Farbe. Ihr ovales Gesicht war von einer zarten Schönheit, die Nase klein und gerade, das kleine Kinn kraftvoll und energisch, ihre Wangenknochen waren hoch und fein konturiert. Am auffälligsten waren jedoch ihre tiefgrünen Augen unter sanft geschwungenen dunklen Brauen, gerahmt von dichten langen Wimpern. In diesen großen Augen lag Unschuld, doch gleichzeitig versprach ihre Tiefe all die weiblichen Mysterien, die einen Mann in ihren Bann zogen. Überrascht stellte Matthew fest, dass ihr Mund denselben Widerspruch spiegelte. Ein Lächeln der vollen Lippen konnte die absolute Verkörperung von Unschuld sein, doch – wie er plötzlich feststellte – würde jeder Mann ihre Sinnlichkeit sofort wahrnehmen. Und er befürchtete, dass es ein schwerer Fehler gewesen war, Keira zu bitten, sich um einen Mann wie Liam Cameron zu kümmern.

»Du machst auf einmal ein so seltsames Gesicht, Cousin«, sagte Keira und machte sich daran, eine Salbe für Liams Verletzungen herzustellen. »Er wird nicht sterben, das verspreche ich dir. Es wird nur eine ganze Weile dauern, bis er wieder vollkommen genesen ist.«

»Das glaube ich dir. Es ist nur so – na ja, etwas, was Liam am Klosterleben besonders schwergefallen ist, war, dass …«

»… dass er keine Mädchen anlächeln konnte.« Keira grinste über seine besorgte Miene, die zu seinem jungenhaft hübschen Gesicht schlecht passen wollte. »Ich glaube, dieser Mann hat ähnlich wie unser Cousin Payton ziemlich viel Erfolg bei Frauen. Und eigentlich reicht es schon, wenn er sie anlächelt.«

»Ich glaube, er braucht nicht einmal zu lächeln«, grummelte Bruder Matthew.

»Nay, wahrscheinlich nicht. Na komm schon, Cousin, schau nicht so besorgt. Jetzt kann er mir nicht gefährlich werden, oder? Und wenn er wieder lächeln kann, kann er mir nur gefährlich werden, wenn ich das will. Glaubst du etwa, dass meine Familie mich nicht darauf vorbereitet hat, wie ich mit Männern umzugehen habe?« Sie warf einen Blick in Richtung Liam. »Ist er ein schlechter Mann? Ein tückischer, herzloser Verführer unschuldiger Herzen?«

Bruder Matthew seufzte. »Nay, das glaube ich nicht.«

»Dann besteht doch kein Grund zur Sorge, oder? Wir sollten uns den Kopf lieber über all unsere anderen Sorgen zerbrechen. Sie sind viel wichtiger als die Frage, ob ich dem süßen Lächeln eines hübschen Jungen widerstehen kann oder nicht. Ich bin jetzt schon fast zwei Monate hier, Cousin. Von meinem Feind habe ich in dieser Zeit nichts gesehen, und deshalb denke ich, dass ich bald versuchen sollte, nach Donncoill zurückzukehren.«

»Ich weiß. Es wundert mich allerdings, dass keiner deiner Verwandten gekommen ist, um dich zu holen. Ist es nicht seltsam, dass sie sich nicht fragen, warum du dich so lange in einem Kloster aufhältst oder warum die Mönche es überhaupt zulassen?«

Keira unterdrückte ihr schlechtes Gewissen. Sie hatte ihn nämlich im Glauben gelassen, dass sie mit ihrer Familie in Verbindung stand. »Es ist doch nicht ungewöhnlich, dass Gäste – männliche oder weibliche – im Gästetrakt verweilen, und ich bezahlte auch gut dafür.«

Sie lächelte und tätschelte seinen Arm, als er verlegen errötete. »Das ist es mir wert. Ich musste mich verstecken und meine Wunden heilen lassen, und ich musste meinen Kummer und meine Angst überwinden. Vor allem aber musste ich sicher sein, dass wenn ich nach Hause ging, ich diesen mordlustigen Dreckskerl Rauf nicht direkt nach Donncoill führte.«

»Deine Familie würde dich doch beschützen, Keira. Sie würden es als ihre Pflicht und als ihr Recht erachten, und es wird sie nicht freuen, wenn du es ihnen verwehrst.«

Keira zuckte zusammen. »Ich weiß, aber lass das nur meine Sorge sein. Ich musste mir auch überlegen, was ich als Nächstes tun wollte. Duncan hat mir ein Versprechen abgenommen, und ich musste gut darüber nachdenken, wie ich es erfüllen kann und was es mich kosten wird.«

»Ich weiß, dass das nicht leicht sein wird. Rauf ist gerissen und verschlagen. Dennoch gelobtest du deinem Ehemann, dafür zu sorgen, dass seine Leute nicht unter Raufs Herrschaft litten, falls er die Schlacht in dieser Nacht verlor. Er verlor. Und er starb in dieser Nacht, also kommt dein Versprechen dem gleich, das du einem Mann auf dem Totenbett gabst. Du musst jetzt alles in deiner Macht Stehende tun, um es zu erfüllen.« Er küsste sie auf die Wange, dann schickte er sich an zu gehen. »Wir sehen uns morgen früh. Schlaf gut!«

»Du auch, Cousin.«

Als er gegangen war, seufzte Keira auf und setzte sich auf den kleinen Stuhl neben Liam Camerons Bett. Aus dem Mund ihres Cousins klang immer alles so einfach. Das Versprechen, das sie ihrem armen glücklosen Ehemann gegeben hatte, lastete schwer auf ihrer Seele. Und auch das Schicksal der Menschen von Ardgleann war ihr nicht gleichgültig. Duncan hatte sich immer um seine Leute gekümmert. Es bedrückte sie, wenn sie daran dachte, wie sehr sie jetzt unter Raufs Herrschaft leiden mussten. Sie betete jede Nacht für sie, aber das zerstreute ihre Schuldgefühle nicht, dass sie weggelaufen war. Auch wenn manches, worum Duncan sie gebeten hatte, nicht richtig gewesen war, konnten die Menschen von Ardgleann nicht mehr warten, bis sie endlich Richtig gegen Falsch abgewogen hatte. Es war Zeit zu handeln – allerhöchste Zeit!

Gedankenverloren wusch sie Liam mit einem weichen Tuch und kaltem Wasser. Er hatte zwar kein Fieber, aber er schien ruhiger zu werden. Der Mann war stark, er würde sich bestimmt bald erholen. Bis er alleine zurechtkommen konnte, sollte sie wissen, was wegen Ardgleann und Rauf zu tun war. Sobald sie herausgefunden hatte, warum Liam verletzt worden war, und sich sicher war, dass ihm kein Feind nachstellte, würde sie ihn der Pflege der Mönche überlassen und sich ihrem eigenen Schicksal stellen.

Als sie daran dachte, diesen Mann zu verlassen, verspürte sie einen schmerzhaften Stich. Beinahe hätte sie lachen müssen. Sir Liam war von Kopf bis Fuß mit Blutergüssen übersät und hatte in drei Tagen kaum drei Worte geredet. Wahrscheinlich fühlte sie sich ihm auf eine merkwürdige Weise verbunden, weil sie ihn gefunden hatte. In Wahrheit aber hatte sie eine seltsame Mischung aus Träumen und innerem Drang zu ihm geführt. Es war ein wenig beängstigend gewesen, denn obgleich sie früher schon ähnliche Erfahrungen gemacht hatte, war ihr noch nie alles so klar erschienen, und sie hatte es nie so stark empfunden. Selbst jetzt wurde sie das Gefühl kaum los, dass es nicht nur darum ging, diesem Mann bei der Genesung zur Seite zu stehen.

»Dumme Gans!«, murrte sie kopfschüttelnd und trocknete ihn mit einem weichen Handtuch ab.

Vielleicht sollte sie seine Leute benachrichtigen, dachte sie, während sie eine kräftige Brühe zubereitete, die sie ihm einflößen wollte, wenn er aufwachte. Den Worten ihres Cousins hatte sie entnommen, dass Sir Liams Verwandte sehr wohl imstande sein würden, ihn zu schützen. Doch dann verwarf sie diesen Gedanken rasch wieder, und zwar aus demselben Grund, den sie ihrem Cousin genannt hatte, als er ihr vorgeschlagen hatte, die Camerons zu rufen. Sir Liam wollte das vielleicht gar nicht, womöglich wollte er seine Familie nicht in den Ärger verwickeln, den er sich eingehandelt hatte. Das konnte sie gut verstehen, denn auch sie zögerte, ihre Familie mit ihren Sorgen zu behelligen.

Freilich war auch das töricht. Schließlich hatte sie nichts Unrechtes getan, sie hatte den Ärger nicht verursacht und die

Gefahr nicht heraufbeschworen. Wenn einer ihrer Verwandten in eine solche Notlage geraten wäre, wäre sie ihm bereitwillig zu Hilfe geeilt. Aber gerade deshalb hätte so ein Verwandter wohl auch gezögert, sie davon in Kenntnis zu setzen, dachte sie und musste kurz grinsen. Man neigt eben dazu, diejenigen zu schützen, die man liebt. Würde ihre Familie erfahren, dass sie sie vorsätzlich draußen vor gelassen hatte, würden sie zornig sein und vielleicht auch ein wenig beleidigt oder gekränkt, aber sie würden es verstehen, denn im Grunde hätten sie wahrscheinlich genauso gehandelt.

Und wenn dieser Mann seiner Familie so nahe stand, wie es ihr Cousin angedeutet hatte, würde er sich genauso verhalten. Bei ihrer letzten Begegnung mit ihrer Cousine Gillyanne hatte sie einiges über die Camerons erfahren. Auch wenn die Geschichten ziemlich lustig gewesen waren, hatten sie doch gezeigt, dass sich auch die Camerons sehr nahe standen. Außerdem durfte man Sir Liams männlichen Stolz nicht vergessen. Zweifellos würde es ihn ärgern, wenn man ihn so behandelte, als ob er nicht alleine zurechtkäme. Nein, beschloss Keira, es war keine gute Idee, seine Familie ohne seine Einwilligung zu benachrichtigen.

Nach einem Abendessen aus Brot, Käse und kaltem Wildbret nahm sie ein hastiges Bad und legte sich auf ihren Strohsack am Feuer zur Ruhe. Sie starrte in die Flammen und wartete auf den Schlaf. Diese nächtlichen Stunden, die Stille und die Tatsache, dass der Schlaf so lange auf sich warten ließ, waren ihr zutiefst verhasst; denn dann war sie allein mit ihren Erinnerungen. So sehr sie sich bemühte, sie konnte sich dem Griff dieser düsteren Vergangenheit nicht entziehen. Sie konnte sie nur eine Weile unterdrücken.

Duncan war ein guter Mann gewesen, stattlich und sehr freundlich. Sie hatte ihn nicht geliebt, was ihr noch immer Gewissensbisse bereitete, auch wenn es nicht ihre Schuld war. Doch mit fast zweiundzwanzig Jahren hatte sie beschlossen, nicht mehr auf die große, leidenschaftliche Liebe warten zu wollen. Sie hatte sich Kinder gewünscht und ein eigenes Heim. Obwohl sie ihre Familie innig liebte, hatte sie immer deutlicher das Bedürfnis verspürt, ihre Schwingen auszubreiten und eigene Wege zu gehen. Die Ehe bescherte einer Frau gewöhnlich keine Freiheit, doch instinktiv hatte sie gewusst, dass Duncan nicht versuchen würde, sie zu beherrschen. Er hatte eine treue Gefährtin gesucht, und da sie wusste, wie selten so etwas war, hatte sie ihm ihr Jawort gegeben, als er sie gefragt hatte, ob sie seine Frau werden wolle.

Sie wusste noch gut, dass ihre Familie einige Zweifel gehegt hatte, vor allem hatten es ihre Großmutter Lady Maldie und ihre Cousine Gillyanne. Ihre besondere Gabe hatte ihnen geweissagt, dass sie den Mann, den sie bald heiraten würde, nicht liebte. Sie hatten ihr Unbehagen gefühlt, das sie sich selbst kaum erklären konnte. Vielleicht wäre es besser gewesen, die beiden hätten sie stärker bedrängt, von dieser Heirat abzusehen? Doch gleich, nachdem ihr dieser Gedanke gekommen war, schalt sie sich. Sie hatten ihre Wahl respektiert, und es war tatsächlich *ihre* Wahl gewesen.

Warum sie sich von dem Moment an, als sie Duncans Heiratsantrag angenommen hatte, unbehaglich gefühlt hatte, war ihr bis zu diesem Tag ein Rätsel. Sie hatte das Unbehagen verdrängt und Duncan geheiratet. Schon wenige Stunden nach der Hochzeit hatte sich abgezeichnet, dass es Schwierigkeiten zwischen ihnen geben würde, und wenige Tage nach ihrer Ankunft auf Ardgleann hatte der Ärger mit Rauf begonnen. Sie hatte geglaubt, dass das all ihre merkwürdigen Gefühle erklärte, aber jetzt war sie sich nicht mehr so sicher. Sie war vielmehr von der seltsamen Gewissheit erfüllt, dass das Rätsel noch nicht gelöst war.

Als sie sich endlich entspannte und den tröstlichen Schlaf kommen spürte, stieß Sir Liam einen rauen Schrei aus, der sie heftig zusammenzucken ließ. Sie zupfte ihr Nachthemd zurecht und eilte zu ihm. Er zerrte wieder an seinen Stricken und fluchte wüst auf Feinde, die nur er sehen konnte. Sie strich ihm über die Stirn und redete besänftigend auf ihn ein. Immer wieder erklärte sie ihm, wo er sei, wer sich nun um ihn kümmere und dass er in Sicherheit sei. Es wunderte sie fast ein wenig, wie rasch er sich beruhigte.

»Jolene?«, wisperte er.

Keira fragte sich, warum es sie so ärgerte, dass sie den Namen einer anderen Frau aus seinem Mund hörte. »Nay, Keira«, sagte sie und legte die Hand auf die seine, um ihn daran zu hindern, weiter an den Stricken zu zerren.

»Keira«, wiederholte er und nahm ihre Hand in seine. »Aye, Keira. Schwarze Haare. Hat mich verwirrt. Ich dachte, ich wäre daheim, auf Dubheidland.«

»Ach so. Ist sie dort die Heilerin?« Keira versuchte, sich aus seinem Griff zu lösen, doch er wollte sie nicht loslassen. Schließlich setzte sie sich auf den Stuhl neben seinem Bett.

»Sigimors Gemahlin, die Herrin von Dubheidland. Ich dachte, ich wäre daheim«, wiederholte er.

»Das habt Ihr schon gesagt. Wenn Ihr wollt, kann ich Euch etwas gegen die Schmerzen geben.«

»Nay. Ich dachte, ich wäre wieder gefangen.«

Obwohl sie wusste, dass ihm das Reden Mühe bereitete, konnte sie es sich nicht verkneifen zu fragen: »Erinnert Ihr Euch, was Euch widerfahren ist?«

»Geschnappt. Geschlagen, gestoßen. Ihr habt mich gefunden?«

»Aye, ich und mein Cousin, Bruder Matthew.«

»Gut. Hier bin ich sicher.«

»Aye, hier kann Euch nichts passieren.« Abermals versuchte sie vergeblich, sich aus seinem Griff zu befreien.

»Bleibt.« Er seufzte schwer. »Bitte bleibt.«

Innerlich verfluchte Keira die Schwäche, die sie dazu brachte, seiner Bitte Folge zu leisten. Behutsam rutschte sie mit dem Stuhl ein wenig näher, damit sie es bequemer hatte, während sie darauf wartete, dass er ihre Hand losließ. Nachdem er eine Weile nichts mehr gesagt hatte, fragte sie sich, ob er wieder eingeschlafen war, doch der Griff um ihre Hand lockerte sich nicht. Zu ihrer Überraschung begann er, ihren Handrücken mit dem Daumen zu streicheln. Die Wärme, die die Geste in ihr erregte, war ein wenig beunruhigend, aber sie konnte sich nicht dazu durchringen, ihm Einhalt zu gebieten.

Das ist nicht gut, dachte sie. Der sie streichelnde Daumen eines Mannes sollte nicht diese Wirkung haben. Es war zwar eine sehr schöne Hand mit langen, eleganten Fingern, aber das Streicheln war zu unverfänglich, um irgendeinen Reiz auszulösen. Oder etwa nicht? Seufzend betrachtete sie sein übel zugerichtetes Gesicht. Und ihr wurde bewusst, dass sie sich zu all dem Verdruss, den sie bereits hatte, einen neuen eingehandelt hatte: Ein Mann, den sie nicht kannte und dessen Gesicht voller blauer Flecken und geschwollen war, dass es einem Kind vermutlich Albträume bereitet hätte, konnte ihr Blut allein durch das einfache Streicheln mit dem Daumen in Wallung versetzen.

2

Liam schlug die Augen auf und spürte einen merkwürdigen Funken Vorfreude neben seinen Schmerzen. Er fragte sich, worauf er sich wohl freute, denn im Wachzustand war er sich stets nur allzu deutlich seiner Schmerzen bewusst. Dann merkte er, dass er jemandes Hand hielt. Er hoffte, dass er nicht Bruder Matthew umklammerte. Doch die Hand war zu klein und zu weich. Kurz kam ihm der Gedanke, dass diese kleine Hand seinem Körper und seiner Seele irgendwie guttat. Dann erinnerte er sich an die Frau.

Vorsichtig drehte er den Kopf und versuchte, sich ihren Namen zu vergegenwärtigen. Keira, flüsterte er, und sein Blick fiel auf eine hübsche, zarte Hand in der seinen und einen dicken glänzend schwarzen Zopf, der sich auf sein Handgelenk gelegt hatte. Der Stuhl war nah ans Bett gerückt, und Keira saß darauf, schlafend, halb auf dem Stuhl, halb auf seinem Bett. Er erinnerte sich, dass man ihn festgebunden hatte, doch entweder hatte er das nur geträumt, oder sie hatte die Stricke bis auf die an seinem rechten Bein gelockert. Ihre Wange lag auf seinem Bauch, und einen Moment lang verfluchte er die Laken, die sie trennten. Er blickte wieder auf die Hand, die er an seine Brust gedrückt hatte, und fragte sich, wie lange er die Frau so festgehalten hatte. Er bekam ein schlechtes Gewissen, dass er sie zu einer solch unbequemen Lage gezwungen hatte. Beim Aufwachen würde sie bestimmt völlig verspannt sein. Dennoch wollte er sie nicht loslassen.

Im Schlaf sah sie unschuldig aus wie ein Kind, doch der sinnliche Schwung ihrer Lippen ließ ein leidenschaftliches Wesen erahnen. Sie war wunderschön, und wurde immer schöner, je länger er sie betrachtete. Wenn sie einen Raum betrat, würden die Männer sie erst einmal kurz und neugierig mustern, doch dann würden sie bestimmt immer wieder zu ihr blicken, bis sie sie völlig in Bann geschlagen hatte mit der Reinheit ihrer Züge – ihrer wunderschönen Haut, dem dichten langen Haar, den sanften, weiblichen Kurven ihres schlanken Körpers. Auf einmal fiel ihm die Melodie ihrer Stimme ein, sie hatte wie eine leise, sinnliche Musik geklungen. Diese Frau musste bestimmt nur den Mund öffnen, um die Aufmerksamkeit eines Mannes ganz auf sich zu ziehen.

Er spürte, wie sich ihre Hand bewegte, und widerstand dem Drang, sie fester zu halten. Sie legte die Hand auf sein Herz, und ihre hübsch geschwungenen Brauen runzelten sich. Fast schien sie allein durch diese Berührung zu erkennen, dass er wach war. Langsam hob sie den Kopf und sah ihn an. Liam blickte in vom Schlaf benommene, tiefgrüne Augen und empfand ein seltsames Zusammenziehen des Herzens, als hätte sie es umfasst und zusammengedrückt. Er führte diese unsinnige Empfindung auf seine Schmerzen zurück.

Keira setzte sich langsam auf, zuckte ob der Gliederschmerzen, die sie vom Schlafen in einer solch unbequemen Lage hatte, zusammen. Sie errötete zart, als sie ihm in die Augen sah, verlegen, dass sie mit dem Kopf auf seinem Bauch und der Hand auf seiner Brust geschlafen hatte. Doch dann fiel ihr ein, dass er sich geweigert hatte, sie loszulassen, und ihre Verlegenheit schwand.

Seine Augen waren nicht mehr ganz so zugeschwollen, auch wenn sein Gesicht noch immer dunkelviolett war. Diese Augen konnten bestimmt verführen, dachte sie. Sie hatten eine schöne Form und waren gerahmt von Wimpern, die in Länge und Dichte fast weiblich wirkten, und außerdem hatten sie eine betörende Farbe – eine herrliche Mischung aus Blau und Grün. Einmal hatte sie einen Bach in dieser Farbe gesehen. Doch schließlich löste sie sich aus dem Bann und rieb sich den Rücken.

»Ihr seht besser aus«, stellte sie fest.

»Wirklich? Ich fühle mich noch immer, als wäre auf mir herumgetrampelt worden«, erwiderte er und zuckte zusammen, als sein geschwollener Mund gegen die Bewegung Einspruch erhob.

»So werdet Ihr Euch bestimmt noch ein Weilchen fühlen, aber bald werdet Ihr vor allem Euer Bein verfluchen, das Euch ans Bett fesselt.«

»Ist es ein schlimmer Bruch? Ich weiß, dass Ihr von einem Bruch gesprochen habt, aber ich kann mich nicht an viel erinnern.«

»Nay, nicht besonders schlimm. Ihr hattet Glück. Es war ein glatter Bruch, und der Knochen hat nicht die Haut durchbohrt. Trotzdem müsst Ihr sehr vorsichtig sein. Deshalb werde ich Euer Bein weiterhin festbinden, wenn Ihr schlaft. Es darf nicht bewegt werden.« Sie stand auf und strich sich die Röcke glatt. »Man kann schwer sagen, wie lange die Heilung dauern wird.«

In dem Moment, als sie ihn fragen wollte, ob er Beistand bei der Erledigung persönlicher Geschäfte bräuchte, trat Bruder Matthew ein. Keira atmete erleichtert auf, als sie die kleine Kate verließ. Einen bewusstlosen Mann zu pflegen, das war das eine, aber einen hellwachen Mann mit wunderschönen Augen zu versorgen, das war etwas ganz anderes. Selbst als er kaum mehr als ein schlaffer, gelegentlich stöhnender Körper gewesen war, war es ihr nicht gelungen, völlig unbeteiligt zu sein. Wahrscheinlich wäre es jeder anderen Frau ebenso schwergefallen, wenn sie es mit einem so stattlichen Mann zu tun gehabt hätte. Doch sie wollte ihm auf keinen Fall zeigen, wie sehr er sie anzog. Das würde ihr bestimmt die Art von Ärger einbringen, für die sie im Moment wahrhaftig keine Zeit hatte.

Sie verschwand kurz hinter den Büschen, dann trat sie an den Brunnen und wusch sich, so gut es ging, ohne sich völlig zu entblößen. Seit sie Bruder Paul dabei ertappt hatte, wie er ihr nachspioniert hatte, war sie vorsichtig geworden. Und obendrein war der offenbar der Meinung, es sei ihre Schuld, dass er seine sündigen Gedanken und Bedürfnisse nicht beherrschen konnte.

Seufzend machte sich Keira auf den Weg zurück ins Cottage. Zu ihrem Verdruss musste sie sich eingestehen, dass es ihr ganz ähnlich ging wie Bruder Paul. Sie wusste, dass keine Frau mit Augen im Kopf für die Reize eines Manns wie Liam Cameron unempfänglich wäre, aber das half ihr kaum. Noch immer brannten ihre Wangen vor Scham, wenn sie daran dachte, wie wenig ihr Ehemann sie begehrt hatte. Das Letzte, was sie jetzt brauchte, war noch einmal eine solche Demütigung.

Liam fluchte, als Bruder Matthew ihm wieder ins Bett half, auch wenn er sich dafür entschuldigte, als er sich endlich wieder an die Kissen lehnen konnte und darauf wartete, dass seine Schmerzen ein wenig nachließen. Bruder Matthew wusch ihm den Schweiß vom Leib, während er schwach und hilflos wie ein Kleinkind dalag. Es war erniedrigend, aber er musste zugeben, dass er sich danach besser fühlte.

»Keira wird bald wieder da sein«, meinte Bruder Matthew. »Wenn du willst, kann sie dich füttern.«

»Aye, ich bin ziemlich hungrig«, murmelte Liam.

»Ein gutes Zeichen. Als wir dich fanden, hatte ich offen gesagt wenig Hoffnung, dass du überleben würdest.«

»Wo habt ihr mich überhaupt gefunden? Ich glaube nicht, dass ich auf dem Land des Klosters angegriffen wurde.«

»Nay, aber nicht weit davon entfernt.« Bruder Matthew lächelte. »Meine Cousine hat eine Gabe wie viele Murray-Frauen, obwohl wir nicht gern darüber sprechen, weil manche Menschen sie nicht für eine Gabe Gottes halten. Keira hatte einen Traum, in dem sie sah, was passiert ist und wo du zu finden warst. Gott war noch nicht bereit, dich zu sich zu nehmen.«

»Ich glaube nicht, dass er mich jemals bei sich haben möchte, mein alter Freund. Seit ich dem Kloster den Rücken gekehrt habe, folge ich kaum noch den Pfaden eines Mönchs.«

»Das überrascht mich nicht.« Bruder Matthew lächelte, als Liam das Gesicht verzog. »Nimm es mir nicht krumm, mein Freund, ich wollte dich nicht beleidigen. Manche Männer sind wahre Gläubige, auch wenn ihnen etwas Irdisches anhaftet, das es ihnen erschwert, das Leben eines Mönchs oder eines Priesters zu führen. Leider haben nicht alle von uns wie du die Möglichkeit, in ihr altes Leben zurückzukehren. Solche Männer sind oft daran schuld, dass wir Männer des Glaubens einen schlechten Ruf haben. Wir leiden unter ihren Sünden. Bei den Nonnen ist es nicht anders. Ich glaube, wenn man dich gezwungen hätte zu bleiben, hättest du es weit gebracht und stets dein Bestes gegeben, um deine Gelübde zu halten, aber du wärst nicht glücklich geworden. Das ist keine Sünde und auch kein persönlicher Fehler. Schließlich muss es auch solche geben, die das Wort Gottes befolgen und sich vermehren, nicht wahr?«

»Stimmt. Aber keine Sorge – soweit ich weiß, habe ich mich noch nicht vermehrt. Ich weiß schon, auch das gilt als Sünde, aber es ist wohl eine lässliche Sünde. Mein Laird, mein Cousin Sigimor, schätzt die Zucht von Bastarden nicht – genau wie ich. Allerdings hätte ich gern eine Frau, aber ich habe kein Land und bin auch nicht sehr reich.«

»Vielleicht hast du ja auch noch keine gefunden, die mehr an dir sieht als dein hübsches Gesicht.«

»Das mag schon sein, auch wenn es eitel klingt. Doch wahrscheinlich ist dieses Gesicht gar nicht mehr so hübsch.«

»Es wird heilen. Keira hat gemeint, dass nichts gebrochen ist, obgleich sie denkt, dass die Leute, die dich verprügelt haben, ihr Bestes versucht haben, um dein Gesicht zu entstellen. Sie hat sich gewundert, dass nicht einmal deine Nase gebrochen ist.«

Keira, die gerade hereinkam und den letzten Satz mitbekommen hatte, meinte: »Vermutlich fiel es ihnen schwer, ihr Opfer richtig zu treffen, weil es nicht stillhalten wollte. Und dann haben sie versucht, Euch zu töten, oder?«

»Ich weiß es nicht«, erwiderte Liam. »Als ich auf den Felsen aufschlug, war ich so benommen, dass ich nicht sagen kann, ob sie mich gestoßen haben oder ob ich nur abgestürzt bin.«

»Wenn Ihr abgestürzt seid, dann nur, weil sie Euch geschlagen haben und Ihr deshalb fehlgetreten seid. Wie viele waren es denn?«

»Vier.«

»Ihr könnt von Glück sagen, dass Ihr noch lebt.«

»Ich glaube nicht, dass sie mich töten wollten; zumindest nicht so schnell. Sonst wären sie mir den Hügel hinuntergefolgt, um mich vollends zu erledigen. Aber das haben sie nicht getan. Deshalb bezweifle ich, dass sie mir nach dem Leben trachteten.«

»Das mag sein, aber sie könnten natürlich auch geglaubt haben, dass Ihr schon tot seid oder es zumindest bald sein würdet. Warum sich also die Mühe machen? Da, wo Ihr lagt, stand die Chance schlecht, dass man Euch finden würde.«

»Das stimmt. Und was ist mit meinem Pferd?«

»Es steht im Stall«, erwiderte Bruder Matthew. »Und all deine Sachen sind unberührt. Es ging also auch nicht um Raub.«

»Vielleicht«, meinte Liam. »Aber vielleicht haben sie sich auch beim Einfangen von Gilmour verausgabt. Er scheut vor allen Fremden, vor allem vor Männern, und er ist schneller als die meisten Pferde.«

»Er war bei Euch, als wir Euch gefunden haben«, sagte Keira und trat ans Feuer, um ein wenig Brühe aufzuwärmen. »Ein treues Tier.«

»Ihr hattet kein Problem mit ihm?«

»Nay, überhaupt nicht. Anfangs wusste er nicht recht, was er von meinem Cousin halten sollte, aber ich habe ihm gut zugeredet. Er wollte Euch nicht verlassen, nicht einmal, als wir Euch in die Kate geschafft hatten. Ich musste ihn hereinführen, damit er sich vergewissern konnte, dass Ihr in Sicherheit seid. Trotzdem habe ich ihn erst zwei Tage später überreden können, in den Stall zu gehen.«

»Ihr habt Gilmour hereingeführt?«

»Aye, er war so besorgt um Euch.« Sie warf ein paar Heilkräuter in einen Becher mit Apfelwein.

Liam sah auf den grinsenden Bruder Matthew, dann lachte er leise. Das tat zwar weh, aber er achtete nicht weiter auf den Schmerz. Zum ersten Mal, seit er wieder bei vollem Bewusstsein war, war er sich sicher, dass er leben würde. Mit einem Fuß im Grab wäre ihm jedenfalls nicht zum Lachen zumute gewesen.

»Ah, Ihr lacht«, bemerkte Keira und stellte den Becher mit dem gewürzten Apfelwein auf einen kleinen Tisch neben das Bett. »Das ist ein gutes Zeichen.« Sie setzte sich auf die Bettkante, eine Schüssel Brühe in der Hand. »Einem Sterbenden fällt es nämlich schwer, über etwas zu lachen.«

»Es sei denn, er ist zu blöde, um zu merken, dass er stirbt«, meinte Liam gedehnt.

Er schluckte die Brühe, die sie ihm mit einem Löffel einflößte. Sie war zwar dünn, schmeckte jedoch nach Kräutern und Gemüse. Dennoch hoffte er, bald wieder etwas zu sich nehmen zu können, bei dem er kauen musste. Allerdings würde es wohl noch eine Weile dauern, bevor er kräftig genug war, um übers Essen zu streiten; denn schon die einfache Aufgabe, Brühe und Wein zu schlucken, strengte ihn an. Ermattet sank er zurück in die Kissen, während Keira die leere Schüssel und den Becher wegstellte.

»Liam, weißt du, wer dir das angetan hat?«, fragte Bruder Matthew.

»Ich habe einen Verdacht«, erwiderte Liam, »aber ich bin mir nicht sicher. Sie haben miteinander geredet, während sie auf mich einschlugen, aber ich glaube, es wird noch ein Weilchen dauern, bis ich mich genau daran erinnere. Ob es mir viel helfen wird, weiß ich freilich nicht.«

»Vielleicht war es ein alter Feind? Oder ein Feind deines Clans?«

»Nay, das glaube ich nicht.«

»Nun, gewiss wirst du dich bald an mehr erinnern. Sollen wir deine Familie benachrichtigen?«

»Nay, noch nicht; erst, wenn ich mehr darüber weiß, wer das getan hat und warum. Ich möchte ihnen keinen unnötigen Ärger aufhalsen.« Er verzog das Gesicht. »Vielleicht wäre es auch besser, wenn ich von hier verschwände.«

»Und wohin willst du gehen, mein Freund? Nay, du bleibst, bis du so weit genesen bist, dass du reisen kannst. Jetzt ruh dich aus, nichts fördert die Heilung besser als Schlaf.«

Liam nickte matt und schloss die Augen. Als er hörte, dass Bruder Matthew und Keira sich entfernten, schlug er die Augen einen Spalt breit auf, um sie zu beobachten. Er war zwar erschöpft, aber noch nicht bereit zu schlafen. Seine Schmerzen waren durch Keiras Kräuter gelindert, und das wollte er gern noch ein Weilchen genießen. Außerdem war er neugierig, was das für eine Frau war, die ihm das Leben aufgrund eines Traums gerettet hatte. Obwohl er mehr oder weniger an so etwas glaubte und Bruder Matthew offenbar davon überzeugt war, hatte er das Gefühl, dass Misstrauen angebracht war. Er musste in Erwägung ziehen, dass wenn sie ihn nicht aufgrund einer Vision gefunden hatte, sie von dem Angriff gewusst hatte. Die Vorstellung war ihm zuwider, aber was er während seiner Zeit am Königshof gelernt hatte, war, dass es gefährlich war, jemandem zu rasch zu vertrauen. Das galt vor allem für hübsche Mädchen, die eines Mannes Fleischeslust erregten.

»Kann ich dir heute im Garten helfen, Cousin?«, fragte Keira, während sie die Brühe vom Feuer nahm und stattdessen einen Kessel Hammeleintopf daraufstellte.

»Ich denke, du solltest lieber hierbleiben.« Bruder Matthew saß an dem kleinen Tisch nahe dem Feuer. »Wenn es dir nicht zu viel Mühe macht, bringe ich dir ein paar Kleider zum Flicken.«

»Nein, das macht mir keine Mühe«, versicherte sie ihm und setzte sich ihm gegenüber. »Dann habe ich etwas zu tun, solange er schläft. Ein bisschen aufräumen, mich um meinen

Hammeleintopf kümmern und ein Bad nehmen – mehr gibt es hier nicht für mich zu tun.«

»Bist du denn mit all den Näharbeiten fertig geworden, an denen du gesessen hast? Du hast ein paar Geschenke genäht, stimmt's?«

»Aye, mit dem Hemd für Mama bin ich fertig. Ich muss mich noch entscheiden, was ich auf das Hemd von *Grand-mère* sticken will. Aber ich habe noch ein paar Monate Zeit. Wenn ich nicht all das Leinen und Garn bei Lady Morrison gekauft hätte, würde ich jetzt keine Geschenke nähen können. Und all die hübsche Spitze …«, sinnierte Keira und schüttelte den Kopf. »Es ist mir richtig peinlich, dass ich dafür so wenig bezahlt habe.«

»Sie brauchte das Geld, und du hast sie nicht betrogen, wie es die meisten getan hätten, wenn sie gewusst hätten, wie verzweifelt sie war. Sie war dir sehr dankbar.« Er warf einen Blick zu dem steinernen Herd hinüber. »Hammeleintopf, hast du gesagt?«

Keira lachte. »Aye. Richte es dir ein, dass du mit mir zu Abend essen kannst.«

»Gern. Wenn ich wählen kann zwischen dem, was uns im Kloster vorgesetzt wird, und deinem Hammeleintopf, ist es mit meinem Willen, der Versuchung zu widerstehen, leider nicht weit her. Und wie wär's mit einer kleine Partie Schach im Anschluss?«

»Glaubst du, wenn du verlierst, reicht das als Buße für den Genuss meines Hammeleintopfs?«

»Hochmut kommt vor dem Fall«, meinte Bruder Matthew und schüttelte gespielt tadelnd den Kopf. »Vielleicht gewinne ich ja auch.«

»Aye, vielleicht«, murmelte sie, dann mussten beide grinsen.

»Nun, ich gehe jetzt wohl besser ins Kloster zurück«, sagte er und erhob sich. »Brauchst du mich gegen Mittag?«

»Damit du dich um ihn kümmerst?«, fragte sie und begleitete ihn zur Tür. Er nickte. »Nay, ich schaffe das schon«, meinte sie. »Ich tue es nicht zum ersten Mal.«

Bruder Matthew runzelte die Stirn und blieb zögernd an der Tür stehen. »Aber es schickt sich nicht.«

»Ich bin eine Heilerin, Cousin. Er ist ein verletzter Mann, der mit einem Bein am Bett festgebunden ist. Und ich habe ihn allein gepflegt, als er noch bewusstlos war. Mach dich ruhig an deine Arbeit, ich kriege das schon hin. Vielleicht bleibt mir sogar noch die Zeit, ein paar Honighaferkuchen zu backen.«

»Böses Mädchen, dass du einen Klosterbruder so in Versuchung führst«, sagte er und ging in gespielter Empörung den Kopf schüttelnd hinaus.

Keira lachte nur. Sie ließ die Tür offen, damit sie hören konnte, wenn Liam nach ihr rief, und machte sich an die mühsame Arbeit, für ihr Bad Wasser aus dem Brunnen zu schöpfen. Zweifellos war es unschicklich zu baden, wenn ein Mann die winzige Kate mit ihr teilte, doch sie sehnte sich so sehr danach. Eine Decke oder zwei um den Zuber herumgehängt, würde ihr genügend Abgeschiedenheit verschaffen.

Dann fiel ihr Bruder Paul ein, und sie beschloss, die Tür zu verriegeln.

Liam blinzelte benommen und unterdrückte ein Stöhnen, als sich beim Aufwachen seine Prellungen wieder bemerkbar machten. Er wusste nicht, wann er eingeschlafen war. In einem Moment hatte er Keira und Bruder Matthew zugehört, im nächsten erwachte er aus einem tiefen Schlaf. Vermutlich linderten die Kräuter, die Keira in die Brühe und den Wein gegeben hatte, nicht nur die Schmerzen, sondern förderten auch den Schlaf, ob er wollte oder nicht.

Er fragte sich, wie lange er wohl geschlafen hatte. In der Kate war es inzwischen dämmrig. Keira saß an einem kleinen Fenster und nähte an etwas, das wie ein Unterhemd aussah. Liams Blick fiel auf eine ordentlich gefaltete Mönchskutte, die auf einem Stuhl neben der Tür lag. Offenbar hatte er so lange geschlafen, dass sie diese bereits geflickt hatte.

Während er ihr zusah, wie sie still dasaß und nähte, versuchte er, sich daran zu erinnern, was er belauscht hatte, bevor er eingeschlafen war. Sie und Bruder Matthew hatten wirklich wie Cousin und Cousine gewirkt, sie hatten von Leuten geredet, die sie beide kannten, und einander geneckt. Liam schämte sich ein wenig, dass er so misstrauisch gewesen war. Offenbar kümmerte sich die Frau schon seit etlichen Tagen um ihn. Wenn sie ihm etwas hätte antun wollen, hätte sie genügend Gelegenheit dazu gehabt. Keiner hätte ihr Fragen gestellt, wenn er seinen Verletzungen erlegen wäre. Nach allem, was sie für ihn getan hatte, wäre es töricht, ihr nicht zu vertrauen.

Dennoch ließ ihn mindestens eine Frage zögern: Warum lebte sie hier in einer kleinen Kate auf dem Land eines Klosters? Offenbar machte sie das schon eine ganze Weile. Auch wenn ihr Cousin in der Nähe war, war es doch eine seltsame Zuflucht für eine Frau. Warum kehrte sie nicht zu ihrer Familie zurück? Aus allem, was er über ihren Clan gehört hatte, war hervorgegangen, dass die Murrays einander tief verbunden waren und sich eisern die Treue hielten. Er konnte sich nicht vorstellen, dass es etwas gab, was ihre Verwandten ihr nicht verzeihen oder wobei sie ihr nicht helfen würden.

Bruder Matthew schien keine Zweifel an ihr und ihrer Geschichte zu haben, aber er war ein ausgesprochen gutmütiger Mensch, der niemandem etwas Böses zutraute. Dazu kam, dass er mit dieser hübschen kleinen Frau verwandt war.

Liam wusste, dass es ihm schwerfallen würde, an seinem Misstrauen festzuhalten, vor allem, wenn er in diese großen, grünen Augen blickte und auf diesen sinnlichen Mund, oder wenn er ihre verführerische Stimme vernahm. Verdrossen musste er sich eingestehen, dass es ihm ausgesprochen schwerfallen würde.

Als er sich in dem vergeblichen Versuch, eine bequemere Stellung zu finden, ein wenig umdrehte, merkte er, dass sein gebrochenes Bein auf mehreren Kissen ruhte und noch ans Bett angebunden war. Außerdem hatte seine Bewegung Keiras Aufmerksamkeit erregt. Er beobachtete sie, wie sie ihre Arbeit weglegte und zu ihm trat. Das sollte er seinem scharfen Verstand und seiner Wachsamkeit zuliebe besser nicht zu oft tun, dachte er reumütig, denn auch ihrem Gang haftete eine ausgesprochen sinnliche Grazie an.

»Ich glaube, Ihr gehört zu den Menschen, die rasch genesen, Sir Liam«, sagte Keira, als sie ihn von oben bis unten gemustert hatte.

»Ich fühle mich aber noch nicht besonders gesund«, sagte er und blickte auf sein gebrochenes Bein.

»Nay, daran sind wohl all Eure Schmerzen schuld, aber ich kann Eure Heilung an der Farbe und der Stärke Eurer Schwellungen ablesen. Beides hat sich viel rascher gebessert als bei all den anderen Leuten, um die ich mich bislang gekümmert habe, und das ist ein gutes Zeichen. Selbst Euer Bruch ist nicht so geschwollen wie die meisten anderen Brüche, die ich behandelt habe.«

»Warum ist das Bein noch ans Bett angebunden? Und warum liegt es auf Kissen?«

»Es ist angebunden, damit Ihr es im Schlaf nicht bewegt. Die Schmerzen, die eine Bewegung verursachen würde, würden nicht nur die Ruhe stören, die Ihr braucht, sondern womöglich auch die Heilung zunichtemachen, die bereits begonnen hat. Und es liegt erhöht, damit die Schwellung rascher abklingt, aber ich denke, das Hochlegen wird bald nicht mehr nötig sein. Natürlich müsst Ihr noch einige Wochen ruhen und Euer Bein von Zeit zu Zeit hochlegen, aber ich glaube, dass Ihr es bald wieder benützen könnt, es sei denn, Ihr tut etwas ausgesprochen Törichtes. Anfangs wird es allerdings noch etwas geschwächt sein.«

Liam murmelte einen Fluch, dann murmelte er eine Entschuldigung, und schließlich seufzte er. »Wie viele Wochen?«

»In gut sechs Wochen werden wir die Schienen und den Verband entfernen können. Ich kann Euch nicht sagen, wie lange es danach dauern wird, bis Ihr es wieder ebenso mühelos und geschmeidig bewegen könnt wie früher. Das liegt ganz bei Euch, aber ich denke, sehr lange wird es nicht dauern, denn Ihr seid jung, stark und gesund. Wenn Ihr vorsichtig seid, werdet Ihr später nicht einmal mehr humpeln«, fügte sie hinzu – eine leise Erinnerung an das Glück, das er gehabt hatte.

»Ich weiß, ich hatte wirklich großes Glück. Trotzdem ist es ein Ärgernis.« Er lächelte schief, als sie ihm half, sich aufzurichten, und ihm eilig ein paar Kissen in den Rücken stopfte. »Wahrscheinlich müssen jetzt ein paar Mönche sehr flach schlafen«, bemerkte er.

Sie kicherte, und der tiefe, kehlige Laut erregte eine gefährliche Wärme in ihm.

»Manche tun das ohnehin, weil sie weiche Kissen für einen sündigen Genuss halten, aber in ein paar Betten fehlen tatsächlich momentan die Kissen«, gab sie zu.

»Ich denke, Bruder Matthew wird noch ein Weilchen auf sich warten lassen, oder?«, fragte Liam, den plötzlich ein dringendes Bedürfnis überkam, der sich aber von dieser reizvollen Frau nicht bei einer derart persönlichen Erledigung helfen lassen wollte.

»Wahrscheinlich schon, aber einer der Novizen treibt sich hier herum, er hat Euer Pferd gerade mit Heu versorgt«, meinte sie. »Ich rufe ihn für Euch.«

Sobald sie draußen war, schloss Liam die Augen und stieß jeden Fluch aus, den er kannte.

Wahrscheinlich war es besser, von seinem Misstrauen abzulassen und all seine Willenskraft darauf zu verwenden, nicht nach Keira zu greifen. Er hatte noch nie zuvor eine Frau getroffen, die sein Verlangen derart rasch und heftig geweckt hatte.

Und was am Schlimmsten war: Sie versuchte gar nichts dergleichen, sie hatte nichts an sich, was auch nur ansatzweise an ein Schäkern erinnert hätte. Sie bedachte ihn nicht mit koketten Blicken, schmeichelte ihm nicht und schenkte ihm auch kein einladendes Lächeln. Dennoch begehrte er sie trotz seiner Schmerzen so heftig wie noch keine Frau vor ihr.

Keira kehrte mit einem Jungen in Kutte zurück, dessen Körper dem Wachstum seiner Hände und Füße noch nicht nachgekommen war. Sie stellte Liam den jungen Kester vor, dann eilte sie davon. Liam sah, wie der Novize ihr seufzend nachstarrte. Offenbar war der Knabe alt genug, um in eine Frau vernarrt zu sein. Wahrscheinlich hätte Liam darin einen gewissen Trost finden können, denn es zeigte, dass er nicht der Einzige war, den Keira verhext hatte. Aber niemand trachtete Kester nach dem Leben, dachte er grimmig, als sich der Junge schließlich ihm zuwandte.

3

Zwei Wochen Täuschung, dachte Keira, als sie mit dem Kräuterpflücken im Klostergarten fertig war und sich auf den Rückweg machte. So sah sie die Zeit, die sie mit Sir Liam Cameron verbracht hatte. Na ja, um ganz genau zu sein, waren es eher zehn Tage Täuschung, denn vier Tage lang war Liam kaum bei Bewusstsein gewesen.

Erst als sein Verstand allmählich klarer geworden war und sie angefangen hatten, sich über andere Dinge als seine Verletzungen zu unterhalten, hatte die Täuschung ihren Anfang genommen.

Sie schüttelte den Kopf über ihre Torheit. Aber es ging nicht anders, sie musste ihn täuschen; denn in gewisser Weise schützte sie damit auch sich selbst. Sie musste sich von ihm fernhalten, so gut es ging. Ihn allein zu lassen war noch nicht möglich, denn er bedurfte weiterhin ihrer Pflege, doch abgesehen davon musste sie einen Wall um sich errichten. Würde sie ihm ihre wirren, ständig wachsenden Gefühle enthüllen, und er auf welche Weise auch immer darauf eingehen, wäre sie verloren.

Der Mann war zwar alles, was sie sich je wünschen konnte, aber er stand viel zu hoch über ihr.

Außerdem musste sie an Ardgleann und seine Menschen denken. Um ihnen zu helfen, musste sie an einer Lüge festhalten. Kurz vor seinem Tod hatte Duncan sie das geloben lassen, und diesen Schwur wagte sie nicht zu brechen. Sie sah keine Möglichkeit zu bekommen, was sie jeden Tag mehr ersehnte, und gleichzeitig das Verprechen einzuhalten, das sie ihrem getöteten Ehemann gegeben hatte.

Sie stellte den Korb mit den Kräutern ab, trat an den Brunnen und begann, sich von dem Gartenschmutz zu säubern. Als Dank für die Kräuter, die sie ernten durfte, hatte sie ein wenig im Garten gearbeitet, und das war nicht zu übersehen. Sie war zwar nicht übermäßig eitel, doch sie konnte unmöglich in die Kate gehen, ohne zumindest zu versuchen, so gut wie möglich auszusehen.

»Törichtes Weib«, murrte sie laut, als sie einen Eimer Wasser hochzog.

»Aye, das stimmt. Ihr dachtet, Ihr könntet einen Mann folgenlos bis zum Wahnsinn in Versuchung führen.«

Keira fluchte leise, als sie sich umdrehte und ihr Blick auf Bruder Paul fiel. Der Mann wirkte erhitzt, und seine Augen funkelten wild.

Sie war zwischen ihm und dem Brunnen gefangen und nur mit dem Tuch bewaffnet, das sie gerade befeuchtet hatte, um sich zu waschen. Das könnte heikel werden, dachte sie, denn er sah nicht so aus, als sei ihm mit vernünftigen Argumenten beizukommen.

Liam saß auf der Bettkante und starrte finster zur Haustür hinüber. Er war ruhelos. Die meisten seiner Verletzungen waren geheilt, doch sein gebrochenes Bein zwang ihn noch zum Nichtstun. Obwohl er den Morgen über mit einer Krücke herumgehumpelt war in der Hoffnung, dass er sich allmählich zumindest etwas geschickter würde bewegen können, war er nicht müde. Er war gelangweilt. Es gab nichts zu tun und niemanden, mit dem er reden konnte, also saß er herum und fragte sich, wann Keira zurückkehren würde.

Ein trauriger Zustand für einen Mann, der noch nie auf eine Frau hat warten müssen, dachte er und lächelte kurz über diesen eitlen Gedanken.

Sich von Keira fernzuhalten erwies sich als so schwierig, wie er befürchtet hatte, und zwar nicht, weil sie die einzige Frau weit und breit war. Sie faszinierte ihn ebenso, wie sie ihn erregte. Das war eine gefährliche Mischung. Je häufiger er sie beobachtete, desto schöner wurde sie in seinen Augen. Aber ihm war klar, dass sie ein paar Geheimnisse barg, und er war entschlossen, sie ihr zu entlocken.

Dass sie ebenfalls versuchte, sich von ihm fernzuhalten, half ihm wenig; es steigerte vielmehr ihren Reiz. Liam wusste, dass sie es nicht absichtlich tat, aber das Geheimnisvolle, das sie umgab, zog ihn an und führte ihn in Versuchung, die Grenzen zu überschreiten, die er sich selbst gesetzt hatte. Selbst wenn er sich sagte, dass er einer Frau wie ihr nicht viel zu bieten hatte, ließ sich sein wachsendes Interesse nicht bremsen. Als er erfahren hatte, dass sie verwitwet war, hatte er kurz daran gedacht, sie zu seiner Geliebten zu machen, doch diesen verlockenden Einfall hatte er rasch wieder fallen lassen. Sie mochte ja eine Witwe sein, doch sie war eine Frau, die man heiratete. Ihm war zu Ohren gekommen, dass sich die Frauen bei den Murrays ihren Ehemann selbst aussuchen durften, aber er bezweifelte, dass sich Keiras Verwandte über einen armen, landlosen Ritter freuen würden.

Gerade, als er sich fragte, warum ihm immer wieder der Gedanke an Heirat durch den Kopf ging, hörte er laute Stimmen vor der Tür. Erst dachte er, dass Kester mit Keira zurückgekehrt war, denn der Bursche folgte ihr wie ein treuer Welpe auf Schritt und Tritt. Doch dann merkte er, dass die Stimmen immer lauter wurden.

Er fragte sich, ob er zur Tür humpeln sollte, um nachzusehen, mit wem Keira stritt, oder ob er bald andere, ungebetene Gäste haben würde. In dem Moment vernahm er einen lauten Schrei.

Leise über seine Ungeschicklichkeit fluchend, machte sich Liam mit der Krücke auf zur Tür. Er öffnete sie und trat nach draußen. Was er sah, ließ ihn fast in Wutgebrüll ausbrechen: Keira lag auf dem Boden und ein Mönch hielt sie fest. Liam sah Kester in der Ferne, doch der Junge stolperte und stürzte in seiner Eile, Keira zu helfen. Als Liam sah, dass der Mönch sich gerade daran machte, ihre Röcke hochzuschieben, vergaß er sein verletztes Bein und seine Schmerzen und stürmte zu dem kämpfenden Paar.

Keira konnte es kaum fassen, wie rasch Bruder Paul sie zu Boden gerungen hatte. Sie hatte ihm erbittert Widerstand geleistet, doch im nächsten Moment lag sie schon da und er auf ihr. Er stank nach Ale und Schweiß, und er erwies sich als viel stärker, als sie erwartet hatte.

»Bruder Paul, denkt daran, wer Ihr seid!«, schrie sie und wehrte sich weiter nach Kräften gegen ihn. »Was ist mit Eurem Gelübde?«

»Ich bin an erster Stelle ein Mann«, knurrte er und versuchte, ihre Röcke hochzuschieben und sie gleichzeitig festzuhalten. »Ich habe um Führung und Stärke gebetet, bis meine Knie geblutet haben, aber du führst mich immer noch in Versuchung. Ich habe mir schwere Buße auferlegt, aber du verfolgst mich immer noch in meinen Träumen. Ich habe mich nach Kräften bemüht …«

Auf einmal wurde er von ihr weggezerrt, und sein Satz endete in einem erstickten Gurgeln. Keira starrte verdutzt auf Liam, der den Mann mit einer Hand an der Kutte gepackt hatte und mehrere Fuß über dem Boden baumeln ließ. Liams schönes Gesicht war wutverzerrt, Bruder Pauls Gesicht war bleich vor Angst.

»Offenkundig hättet Ihr Euch mehr ins Zeug legen sollen«, knurrte Liam und schüttelte den Mann. »Ihr seid ein Narr. Und wenn Ihr es noch einmal wagt, diese Frau zu berühren, seid Ihr ein toter Narr.«

Keira rappelte sich hoch, während Liam den zu Tode erschrockenen Mönch von sich stieß. Sie stand mit offenem Mund da, als Bruder Paul mehrere Fuß entfernt unsanft auf den Boden aufkam und nach Luft schnappte wie ein Fisch auf dem Trockenen.

Als sie sich umdrehte und Liam anstarrte, stolperte Kester zu ihnen.

»M'lady! Seid Ihr verletzt?«, fragte Kester besorgt.

»Nay, nur ein bisschen angeschlagen«, erwiderte sie und lächelte den Jungen aufmunternd an. Als sie wieder zu Liam sah, wurde ihr plötzlich klar, dass er ihr trotz seines gebrochenen Beins zu Hilfe geeilt und Bruder Paul in seine Schranken verwiesen hatte. »Oh, Sir Liam, das hättet Ihr nicht tun sollen! Ich bin Euch zwar dankbar, aber Euer Bein hätte Schaden nehmen können.«

»Es ist bereits geschädigt.«

Als Liams Zorn verflog, merkte er, dass sein krankes Bein heftig schmerzte.

»Ich meinte, Ihr hättet zerstören können, was an Heilung bereits stattgefunden hat.«

»Nun, das mag schon sein.« Er hatte seine Krücke fallen lassen, als er den Mönch gepackt hatte. Nun sah er sich suchend danach um. »Das Bein zeigt mir recht deutlich, dass es ihm nicht gefällt, wenn ich darauf stehe.«

Rasch holte Keira die Krücke und reichte sie ihm, dann trat sie auf seine andere Seite, um ihn zu stützen. Er wirkte auf einmal sehr bleich, und sein Gesicht war schweißnass. Er musste höllische Schmerzen haben, doch er ließ nichts davon verlauten.

»Kester, sorg dafür, dass Bruder Paul ins Kloster zurückkehrt«, befahl sie dem Novizen, dann half sie Liam zurück in die Hütte.

»Aye, M'lady.« Mit finsterer Miene trat Kester zu dem stöhnenden Mönch. »Das wird eine schwere Buße erfordern.«

Kester wirkte recht erfreut über diese Aussicht. Keira hoffte, dass er recht hatte, denn Bruder Paul verdiente wahrhaftig eine Strafe – nicht nur, weil er versucht hatte, sich mit Gewalt eine Frau zu nehmen, sondern auch, weil er behauptet hatte, es sei allein ihre Schuld. Doch dafür würde er wohl nicht bestraft werden, denn im Kloster gab es bestimmt einige, die ihm beipflichteten.

Sobald Liam wieder im Bett lag, entfernte Keira den Verband

und die hölzernen Schienen um sein Bein. Offenbar hatte er große Schmerzen, denn er lag reglos da, den Arm über die Augen gelegt, und atmete stoßweise. Sie hoffte inständig, dass die Heilungsfortschritte nicht zunichtegemacht worden waren.

Als sie keinen Hinweis auf eine erneute Verletzung fand, atmete sie erleichtert auf. Er hatte sich offensichtlich eine Menge Schmerzen beschert, aber sein Bein nicht wieder gebrochen. Keira sah ihn an. Sein Arm lag noch immer über den Augen, doch sein Atem ging etwas leichter. War er in Ohnmacht gefallen?

Sie wusste, dass sie seine Schmerzen lindern konnte, zögerte jedoch, ihm ihre Gabe zu offenbaren. Doch dann schalt sie sich wegen ihrer Feigheit. Dieser Mann wusste, dass sie ihn aufgrund einer Vision gefunden hatte, und er hatte sie nicht der Hexerei bezichtigt. Außerdem merkte er ja vielleicht gar nicht, was sie tat. Nach einem letzten Blick auf sein Gesicht legte sie ihre Hände auf sein Bein und schloss die Augen. Sie suchte nach der Stelle, an der der Schmerz am schlimmsten tobte, und bemühte sich, ihn zu lindern.

Liam spürte Keiras kleine, weiche Hände auf seinem Bein und lugte unter seinem Arm hervor, beobachtete sie. Die Berührung nahm seinen Schmerzen die Schärfe. Wärme breitete sich in ihm aus, und dann ein seltsames, nicht unangenehmes Kitzeln. Erstaunt wurde ihm klar, dass sie wahrscheinlich wusste, was in ihm vorging und was ihre Berührung bewirkte, während sie mit geschlossenen Augen und konzentrierter Miene vor ihm stand. Kurz packte ihn die Angst, eine abergläubische Angst vor dem Wunder, doch er schüttelte sie rasch ab. Obwohl ihm ein wenig schwindelig war, als sie die Hände schließlich wegnahm, wusste er in seinem Herzen, dass sie ihm oder auch einem anderen nie etwas zuleide tun würde und dass sie eine wahre Heilerin war.

Er tat weiter so, als wäre er noch nicht ganz bei sich, während sie ihm den Arm um die Schultern legte und ihm etwas kühlen, süßen Apfelwein einflößte. Es fiel ihm nicht schwer, ihr den Bewusstlosen vorzuspielen, denn er war tatsächlich noch ziemlich benommen. Sie war blass und zitterte leicht. Liam beobachtete sie, wie sie zu dem kleinen Tisch am Feuer taumelte.

Mit großen Augen sah er zu, wie sie den Apfelwein in gierigen Zügen trank, ein paar Scheiben Brot dick mit Honig bestrich und sie sich so hastig in den Mund stopfte, dass sie ganz dicke Backen bekam. Auf einmal hatte auch er Lust auf das Brot, das sie so eifrig verschlang.

»Meint Ihr, ich könnte ein bisschen abbekommen?«, fragte er.

Keira war so verdutzt, dass sie sich beinahe an dem Brot verschluckt hätte, das sie wie ein halb verhungertes Ferkel in sich hineinstopfte. Brennende Röte stieg ihr ins Gesicht. Da stand sie nun mit vollem Mund und honigverschmiertem Kinn vor einem wunderschönen Mann, den sie heftig begehrte. Es war unmöglich, so zu tun, als sei ihre Gier nicht ungewöhnlich, doch sie beschloss, es dennoch zu versuchen. Sie wischte sich mit einem Lappen den Honig vom Kinn, dann bestrich sie rasch ein paar Scheiben Brot mit Honig und brachte sie ihm auf einem Holzteller. Erst als sie ihm das Brot reichte, begriff sie, dass er gar nicht bewusstlos gewesen sein konnte, während sie seine Schmerzen linderte, und dass er deshalb wohl auch wusste, was sie getan hatte. Obwohl sie in seinen Augen weder Angst noch Ablehnung entdeckte, wartete sie angespannt darauf, dass er etwas sagte. Sie war hin- und hergerissen zwischen der Hoffnung, dass er wusste, was sie getan hatte, und es nicht verurteilte, und der Hoffnung, dass er nichts Seltsames wahrgenommen hatte.

»Warum humpelt Ihr?«, fragte Liam, während er sich das Honigbrot schmecken ließ.

Keira versuchte verzweifelt, sich eine einleuchtende Erklärung einfallen zu lassen. Wenn sie die Schmerzen eines anderen linderte, gingen sie oft auf sie über, und bislang war es ihr noch nicht gelungen, diese Schmerzen schnell wieder loszuwerden. Doch das konnte sie ihm schlecht sagen. Sie klammerte sich immer noch an die kleine Hoffnung, dass er nicht wusste, was sie getan hatte.

»Nur eine kleine Prellung, weil mich Bruder Paul so grob zu Boden gerungen hat«, erwiderte sie, zufrieden mit ihrer Antwort, bis sie in seinen schönen Augen Belustigung aufblitzen sah.

»Ach, wie dumm von mir. Ich hatte mich gefragt, ob der Schmerz, den Ihr mir genommen habt, wohl auf Euch übergegangen ist. Seltsam nur, dass es ausgerechnet Euer rechtes Bein ist, genau wie bei mir.«

»Ein Mensch hat nur zwei Beine, die Auswahl ist also nicht sehr groß.«

Er wusste Bescheid, dachte Keira und fragte sich, warum sie noch immer ihre Gabe verleugnete, zumal ihn ihre Ausflüchte zu erheitern schienen.

»Stimmt.« Liam war mit seinem Brot fertig und schleckte sich den klebrigen Honig von den Fingern. Dann fragte er: »Warum könnt Ihr denn Eure Schmerzen nicht vertreiben wie bei mir?« Er musste sich ein Lachen verbeißen, als sie die kleinen Fäuste in ihre sanft geschwungenen Hüften stemmte und ihn zornig anfunkelte.

Doch seine Belustigung schwand rasch, als er merkte, dass sich hinter ihrem Zorn Angst verbarg. Was für ein Narr er doch war – natürlich hatte sie Angst. Ihr Cousin hatte zwar erwähnt, dass sie im Traum eine Art Vision gehabt hatte, aber er hatte auch gemeint, dass die Murrays die Gaben, die in ihrem Clan so häufig vorkamen, nur ungern enthüllten. Solche Gaben waren für ihre Besitzer nämlich gefährlich. Viele betrachteten sie als Hexerei oder Teufelswerk. Dass Keira vor ihm Angst hatte, war ihm wahrhaftig nicht recht.

»Arme kleine Keira«, murmelte er. »Keine Sorge, ich werde mich jetzt nicht bekreuzigen, um das Böse abzuwehren. Aye, als ich merkte, was Ihr getan habt, stieg kurz eine abergläubische Furcht in mir auf, aber die habe ich rasch vertrieben.

Die Frau meines Cousins kennt Euren Clan sehr gut, und sie hat es sich zur Aufgabe gemacht, diesen Unsinn aus unseren Köpfen und Herzen zu vertreiben.«

Keira entspannte sich sichtlich. »Wer ist die Frau Eures Cousins?«

»Fiona, einst eine MacEnroy. Connor MacEnroys Schwester. Er ist mit einer Cousine von Euch verheiratet, glaube ich.«

»Aye, mit unserer Gilly. Ich habe Fiona einmal getroffen. Sie ist eine sehr geschickte Heilerin.«

»Das stimmt. Also, wie macht Ihr das – übernehmt Ihr die Schmerzen?«

Keira setzte sich auf die Bettkante. Plötzlich war sie unendlich müde. Sie nickte. »Irgendwohin müssen sie wohl. Ich habe noch keinen Weg gefunden, um sie gleich wieder loszuwerden. Aber es dauert nicht allzu lange, und manchmal gehen sie weg, wenn ich mir vorstelle, dass ich im Regen stehe oder unter einem sanften Wasserfall und das kühle Wasser alles abwäscht.«

Sie schloss die Augen und versuchte, sich vorzustellen, wie sie nackt unter einem sanften Wasserfall stand. Während sie langsam und tief durchatmete, malte sie sich aus, wie ihr Kopf und ihr Körper erfüllt wurden von dem Gefühl, gereinigt zu werden. Nach und nach ebbte der Schmerz in ihrem Bein ab. Gleich nach dieser Erleichterung stellte sich eine tiefe Erschöpfung ein.

»Also hattet Ihr wirklich eine Vision von mir?«, fragte Liam und stellte ein wenig verwundert fest, dass sich ihre gequälte Miene langsam entspannte.

»Aye«, erwiderte Keira, doch sie war so müde, das sie die Augen nicht mehr aufbekam. »Ich wünschte nur, dass sie mich vor dem Angriff auf Euch gewarnt hätte. Dann hätten wir ihn vielleicht verhindern können.«

»Ihr habt mich vor dem Tod bewahrt, das reicht. Habt Ihr denn oft solche Gesichte?« Als sie ihm eine Antwort schuldig blieb, musterte er sie eingehend und merkte, dass sie im Sitzen eingeschlafen war. »Ach, du armes Mädchen!«

Behutsam, um sie nicht zu wecken, richtete er sich auf, nahm Keira sanft bei den Schultern und legte sie aufs Bett. Sie fiel fast in seine Arme, ihr Körper war so schlaff, dass nur ihr gleichmäßiger Atem ihn beruhigte. Als er sich in die Kissen lehnte und sie an sich zog, murmelte sie etwas, das wie ein sehr höfliches Dankeschön klang. Doch das, was sie als Nächstes tat, hätte ihn fast laut aufstöhnen lassen: Sie schlang die Arme um ihn und schmiegte eine weiche Wange an seine Schulter. Fleischliche Lüste machten sich in ihm breit, vor allem in einem bestimmten, unvernünftigen, frechen Teil seines Körpers.

Keira Murray MacKail war weich und warm, und sie roch köstlich nach Lavendel und – er lächelte – schwach nach Honig. Nur mit größter Mühe konnte er an seinem Vorsatz festhalten, sich innerlich von ihr fernzuhalten. Er fragte sich, warum er ihn nicht einfach aufgab.

Der Gedanke gefiel ihm, genauso, wie die Frau in seinen Armen ihm gefiel – viel zu gut gefiel. Inzwischen war er davon überzeugt, dass Gott ihr eine Vision geschickt hatte, die es ihr und Bruder Matthew ermöglicht hatte, sein elendes Leben zu retten. Also konnte er ihr auch vertrauen. Aber das änderte nichts daran, dass es trotzdem ratsam war, Distanz zu wahren: Sie stand weit über ihm, dem Cousin eines unbedeutenden Lairds.

Er war eigentlich kaum etwas Besseres als ein gewöhnlicher Kriegsknecht. Die Gepflogenheit der Murrays, ihre Frauen den Ehemann selbst wählen zu lassen, galt bestimmt nicht für einen Mann wie ihn.

»Keira!«, rief Bruder Matthew und stürmte herein.

Liam brachte ihn mit einer schroffen Handbewegung zum Schweigen. Als Bruder Matthew ans Bett trat, bemerkte Liam, dass die Sorge in dessen Antlitz einem düsteren Verdacht wich, und seufzte. Es kränkte ihn ein wenig, dass sein alter Freund ihm zutraute, eine Frau zu verführen, die sich so fürsorglich um ihn kümmerte. Aber vermutlich hatten selbst die Mönche hinter ihren Klostermauern einige Geschichten über ihn vernommen.

»Sie ist im Sitzen eingeschlafen«, erklärte Liam, ohne dem finsteren Blick des Mönchs auszuweichen. »Und zwar, nachdem sie die Schmerzen in meinem Bein gelindert hat.«

»Hat denn das Auftragen von Salbe sie so erschöpft?«

Offenbar taten Keira und Matthew mit ihren heilenden Händen geheimnisvoller als mit ihren Visionen, dachte Liam. »Nay, Salbe war es nicht. Sie hat mir die Hände aufgelegt.« Liam dachte sich, dass es wohl ganz gut war, dass dieser Murray sich ins Kloster verkrochen hatte, denn Bruder Matthews Gesicht war wie ein aufgeschlagenes Buch. »Na, komm schon, alter Freund. Wir haben zwar in den letzten Jahren nicht viel miteinander zu tun gehabt, aber glaubst du wirklich, ich würde eine junge Frau wegen ihrer Gaben verurteilen und nicht wissen, dass man ein solches Geheimnis gut hüten muss?«

Bruder Matthew seufzte und rieb sich die Augen. »Nay, verurteilen würdest du sie wohl kaum.«

»Und ich würde auch niemals eine junge Frau aus einer vornehmen Familie verführen, eine frische Witwe und eine Dame, die zweifellos weit über mir steht.« Liam erstickte den Anflug schlechten Gewissens, obwohl es nicht ganz gelogen war. Er hatte an dieser galanten Haltung ihr gegenüber festhalten wollen, aber mittlerweile dachte er, dass das Schicksal gegen ihn arbeitete.

»Verzeih mir die Unterstellung.« Bruder Matthew schüttelte verlegen den Kopf.

»Schon gut. Ich muss gestehen, seitdem ich das Kloster verlassen habe, habe ich nicht wie ein Heiliger gelebt.« Liam tauschte ein kleines Grinsen mit seinem alten Freund. »Aber ich will ihr wirklich nichts Böses. Ich vergaß nur mein gebrochenes Bein, als ich sah, dass dieser Narr auf ihr lag. Aus Wut bin ich losgestürmt, als hätte ich zwei gesunde Beine.«

»Er wird hart bestraft werden, wenn auch vielleicht nicht so hart, wie mir lieb wäre. Hat er sie verletzt?«

»Nicht ernstlich. Sie hat wohl nur ein paar blaue Flecken abbekommen. Er wollte ihr gerade die Röcke hochschieben, als ich sie sah und mich beeilte, den Helden zu spielen. Nachdem ich ihn weggezerrt hatte und meine Wut verebbt war, bekam ich grausame Schmerzen. Sie tat, was immer sie auch tut mit ihren kleinen Händen, dann hat sie gefuttert wie ein ausgehungertes Tier und ist mitten in unserer Unterhaltung eingeschlafen. Sie hat den Schmerz übernommen«, murmelte er, noch immer bass erstaunt.

»Aye, so geht das oft. Sie braucht ein Weilchen, bis sie ihn losgeworden ist, und dann schläft sie ein paar Stunden tief und fest. Wir sind sehr vorsichtig, was ihre Visionen angeht, obgleich so etwas für die meisten Menschen annehmbar ist. Heilende Hände, die Gabe, Schmerzen durch eine Berührung zu lindern, das ist etwas anderes.« Bruder Matthew zuckte mit den Schultern. »So etwas erregt oft gefährliche Ängste, und die Leute fangen an, von Hexerei zu raunen. Ich glaube, ihr Ehemann wusste von ihrer Gabe, obgleich sie nichts davon gesagt hatte. Wahrscheinlich hat er sie auch aus diesem Grund heiraten wollen.«

»War er krank?«

»Na ja, er wirkte recht gesund, aber auf ihm lasteten Sorgen. Frauen unseres Clans, die so etwas spüren, haben es ihr gesagt, aber sie hat ihn trotzdem geheiratet. Keira kann ziemlich stur sein. Ich weiß, dass ich mir wahrscheinlich zu viele Sorgen um sie mache, aber sie ist meine Lieblingscousine, und die letzten Monate waren sehr schwer für sie. Außerdem stehen ihr in den kommenden Monaten weitere Prüfungen bevor. Sie ist stark, aber vielleicht zu gutmütig und nicht sehr erfahren.«

»Hat sie ihren Mann denn geliebt?«

»Ich denke, das hätte sie, wenn sie mehr Zeit gehabt hätten. Auf alle Fälle hätte sie gut für ihn gesorgt und wäre ihm eine gute Ehefrau gewesen. Sie hat ihn genommen, weil sie schon über zwanzig war und noch kein Mann sie besonders interessiert hatte. Sie wollte unbedingt eine eigene Familie. Leider waren sie nur drei Monate verheiratet, und in dieser Zeit ist sie nicht schwanger geworden.«

»Wie ist er denn gestorben?«

»Er wurde von Rauf Moubray getötet, der auch ihr nach dem Leben trachtete. Sie schaffte es, ihm zu entkommen, aber sie hat ihrem Ehemann vor seinem Tod geschworen, dass sie den Leuten von Ardgleann helfen und dem diebischen Rauf das Land wieder abnehmen würde.«

»Der Mann hat eine schwere Last auf ihre schmalen Schultern geladen, wenn er sie das versprechen ließ. Wie konnte er von dieser zarten jungen Frau so etwas erwarten? Ich habe üble Geschichten von Rauf Moubrays Brutalität gehört.«

»Die vermutlich alle wahr sind. Aber wie sie das Versprechen erfüllen soll, das sie ihrem armen, glücklosen Ehemann gegeben hat, weiß ich nicht. Und sie weiß es wahrscheinlich auch nicht, zumal sie ihre Familie mit der Sache nicht behelligen will.«

Bruder Matthew legte die Hand auf Keiras dickes Haar. »In solchen Zeiten bedaure ich es fast, dass ich ins Kloster gegangen bin. Aber ich bin kein Krieger und verfüge über keinerlei Geschick im Kampf, womit ich ihr zur Seite stehen könnte. Dabei würde ich gerne ihr Kämpe sein.«

»Dann werde ich es sein«, sagte Liam und versuchte, nicht gekränkt zu sein, als er Bruder Matthew mit dieser Ankündigung offensichtlich überraschte.

»Du hast ein gebrochenes Bein, Liam.«

»Das wird heilen. Sie wird doch nicht schon morgen nach Ardgleann aufbrechen wollen, oder?«

»Nay, das nicht, aber …«

»Ich verdanke ihr mein Leben. Da ist es das Mindeste, mich zu vergewissern, dass sie sich nicht ins Verderben stürzt, wenn sie das Versprechen zu erfüllen versucht, das ihr Ehemann ihr abgerungen hat.« Er zwinkerte Bruder Matthew zu. »Und außerdem gefällt mir die Vorstellung, einer Frau heldenhaft zur Seite zu stehen. Vielleicht wird man später einmal ein Gedicht über mich verfassen.« Er stimmte in das Kichern seines Freundes ein.

»Es beruhigt mich, wenn ich weiß, dass sie in dem bevorstehenden Kampf einen starken Mann an ihrer Seite haben wird.«

»Dann wäre das also geregelt.«

»Aye, zwischen uns schon. Aber vielleicht willigt Keira nicht so rasch ein. Sie kann sehr starrsinnig sein, wie ich schon sagte.«

»Ich auch, mein Freund. Ich auch!«

4

Vor der Kate waren seltsame Geräusche zu hören. Liam blickte auf und lächelte Keira an, doch ihre gesamte Aufmerksamkeit gehörte dem Schachbrett, das zwischen ihnen auf dem Tisch stand. Sie dachte wohl über einen Zug nach, mit dem sie ihn wahrscheinlich erneut schlagen würde. Er wollte sie an sich ziehen und die Lippen küssen, an denen sie gerade nagte. Nach einem ganzen Monat, den er Tag und Nacht in ihrer Anwesenheit verbracht hatte, lösten sich die letzten Reste Widerstand auf, an denen er noch festhielt. Seine wachsenden Gefühle für sie wollten sich nicht länger unterdrücken lassen.

»Ich glaube, Kester kommt zu einem Besuch angestolpert«, sagte er und grinste, als sie ihn mahnend ansah; denn das Lachen in ihren wunderschönen Augen stand im Widerspruch zu ihrem stummen Vorwurf.

Sie erhob sich, verrückte eine der fein geschnitzten Schachfiguren und erklärte: »Schachmatt!«

Sie ging zur Tür und musste lächeln, als sie Liam leise fluchen hörte. Noch hatte er sie nicht geschlagen, aber er war gut genug, um eine Herausforderung darzustellen. Zweifellos würde es ihn freuen, das zu hören. Aber vielleicht klänge es ja auch eingebildet, dachte sie, als sie die Tür öffnete. Kester stand davor und klopfte sich den Staub von der Kutte.

Der junge Mann lächelte sie an, und sie erwiderte sein Lächeln. Wenn seine Körpergröße erst einmal seinen großen Füßen entsprach, über die er ständig stolperte, würde er ein großer, stattlicher Mann sein. Allerdings hatte Keira den starken Verdacht, dass sich Kester im Grunde nicht zum Mönch eignete. Bestimmt würde er seine Sache so gut wie möglich machen, aber er würde dabei nicht glücklich werden. Das machte ihr zu schaffen, aber bislang wusste sie nicht, wie sie das ändern sollte. Außerdem hatte sie wahrhaftig genügend eigene Sorgen, die ihr kaum die Kraft ließen, sich um die eines anderen zu kümmern.

»M'lady, jemand möchte Sir Liam sprechen«, verkündete Kester, die großen dunkelblauen Augen neugierig aufgerissen.

»Wer ist es denn?«, wollte Liam wissen, als er hinter Keira trat.

»Eine Frau namens Maude, Lady Maude Kinnaird.«

Liam fluchte halblaut, und sein Zorn wuchs, als sich Keira verspannte. »Hat ihr jemand gesagt, dass ich hier bin?«

»Noch nicht, aber ich fürchte, sie wird es bald wissen. Ist sie denn Eure Feindin?«

»Nay, aber sie ist eine Nervensäge. Allerdings glaube ich, dass ihr Ehemann mein Feind ist.«

»Ihr Ehemann?« Keira drehte sich zu Liam um. »Sie ist verheiratet und verfolgt Euch dennoch quer durchs Land?«

Liam fand es fast etwas beängstigend, von Keira und Kester angestarrt zu werden, die beide ziemlich bestürzt wirkten. Außerdem ärgerte ihn der Vorwurf, der in ihren Augen aufblitzte. Aber er hatte weder die Zeit noch die Lust, die Angelegenheit zu klären. Einen Moment lang hegte er ein paar sehr finstere Gedanken gegen Lady Maude Kinnaird, die offenbar das Wort »nein« nicht verstand. Doch dann lenkte Hufschlag seine Aufmerksamkeit ab.

»Jemand hat es ihr gesagt, zur Hölle mit ihm!« Er zerrte Kester herein, schob Keira zur Seite und schlug die Tür zu. »Verriegelt sie«, befahl er und humpelte zu der schweren Truhe am Fußende seines Betts, auf die er sein Schwert gelegt hatte.

Keira drehte sich um und riss verblüfft die Augen auf, als sie sah, wie Liam sein Schwert gürtete. »Es ist doch nur eine Frau! Pflegt Ihr Eure abgelegten Geliebten mit dem Schwert zu begrüßen?«

»Sie ist nicht meine Geliebte!«, fauchte Liam.

»Tja nun, Sir, im Kloster hat sie aber gesagt …«, fing Kester an.

»Es ist mir egal, was sie gesagt hat. Ich glaube, sie ist geisteskrank.«

»Liam, mein Liebster!«, rief eine Frau vor der Tür. »Ich weiß, dass Ihr dort drinnen seid!«

Einen Moment lang sah Keira ein sehr schönes Gesicht, das gegen das kleine Fenster gepresst wurde. Dann schlug Liam die Läden der beiden Fenster zu, die es in der Kate gab. Kester entzündete eilig eine Kerze, um die plötzliche Dunkelheit zu vertreiben. Keira zuckte zusammen, als an die Tür gehämmert wurde, und zwar laut und heftig.

»Liam, mein süßer Prinz! Bitte redet mit mir! Wie könnt Ihr mich so unfreundlich behandeln nach allem, was wir uns bedeuten?«

»Wir bedeuten uns rein gar nichts«, erwiderte Liam. »Nicht jetzt und auch in Zukunft nicht.«

Im Vergleich zu der schrillen Stimme der Frau klang Liams Stimme fast freundlich, doch Keira konnte einen harten, kalten Biss von Wut darin entdecken. Sie rieb sich die Stirn, denn zwischen ihren Brauen machte sich ein stechender Schmerz bemerkbar. Gern hätte sie der Frau mit ihrem lauten Klopfen die Schuld an ihren rasch wachsenden Kopfschmerzen gegeben, doch sie wusste, dass der Grund dafür weit komplizierter war.

»Ich habe meinen Ehemann für Euch verlassen, süßer Liam!«

»Verflucht noch mal, Frau, ich habe Euch nie darum gebeten!«

»Nur so können wir zusammen sein. Ich habe Geld, wir können nach Frankreich fliehen.«

Keira wertete es als Zeichen, dass es höchste Zeit war, das Kloster zu verlassen. Sie hatte diesem Mann Zutritt zu ihrem Herzen gewährt. Zu versuchen, sich von ihm fernzuhalten, hatte sie nicht davor bewahrt. Als sie diese Frau so überschwänglich von ihrer Liebe zu Liam sprechen hörte und seine kalten, zornigen Erwiderungen vernahm, fragte sie sich, ob sie sich nicht zu einem Mann hingezogen gefühlt hatte, der nur in ihrer Fantasie existierte. Der Mann neben ihr war mit Sicherheit nicht der lächelnde, scherzende Bursche, den sie kannte, und auch nicht der galante Ritter, der seine Schmerzen vergessen hatte, um sie vor Bruder Paul zu retten. Sie schämte sich, dass sie die Nöte der Menschen von Ardgleann vergessen und sich eingeredet hatte, Sir Liam müsse von ihr noch gepflegt werden, nur damit sie in seiner Nähe bleiben konnte. Offenbar konnte er aus einer ganzen Reihe von Frauen wählen, die sich um ihn kümmern und ihm Obdach gewähren würden. Keira fing an, ihre Satteltaschen zu packen.

»Jesus Christus, Maude, warum verschwindet Ihr nicht endlich?« Liam schlug mit dem Kopf an die Wand und fragte sich, ob der Wahn, der sie offenbar in Besitz genommen hatte, nun auch ihn befiel.

»Ihr habt eine Frau bei Euch, stimmt's? Wie könnt Ihr Euch von all dem, was wir geteilt haben, so bedenkenlos abwenden? Wie könnt Ihr mein armes Herz brechen? Aber ich verzeihe Euch, mein Liebster, denn ich war nicht hier, um Euch nach Eurer Verletzung zu trösten. Und dabei trage doch auch ich ein wenig Schuld daran, dass Ihr in Ungnade gefallen seid.«

»Närrin, ich bin schon vor Jahren in Ungnade gefallen, und zwar so tief und so rasch, dass es mich wundert, dass die Erde nicht gebebt hat.« Liam hörte ein paar Männer lachen. Offenbar war Maude mit einigen Männern ihrer Leibwache gekommen. Erst jetzt ging ihm die volle Bedeutung ihrer Worte auf. »Woher wisst Ihr, dass ich verletzt worden bin, Maude?«, fragte er. Die Frau blieb ihm eine Antwort schuldig. »Maude, woher wisst Ihr, dass ich verletzt worden bin?«, wiederholte er seine Frage.

»Die Mönche haben es mir gesagt«, erwiderte sie schließlich.

Liam blickte zu Kester, der den Kopf schüttelte, dann verzog er das Gesicht und starrte wieder auf die Tür. »Ich frage Euch noch einmal, Maude: Woher wisst Ihr, dass ich verletzt worden bin?«

»Robert hat mich mit der Geschichte verhöhnt, Liam! Er

hat mich Tag und Nacht damit gequält, wie übel er Euch zugerichtet hat, und dass er sich darum gekümmert hat, dass Ihr nie mehr eine Frau mit Eurer Schönheit blenden könnt. Ich musste zu Euch kommen, um Euch zu helfen. Versteht Ihr das denn nicht?«

Liam verstand nur eins: dass Maude log. Dessen war er sich ziemlich sicher. Er hörte nicht mehr auf ihre unablässigen Bitten um Einlass, damit sie die Untat ihres Gemahls wiedergutmachen konnte. Als er sich zu Keira umdrehte, fiel ihm die Kinnlade herunter: Sie stopfte gerade all ihre Habseligkeiten in ihre Satteltaschen, die unberührt in einer Ecke gelegen hatten, seit er in der Hütte wohnte.

»Keira, was macht Ihr da?«, fragte er.

»Ich gehe«, erwiderte sie. »Mittlerweile kommt Ihr sehr gut ohne mich zurecht, und wenn Ihr etwas braucht, dann findet Ihr bestimmt anderswo Hilfe. Ich habe ein Versprechen zu erfüllen, und es ist höchste Zeit, dass ich es tue.«

»Dort draußen finde ich keine Hilfe«, sagte er und deutete auf die Tür. »Dort draußen steht der Grund, warum ich fast zu Tode geprügelt und dann liegen gelassen worden bin, um zu verrotten.«

»Dann hättet Ihr vielleicht nicht mit der Frau eines anderen herumtändeln sollen.«

»Ich habe nicht mit ihr herumgetändelt!«

»Ach nein? Bildet sie sich nur ein, dass Ihr ihr Geliebter seid? Ihr süßer Prinz? Das spielt sich alles nur in ihrem Kopf ab?«

Genauso war es, doch Liam wusste, dass Keira nicht in der Stimmung war, ihm zuzuhören. Selbst Kester, der in letzter Zeit auch ihm wie ein bewundernder, treuer Welpe folgte, schien zu zweifeln. Liam konnte ihnen keinen Vorwurf machen. Er stand mitten in diesem Wahnsinn und konnte es trotzdem kaum glauben. Nichts, was er sagen oder tun konnte, würde Maude von ihrer wahnwitzigen Verfolgung abbringen.

»Liam! Ihr müsst mich jetzt hereinlassen, Robert ist im Anmarsch.«

Fluchend trat Liam ans vordere Fenster und öffnete vorsichtig einen der schweren, mit eisernen Beschlägen verstärkten Läden gerade so weit, bis er hinausspähen konnte, und fluchte wieder. Der stämmige Laird Kinnaird ritt in Begleitung von sechs ebenfalls sehr kräftig gebauten Männern auf die Kate zu. Für eine Frau, die vorgab, ihn zu lieben, tat Maude ihr Bestes, dass er getötet wurde. Er schlug den Laden wieder zu, als Laird Kinnaird sich vor der Kate aufbaute.

Am liebsten hätte Liam etwas zerschlagen oder bis zur Erschöpfung getobt. In den vergangenen zwei Wochen hatte er Keira mit einer Geduld umworben, die er bislang nie besessen hatte. Er hatte ihr Vertrauen gewonnen und ihr behutsam einige Geständnisse entlockt. Das war natürlich nicht richtig gewesen, aber er hatte sich nicht zurückhalten können. Er hatte sogar vorgehabt, ihr an diesem Abend einen Kuss zu rauben. All die Mühe war nun vergebens; kein Wunder, dass er wütend war, wütend und tief betrübt. Als er Keira beobachtete, bezweifelte er, dass sie ihm eine Träne nachweinen würde, wenn Laird Kinnaird ihn auf der Schwelle der Kate erschlagen würde, die sie einen Monat lang geteilt hatten.

»Cameron, Ihr Dreckskerl!«, brüllte Laird Kinnaird. »Hört auf, Euch da drinnen zu verkriechen! Kommt heraus und stellt Euch mir wie ein Mann!«

Keira blickte stirnrunzelnd zur Tür. So zornig und verletzt sie auch war, die Ankunft des wütenden Ehemanns ließ Angst um Liam in ihr aufsteigen. Sie sagte sich, Liam sei nicht in der Verfassung zu kämpfen, und es sei unfair, einen Wehrlosen niederzuschlagen. Das war zwar nicht wahr, doch sie bemühte sich, daran festzuhalten.

»Ich werde dafür sorgen, dass Ihr nichts mehr habt, mit dem Ihr einem anderen Hörner aufsetzen könnt.«

Kester und Liam erblassten und richteten den Blick auf Liams Unterleib. Das hätte lustig sein können, wenn die Drohung nicht so ernst geklungen hätte. Keira wusste, dass sie nicht gehen und Liam seinem Schicksal überlassen konnte. In ihren Augen hatte sich die Frau genauso schuldig gemacht wie Liam, aber niemand drohte ihr, sie zu verstümmeln. Lady Maudes Ankunft hatte eine Seite an Liam enthüllt, die Keira wahrhaftig nicht gefiel, und die Träume zerstört, in denen sie törichterweise geschwelgt hatte, doch Keira wusste, dass sie sich den Rest ihres Lebens hassen würde, wenn sie jetzt nicht alles tat, um ihn zu retten.

»Ihr solltet jetzt wohl besser verschwinden«, sagte sie.

»Wenn ich aus dieser Tür trete, bin ich ein toter Mann«, entgegnete Liam. »Oder ich würde mir bald wünschen, einer zu sein.« Er konnte es kaum fassen, dass Keira ihn so kaltherzig in die Arme des wütenden Laird Kinnaird treiben wollte.

Etwas Schweres schlug gegen die Tür. Keira zuckte zusammen. Das kleine Cottage war gemauert und die schwere Eichentür mit eisernen Beschlägen verstärkt, aber wahrscheinlich würde es einer derartigen Behandlung nicht lange standhalten. Keira zerrte das Schafsfell auf dem Boden zur Seite, und eine Falltür kam zum Vorschein. Darunter befand sich eine Leiter, die in einen Gang führte, der im Stall endete. Sie musterte Liam. Wie hatte sie nur so töricht sein können und nicht daran gedacht, dass dieser einnehmende Mann womöglich ein hemmungsloser Lüstling war?

»Beeilt Euch und holt Eure Sachen, mein süßer Prinz!«, forderte sie ihn höhnisch auf.

Liam musste die Zähne zusammenbeißen, um Keira nicht zu sagen, dass sie ihn nie mehr so nennen sollte. Rasch sammelte er seine Habseligkeiten zusammen. »Wohin führt der Gang?«

»Zum Stall. Diese Kate ist zwar so gebaut worden, dass sie eine Menge aushält, aber wer sie errichtet hat, wusste, dass sie nicht uneinnehmbar ist. Auf diesem Weg kann man hinaus, während die Angreifer sich mühen einzudringen.«

»Wenn wir aus dem Stall hinausreiten, werden wir bestimmt gesehen. Das könnte auch Euch in Gefahr bringen.«

»Und deshalb ist es sehr gut, dass der Stall einen Hinterausgang hat.« Obwohl Liam mittlerweile mit seiner Krücke recht geschickt war, wusste Keira, dass es ihn große Mühe kosten würde, auf der schmalen Holzleiter in den Tunnel hinunterzusteigen. »Kester, nimm du Sir Liams Sachen. Wir gehen zuerst, damit wir ihm helfen können, falls er auf der Leiter ausrutscht.«

Es lag ihm auf der Zunge, laut zu behaupten, dass er die Hilfe einer kleinen, zierlichen Frau und eines dürren Jungen nicht bräuchte, um eine Leiter hinunterzusteigen, aber Liam verkniff sich diese bissige Bemerkung. Ein Blick auf die Leiter sagte ihm, dass er sie mit seinem steifen Bein nicht mühelos bewältigen konnte. Er warf Kester seine Krücke zu und machte sich vorsichtig an den Abstieg, wobei er jedes Mal vor Schmerz mit den Zähnen knirschte, wenn er sein krankes Bein belastete. Unten angekommen, lehnte er sich an die Leiter und verdrängte den Schmerz. Er hatte jetzt keine Zeit dafür. Laird Kinnairds Bemühungen, die Tür einzuschlagen, waren fast ohrenbetäubend laut geworden.

»Wir sollten die Luke lieber verriegeln«, sagte Keira, als Liam endlich von der Leiter wegtrat. »Man kann sie von dieser Seite aus gut sichern. Das wird unsere Verfolger eine Weile aufhalten.«

»Ich mache sie zu, wenn Ihr weg seid«, meinte Kester. »Und ich lege auch das Schafsfell wieder darauf.«

»Nay, Kester, das ist zu gefährlich. Der Mann dort draußen scheint blind vor Wut zu sein. Du musst mitkommen. Vom Stall aus kannst du dann ins Kloster laufen.«

»Selbst wenn er blind vor Wut ist, wird er mich nicht mit Sir Liam verwechseln, und sei es nur, weil ich braune Haare habe und keine roten. Geht nur, M'lady. Ich werde den Laird noch eine Weile aufhalten, dann habt Ihr eine größere Chance, unbemerkt zu entkommen.«

»Junge, selbst dieser Narr wird irgendwann merken, dass es in der Kate zu still ist«, meinte Liam.

»Ach, der Narr wird glauben, dass Ihr noch drinnen seid, Sir Liam«, erwiderte Kester und grinste.

Keira war überzeugt, dass Liam den Novizen ebenso erstaunt anstarrte wie sie, konnte aber den Blick nicht von dem Jungen wenden, um das Liam gegenüber zu bekräftigen. Kester hatte genau wie Liam geklungen! Dass seine Stimme normalerweise in einem einzigen Satz mehrmals zwischen hoch und tief schwankte, machte diese Leistung umso verblüffender.

»Wie hast du das gemacht?«, fragte sie schließlich.

Kester zuckte mit den Schultern. »Einfach so. Ich kann alle Mönche nachmachen. Es ist ein kleines Spiel, mit dem ich mir manchmal die Zeit vertreibe.«

»Spiel es weiter, Junge«, meinte Liam. »Dieses Talent könnte eines Tages sehr nützlich sein. Ich weiß nur nicht, ob es ratsam ist, es jetzt einzusetzen. Laird Kinnaird ist momentan völlig unberechenbar.«

Kester runzelte die Stirn. »Ich stelle mich nicht neben die Tür, dann hat der Mann ein bisschen Zeit, sich umzuschauen und festzustellen, dass es nicht Ihr seid.«

»Ja, tu das«, meinte Keira. »Und sobald die Tür aussieht, als würde sie bersten, schreist du, so laut du kannst, in deiner eigenen Stimme. Dann wird er bestimmt glauben, dass sich eine ganze Menge Leute in der Kate aufhalten.«

»Aye, M'Lady, so mach ich's«, stimmte Kester ihr zu.

Keira sah dem Jungen nach, wie er die Leiter wieder hinaufstieg. Als die Falltür zuging, musste sie gegen die Angst ankämpfen, die plötzlich in ihr aufstieg. Sie hasste enge, dunkle Orte, sie erinnerten sie an ein Grab. Die Laterne, die sie mitgenommen hatten, richtete wenig gegen die Dunkelheit aus. Sie schüttelte den Kopf, als sie hörte, wie Kester mit Liams Stimme Laird Kinnaird ein paar unflätige Flüche entgegenschleuderte.

»Die hat er bestimmt nicht im Kloster gelernt«, murrte sie.

»Das kann man nie wissen. Kein Mönch ist im Kloster zur Welt gekommen«, entgegnete Liam.

»Wenn Kester so weitermacht, wird Sir Kinnaird vor Wut

schäumen, wenn er die Kate stürmt, weil er derart beleidigt wurde.«

»Der Junge wird schon damit fertig werden. Er kann zwar kaum zehn Schritte gehen, ohne über seine Füße zu fallen, aber er ist ziemlich klug. Und jetzt sollten wir lieber los. Vielleicht kommt diesem brüllenden Laird demnächst in den Sinn, den Stall bewachen zu lassen.«

Diese Sorge trieb Keira an. Sie versuchte, nicht an den engen Raum zu denken und auch nicht an den durchdringenden Geruch von feuchter Erde, sondern nur an die Öffnung am anderen Ende. Dort lag die Freiheit. Wenn sie dann doch auch von Liam frei wäre! Aber sie wusste, dass er noch eine Weile an ihrer Seite bleiben würde, und sie vermutete, dass er noch jahrelang in ihrem Herzen und ihrem Denken wohnen würde.

Am Ende des Tunnels reichte Keira Liam die Laterne. Sie stieg die Leiter hinauf und stemmte die Luke nur so weit auf, dass sie sich im Stall umsehen konnte. Erleichtert stellte sie fest, dass von Laird Kinnairds Männern nichts zu sehen war und Kester die Stalltür fest verschlossen hatte, nachdem er an diesem Morgen die Tiere versorgt hatte. Die Belagerer der Kate würden also nichts von ihr und Liam mitbekommen. Eilig kletterte sie aus dem unterirdischen Gang, setzte alles ab, was sie getragen hatte, und kniete sich neben die Öffnung, um Liams Bündel in Empfang zu nehmen.

Liam schnaubte zornig, als ihm Keira bei der letzten Leitersprosse helfen musste. Obwohl er ihr für all ihre Hilfe dankbar war und wusste, dass sie ihm erneut das Leben gerettet hatte, hatte er seine körperlichen Beeinträchtigungen gründlich satt. Ein großer Teil seines Verdrusses lag aber auch darin begründet, dass sie wegen seines Ärgers aus dem behaglichen Cottage hatten fliehen müssen und er sich dabei auch noch auf einen Jungen und eine kleine, zierliche Lady hatte verlassen müssen. Sobald er im Stall war, nahm er sein Bündel und humpelte zu seinem Pferd, um es zu satteln. Immerhin das konnte er alleine, dachte er mürrisch.

Während Keira ihre Grauschimmelstute im Verschlag neben Liams Pferd sattelte, sagte sie: »Hinten im Stall gibt es eine Tür. Draußen liegen etwa fünfzehn Fuß offenes Gelände vor uns bis zum Wald. Dort stehen die Bäume bald so dicht, dass sie uns Deckung geben.«

»Vielleicht sollten wir die Pferde über das freie Gelände führen«, meinte Liam.

Keira blickte auf sein rechtes Bein. Es war noch immer verbunden und geschient. Sein rechtes Hosenbein war bis übers Knie aufgeschlitzt, und über dem Verband und den Holzschienen trug er einen kuriosen Wildlederstiefel, den ihm einer der Mönche genäht hatte. Den Fuß des Stiefels hatte der Mönch ein wenig größer gemacht, falls das Bein anchwellen sollte, und der Schaft bestand aus zwei breiten Lederstreifen, vorn und hinten ans Bein belegt, verschnürt mit ungegerbten Lederbändern. Das Ganze machte es Liam kaum möglich, das Knie zu beugen.

»Wenn man uns dabei entdeckt, müssen wir rasch in den Sattel springen, und ich fürchte, dass könnt Ihr nicht«, meinte sie.

Liam blickte auf sein rechtes Bein und überlegte, wie er überhaupt in den Sattel kommen sollte. Im Stillen wiederholte er sämtliche Flüche, die ihm einfielen. Mittlerweile hatte er seinen Alltag nämlich ganz gut alleine meistern können, sodass er sich dem Trugschluss hingegeben hatte, er wäre wieder völlig selbstständig. Jetzt wusste er, dass er sich oder andere nicht vor erbosten Ehemännern schützen konnte und es nicht einmal schaffte, ohne Hilfe auf sein Pferd zu steigen. Vielleicht würde er Maude die Prügel verzeihen, die er ihretwegen eingesteckt hatte, aber diese scheinbar nicht enden wollende Hilflosigkeit, diese ständige Kränkung seines Stolzes würde er ihr wohl nie verzeihen.

»Aye, Ihr habt recht«, erwiderte er zähneknirschend. »Es stimmt, ich brauche Eure Hilfe, um in den Sattel zu kommen.« Er führte sein Pferd aus seinem Verschlag und wartete auf ihren Beistand.

Keira führte ihre Stute aus ihrem Verschlag, dann trat sie neben Liam, um ihm beim Aufsitzen zu helfen. Sie unterdrückte ihr Mitgefühl, indem sie sich an den Grund seiner Verletzungen erinnerte. Die Bestrafung war zu hart gewesen, aber ein Mann musste damit rechnen, dass er von einem Ehemann, dem er Hörner aufgesetzt hatte, Vergeltung zu erwarten hatte. Keira wusste, dass eine Menge ihres eigenen Zorns daher rührte, dass sie gekränkt war und sich gleichzeitig schrecklich töricht vorkam. Ein Blick in Lady Maudes umwerfend schönes Gesicht hatte sie grausam an ihre eigenen Mängel erinnert. Eine Weile hatte sie tatsächlich geglaubt, Liams hübsche Worte und sein süßes Lächeln wären nur für sie bestimmt und hätten etwas zu bedeuten. Doch nun musste sie sich der bitteren Wahrheit stellen: Ein Mann, der eine Frau wie Lady Maude gewinnen konnte, würde sich für eine Frau wie sie nie ernsthaft interessieren.

Sobald Liam im Sattel saß, meinte sie. »Ich muss die Tür noch schließen. Reitet schon einmal vor. Wartet erst im Schutz der Bäume auf mich.«

Liam zögerte kurz, dann nickte er. Er hatte befürchtet, dass ihn Keira jetzt verlassen und ihrer Wege gehen würde, doch ihren Worten entnahm er, dass sie einstweilen zusammenbleiben würden. Nachdem er es nicht einmal allein in den Sattel geschafft hatte, konnte er sich allerdings kaum vorstellen, ihr beim Kampf um Ardgleann tatkräftig zur Seite zu stehen. Aber zumindest könnte er die Männer zusammentrommeln, die sie brauchte, um Ardgleann zurückzuerobern.

Er bückte sich, um durch die Tür zu gehen, die sie für ihn aufhielt, dann lenkte er sein Pferd Richtung Wald. Angespannt wartete er auf einen Schrei oder ein anderes Zeichen, dass man ihn entdeckt hatte. Doch nichts dergleichen erfolgte. Sobald er im Schutz der Bäume war, beobachtete er Keira, die ihm wachsam nachritt. Er atmete erleichtert auf, als sie unentdeckt bei ihm ankam. Was auch immer Kester tat, es sorgte dafür, dass sich die Männer ausschließlich mit der Kate beschäftigten.

»Wir reiten zum Keep meines Cousins, nach Scarglas«, schlug Liam Keira vor.

»Ich wollte zu meiner Familie«, meinte Keira.

»Nicht allein, und erst wenn mein Bein ganz ausgeheilt ist. Ich kann Euch noch immer kaum beschützen. Scarglas erreichen wir in drei Tagen, vielleicht auch etwas mehr, wenn wir Ärger bekommen. Aber dort gibt es Männer, die Euch nach Hause begleiten können, und auch Proviant für die Reise.«

Das klang vernünftig – zu vernünftig, um es abzulehnen. Keira nickte. »Reitet voran.«

Liam trieb sein Pferd an und bemühte sich, Keira nicht zu zeigen, wie erleichtert er war, dass sie seinen Vorschlag angenommen hatte. Sie nach Scarglas zu bringen war ein guter Plan, und außerdem würde es ihm ein paar Tage allein mit ihr bescheren. Wahrscheinlich würde er jeden Moment brauchen, um ihren Zorn zu besänftigen und das Terrain zurückzugewinnen, das er durch Maudes Ankunft verloren hatte. Er hoffte, dass Keira ihm unterwegs auch etwas über ihre Herausforderung erzählen würde und auf seine Mithilfe in dem kommenden Kampf einginge. Außerdem wollte er weiter um sie werben und ihr Vertrauen zurückgewinnen. Ein kurzer Blick in ihr Gesicht zeigte ihm, dass das wahrscheinlich der schwierigste Kampf von allen sein würde.

5

Keira warf einen Blick auf Liam und erschrak. Der Mann sah so bleich aus, dass es ein Wunder war, dass er noch im Sattel saß. Wut und Enttäuschung hatten offenbar eine Weile die Heilerin in ihr unterdrückt, denn seit sie aus der Kate geflohen waren, hatte sie überhaupt nicht daran gedacht, was ein langer, harter Ritt ihm abverlangen würde. Selbst ihr taten die Knochen weh, und sie war kerngesund. Warum hatte er kein Wort über die Schmerzen verloren, die ihn ganz offenkundig quälten? *Männlicher Stolz,* dachte sie und schüttelte den Kopf über eine solche Torheit.

»Ich finde, es wird Zeit, dass wir uns ein Plätzchen zum Übernachten suchen«, sagte sie.

»Es ist noch hell genug, um weiterzureiten«, meinte Liam, auch wenn er nichts lieber getan hätte, als abzusteigen und sein Bein hochzulegen.

»Aber Ihr seht aus, als ob Ihr gleich aus dem Sattel fallen würdet.«

Liam war es schrecklich peinlich, dass sie sah, wie sehr er litt. »Nay, ich …«

»Sir Liam, ich bin nicht stark genug, um Euch aufzufangen, solltet Ihr fallen, oder Euch zu tragen, und ein Sturz könnte Eurem Bein schwer schaden. Es sind jetzt gerade mal zwei Wochen, dass Ihr Euch wieder einigermaßen bewegen könnt. Wollt Ihr wirklich wieder von vorn anfangen?«

Seine Antwort bestand in einem mürrischen Grunzen. »In etwa einer Stunde gelangen wir zu einem Weiler. Dort können wir übernachten.«

Da das wohl sein äußerstes Zugeständnis war, fügte sie sich stillschweigend. Männer konnten schrecklich stur sein, wenn ihr Stolz auf dem Spiel stand. Wenn sie ihn weiter bedrängte, würde er womöglich versuchen, noch weiter als bis zum nächsten Weiler zu reiten, und sie hatte wahrhaftig keine Lust, über seinen bewusstlosen Körper zu wachen oder sein Bein wieder einzurichten. Sie beschloss, ihn gut im Auge zu behalten, bis sie ihr Ziel erreichten, und hoffte, dass er genügend Verstand besaß, um aufzugeben, bevor ihm die Sinne schwanden.

In dem Weiler angekommen, konnte Liam kaum noch geradeaus schauen. Er zügelte Gilmour vor einer kleinen Schenke, in der Reisende auch übernachten konnten, und kämpfte gegen den Drang an, sich einfach fallen zu lassen. Langsam und tief atmend, verdrängte er seine Schmerzen und hoffte, dass Keira ihm rasch beim Absitzen helfen würde. Er konnte es kaum erwarten, in eines von Old Dennys überraschend sauberen und bequemen Betten zu sinken.

Keira ließ Liam nicht aus den Augen, während sie ihm beim Absteigen half. Er hatte zuletzt so schlecht ausgesehen, dass sie schon fast damit gerechnet hatte zu hören, wie er auf dem Boden aufschlug. Als er neben seinem Pferd stand, sah er immerhin nicht mehr so aus, als würden ihm gleich die Sinne schwinden. Trotzdem blieb sie an seiner Seite, als sie die Scheune betraten. Doch gleich darauf wäre sie lieber meilenweit entfernt gewesen, als eine überschwängliche dunkelhaarige Frau Liams Namen schrie und ihm mit der Wucht ihrer Umarmung fast die Krücke aus der Hand schlug. Er war offenkundig nicht zum ersten Mal hier.

Auf ihm lastete ein Fluch, dachte Liam, als er sich sanft, doch bestimmt aus der hartnäckigen Umarmung der drallen Mary löste. Obwohl er der Fleischeslust ein wenig zu gierig gefrönt hatte, fand er doch, dass seine Sünden all diese Strafen nicht verdient hatten. Er musste Keira gar nicht anschauen, um zu wissen, wie sie diesen breit lächelnden Beweis seiner bewegten Vergangenheit aufnahm. Er spürte schon fast die Kälte ihrer Wut. Nun würde es ihm noch schwerer fallen, sie zu überzeugen, dass Lady Maude sich nur etwas eingebildet hatte.

»Schön, dich wiederzusehen, Mary«, sagte er höflich und schob sie sanft, doch bestimmt von sich.

»Oh ja, wie schön, dich wiederzusehen!«, sagte Mary. »Und bald wird es noch schöner, wenn wir …«

»Ich möchte dir gerne meine Gemahlin vorstellen«, fiel er ihr hastig ins Wort und hoffte, Mary daran zu hindern, allzu deutlich in ihren Erinnerungen zu schwelgen. Keira wusste natürlich, dass er diese Frau beschlafen hatte, aber das Wie, das Wann und das Wo wollte er ihr wahrhaftig ersparen.

Keira setzte zu einer empörten Widerrede an, doch ein rascher, scharfer Blick ließ sie verstummen. Sie sah ein, dass es gute Gründe gab, so zu tun, als ob sie verheiratet wären. Das Zimmer mit einem Mann zu teilen, auch wenn sie ihn inzwischen für einen hemmungslosen Lüstling hielt, war bestimmt besser, als allein und unbewacht in einer Kammer zu liegen. Einige der Männer in der Schenke sahen nicht so aus, als ob sie sich von einer verschlossenen Tür oder einer ablehnenden Frau aufhalten lassen würden. Liam mochte viele Fehler haben, aber er würde sich ihr nie gewaltsam nähern. Es würde allerdings eine lange, ungemütliche Nacht werden.

Sie rang sich ein knappes Lächeln ab, um Mary zu begrüßen, die mit offenem Mund dastand und sie anstarrte. Als sie Mary insgeheim eine ganze Menge böser Beinamen geben wollte, verbot sie sich das hastig. Es war nicht Marys Schuld, dass Liam unfähig war, die Schnüre seiner Hose bei einer Versuchung zugebunden zu lassen. Sie wünschte nur, sie könnte die quälenden Bilder von Mary und Liam im Bett, nackt, vertreiben.

»Du hast geheiratet?«, krächzte Mary schließlich, dann trat sie einen Schritt zurück und machte einen etwas steifen Knicks vor Keira. »Damit warst du also beschäftigt. Ach ja, und verletzt worden bist du auch. Deine Cousins haben sich nach dir erkundigt.«

»Wann denn?«

»Oh, zweimal schon. Erst vor drei oder vielleicht auch vor

vier Tagen waren sie hier.« Mary grinste. »Ein paar stramme Burschen. Wir hatten viel Spaß.«

Na gut, also hatte sie sich nicht geirrt, als sie Mary insgeheim als Hure beschimpft hatte, dachte Keira. Obendrein eine hübsche, fröhliche Hure, die kein Hehl aus ihrer liederlichen Lebensweise machte. Aber im Grunde spielte das keine Rolle – Keira wusste, dass Männer oft solche Frauen aufsuchten, manche sogar, obwohl sie verheiratet waren. Ihre Verwandten taten das allerdings nur, solange sie frei und ungebunden waren. Freilich machte dieses Wissen es ihr nicht leichter, so einer Frau in die Augen zu blicken und zu wissen, dass Liam sie beschlafen hatte.

Es spielt keine Rolle, mahnte sie sich abermals streng. Eine Weile hatte sie sich gestattet zu glauben, dass ein Mann wie Sir Liam an ihr interessiert sein könnte. Es war gut, dass sie aus diesem törichten Traum erwacht war, bevor sie etwas getan hatte, was nicht mehr rückgängig gemacht werden konnte.

Nachdem er sich eingehend nach seinen Cousins erkundigt hatte, verlangte Liam ein Zimmer, einen Zuber mit heißem Wasser und eine Mahlzeit. Eine munter plaudernde Mary führte ihn und Keira in eine kleine Kammer. Liam blickte immer wieder zu Keira, um sich zu vergewissern, dass sie noch da war. Ihr anhaltendes Schweigen machte ihn unsicher.

Diese Nacht konnte er es sich getrost sparen, um Keira zu werben, dachte er, als Mary sie in die Kammer schob. Er fragte sich, ob Keira je wieder mit ihm sprechen würde, aber im Moment war ihm die Stille ganz angenehm. Ihm war nie aufgefallen, wie viel Mary redete, aber er war bei ihr immer zu beschäftigt gewesen, sein brennendes Verlangen zu stillen, um darauf zu achten, wie er sich jetzt zerknirscht eingestehen musste. Sein Cousin Sigimor hatte wahrscheinlich recht damit gehabt, dass er eines Tages für das ungehemmte Ausleben seiner Fleischeslust würde bezahlen müssen. Allerdings fand er, dass er es nicht verdient hatte, so teuer dafür zu bezahlen.

Keira blieb stumm, während das Bad für sie gerichtet wurde.

Sie hätte gern mit Liam geredet und so getan, als würde es ihr nichts ausmachen, dass Liam ein hemmungsloser Lüstling war, aber sie fürchtete sich vor dem, was aus ihr hervorbrechen würde, sobald sie den Mund aufmachte. Als er sie ihrem Bad überließ und sie nur bat, nicht zu lange im Zuber zu verweilen, weil auch er sich gern mit warmem Wasser waschen würde, begann sie, sich seufzend zu entkleiden. Als sie ihren erschöpften Körper in das warme Wasser sinken ließ, seufzte sie vor Wonne, und beinahe tat ihr Liam leid, weil er dieses Vergnügen nicht genießen konnte. Er würde noch mindestens zwei Wochen warten müssen, bis er ein richtiges Bad nehmen konnte, und selbst dann brauchte er wahrscheinlich noch Hilfe, um in den Zuber hinein- und wieder herauszuklettern, weil sein Bein noch nicht kräftig genug war.

Unwillkürlich stellte sie sich vor, wie Liam nackt im Zuber saß und sie ihm half. Sie konnte fast seine Muskeln und seine straffe Haut unter ihren Händen spüren, während sie ihm die breite Brust einseifte. Keira schüttelte den Kopf und schimpfte sich eine dumme Gans. Liam hatte tatsächlich eine breite, männliche Brust, aber es war ganz offenkundig eine Brust, die von weit mehr weiblichen Händen berührt worden war, als ihr lieb war.

Plötzlich war sie den Tränen nahe, und sie schrubbte sich heftig, bis sie diesen Drang nicht mehr spürte. Dieser Mann war ihre Tränen nicht wert, auch wenn einige ihrer Träume so süß gewesen waren, dass sie es wert waren, über sie jetzt bekümmert zu sein. Und leider konnte sie sich des düsteren Gefühls nicht erwehren, dass es lange dauern würde, bis sie diesen Mann aus ihren Träumen verbannt haben würde. Allerdings würden es wohl keine angenehmen Träume mehr sein, weil sie immer wieder daran denken musste, was Liam mit all diesen Frauen getrieben hatte, und diese qualvollen Bilder einfach nicht weichen wollten. Ab sofort würden sich ihre Träume in Albträume verwandeln.

Sie musste die Kraft finden, diesen Mann aus ihrem Herzen

und aus ihrem Kopf zu vertreiben. Es war töricht gewesen, ihm zu gestatten, sich in ihr Herz zu schleichen, doch ab sofort wollte sie diese Torheit beenden. Ab sofort war Liam Cameron nur noch ein Mann mit einem gebrochenen Bein, dem sie als Heilerin zur Seite stand.

Keira hoffte inständig, dass sie all diese guten Vorsätze befolgen konnte. Obgleich sie diesem Mann böse war, fiel es ihr schwer, ihm zu widerstehen. Selbst wenn sich dralle Brünette in seine Arme warfen, war sie eher verletzt und enttäuscht als wütend. Ihr galanter Ritter war nicht unbescholten, und dafür hasste sie ihn beinahe.

Als sie fertig gebadet hatte, fragte sie sich, was sie anziehen sollte, doch Liam hatte sie oft genug im Nachthemd gesehen, also schlüpfte sie nun in ihr Nachthemd. Nachdem Liam sich gesäubert hatte, wollte sie ihre Kleider im Badewasser waschen, um den Staub der Straße und den Geruch der Pferde zu vertreiben.

Sie flocht gerade ihr feuchtes Haar, als Liam mit einem Tablett zurückkehrte, beladen mit Brot, kaltem Hammelfleisch, Käse, Haferkuchen und Äpfeln. Es war zwar eine schlichte Kost, doch Keiras Magen begann sofort, erwartungsvoll zu knurren.

»Wartet nicht auf mich«, sagte Liam und stellte das Tablett auf den Tisch. Seufzend nahm er zur Kenntnis, dass sie nur kühl nickte.

Keira wollte sich gerade auf den Stuhl vor dem grob gezimmerten kleinen Tisch niederlassen, als sich Liam bis zur Hüfte entkleidete. Sie musste die Lippen zusammenpressen, um nicht unwillkürlich einen anerkennenden Laut auszustoßen. Der Mann war gefährlich, dachte sie, während sie den Stuhl hastig drehte, bis sie mit dem Rücken zu Liam saß.

Als Liam einen Blick auf Keira warf, musste er beinahe lächeln. Sie saß da, stocksteif und kerzengerade, dass er sich fragte, ob ihr diese Haltung nicht wehtat. Dass sie wütend auf ihn war, erheiterte ihn wahrhaftig nicht, doch es belustigte ihn ein wenig, wie sie ihren Zorn zeigte.

Es bedrückte ihn allerdings, dass er sie offenkundig stark enttäuscht hatte. Aber warum war sie nur so enttäuscht von ihm? Er konnte sich nicht vorstellen, dass sie nicht wusste, wie Männer sich verhielten, vor allem junge Männer ohne Ehefrau oder Verlobte. Vielleicht lag es ja daran, dass sie glaubte, er habe Maude dazu verführt, ihrem Ehemann untreu zu werden, aber er bezweifelte, dass Keiras Verwandte sich nie einer solchen Sünde schuldig gemacht hatten. Offenbar hatte sie ihn für einen edlen, galanten Ritter gehalten, für einen ritterlichen und tugendreichen Mann, und die letzten Stunden hatten dieses Bild gründlich zerstört.

Aber das hatte auch sein Gutes, fand er. Falls sie das in ihm gesehen hatte, dann hätte er diese Rolle nicht sehr lange spielen können. Er war zwar verträglicher als viele seiner Verwandten, und meist gelang es ihm auch, erst einmal nachzudenken, bevor er handelte, aber er war nicht fehlerlos. Welcher Mann war das schon? Nachdem sie einen Monat mit ihm zusammengelebt hatte, wunderte er sich, dass ihr das nicht klar gewesen war, auch wenn er sich in dieser Zeit natürlich nur von seiner besten Seite gezeigt hatte.

Die Sache mit Maude konnte er erklären, und mit der Zeit würde er Keira sicher dazu bringen, ihm zu glauben. Es ärgerte ihn zwar, dass ihr sein Wort nicht reichte, aber damit würde er schon fertig werden. Wenn Keira Mary nicht getroffen hätte, die es allzu deutlich gemacht hatte, dass er sie beschlafen hatte, hätte er Keira vielleicht jetzt schon gewonnen. Unglücklicherweise hatte in Keiras Augen diese letzte Begegnung Lady Maudes Darstellung noch erhärtet.

Stirnrunzelnd saß er neben dem Zuber und versuchte, sich die Haare zu waschen. Vielleicht war es am besten, wenn er einstweilen nichts gegen Keiras Zorn unternahm. Doch sogleich regte sich Widerstand gegen diesen Gedanken. Er wusste, dass sie einen Mann von höherem Stand verdiente, einen Mann mit einem dicken Geldbeutel und einem stattlichen Wohnsitz, den er sein Eigen nannte. Dennoch war er entschlossen, sie zu erobern. Obwohl er sich nicht sicher war, was er außer Lust für sie empfand, sah er doch seine Gefährtin in ihr, seine andere Hälfte und die Mutter seiner Kinder. Wenn er ein paar Leute verärgern musste, um sie zu bekommen, dann war das nicht zu ändern.

Nachdem er das Wasser aus seinen Haaren gewrungen hatte, rieb er sich rasch mit einem Tuch trocken, dann stellte er sich mühsam auf die Beine. Keira drehte sich sogleich um und wollte ihm helfen, doch dann wandte sie sich wieder dem Essen zu. Doch allein diese Bewegung entzündete ein Fünkchen Hoffnung in ihm. Sie war ihm gegenüber nicht völlig gleichgültig. Zorn und Enttäuschung – damit konnte er umgehen, so lästig es auch war, doch wenn sie ihn rundweg abgelehnt hätte, hätte er wahrscheinlich nicht mehr weitergewusst.

Er setzte sich ihr gegenüber an den Tisch und nahm sich von den Speisen und dem Ale. Als er Keira eingehend musterte, begann das Fünkchen Hoffnung in ihm größer zu werden. Es fiel ihr nämlich schwer, ihn nicht zu beachten. Kurz hob sie den Kopf, um ihn zu betrachten, auch wenn sie ihn gleich wieder senkte und auf ihr Essen starrte. Wenn er sie völlig kaltgelassen hätte, hätte sie es nicht so offensichtlich vermieden, ihn anzusehen. Es würde zwar nicht leicht werden, ihr Vertrauen zurückzugewinnen, doch er war zuversichtlich, dass es ihm mit Geduld und angestrengtem Werben gelingen würde.

Es ärgerte ihn schon, dass sie ihm nicht einfach glaubte, aber er würde sein Bestes tun, um diesen Groll nicht hochkommen zu lassen. Schließlich hatte sie gute Gründe, ihm nicht zu vertrauen: Eine Frau hatte behauptet, seine Geliebte zu sein, und all seine unwirschen Erwiderungen und heftigen Bemühungen, der Frau aus dem Weg zu gehen, ließen ihn als hartherzigen Mann dastehen, der Frauen nur benutzte, um seine Lust an ihnen zu stillen. Und dann war sie Mary begegnet, einer Frau, die er tatsächlich beschlafen hatte. Im umgekehrten Fall wäre er vermutlich auch wütend gewesen. Sehr wütend sogar, dachte er ein wenig überrascht. Rasch vertrieb er die Bilder von Keira mit einem anderen Mann. Er musste sie eben überzeugen, dass er ihr treu sein würde, wenn sie ihn zum Manne nahm, wenngleich seine Vergangenheit nichts war, auf das er stolz sein konnte.

Liam zuckte zusammen, als Keira plötzlich einen Laut von sich gab, der wie ein leises Brummen klang, und abrupt aufstand. Sie trat zum Zuber, sammelte ihre Kleider ein und begann, sie im Badewasser zu waschen. Er lächelte ein wenig. Plötzlich schmeckte ihm sein Essen sehr viel besser, und er langte herzhaft zu. Keira Murray MacKail war er mit Sicherheit nicht gleichgültig. Auf zum Kampf, dachte er und musste beinahe lachen.

Keira ärgerte sich über sich selbst. Sie hatte einen Monat mit diesem Mann unter einem Dach gelebt. Es sollte ihr wahrhaftig nicht so schwerfallen, dem Drang, ihn anzusehen, zu widerstehen. Als er schwach und verletzt im Bett lag und sie ihn gepflegt hatte, hatte sie alles gesehen, was es an ihm zu sehen gab. Natürlich war sein Anblick in der Zeit nicht gerade berückend gewesen, doch sobald die Schwellungen zurückgegangen und die Blutergüsse verblasst waren, hatte er mit jedem Tag einnehmender ausgesehen. Mittlerweile war er wohl an der Grenze angelangt. Seit einigen Tagen sah sie ihn in all seiner Pracht, es war also höchste Zeit, nicht mehr so viel Vergnügen dabei zu finden.

Während sie ihr Hemd so heftig auswrang, dass sie kurz davorstand, es zu zerreißen, gestand sie sich ein, dass sie deshalb so abrupt aufgestanden war, weil sie ihn fast aufgefordert hätte, sein Hemd anzuziehen. Das hätte ihm ihre Gefühle verraten. Ihren Zorn hätte sie ihm gut erklären können: Welche Frau wäre nicht zornig geworden, wenn sie herausgefunden hätte, dass der Mann, den sie so aufopferungsvoll gepflegt hatte, kaum besser war als ein Hund, der ständig auf der Suche nach läufigen Hündinnen war? Aber abgesehen davon gab es noch einen Grund, verletzt und wütend zu sein, einen, den sie sich allerdings nur ungern eingestand: Dieser Hund schien sich nicht für sie zu interessieren.

Es kränkte sie mehr, als sie zugeben wollte, weit mehr als Duncans traurige Gleichgültigkeit. Das sagte natürlich einiges über den Zustand ihrer Gefühle für diesen Mann aus, doch es erschreckte sie so sehr, dass sie sich nicht näher damit befassen wollte. Er hatte einen ganzen Monat mit ihr zusammen in einer kleinen Kate verbracht und sie nicht ein einziges Mal geküsst. War es da ein Wunder, dass ihr zum Weinen zumute war und sie kaum etwas essen konnte?

Etwas Weißes flog an ihr vorbei und landete im Zuber. Keira starrte auf Liams Hemd. Langsam zog sie es heraus. Vermutlich erwartete er, dass sie es für ihn wusch. Einen Moment lang ergötzte sie sich an der Vorstellung, ihn an seinen Stuhl zu fesseln und ihm das Hemd in den Mund zu stopfen. Sie warf ihm einen kurzen Blick zu – er saß wieder am Tisch und aß gemächlich die letzten Bissen. Als er merkte, dass sie ihn ansah, lächelte er sie süß an. Ihr Blick verfinsterte sich, bevor sie sich wieder dem Zuber zuwandte.

Liam verkniff sich ein Lachen. Dieser Blick war so messerscharf gewesen, dass er sich wunderte, dass er nicht blutete. Er hatte die Taktik seines Cousins Sigimor, der Menschen in äußerste Wut versetzte, um Streitfälle zu lösen, immer sehr merkwürdig gefunden, doch allmählich erkannte er ihren Nutzen. In Keira schwelte die Wut. Wenn er in der Glut herumstocherte, würden bald Flammen hochschlagen, und dann würden all die Worte aus ihr herausbrechen, die sie so mühsam zurückhielt. Vermutlich würde ihm einiges nicht gefallen, aber immerhin würde er dann nicht mehr rätseln müssen, was wohl in ihr vorging.

Er versuchte mehrmals halbherzig, mit ihr ins Gespräch zu kommen, doch er war froh, als Mary und ihre zwei Brüder auftauchten, um das Tablett und den Zuber zu holen. Mit Keira zu reden war, als rede er gegen eine Wand. Die wenigen Antworten, die er ihr entlocken konnte, bestanden aus undeutlichen Lauten und etwas, was einem Knurren gefährlich nahe kam. Als Mary wieder anfing, in der Vergangenheit zu schwelgen und sich an eine besonders lustige Episode zu erinnern, als er mit ein paar Cousins aus Dubheidland hereingeschneit war, schob Liam die munter plaudernde Frau rasch aus dem Zimmer. Daran, wie sich Keiras Augen verengten, erkannte er, dass er wahrscheinlich ein wenig zu spät gehandelt hatte. Verdrossen setzte er sich aufs Bett und begann, seine Stiefel auszuziehen.

»Was macht Ihr da?«, fragte Keira.

Sie funkelte Liam wütend an, während sie versuchte, Marys Worte aus ihrem Kopf zu verscheuchen. Es fiel ihr nicht leicht, und wahrscheinlich würde das auch lange so sein. Mary hatte keine Einzelheiten enthüllt, aber bevor Liam sie hinausgeschoben hatte, hatte sie genug gesagt, um in Keira gewisse Vorstellungen zu wecken. Und jetzt lief ihre lebhafte Fantasie völlig aus dem Ruder. Sie musste sich bremsen, sonst würde sie nie mehr ein Auge zumachen.

»Ich gehe ins Bett«, erwiderte Liam und schüttelte das Kissen auf, bis ihm die Form passte.

»Wir können nicht gemeinsam in einem Bett liegen.«

»Ich habe meine Hose angelassen, und außerdem haben wir einen Monat lang unter einem Dach gelebt.«

»Wir haben aber nie gemeinsam in einem Bett geschlafen. Die Kate mit Euch zu teilen war notwendig, vor allem, als Ihr kaum etwas alleine tun konntet. Dieses Bett mit Euch zu teilen ist aber nicht notwendig. Ihr könnt auf dem Fußboden schlafen.«

»Ich habe ein gebrochenes Bein, falls Ihr das vergessen habt. Es freut sich nicht, dass ich es stundenlang auf einem Pferderücken strapaziert habe. Ich schlafe in diesem Bett. Wenn Ihr mir nicht zutraut, dass ich meine Lüsternheit wenigstens eine Nacht lang zügeln kann, dann könnt Ihr auf dem Fußboden schlafen.« Vielleicht hatte seine Stimme ein wenig zu deutlich seinen Ärger und Verdruss enthüllt, denn ihre Augen wurden etwas größer. »Ich nehme die oberste Decke, Ihr könnt Euch in den Rest einwickeln.« Er zog die Decke über sich und schloss die Augen.

Keira zögerte einen Moment lang, dann kletterte sie zu ihm ins Bett. Ihr Ritter konnte also auch aufbrausen und ungalant sein. Aber wahrscheinlich war das nur ein schlagkräftiger Beweis dafür, wie sehr sein Bein schmerzte. Im Übrigen hatte er sie ja in all der gemeinsam verbrachten Zeit kein einziges Mal unsittlich berührt. Bestimmt konnte sich kein Mann so lange verstellen, ohne dass sein wahres Wesen wenigstens kurz zum Vorschein kam. Deshalb lag es wohl auf der Hand, dass sie seine Lust nicht erregte, auch wenn es immer deutlicher wurde, dass Liam Cameron mit seiner Gunst sonst recht freizügig war. Sie presste die Augen fest zu, um den Schmerz dieser harten, kalten Wahrheit zu ertragen, und versuchte, es sich in dem Bett, das erstaunlich bequem und sauber war, gemütlich zu machen. Beinahe war sie dankbar für die Erschöpfung, die ihr bis in die Knochen gedrungen war, denn so würden ihre qualvollen Gedanken und ihr törichtes, wehes Herz ihr nicht den Schlaf rauben.

»All Eure Verwandten sind also jungfräulich in die Ehe gegangen?«, fragte Liam leise, sobald er spürte, wie sie sich neben ihm entspannte.

Die Antwort bestand eindeutig in einem Brummen. Liam grinste und wunderte sich nicht, dass danach nichts mehr kam. Obwohl ihm etwas mehr Zurückhaltung nicht geschadet hätte, wollte er nicht einfach hinnehmen, dass er jetzt wie ein Aussätziger behandelt wurde, bloß weil er nicht mehr unberührt war. Er hatte nur genommen, was ihm angeboten worden war. Nie hatte er versucht, eine Frau mit leeren Versprechungen ins Bett zu bekommen. Er hatte auch keiner Frau die Unschuld geraubt und nie eine Frau berührt, die verheiratet oder verlobt war. Diese Regeln wollte er Keira noch einmal in aller Deutlichkeit klarmachen, wollte sie dazu bringen, dass sie ihm glaubte. Der Streit, auf den er hinarbeitete, würde ihm die Gelegenheit geben, ihr all das zu erklären. Und er wusste, dass der Streit unausweichlich war.

In Keira schwelte der Zorn, und das gab ihm Hoffnung. Er konnte sich nicht vorstellen, dass sie seine früheren Liebschaften so erzürnten, wenn sie keine Gefühle für ihn hegte, die über Gutherzigkeit und Freundschaft hinausgingen. Er würde jede Gelegenheit nutzen, ihren Zorn zu schüren und dem Feuer weiter Nahrung zu geben, bis sie schließlich platzen würde wie eine geröstete Kastanie. Dann würden all die Worte, die sie in sich aufgestaut hatte, aus ihr heraussprudeln.

Während er spürte, wie ihn seine Erschöpfung in die tröstlichen Arme des Schlafes trieb, beschloss er noch, dafür zu sorgen, dass keine scharfen Waffen herumlagen, wenn Keira platzte.

6

Glatte, warme Haut erhitzte ihre Handflächen, und Keira murmelte wohlig. Liam hatte wirklich eine wunderschöne Brust. Es war nicht die erste Männerbrust, die sie zu sehen bekam, und als Heilerin hatte sie auch schon mehrere Männer berührt, aber nicht eine Brust hatte sich so gut angefühlt wie Liam Camerons Brust. Es war das erste Mal, dass sie sie im Traum so deutlich spürte. Sie überhörte die lästige Stimme in ihrem Kopf, die sagte, dass es Zeit sei aufzuwachen, und beschloss, noch ein wenig länger in diesem schönen Traum zu verweilen.

Sie schmiegte die Wange an die straffe Haut und lächelte schwach, als sie hörte, wie sein Herz schneller zu schlagen begann. Immerhin konnte sie in ihren Träumen sein Interesse wecken. In ihren Träumen war sie immer sinnlich und verführerisch, eine Frau, die die Männer zum Schmachten brachte. Es klang wie süße Musik in ihren Ohren, als sie hörte, wie Liams Atem lauter und unregelmäßiger wurde. Die flüsternde Stimme in ihrem Kopf, die sagte, dass Liam nach jedem Wesen in einem Rock schmachtete, überhörte sie beflissen. Es mochte zwar stimmen, aber in ihrem Traum war nur eins wichtig: dass er nach ihr schmachtete.

Da es ein Traum war, gab sie der Versuchung nach, die warme Haut zu küssen und zu lecken. Ein leiser Fluch kitzelte ihre Ohren. Keira lächelte, das Gesicht an die straffen Muskeln gedrückt, und murmelte seinen Namen. Ihr wurde fast schwindelig vor Freude, dass sie das Blut eines solch gut aussehenden Mannes in Wallung bringen konnte.

Lange Finger fuhren ihr durchs Haar. Sie seufzte vor Wonne. Als leicht schwielige Hände sanft ihr Gesicht umfassten, gehorchte sie der stillen Aufforderung und legte den Kopf zurück. Warme, weiche Lippen pressten sich auf ihren Mund, und Keira wunderte sich, wie klar sie den Mann in ihren Träumen hören, fühlen und schmecken konnte. Als er mit der Zunge ihre Lippen neckte, öffnete sie sie bereitwillig. Das Gefühl seiner Zunge in ihrem Mund weckte eine solch starke und süße Hitze in ihr, dass sich ihr Bewusstsein in ihren Traum drängte. Sie umklammerte seine schlanken Hüften, um ihn näher zu ziehen, und mühte sich verzweifelt, in ihrer Traumwelt zu bleiben und die strenge Stimme in ihrem Kopf zu überhören, die ihr sagte, dass sie gar nicht träumte. Wenn es kein Traum war, würde sie auf der Stelle damit aufhören müssen, und das wollte sie nicht.

»Mädchen«, sagte Liam und wunderte sich nicht, dass sein brennendes Verlangen seine Stimme rau klingen ließ, »wenn du nicht sofort die Hände von mir nimmst, wird es bald keine Umkehr mehr geben.«

Der Klang dieser tiefen Stimme zerriss Keiras Schleier der Benommenheit. Sie schlug die Augen auf und starrte in Liams Augen, die auffällig blau leuchteten. Schamesröte stieg ihr ins Gesicht, und sie rückte so rasch von ihm ab, dass sie gar nicht merkte, wie knapp sie an der Bettkante lag. Ein leiser Schrei entfuhr ihr, als sie vergeblich versuchte, die Balance zu wahren, und unsanft auf dem Boden aufkam. Liam spähte über die Bettkante, nun glitzerten seine Augen belustigt, und sie machte die Augen zu.

»Ich würde Euch raten, nicht zu lachen, Sir Liam«, fauchte sie. Die Verlegenheit und ihr Zorn auf sich färbten ihre Stimme beeindruckend hart und kalt.

Liam legte sich wieder hin und schloss ebenfalls die Augen. Er mühte sich nach Kräften, sein Bedürfnis zu lachen und das durch seinen Körper tobende Verlangen zu unterdrücken. Als er ihre sanften Zärtlichkeiten gespürt und bemerkt hatte, dass ihre Augen geschlossen waren, hatte er erst befürchtet, dass sie ihn mit ihrem verstorbenen Ehemann verwechselte. Im Schlaf war so etwas durchaus möglich, schließlich war sie erst vor Kurzem zur Witwe geworden. Doch dann hatte sie seinen Namen gemurmelt, und die Begierde, die er so mühsam unterdrückt hatte, hatte ihre Fesseln gesprengt.

Natürlich war es nicht galant gewesen, Keiras Halbschlaf auszunutzen, aber richtig schuldig fühlte er sich nicht. Von dem Moment an, als sein Blick auf sie gefallen war, hatte er diesen sinnlichen Mund schmecken wollen. Ihre Lippen hatten sich als genauso süß erwiesen, wie er sie sich vorgestellt hatte. Doch dann hatte sein Ehrgefühl die Oberhand gewonnen, und sobald er sein Verlangen ein wenig gezügelt hatte, war ihm klar geworden, dass er sie nicht mit einer List erobern wollte. Er wollte, dass sie freiwillig zu ihm kam, im vollen Bewusstsein ihres Tuns.

Er hörte, wie Keira sich hastig ankleidete, und wagte einen Blick unter halb geschlossenen Lidern hervor. Noch nie hatte er eine Frau gesehen, die so leuchtend rot angelaufen war. Außerdem wirkte sie verärgert und etwas verstört, doch davor verschloss er sein Herz. Der Kuss hatte all seine zaghaften Hoffnungen bekräftigt und seine Erwartungen weit übertroffen. Jetzt würde er nicht mehr von ihr ablassen. Vielleicht würde er ihr noch ein paar Küsse rauben müssen, bevor sie zugab, wie stark die Leidenschaft zwischen ihnen war, aber dazu war er bereit. Da seine Absichten ehrbar waren, machte ihm sein Vorhaben, sie zu verführen, kein schlechtes Gewissen. So kurz die Annäherung gewesen war, so hatte sie ihm doch einen Vorgeschmack auf eine Leidenschaft gegeben, die heißer war und tiefer ging als alles, was er bislang erlebt hatte. Und diese Leidenschaft sollte von nun an keinem anderen mehr gelten als ihm.

Liams Schweigen machte Keira noch verlegener. In der kurzen Zeit in seinen Armen, gefangen zwischen Traum und Wirklichkeit, hatte sie ihm ihr Verlangen offenbart. Jetzt konnte sie es nicht mehr leugnen, denn er würde ihr schlicht nicht glauben. Sie schickte sich an, die Kammer zu verlassen, weil sie es kaum erwarten konnte, von ihm wegzukommen und sich wieder zu fassen.

»Ich besorge uns ein Frühstück«, sagte sie noch und trat die Flucht an, bevor er etwas sagen konnte.

Langsam richtete sich Liam auf. Er atmete ein paarmal tief durch, um die Reste seiner Lust zu vertreiben, obwohl er fürchtete, dass das ungestillte Verlangen seinen Körper noch eine Weile foltern würde. Sein kleines Vögelchen war ausgeflogen, aber es würde nicht weit fliegen. Während er sich anzog und auf sie wartete, überlegte er sich sorgfältig den ersten Schritt seines Feldzugs, mit dem er um sie werben und sie gewinnen wollte.

Keira hielt ein Tablett voller Speisen und Getränke in den Händen und starrte auf die Zimmertür. Sie hatte sich fast eine Stunde Zeit gelassen, auch wenn ihr das ein paar neugierige Blicke von Mary eingebracht hatte. Ein strammer Marsch im kühlen Morgennebel hatte ihren Kopf geklärt, doch sonst wenig ausgerichtet. Sie spürte noch immer die Wärme seiner Haut auf ihren Händen und hatte noch immer den Geschmack seines Kusses auf den Lippen. Sie sehnte sich nach ihm.

Die Lust, beschloss sie, war trügerisch. Eine Weile hatte sie sie geheim halten können und sich nur ihre Träume von ihr versüßen lassen, doch dieser Kuss hatte sie entfesselt. Nun wollte die Lust, dass sie jede Regel brach und den Verstand ausblendete. Der Lust war es egal, dass ihr Herz in Gefahr schwebte. Sie war ein ungezügelter Hunger. Keira fürchtete, dass sie sie zur größten Närrin machen würde.

Sie versetzte der Tür einen Tritt und wünschte sich, es wäre Liams Schienbein. Er machte auf und starrte auf ihre Füße. Dann blickte er den Flur hinauf und hinunter.

»Was macht Ihr da?«, fragte sie.

»Ich suche nach der kleinen Person, die an der Tür geklopft hat«, erwiderte er.

Sie biss sich in die Wange, um nicht laut zu lachen, und

bedachte ihn mit einem strengen Blick, wie sie hoffte. Mit dem schelmischen Grinsen und seinen belustigt funkelnden Augen war dieser Mann einfach umwerfend attraktiv. Das ist bestimmt eines seiner vielen Mittel, Frauen zu verführen, gab sie sich zu bedenken und entfachte ihren Zorn aufs Neue. Sie schob Liam aus dem Weg, marschierte ins Zimmer und nahm sich fest vor, der Versuchung von nun an besser zu widerstehen; denn sie wollte wahrhaftig nicht eine seiner vielen Eroberungen werden.

Liam fügte sich in ihr Schweigen. Er hatte ihr Verlangen geschmeckt und gesehen, dass er sie zum Lachen bringen konnte. Ein Blick in ihr Gesicht hatte ihm gesagt, dass sie sich anstrengte, ihre Belustigung über seinen kleinen Scherz an der Tür nicht zu zeigen. Damit musste er sich einstweilen zufriedengeben.

Sie setzten sich und frühstückten. Danach packten sie ihre Sachen. Liam unternahm währenddessen nur wenige Versuche, ihren schwelenden Zorn zu Wut zu machen. Er wusste, dass es nicht viel dazu bedurfte, doch er wollte den Streit nicht hier provozieren, nicht in einem kleinen Zimmer einer Schenke in Hörweite einer Frau, die er einst beschlafen hatte. Vor allem nicht in Hörweite einer Frau wie Mary, die zweifellos alles weitererzählen würde, was sie hörte, egal wem. Auf ihrem Weg nach Scarglas würde er noch genug Zeit haben, Keira so zu reizen, bis sie vor Wut herausplatzen würde.

Wie kam es nur, dass ihr bislang entgangen war, wie zermürbend dieser Mann sein konnte, fragte sich Keira, als sie ihr Lager für die Nacht aufschlugen. Ihr war fast übel von all der Wut und der Kränkung, die in ihr kochten. Am schlimmsten war, dass wahrscheinlich niemand verstehen würde, warum sie sich so über Liams Worte aufregte. Die Worte hatten nur Macht wegen ihrer gemeinsam verbrachten Zeit und ihres verworrenen Gefühlszustands. Ihr war, als würde er ständig in einer offenen Wunde bohren. Gelegentlich hatte sie auch das

Gefühl, dass Liam genau wusste, was er da tat, doch das machte sie nur noch wütender.

Bei der Zubereitung des Abendessens ging er ihr kaum zur Hand. Keira wusste, dass sein Bein schmerzte, weil er etwas blass war und angespannt wirkte. Schmerzen hatten ihn noch vor ein paar Tagen nicht davon abgehalten zu helfen. Es war, als wäre all seine Galanterie verflogen, als habe er sie in der Kate zurückgelassen. Je mehr sie über ihn nachdachte, über die Schar seiner Geliebten und darüber, dass er sie nicht in Ruhe ließ, damit sich ihr Zorn und ihre Verletztheit in kalte Distanz verwandeln konnten, desto wütender wurde sie. Sie bekam kaum einen Bissen hinunter vor Wut.

»Ein gutes Mahl, Mädchen«, bemerkte Liam und warf ihr seine leere Schüssel vor die Füße. »Aber ich bin auch froh, dass wir bald auf Scarglas sind. Dort gibt es ein Mädchen namens Mag, das den besten Kanincheneintopf zubereitet, den Ihr je gekostet habt.«

»Kennt Ihr irgendeine Frau, deren Namen nicht mit M anfängt?«, fragte sie und wunderte sich, dass sie trotz ihres verkrampften Kiefers und ihrer zusammengepressten Zähne überhaupt sprechen konnte.

»Na ja, ein paar schon.« Er musterte Keira eingehend, während er fortfuhr: »Anne, Brenda, Clara, Deirdre, Ellen, Fiona, Gay, Helen, Ilsa, Jolene, Katie …«

»Das ganze Alphabet? Ihr habt Euch durch das verfluchte Alphabet gestoßen?«

Jetzt ist sie so weit, dachte er und stellte sich darauf ein, bei den Beleidigungen, die sie ihm bestimmt gleich an den Kopf werfen würde, ruhig und besonnen zu bleiben. »Nun, ich glaube nicht, dass ich eine Frau kenne, deren Name mit einem X oder einem Z anfängt.«

»Ihr seid ein hemmungsloser Lüstling, Sir!«, fauchte sie. »Oh, das hätte mir schon vor der Ankunft dieser törichten Frau klar sein müssen. Jeder Mann, der so blendend aussieht wie Ihr, hat mehr Zeit ohne Hose verbracht als mit.«

»Das würde ich nicht sagen«, warf Liam ein.

Doch nachdem sie angefangen hatte zu reden, konnte sie nicht mehr aufhören. »Nay, das kann ich mir gut vorstellen. Wie *alle* Männer haltet Ihr es für einen großen Spaß und einen wunderbaren Zeitvertreib, stimmt's? Und betrachtet es als Euer Recht, Eure Wollust sinnlos zu stillen. Ihr habt nicht mehr Selbstbeherrschung als ein Frettchen!«

Keira sprang hoch und begann, vor ihm auf und ab zu laufen, wobei sie unaufhaltsam weiterschimpfte. Sie war selbst ein wenig entsetzt über so manches, was ihr von den Lippen kam, aber sie konnte einfach nicht mehr aufhören. Jeder Gedanke, den sie gehabt hatte, seit Lady Maude an die Tür der Kate gehämmert hatte, wollte gesagt werden. All diese Gedanken hatten lange genug in ihrem Kopf und ihrem Herzen geschwärt.

»Männer sind solche Heuchler!«, fauchte sie nach einer langen Tirade über den Mangel an Moral und Verstand bei männlichen Wesen. »Sie fordern Keuschheit, Reinheit und unterwürfige Treue von ihren Frauen. Gleichzeitig aber versuchen sie, unter die Röcke jeder Zofe, Ehefrau oder Witwe zu schlüpfen, die ihnen über den Weg läuft. Männer würden selbst ein Loch im Boden bespringen!«

Endlich riss der Nebel der Wut, der sich auf ihren Verstand und ihre Zunge gelegt hatte. Hinter ihr hörte sie einen erstickten Laut. Sie errötete. Als sie spürte, dass Liam die Hände auf ihre Schultern legte, wehrte sie sich nur kurz gegen sein Bemühen, sie umzudrehen. Sobald sie ihn ansah, legte sie die Stirn an seine Brust. Sie hatte schrecklich viele Dinge gesagt, die sie nicht hätte sagen sollen, und fühlte sich trotzdem keinen Deut besser. Ja, vielleicht sogar noch schlechter, denn sie fürchtete, dass sie viel zu viel von dem verraten hatte, was sie diesem Mann gegenüber empfand.

Liam musste grinsen. Diese Frau verfügte über eine ausgesprochen blühende Fantasie und einen großen Vorrat an Schimpfwörtern. Obwohl die meisten ihrer scharfen, vernichtenden Bemerkungen gegen Männer im Allgemeinen gerichtet waren, wusste er, dass im Grunde er damit gemeint war. Und manche hatten tatsächlich wehgetan. Obwohl er sich den Vorwurf gefallen lassen musste, dass er alles andere als keusch gelebte hatte, fragte er sich doch, wie sie auf den Gedanken verfallen war, dass er oder ein anderer so lüstern war, wie sie behauptet hatte.

»Ein Loch im Boden?«, murmelte er und lachte leise, als sie zusammenzuckte. »So etwas habe ich nie getan.«

»Ach, pst«, sagte sie betreten. »Ich kann es kaum glauben, dass ich das gesagt habe.«

»Ihr habt eine ganze Menge gesagt.«

Da sie nicht mehr wusste, was sie gesagt hatte, und es eigentlich auch gar nicht wissen wollte, nickte Keira nur. »Aber ich habe mir eingebildet, Ihr wärt besser als die anderen.«

Dieser Hieb saß, doch es war besser, wenn ihr strahlendes Bild von ihm ein paar Flecken bekam. Einer Idealvorstellung konnte er unmöglich gerecht werden. Er wollte, dass sie ihn kannte und trotz seiner Fehler liebte. Wenn er sie enttäuschen musste, dann besser jetzt als später.

»Männer fangen früh an, sich nach willigen Frauen umzusehen – noch bevor ihnen ein richtiger Bart wächst.«

»Das macht es noch lange nicht richtig«, bemerkte Keira, zuckte jedoch zusammen, weil sie fürchtete, zu frömmlerisch und selbstgerecht zu klingen.

»Nay, aber es gibt genügend Frauen, die gewillt sind, diese Lust zu stillen.«

»Und Ihr seid ein ungewöhnlich lüsterner Mann, stimmt's?«

»Womöglich, obwohl ich bezweifle, dass ein Mann so lüstern sein könnte, wie Ihr es Euch vorstellt – wenn er lange leben möchte.«

Vielleicht hatte sie übertrieben, dachte Keira, aber wenn er hoffte, dass sie das zugab, konnte er lange warten.

»Ich habe nie eine Jungfrau verführt, und ich habe auch keine Frau angerührt, die verlobt oder verheiratet war.« Es wunderte ihn nicht, dass sie den Kopf hob und ihn finster anstarrte.

»Lady Maude hat gesagt …«, fing sie an.

»Lady Maude hat gelogen«, fiel er ihr ins Wort.

Er klang so sicher, und seine Worte klangen so wahr. Dennoch war Keira nicht beruhigt. »Aber sie ist wunderschön«, murmelte sie.

»Und das heißt, dass sie die Wahrheit sagt?«

»Tja nun, das nicht, aber trotzdem frage ich mich, warum sie einen Mann verfolgt, der behauptet, nichts von ihr zu wollen. Ich würde denken, dass sie keinem Mann nachlaufen muss, sondern dass die Männer ihr nachlaufen.«

»Oh, das tun sie auch, und vielleicht war das ja der Grund – ich habe es nicht getan.« Da sie nicht zurückgetreten war, begann Liam, sanft ihren schlanken Rücken zu streicheln. »Aye, ich habe einige Frauen beschlafen.« Er überging ihr gemurrtes »Zu viele«. »Aber ich habe nie die Rechte eines anderen verletzt. Das hat mir Sigimor stets eingeschärft, und später im Kloster haben es mich die Mönche gelehrt. Verlobte Mädchen und Ehefrauen haben vor Gott ein Gelübde abgelegt. Ich will nichts damit zu tun haben, wenn so ein Gelöbnis gebrochen wird.«

Liam drückte seufzend die Lippen auf ihre Stirn. Sie hörte ihm zu, doch ihre Miene gab ihm deutlich zu verstehen, dass sie sich nicht sicher war, ob sie seinen Worten glauben sollte.

»Ich gestehe, dass ich vielleicht ein wenig zu freigebig war mit meiner Gunst«, sagte er und fing an, ihr Gesicht mit sanften, leichten Küssen zu bedecken. »Ich – hm – fröne gern den Leidenschaften.«

»Ihr seid mir keine Erklärung schuldig.«

»Oh doch«, sagte er, obwohl er nicht vorhatte, ihr all seine Gründe zu nennen. »Ihr habt mich gerettet und gepflegt. Ihr fragt Euch jetzt bestimmt, warum Ihr Euch überhaupt die Mühe gemacht habt.« Er lächelte, den Mund auf ihr weiches, süß duftendes Haar gedrückt, als sie ihm murmelnd widersprach. »Ihr fragt Euch jetzt bestimmt, ob Ihr mich überhaupt kennt, obwohl wir einige Zeit gemeinsam verbracht haben.«

»Ich hätte mir nie einbilden dürfen zu wissen, wer Ihr seid.« Keira schloss die Augen, als er ihr einen zarten Kuss auf die Mulde hinter ihrem Ohr gab. »Das solltet Ihr nicht tun.«

»Lasst mich ausreden. Wie ich schon sagte – ich fröne gern den Leidenschaften. Das ist einer der Gründe, warum ich das Kloster verlassen habe. Und ich muss zugeben, dass ich oft ein wenig maßlos war. Sigimor hat mich gewarnt, dass ich womöglich dafür bezahlen müsste, und das habe ich allein schon damit, dass ich Euch enttäuscht habe.« Erneut widersprach sie ihm leise, doch ein rascher Kuss brachte sie zum Verstummen. »Das habe ich. Zu meiner Verteidigung kann ich nur anführen, dass ich keiner Frau je die Ehe versprochen habe, und deshalb habe ich auch kein Versprechen gebrochen. Ich habe nie eine Jungfer zu verführen versucht und nie einer Jungfer die Unschuld geraubt oder eine Frau angefasst, die rechtmäßig einem anderen gehörte.

Selbst wenn ich zugeben muss, dass es in meiner Vergangenheit zu viele Marys gibt, habe ich Lady Maude keinerlei Anlass gegeben, sich von mir etwas zu erhoffen. Ich weiß nicht, warum sie mich verfolgt, denn sie ist – wie Ihr schon sagtet – eine schöne Frau und kann fast jeden Mann haben, den sie will. Ich habe mich sehr deutlich ausgedrückt, als ich mich von ihr abwandte. Aber sie zieht es vor, meine Worte zu übergehen. Ihretwegen habe ich den Königshof verlassen. Ich dachte nie, dass sie so unerbittlich Jagd auf mich machen würde.«

Keira fiel es schwer, seinen Worten zu folgen. Das Gefühl seiner warmen Lippen auf ihrer Haut brachte nicht nur ihr Blut in Wallung, sondern vernebelte auch ihren Verstand. So etwas tut ein Mann nicht nur, um eine Frau nach einem heftigen Wutanfall zu beruhigen, dachte sie. Zögernder, als sie es sich eingestehen wollte, löste sie sich aus seinen Armen.

»Wenn ich argwöhnisch wäre, würde ich denken, dass Ihr versucht, mich zu verführen«, sagte sie.

»Oh weh, Ihr haltet wahrhaftig nicht sehr viel von mir. Nay, ich wollte nur, dass Ihr lange genug stillhaltet, um mir zuzuhören. Habt Ihr das?«

»Aye.«

»Und trotzdem glaubt Ihr, dass ich versucht habe, Euch zu verführen?«

»Wozu denn sonst all das Küssen und Liebkosen?«

Wo sie recht hat, hat sie recht, dachte Liam und beobachtete sie, während sie die Schüsseln säuberte. Da ihm der Gedanke, sie zu verführen, nicht fernlag, konnte Liam ihren Vorwurf nicht guten Gewissens von sich weisen. Doch diesmal hatte er einfach nur den Geschmack ihrer Haut genossen, die Abwesenheit von Zorn und das Gefühl ihres geschmeidigen, schlanken Körpers in seinen Armen.

»Das habe ich nicht getan, um Euch zu verführen.« Er zuckte mit den Schultern und lächelte, als sie ihn finster anstarrte. »Ich habe es nur getan, weil Eure schöne Haut meinen Lippen so nah war, dass ich sie einfach kosten musste. Ihr schmeckt köstlich, Mädchen.« Er musste grinsen, als sie errötete.

»Seht Ihr, Ihr könnt nicht umhin.«

»Während meiner Zeit bei den Mönchen habe ich mich sehr gut beherrscht«, bemerkte er leise, dann begann er, einen Schlafplatz herzurichten.

Keira hatte das Gefühl, dass sie ihn mit ihrem Argwohn verärgert, vielleicht sogar gekränkt hatte. Seine kleinen Schmeicheleien hatten ihr allerdings gefallen, auch wenn sie wusste, dass sie sie lieber hätte überhören sollen. Solche Worte bedeuteten ihm wahrscheinlich nichts, sie waren einfach nur kleine Komplimente, die er wie Tautropfen fallen ließ. Dennoch wäre es leicht gewesen, ihm zu erlauben, ihr Herz mit solchen Worten zu erwärmen und sich mit seinen Küssen all ihre Vorsicht rauben zu lassen.

Langsam vertrieb sie diese Gedanken. Wie schön wäre es, alles zu vergessen und sich mit ihm auf der Heide zu wälzen und in die Geheimnisse der Leidenschaft einführen zu lassen. Zweifellos kannte Liam Cameron viele dieser Geheimnisse. Doch leider konnte sie ihre Geheimnisse nicht mit ihm teilen. Zu viele Menschen hingen von ihrer Hilfe ab. Die Leute von Ardgleann hatten lange genug auf ihre Rettung gewartet. Wenn sie schwach wurde und Liam die Wahrheit erfuhr, würden die Menschen, die unter Raufs Knute litten, vielleicht feststellen müssen, dass ihr Leiden kein Ende hätte.

Während Liam sich um das Feuer kümmerte, machte sich Keira bettfertig und schlüpfte unter die Decken, als auch er an seine Lagerstatt trat, die sich kaum einen Fuß von ihrer Schlafstätte entfernt befand. Während er sich auszog, schloss sie die Augen. Ihr Zorn war gewichen, ihre Verwirrung aber gestiegen. Sie wusste nicht, was sie ihm glauben sollte. Deshalb war es nicht der rechte Moment, um einen Blick auf seinen viel zu attraktiven Körper zu werfen.

Vieles von dem, was Liam gesagt hatte, konnte sie unschwer akzeptieren, obwohl die Eifersucht bitter schmeckte, die in ihr aufstieg. Er war ein freier Mann, er konnte tun und lassen, was er wollte. Verglichen mit vielen anderen befolgte er sogar einige lobenswerte Regeln; zumindest schien er sich darum zu bemühen. Doch Keira konnte noch immer kaum glauben, dass eine Frau wie Lady Maude ihm nachstellte. Eine solch schöne Frau müsste doch eigentlich viel zu stolz und wahrscheinlich auch zu eitel sein, um einem Mann nachzulaufen, egal, wie gut er aussah.

Doch am meisten machte ihr die Eifersucht zu schaffen. Sie nagte an ihren Eingeweiden und schürte ihren Zorn und ihre Verletztheit. Sie hatte viel von diesem Gift ausgespuckt, doch es konnte sich leicht wieder neues bilden. Jedes Mal, wenn sie sich Liam mit einer anderen Frau vorstellte, kehrte die Eifersucht zurück und verwandelte sie in einen Menschen, der ihr gar nicht gefiel. Vermutlich würde das dazu führen, dass sich Liam bald von ihr abwandte. Obgleich sie sich keine gemeinsame Zukunft mit ihm vorstellen konnte, bedrückte sie dieser

Gedanke. Wenn sie sich trennten, sollte sich Liam freundlich an sie erinnern, vielleicht sogar als gute Gefährtin oder als Freundin. Aber wahrscheinlich war dieser Wunsch der Gipfel ihrer Torheit.

Liam warf einen Blick zu Keira, als er hörte, dass sie etwas über eine Torheit murmelte. Offenbar führte sie Selbstgespräche, denn sie blickte nicht in seine Richtung. Liam musste grinsen. Keira gehörte zu den Menschen, die zu viel grübelten, aber diesmal würde er sie nicht necken. Vielleicht dachte sie ja auch über all das nach, was er gesagt hatte, und auch darüber, dass er seine Vergangenheit nicht verleugnet und keine Entschuldigungen gesucht hatte. Er hoffte, dass seine Eingeständnisse sie überzeugten, die Wahrheit über das, wessen er sich *nicht* schuldig gemacht hatte, gesagt zu haben. Am nächsten Morgen wollte er wieder um sie werben und ihr sagen, dass er an ihrer Seite um Ardgleann kämpfen würde.

»Schlaf gut, meine köstliche Keira«, murmelte er.

Das macht er absichtlich, dachte Keira und unterdrückte das Bedürfnis, ihn zu rügen. »Schlaf gut, *mein süßer Prinz*«, erwiderte sie und grinste, als er verdrossen grunzte. Zu diesem Spiel gehören zwei, beschloss sie, und war so zufrieden mit sich, dass sie mühelos in den Schlaf fand.

7

Liam!«

Das Entsetzen, das in diesem einen geflüsterten Wort schwang, riss Liam aus dem Schlaf. Er griff nach dem Schwert neben seiner Lagerstatt und kauerte sich neben Keira, bis ihm klar wurde, dass sie alleine waren. Hatte sie vielleicht einen Albtraum? Nein, selbst im grauen Licht der Morgendämmerung konnte er erkennen, dass sie wach war, die Augen angstvoll aufgerissen.

»Keine Sorge, uns droht keine Gefahr«, versuchte er, sie zu beruhigen, bis ihm ihre Gabe einfiel. »Es sei denn … hat Euch ein Gesicht vor einer Gefahr gewarnt?«

»Nay, es ist etwas in meinen Haaren!«

»Seid Ihr Euch sicher? Ich könnte schwören, dass es in Dennys Bettzeug kein Ungeziefer gibt.«

»Nein, nichts dergleichen. Etwas viel Größeres als ein Floh oder eine Wanze bewegt sich in meinen Haaren. Und es hat Fell!«

»Vielleicht ist es nur eine kleine Maus.«

»Nehmt es weg!«

Liam fragte sich, wie man all die Kraft und das Gefühl eines hysterischen Schreis in ein leises, zischendes Flüstern legen konnte.

Er steckte sein Schwert weg und beugte sich über sie. Als er tatsächlich etwas sah, was größer war als eine Maus und sich in ihren Haaren nahe am Nacken bewegte, zückte er seinen Dolch. Doch noch während er sich überlegte, wie er zuschlagen sollte, hörte die Bewegung auf, und ein seltsames Geräusch ertönte.

»Ich glaube, es könnten zwei Tiere sein«, meinte er.

Keira verzog das Gesicht und lauschte dem Geräusch, das nah an ihrem Ohr erklang. Dann entspannte sie sich ein wenig. »Es klingt wie ein Schnurren.«

»Schnurren? Wie eine Katze?«

»Aye, obwohl mir das Geschöpf nicht so groß vorkommt.«

Liam steckte den Dolch zurück und trat an ihre andere Seite. Behutsam, weil er sich noch immer nicht sicher war, welches Geschöpf in ihrem dichten Haar nistete, begann er, ihre Haare zur Seite zu schieben.

Zwei Augenpaare starrten ihn an, doch die Geschöpfe machten keine bedrohlichen Bewegungen, also beugte er sich etwas weiter vor und grinste dann.

»Ihr habt Kätzchen in Eurem Haar«, stellte er fest und holte sie sanft heraus.

Keira setzte sich hin und starrte auf die zwei winzigen Tiere, die sich zitternd in Liams Händen aneinanderdrängten. »Wie sind die denn in meine Haare gekommen?«

»Unweit von hier gibt es einen kleinen Bach. Vielleicht haben sie sich aus einem Sack befreit, in dem man sie ertränken wollte. Oder sie sind einfach ausgesetzt und ihrem Schicksal überlassen worden. Offenbar haben sie sich bei Euch wohl und geborgen gefühlt.«

Sie nahm ihm die Kätzchen ab und lachte leise, als sie sich an ihre Brust kuschelten. Als sie sie sanft hinter den Ohren kraulte, begannen sie sofort wieder zu schnurren. Obwohl sie verstehen konnte, dass manche Menschen frisch geworfene Katzen und Hunde umbringen mussten, wenn es zu viele wurden, fand sie es doch schrecklich.

Sie musste lächeln, als sie an Old Ian zu Hause dachte, der zu weichherzig war für eine solch grimmige Aufgabe, und stattdessen die Weibchen im Auge behielt, sie sofort einsperrte, wenn sie paarungsbereit waren.

Liam sah seufzend zu, wie sie die Kätzchen streichelte. Dieser weiche Blick, bei dem er sie am liebsten geküsst hätte, sagte ihm, dass sie die beiden winzigen Geschöpfe mitnehmen würden. Als sie ihn unter ihren dichten Wimpern ansah und ein wenig an ihrer Unterlippe nagte, stieg Verlangen in ihm auf, doch statt ihr die Kätzchen abzunehmen und sein Gesicht an ihrer Brust zu vergraben, seufzte er abermals und schüttelte den Kopf.

»Ich vermute, wir könnten uns etwas einfallen lassen, um sie mitzunehmen«, sagte er schließlich, und das Lächeln, das sie ihm schenkte, war so schön, dass ihm ganz warm wurde.

»Oh, danke, Liam«, rief sie und stand voller Eifer auf, ohne die Kätzchen loszulassen. »Ich werde in einer meiner Satteltaschen ein Nestchen für sie machen.«

Sie warf einen Blick auf die beiden. »Vielleicht sollte ich es mit etwas auspolstern, was mir nicht so wichtig ist. Die Kätzchen sind ja noch so klein, die können mir bestimmt nicht sagen, wann sie ein Fleckchen Erde für ihr Geschäft brauchen.« Sie machte sich auf den Weg ins Gebüsch, doch dann drehte sie sich noch einmal um, reichte Liam die Kätzchen und drückte ihm impulsiv einen Kuss auf die Wange, bevor sie forteilte.

Liam blickte auf die zwei kleinen Tiere hinunter, die mühelos nebeneinander in einer Hand Platz hatten. Das kleine weiße starrte ihn mit großen blauen Augen an, das silbergraue sah sich neugierig um. Es hatte ebenfalls seltsame Augen, die Iris war von einem Ring umgeben, dessen Farbe seiner eigenen Augenfarbe ähnelte. Wenn er abergläubisch gewesen wäre, hätten ihm diese Tiere wohl ein wenig Angst eingeflößt. Doch im Moment hätte er sie fast küssen können. Vielleicht stand ihm das Schicksal bei seinem Kampf um Keiras Anerkennung und Vertrauen zur Seite.

Als Keira zurückkehrte, reichte er ihr die Kätzchen und ging zum Bach, um sich zu waschen. Sein Bein schmerzte, aber er glaubte, dass es keinen weiteren Schaden genommen hatte, obwohl er letzte Nacht mit einem Krampf aufgewacht war, bei dem er beinahe laut aufgeschrien hätte. Es taten ihm auch noch einige andere Körperteile weh, was ihn daran erinnerte, dass er einen Monat lang nicht mehr im Sattel gesessen hatte und auch davor schon geraume Zeit nicht mehr lang und hart geritten war.

»Welch feinen Recken ich für sie abgeben werde«, murrte er, als er sich wieder auf den Weg zu ihrem Lagerplatz machte. Er gab sich gerade zu bedenken, wie gut seine Heilung voranschritt und dass er bald wieder stark genug sein würde, um Keira zu helfen, als er an den Kätzchen vorbeikam. Sie waren über eine der Schüsseln gebeugt und schlangen gierig etwas in sich hinein. Als er nachsah, was Keira für sie gefunden hatte, wurden seine Augen groß: Die Katzen fraßen das kalte Hammelfleisch, das er für sich eingepackt hatte.

»Ihr habt ihnen das Hammelfleisch gegeben?«, fragte er Keira, als sie neben ihn trat.

»Sie hatten Hunger, und ich glaube, Haferbrei hätte ihnen nicht geschmeckt«, erwiderte sie.

»Mir ist Hammel auch lieber als Haferbrei.«

»Das kann ich mir denken, aber Ihr seid ein großer, starker Mann, der auch ein Weilchen ohne Hammel auskommen kann.«

Liam verzog das Gesicht, aber sie ließ ihn stehen. Sie holte die leere Schüssel, säuberte sie und packte sie ein. Die Kätzchen schleckten sich wohlig schnurrend die Pfoten und säuberten ihre Schnäuzchen.

»Es wundert mich nicht, dass euch das geschmeckt hat. Es war der zarteste Hammel, den ich je gegessen habe«, murrte er.

»Ja, er war wirklich sehr zart«, bestätigte Keira und sammelte die Kätzchen ein. »Deshalb habe ich sie auch damit gefüttert. Sie können bestimmt noch kein zähes Fleisch fressen.«

Sie hatte die Pferde bereits gesattelt und verstaute die Kätzchen nun in einer gut gepolsterten Satteltasche. »Habt Ihr ihnen schon einen Namen gegeben?«, fragte Liam.

»Aye – Blitz und Donner.«

»Große Namen für zwei so kleine Fellknäuel.« Liam trat vor sie, das Pferd stand hinter ihr, sie konnte ihm also nicht entkommen. »Ich habe Euch erlaubt, die zwei mitzunehmen, und nicht aufgeheult, als sie mein Hammelfleisch gefressen haben. Ich finde, ich habe eine kleine Belohnung für meinen Großmut verdient.«

»Ich habe mich doch schon bedankt.«

»Was sind Worte? Sie sagen sich leicht und sind oft nicht ehrlich gemeint.«

Keira wusste, dass er sie küssen wollte. Sie hätte ihm auf den Fuß treten und ihn wegschubsen sollen, aber sie blieb stehen, als er seine Hände links und rechts von ihr auf das Pferd legte. Obwohl sie noch immer mit bitterer Eifersucht zu kämpfen hatte, fragte eine Stimme in ihr, warum sie sich einen kleinen Anteil an dem, was dieser Mann so freizügig verteilte, verwehren sollte. Sie schmeckte noch immer seinen Kuss und hätte gern mehr davon gehabt. Wem oder was konnte es schon schaden? Doch nur ihr selbst, wenn sie ihn schließlich verlassen musste. Aber selbst wenn er sie nie geküsst hätte, würde sie das schmerzen.

Sie sah ihm in die Augen und bemerkte, dass sie wieder eher blau als grün schimmerten.

Offenbar zeigte seine Augenfarbe sein Verlangen an, das auch ihre Erregung wachsen ließ. Vielleicht war es ja nur die Begierde, die fast jede Frau in seiner Nähe in ihm weckte, aber dennoch ließ es sie nicht kalt.

Kein anderer Mann hatte sie je so angesehen. Keira zog eine Braue hoch – eine stumme Frage und gleichzeitig eine Herausforderung.

Liam hätte bei dieser Herausforderung beinahe geknurrt. Sein Körper war gespannt vor Verlangen, die süße Hitze ihrer Lippen zu kosten. Über die Frage, warum Keira keine Anstalten machte zu weichen, wollte er jetzt nicht weiter nachdenken. Sie bot ihm die Gelegenheit, ihr zu zeigen, welche Leidenschaft sie teilen konnten, während sie wach und bei klarem Verstand war.

Die Berührung beider Lippen weckte in Keira eine solch

starke Begierde, dass sie sich an seine breiten Schultern klammern musste, um nicht zu taumeln. Als sie den Mund öffnete, um seine Zunge willkommen zu heißen, hörte sie ihn leise stöhnen und spürte, wie sich starke Arme um sie legten. Das Gefühl seines schlanken, festen Körpers, der sich an sie presste, ließ sie vor Wonne erzittern.

Sie schlang die Arme um seinen Hals und versuchte, sich noch enger an seinen heißen Leib zu schmiegen. Am liebsten wäre sie in ihn hineingekrochen.

Der seltsame Nebel, den nur er verursachen konnte, begann, ihren Verstand einzuhüllen. Er erstickte alle Vernunft und alle Warnungen, die der besonnenere Teil ihres Wesens ihr zu geben versuchte. Sie hörte nur eine Stimme, die sie aufforderte, mehr zu nehmen, alles zu nehmen, was er ihr geben wollte – und es zu genießen. Dieser Stimme war es gleichgültig, dass Liam es zweifellos mehr Frauen gegeben hatte, als sie zählen konnte. Wichtig war nur, dass er es jetzt auch mit ihr teilte.

Seine Hände wanderten langsam ihren Rücken hinab, bis sie auf ihrem Gesäß lagen und es zärtlich streichelten. Als er seinen Unterleib an sie drängte und vielversprechend an ihr rieb, stöhnte Keira leise auf.

Das Fieber, das er in ihr entfachte, war so stark, dass sie sich nicht mehr dagegen wehren konnte; eine kühne Gier begann, sich ihrer zu bemächtigen.

Warum nicht?, flüsterte ihre leichtsinnige Seite. Wer würde je davon erfahren? Hatte ihr Ehemann sie nicht ständig vernachlässigt? Verdiente sie nicht ein wenig Vergnügen? Durfte sie nicht einmal nur an sich denken, bevor sie das Versprechen erfüllte, das sie Duncan gegeben hatte? Womöglich würde sie es mit dem Leben bezahlen, wenn sie sich gegen Rauf stellte und versuchte, die Menschen von Ardgleann zu befreien. Warum sollte sie sich nicht ein wenig Vergnügen gönnen, solange sie es konnte, auch wenn es noch so flüchtig war?

Keira war nur einen Herzschlag davon entfernt, sämtliche Vorsicht in den Wind zu schlagen und Liam zum Geliebten zu nehmen. Doch dann trat das Pferd zur Seite. Liam hielt sie zwar fest, aber Keira wusste, dass der gefährliche Moment vorüber war. Zutiefst verlegen über ihre Lüsternheit löste sie sich aus seinen Armen. Nur Liams vor Verlangen angespannten Züge und sein rascher, unregelmäßiger Atem retteten sie davor, vor Scham im Boden zu versinken.

»Ich glaube, das sollte als Dank genügen«, sagte sie, drehte sich um und machte sich an ihrem Sattel zu schaffen, als wolle sie ihn noch einmal gründlich prüfen.

Liam atmete langsam und tief durch in dem vergeblichen Versuch abzukühlen. Ihm war, als könne er noch immer ihre weichen Kurven fühlen, die sich an ihn drängten, ihren Körper, der sich so perfekt an seinen schmiegte, als wäre er nur für ihn geschaffen. Er ging noch ungelenker als sonst zu seinem Pferd und blieb dort stehen. Zu seiner Erleichterung dauerte es ein Weilchen, bis Keira merkte, dass er ihre Hilfe beim Aufsteigen benötigte. Dies verschaffte ihm ein wenig mehr Zeit, sich zu fassen.

Vielleicht hatte er ihr gezeigt, welche Leidenschaft sie teilen konnten, aber auch er hatte etwas gelernt: Bei Keira verlor er die Beherrschung, sie raubte ihm all das Geschick eines Liebhabers, das er sich im Lauf der Jahre angeeignet hatte. Er hatte gedacht, der Kuss am Morgen hätte ihn deshalb so tief bewegt, weil er kurz davor wollüstig von ihr geträumt und sie dann beim Aufwachen tatsächlich in seinen Armen liegend gefunden hatte. Doch jetzt wurde ihm klar, dass es schlicht das Gefühl war, sie in seinen Armen zu halten, der Geschmack von ihr und sogar ihr leises, wonniges Murmeln, die seine Begierde entfachten.

Er hatte vermutet, dass die Leidenschaft zwischen ihnen heiß lodern würde, aber er hatte nicht damit gerechnet, dass sie ihn so verzehren würde.

Sobald er im Sattel saß, bemühte er sich, seine körperlichen Beschwerden zu vergessen, und schlug den Weg nach Scarglas ein. Wenn alles gut ging, würden sie dort eintreffen, bevor das

Tor geschlossen wurde. Darüber war er froh. Es war bestimmt besser, wenn Keira und er nicht noch eine Nacht alleine verbrachten; zumindest nicht, solange sie in ihm kaum mehr sah als einen Lüstling, der an jedem Frauenrock herumschnüffelte. Wenn es dann so weit war, dass sie miteinander Liebe machten und er anschließend glücklich und zufrieden in ihren Armen lag, wollte er nicht, dass sie ein schlechtes Gewissen hatte oder sich mit Selbstvorwürfen quälte.

Allein der Gedanke, Keira zu beschlafen, weckte erneut das Verlangen in ihm, sodass es noch ungemütlicher wurde, im Sattel zu sitzen. Deshalb schob er diese verlockenden Gedanken entschlossen beiseite. Es war an der Zeit, Keira davon zu überzeugen, dass er der Richtige war, um ihr gegen Rauf Moubray zu helfen.

Doch zuerst musste er ihr mehr über Rauf, Ardgleann und das Versprechen entlocken, das sie ihrem getöteten Ehemann gegeben hatte.

Sie hatte von sich aus nie davon gesprochen, und er hatte gezögert, sie über den Mann auszufragen, mit dem sie nur so kurz verheiratet gewesen war. Daran war seine Eifersucht schuld gewesen, und er fühlte sie noch immer, wie er sich zerknirscht eingestehen musste, obgleich er sich ein wenig wunderte, dass er auf einen toten Mann eifersüchtig war. Doch solange er sich nicht sicher war, dass Keira die Seine war und nur die Seine, würde er vermutlich auf alles und jeden eifersüchtig sein, der ihm ihre Aufmerksamkeit raubte.

Er zügelte sein Pferd und wartete, bis sie ihn eingeholt hatte. »Als Ihr mich verlassen wolltet, habt Ihr ein Versprechen erwähnt, das Ihr erfüllen müsst. Was habt Ihr damit gemeint? Ging es um das Versprechen, das Ihr Eurem Ehemann gegeben habt?«

»Ich wollte Euch nicht verlassen«, sagte sie, dann runzelte sie die Stirn. »Woher wisst Ihr von diesem Schwur?«

»Euer Cousin hat davon gesprochen, weil er sich Sorgen um Euch macht.« Er zuckte mit den Schultern. »Ab und zu habe ich mich gefragt, warum Ihr nicht darüber sprecht. Und eigentlich sprecht Ihr auch nur sehr selten von Eurem Ehemann.«

Wenn sie ihn erwähnte, musste sie immer an all den Schmerz und die Beschämungen in ihrer kurzen Ehe denken. Sie bemühte sich nach Kräften, an Duncan nur als einen guten, wenn auch sorgenbeladenen Mann zu denken, der grausam getötet worden war.

Abgesehen von den Freundschaften, die sie in der kurzen Zeit als Herrin von Ardgleann geschlossen hatte, versuchte sie, so wenig wie möglich an ihre Ehe zu denken. Und mit einem Mann, der sie mit einem kurzen, warmen Blick dazu brachte, dass ihr siedend heiß wurde, wollte sie wahrhaftig am allerwenigsten darüber reden.

Doch irgendetwas musste sie jetzt sagen. Liam wusste von dem Versprechen, und Matthew hatte ihm bestimmt auch von den Schwierigkeiten mit Ardgleann erzählt. Sie nahm sich vor, mit Liam ausschließlich darüber zu reden. Was zwischen ihr und Duncan abgelaufen war, ihre kläglich gescheiterte Ehe und das Geheimnis, das sie nun zu hüten gezwungen war, gingen Liam nichts an.

»Mein Cousin hat Euch also von Rauf Moubray und seinen Verbrechen erzählt?«, fragte sie.

»Aye. Der Mann, der jetzt über das herrscht, was rechtmäßig Euch gehört. Er hat Euren Ehemann getötet und macht jetzt allen auf Ardgleann das Leben schwer.«

»Ihr kennt ihn also?«

»Nay, ich bin ihm nie begegnet, aber ich habe von ihm gehört. Man erzählt sich einige sehr düsteren Dinge über ihn.«

Keira nickte. »Das wundert mich nicht, und vermutlich enthüllen diese Geschichten sein böses Wesen auch nur ansatzweise. Er ist ein brutaler, bösartiger, eiskalter und den Tod bringender Mann. Er hat sich durch eine List Zugang zu Ardgleann verschafft, nachdem er mehrere arme Seelen zu Tode gefoltert hatte, um ihnen das dazu nötige Wissen für eine Einnahme zu entreißen.« Sie fröstelte bei der Erinnerung an jenen Tag. »Er und seine Männer haben jeden auf ihrem Weg in den Keep getötet. Duncan hat mich schwören lassen, dass ich seinen Leuten helfen werde, falls Rauf den Kampf gewann. Rauf siegte, und er hat den armen Duncan in Stücke gehackt, dafür gesorgt, dass jede seiner Wunden tödlich war, jedoch nicht sofort. Er *wollte,* dass Duncan litt. Er *genoss* es.«

»Und dann hat er sich auf Euch gestürzt?«

»Aye, aber er wollte mich nicht töten. Wenn er mich nicht hätte demütigen wollen und mir zeigen, was er meinem Ehemann angetan hat, wäre ich ihm wahrscheinlich nicht entkommen. Er war so siegestrunken und sich so sicher, dass keine Frau etwas anderes tun würde, als seinen Befehlen zu gehorchen. Deshalb hat er mich nicht sorgfältig bewacht.«

»Aber er hat Euch verletzt. Matthew hat mir erzählt, dass Ihr übel zugerichtet wart.«

»Das stimmt. Ich habe versucht, mich gegen ihn zu wehren, und das hat ihn erzürnt. Doch dann gelang es mir zu entkommen, und ich fand Hilfe bei meiner Flucht aus Ardgleann. Danach habe ich mich im Kloster versteckt.«

»Eure Wunden mussten heilen«, sagte Liam, auch wenn er davon überzeugt war, dass diese schlichte Wahrheit nicht ausreichen würde, die Schuldgefühle zu lindern, die bei jedem ihrer Worte mitklangen. »Und was habt Ihr jetzt vor?«

»Ich muss mir etwas einfallen lassen, um mein Versprechen zu halten und den Menschen von Ardgleann zu helfen. Es sind friedfertige Leute, die nichts anderes wollen, als in Ruhe ihrer Arbeit nachzugehen – Weber, Schreiner, Handwerker eben, keine Krieger. Ich habe sie schon viel zu lange Raufs brutaler Herrschaft überlassen. Es ist höchste Zeit, dass ich mein Versprechen erfülle und ihnen helfe.«

»Es ist Zeit, dass *wir* dieses Versprechen erfüllen.«

»Wir?«

Keira musste sich beherrschen, seine Hilfe zu bereitwillig anzunehmen.

»Aye, wir. Ich werde Euch helfen.«

»Nay, das ist mein Kampf. Ich habe das Versprechen gegeben, also muss ich mich auch den Gefahren stellen.«

Liam wunderte sich nicht, dass sie sein Angebot ausschlug. Bruder Matthew hatte ihm erklärt, dass sie nicht einmal ihre Verwandten in den Kampf hatte hineinziehen wollen. Doch er hatte sich schon einige Argumente überlegt, und außerdem hatte er sich vorgenommen, nicht mehr von ihrer Seite zu weichen, ob sie wollte oder nicht.

»Frau, Ihr seid nur knapp mit dem Leben davongekommen, wie mir Euer Cousin berichtet hat. Ihr braucht Hilfe und ich biete sie Euch an.«

»Das ist nicht Euer Kampf.«

»Ich mache ihn zu meinem.«

»Liam, Ihr habt ein krankes Bein.«

»Es ist so gut wie ausgeheilt. Bis die Männer zusammengetrommelt und die notwendigen Vorkehrungen für die anstehende Schlacht getroffen sind, wird es heil sein. Süße Keira, wollt Ihr einem Mann das Recht verweigern, sich dafür erkenntlich zu zeigen, dass Ihr ihm das Leben gerettet habt? Wollt Ihr ihm die Gelegenheit verweigern, an Eurer Seite zu kämpfen?«

»Aye«, erwiderte sie. »Ich verwehre Euch auf alle Fälle das Recht, Euch in den Tod zu stürzen.«

»Wenn Ihr meine Hilfe ablehnt, wie wollt Ihr dann Ardgleann von diesem Tyrannen befreien? Ich glaube nicht, dass er stillhalten wird, wenn Ihr Euch anschleicht, um ihm einen Dolch ins Herz zu stoßen.«

Keira wollte nicht zugeben, dass sie keinen Plan hatte. Sie hatte vor allem darüber nachgedacht, wie sie ihre Familie abhalten konnte, sie in dem Kampf gegen Rauf zu unterstützen. Schließlich hatte sie gesehen, was dieser Mensch den Menschen antat, die sich mutig gegen ihn stellten, und sie wollte keinen ihrer Verwandten auch nur in seine Nähe kommen lassen. Aus ähnlichen Gründen wollte sie auch nicht, dass

Liam den Helden für sie spielte. Sein Leben war ihr inzwischen viel zu teuer, doch das wollte sie ihm natürlich keineswegs gestehen.

»Ihr braucht gar nicht so höhnisch zu sein«, murmelte sie. »Mir wird schon noch etwas einfallen. Vielleicht stoße ich ihm einfach einen Dolch in den Leib, wenn er noch einmal versucht, mich zu schänden.« Doch gleich darauf verfluchte sie sich, dass sie dieses kleine Geheimnis offenbart hatte.

Liam packte ihre Zügel und hielt ihr Pferd an. »Auf diese Weise seid Ihr also verletzt worden? Er schändete Euch?«

»Er *versuchte,* mir Gewalt anzutun. Ich wurde verletzt, als ich mich wehrte. Dann beschloss er, mich noch mehr zu demütigen. Er wollte es im Dorf tun und alle Bewohner zwingen, ihm dabei zuzusehen.«

Liam schaffte es nur mit Mühe, nicht auf der Stelle nach Ardgleann zu reiten und Rauf Moubray zu töten.

Er wollte, dass der Mann litt, weil er Keira verletzt hatte.

Er wollte, dass er schwer litt für das, was er ihr hatte antun wollen. Doch die Stimme der Vernunft übertönte diesen wahnwitzigen Drang. Wenn er jetzt in blinder Wut lospreschte, würde er wahrscheinlich nur eines erreichen – getötet zu werden.

»*Wir* werden Rauf bekämpfen«, sagte er entschlossen.

»Es ist nicht richtig, das Leben anderer Menschen zu gefährden. Ich habe den Schwur geleistet, und ich ziehe den größten Gewinn daraus, wenn der Mann geschlagen wird.«

»Aye, Ihr werdet etwas davon haben, aber viele andere auch. Die Menschen von Ardgleann werden frei sein. Vermutlich werden die benachbarten Clans auch einen Nutzen daraus ziehen, und wenn er nur darin liegt, dass sie nicht mehr in Furcht vor dem Mann leben müssen. Ein Mann wie Moubray ist nicht nur für Euch eine Bedrohung. Solange er kein Land besaß und arm war, stellte er nur eine kleine Bedrohung dar, doch jetzt hat er einen starken Keep, der ihm Schutz bietet, und all den Reichtum, den er dem Land und den Menschen dort abpressen kann.

Er hat Mauern, hinter denen er sich verstecken kann, und Geld, um Männer anzuheuern und zu bewaffnen. Er hat einen Laird getötet und Land beansprucht, das ihm nicht gehört. Jetzt ist er nicht nur ein Bandit der schlimmsten Art, sondern auch eine echte Bedrohung für alle um ihn herum. Wie lange dauert es, bis ihm ein Sieg und der Gewinn, den er daraus gezogen hat, nicht mehr reichen? Wie lange dauert es, bis ihn nach mehr gelüstet? Nay, Mädchen, *wir* werden ihn bekämpfen, und ich zweifle nicht daran, dass viele Männer bereit sein werden, sich diesem Kampf anzuschließen.«

Keira wusste, dass er recht hatte. Dennoch krampfte sich ihr Herz zusammen.

»Ich möchte nicht, dass jemand stirbt, weil ich einen Schwur geleistet habe«, wisperte sie.

Liam beugte sich zu ihr und küsste sie sachte. »Auch ich möchte das nicht, aber manchmal ist ein Kampf das Risiko wert. Aye, es ist Euer Land, und es sind Eure Leute, aber das ändert nichts daran, dass dieser Mann ein Fluch für alle ist. Denn das eine könnt Ihr mir glauben: Rauf Moubray wird Ardgleann bald ausgeblutet haben, und es wird ihn nach mehr gelüsten. Bestimmt rechnen die Leute an den Grenzen von Ardgleann bereits damit, dass er sich als Nächstes auf sie stürzt.«

Als Liam die Zügel ihres Pferdes losließ und weiterritt, beeilte sich Keira, an seiner Seite zu bleiben. »Glaubt Ihr, diese Clans werden sich uns anschließen?«

»Wenn es keine Narren und Feiglinge sind, schon.«

»Ihr scheint Euch sehr sicher zu sein, dass sich auch andere gegen Rauf stellen wollen«, murmelte sie. Es war ihr nach wie vor nicht recht, andere in diesen Kampf hineinzuziehen, den sie als ihren persönlichen betrachtete. Doch Liams Argumenten konnte sie nichts entgegensetzen.

»Rauf Moubray ist wie eine verwesende Gliedmaße, die abgetrennt werden muss, damit ein Mann nicht daran stirbt. Ich habe nicht den geringsten Zweifel, dass viele meiner Verwandten bereit sein werden, gegen ihn in den Kampf zu ziehen. Manche werden es tun, weil sie gern kämpfen, doch die meisten werden es aus den Gründen tun, die ich Euch genannt habe.«

»Deshalb wolltet Ihr jetzt nach Scarglas?«

»Aye, das ist einer der Gründe. Eins, worauf sich mein Cousin ausgezeichnet versteht, ist, wie man kämpft und wie man überlebt.«

Keira hoffte inständig, dass er recht hatte; denn sie wusste, sie würde ihr Leben lang die Schuld für jede Verletzung und jeden Tod in der vor ihr liegenden Schlacht tragen.

8

Hier also lebt Fiona?«

Keira starrte mit einer Mischung aus Ehrfurcht und Bangen auf den vor ihnen liegenden Keep. Alles daran weckte Gedanken an Verteidigung und Kampf. Jemand hatte viel Zeit, Mühen und Geld darauf verwendet, Scarglas so uneinnehmbar wie nur möglich zu machen. Nur eine ständige Bedrohung konnte der Grund für solch eine Mühe sein. Unwillkürlich fragte sie sich, was für einen Mann Fiona geheiratet hatte.

»Aye, das ist Scarglas. Sie hatten dort ein paar stürmische Jahre, aber jetzt ist Frieden eingekehrt«, erklärte Liam.

»Die Burg sieht aus, als ob ihre Bewohner ständig belagert worden sind.«

»In gewisser Weise war das so. Der alte Laird verstand es trefflich, sich Feinde zu machen. Ihr habt von Fiona nicht mehr viel gehört, seit sie geheiratet hat, oder?«

»Nay. *Grand-mère* steht mit ihr in Verbindung, und meine Cousine Gillyanne auch, aber ich habe nie etwas gehört, was mich auf diese Festung vorbereitet hätte.«

»Nun, dann werdet Ihr Euch wahrscheinlich auch über den alten Laird wundern. Er ist jähzornig, und bevor er seine letzte Frau geheiratet hat, schien er sein eigenes Heer zeugen zu wollen. Doch wenn Ihr ihn trefft, denkt daran – Hunde, die bellen, beißen nicht. Aber vielleicht haben wir Glück, und er ist gar nicht da. In letzter Zeit weilt er oft zu Besuch bei seinen Kindern, die nicht auf Scarglas leben. Fiona hat sein Herz schnell erobert, weil sie sich von ihm nicht einschüchtern ließ.«

»Das kann ich mir gut vorstellen. Aber Liam, es kommt mir trotzdem nicht richtig vor, Eure Verwandten um Hilfe zu bitten, wenn ich noch nicht einmal meine eigenen darum gebeten habe.«

»Dann wird es höchste Zeit, dass Ihr ihnen von Euren Sorgen berichtet.« Er schnitt ihr mit einer Geste die Widerworte ab. »Bruder Matthew mag ja denken, dass Ihr ihnen geschrieben und zumindest ansatzweise erzählt habt, was passiert ist. Aber das habt Ihr gar nicht, oder?«

Keira seufzte und schüttelte den Kopf.

»Ich weiß, das war falsch, aber jedes Mal, wenn ich versucht habe, ihnen zu schreiben, fielen mir einfach nicht die richtigen Worte ein. Ich wusste nicht, wie viel ich ihnen sagen sollte. Es wundert mich allerdings, dass keiner meiner Verwandten im Kloster aufgetaucht ist; aber vielleicht haben sie vergessen, wie nah Matthew und ich uns als Kinder standen. Schließlich ist das lange her.«

»Ihr solltet ihnen wirklich bald eine Nachricht zukommen lassen. Wahrscheinlich haben sie mittlerweile vom Tod Eures Ehemanns erfahren. Die Wahrheit beunruhigt sie bestimmt weniger als dunkle Gerüchte.«

Er hatte recht, aber Keira hatte keine Zeit, ihm beizupflichten oder zu erörtern, was sie ihrer Familie sagen sollte. Sobald Liam mit ihr durch das Tor ritt, scharten sich Leute um sie. Keira war ein wenig eingeschüchtert von der Vielzahl großer, starker Männer, die sich zu ihrer Begrüßung versammelten. Ein riesiger, gut aussehender Rotschopf zog Liam aus dem Sattel. Ein stiller, schwarzhaariger, finster wirkender Mann mit einem narbenbedeckten Gesicht half ihr beim Absteigen, auch wenn seine Aufmerksamkeit vor allem Liam galt. Sie hatten offenbar erfahren, dass er vermisst worden war, und unwillkürlich dachte sie an all die Gerüchte, die ihrer Familie mittlerweile über sie zu Ohren gekommen sein mussten. Es war wirklich allerhöchste Zeit, ihnen eine Nachricht zukommen zu lassen, beschloss sie und nahm die Satteltaschen an sich, bevor ein Junge ihr Pferd in den Stall führte.

Als Liam sich zu ihr durchdrängte und den Arm um ihre

Schulter legte, entspannte sie sich ein wenig. Er begann, sie allen vorzustellen. Es gab so viele neue Namen, dass sie sich nur wenige merken konnte, darunter den von Sigimor, dem Laird von Dubheidland, und Ewan, dem Laird von Scarglas. Die anderen mussten noch ein wenig warten.

Liam hielt sie an der Hand, als sie den Keep betraten und in die Große Halle geführt wurden. Keira wusste, dass sie ihm diese Vertraulichkeit eigentlich nicht gestatten sollte, aber sie brauchte dringend einen Halt. Seine Cousins waren einfach überwältigend.

»Keira? Bist du's wirklich?«, rief eine Frau.

Als Keira sich umschaute, um zu sehen, wer sie gerufen hatte, lief eine schlanke, hellhaarige Frau auf sie zu und umarmte sie. »Fiona?«

Fiona trat einen Schritt zurück und lächelte. »Aye, ich bin's, Fiona. Habe ich mich in den fünf Jahren so verändert?«

»Oh nein, aber ich denke, in dieser Zeit ist viel passiert, von dem mir keiner erzählt hat.« Sie berührte behutsam eine der kleinen Narben auf Fionas Wangen. »Und es war nicht nur Gutes, oder?«

»Das stimmt, aber darüber können wir später sprechen.« Fiona führte sie von den Männern weg an die Hohe Tafel und drückte sie sanft auf einen Stuhl. »Vermutlich hast du Hunger und Durst. Gib mir doch deine Satteltasche.«

»Ach, einen Moment noch.« Da in der Großen Halle keine Hunde zu sehen waren, nahm Keira vorsichtig die Kätzchen aus der Tasche. »Diese zwei Süßen haben wir im Wald gefunden.«

Fiona begann, ihr von all ihren Prüfungen und Siegen der letzten fünf Jahre zu berichten, und Keira erzählte aus ihrem Leben, während sie aßen und die Kätzchen fütterten. Keira fragte sich, ob sie Fiona das erzählen sollte, was sie bislang noch keinem anvertraut hatte. Obwohl sie sich schämte und es ihr schrecklich peinlich war, was in ihrer Ehe geschehen war – einer Ehe, von der sie sich so viel erhofft hatte –, hatte sie das

Bedürfnis, die Meinung einer anderen Frau zu hören. Und sie war sich sicher, dass sie Fiona vertrauen konnte, dass sie ihr Geheimnis bewahrte. Doch dann beschloss sie, sich noch ein wenig Zeit zu geben, um die Sache gründlich zu überlegen.

Als sie Donner dazu bringen wollte, sich aufzurichten, um an das Stückchen Käse zu kommen, das sie ihm vor die Nase hielt, merkte sie plötzlich, dass es um sie herum still geworden war. Alle umstehenden und am Tisch sitzenden Männer sahen mit einer Mischung aus Belustigung und Unglauben zu, wie sie und Fiona mit den Kätzchen spielten. Die Wärme in Sir Ewans Blick verriet Keira, warum Fiona einen solch finster wirkenden, vernarbten und ernsten Mann geheiratet hatte. Nur mit Mühe konnte sie ihre Neidgefühle unterdrücken.

»Auf meiner Tafel spielen Katzen, Fiona«, sagte Sir Ewan.

»Kätzchen, Ewan«, meinte Fiona. »Kleine, hilflose Geschöpfe, grausam ausgesetzt im Wald, mutterlos, hungrig und verängstigt.« Sie seufzte dramatisch. »War es nicht sehr freundlich von Liam und Keira, ihnen Hilfe und Zuflucht zu gewähren?«

»Und das heißt, dass sie an meiner Tafel fressen dürfen?«

»Ach, nur dieses eine Mal.« Fiona grinste und gab ihm einen Kuss auf die Wange. »Zumal dein Vater nicht hier ist. Hast du dich denn schon vergewissert, dass es Liam an nichts fehlt?« Sie warf einen Blick auf Liam, der sich auf der anderen Seite von Keira niedergelassen hatte. »Abgesehen von seinem kaputten Bein, natürlich. Keira hat mir berichtet, wie es dazu kam. Du hast einen Mann verärgert, stimmt's, Liam?«

»Allmählich glaube ich, es war die Frau, die die Männer auf mich gehetzt und sie angewiesen hat, mich zu verprügeln und den Felsen hinunterzustoßen«, erwiderte Liam. Er nahm sich ein wenig Brot, kalten Braten und Käse, dann starrte er Blitz düster an, der sich neben seinen Teller setzen wollte. »Du hast schon mein ganzes Hammelfleisch gefressen, du Ferkel. Davon kriegst du nichts ab.«

Als Keira stirnrunzelnd über die Dinge nachdachte, die Lady Maude gesagt hatte, ging ihr auf, dass Liam wahrscheinlich recht hatte. »Schon seltsam, dass eine Frau, die Euch als ihren süßen Prinzen bezeichnet, Euch so etwas antut.«

Liam stöhnte und funkelte den breit grinsenden Sigimor finster an. »Lady Maude ist eine richtige Plage. Wenn sie mit diesem verrückten Spiel nicht aufhört, wird ihr Ehemann mich eines Tages tatsächlich töten.«

»Darüber müssen wir noch reden«, meinte Sigimor. »Wir können es doch nicht zulassen, dass dieser Mann unseren *süßen Prinzen* umbringt.«

»Ach, du meine Güte«, murmelte Keira, als sie merkte, dass ihre Worte Liams Cousins dazu veranlasst hatten, sich über ihn lustig zu machen. »Es tut mir leid, Liam.«

»Das sollte es auch«, murrte er. Die blauen Augen von Blitz verfolgten jeden Bissen Fleisch vom Teller zu seinem Mund, und Liam gab der Katze etwas ab. »Mein Problem ist aber nicht das drängendste.«

»Nay, die Schlacht zur Befreiung Ardgleanns ist gewiss wichtiger als deine Romanze.«

»Es gibt keine Romanze mit Lady Maude, das weißt du ganz genau, Sigimor. Sie ist verheiratet. Leider redet sie ihrem Ehemann ein, dass es etwas zwischen uns gegeben hat. Aber wie du schon sagtest – dieses Ärgernis kann warten. Im Moment interessieren mich vorrangig Ardgleann und Rauf Moubray.«

Sigimor nickte und goss sich ein wenig Ale nach. »Dieser Kerl ist eine Eiterbeule, die dringend aufgestochen werden muss.«

»Kennt Ihr ihn?«, fragte Keira.

»Ich bin ihm nie persönlich begegnet«, erwiderte Sigimor. »Sonst müssten wir uns jetzt nicht mehr mit ihm herumschlagen. Allerdings habe ich gesehen, wozu er fähig ist. Der Mann ist ein tollwütiger Hund. Er muss beseitigt werden.«

Keira spürte, wie Fiona sich anspannte, und sie drehte sich ihr zu und beobachtete, wie sie Ewan, ihren Ehemann, eindringlich ansah. Es war erstaunlich, wie ein solch großer, finster wirkender Mann unter diesem festen weiblichen Blick zu schrumpfen schien.

»Du willst in den Krieg ziehen?«, fragte Fiona Ewan.

»Ich denke daran, mich diesem Kampf anzuschließen, aye«, erwiderte er. »Es ist ein gerechter Kampf. Der Mann hat Lady Keiras Ehemann getötet und sie beinahe. Er hat ihr Land gestohlen, und Sigimors Berichten zufolge wünschen sich die Leute, die er nicht umbringt, sie wären tot. Aber ich werde nicht gleich morgen losreiten, das Ganze muss sorgfältig geplant werden.«

Obwohl Fiona zögernd nickte, spürte Keira ihre anhaltende Anspannung. Sir Ewan spürte sie wohl auch, denn er hielt die Hand seiner Frau und fuhr mit dem Daumen zärtlich über ihren Handrücken. Daran hatte Keira noch gar nicht gedacht: In einem Krieg litten nicht nur die kämpfenden Männer, sondern auch die Lieben, die sie zurückließen und die um die sichere Heimkehr der Männer beteten. Am liebsten hätte sie gesagt, es bestehe kein Grund zur Sorge, weil niemand diesen Kampf für sie kämpfen sollte, aber jetzt konnte sie nicht mehr zurück. Liam hatte den Männern alles erzählt, nun war ihr Blut in Wallung, wie ihr Vater zu sagen pflegte.

Nachdem sie noch ein wenig über Belanglosigkeiten geplaudert hatten, begleitete Fiona Keira schweigend in eine Schlafkammer, unterbrach ihr Schweigen nur, um Keira ihre Kinder in deren Zimmer vorzustellen. Keiras schlechtes Gewissen wuchs mit jedem Schritt.

»Es tut mir sehr leid, Fiona«, sagte sie, sobald sie die Schlafkammer betreten hatten.

Fiona sah sie ein wenig erstaunt an. »Was tut dir leid?«

Keira setzte die Kätzchen aufs Bett und ließ sich auf die Bettkante nieder. »Dass ich die Männer in meine Schwierigkeiten hineingezogen habe.«

»Nay, dafür kannst du nichts.« Fiona setzte sich neben sie. »Es tut mir leid, wenn dich mein Grübeln zu der Annahme verleitet hat, dass ich dir die Schuld gebe. Das tue ich nicht, aber ich hasse den Gedanken, dass mein Ewan in den Krieg zieht. Doch ich werde bald darüber hinweg sein, schließlich tun die Männer das ständig. Gott sei Dank wägt mein Mann seine Kämpfe ab und tut alles, um einen Streit zu vermeiden. Er ist nicht wie sein Vater, der sich mit erstaunlicher Schnelligkeit Feinde machen kann. Zum Glück hat der alte Narr eingesehen, dass das nicht richtig ist. Nein, du kannst nichts dafür. Das brutale Schwein, das dein Land gestohlen hat, ist schuld.«

»Das hat Liam auch gesagt – dass es ein gerechter Kampf ist und dass Rauf bald versuchen wird, auch andere zu bestehlen, nachdem er jetzt einen Ort hat, wo er sich verstecken kann, und genügend Geld, um sich Männer und Waffen zu kaufen.«

»Genau. Es ist am besten, ihn auf Ardgleann zu stellen. Aber ich finde, du solltest deiner Familie möglichst rasch eine Nachricht zukommen lassen. Sie werden dich sicher unterstützen. Und außerdem werden sie bestimmt gern wissen, dass du noch lebst.«

»Wie meinst du das?«, fragte Keira bestürzt.

»Sie haben mehrmals bei mir nachgefragt, ob ich etwas von dir gehört hätte. Sie haben erfahren, dass dein Ehemann getötet worden ist, und wissen auch, von wem. Doch von dir wissen sie nichts.«

Keira schloss die Augen und rieb sich die Stirn. Warum hatte sie nie an diese Folge ihres Schweigens gedacht? »Ich hatte gehofft, dass keine Gerüchte zu ihnen dringen würden. Wie dumm von mir! Ich sollte für meine Gedankenlosigkeit ausgepeitscht werden.«

Fiona lachte, dann küsste sie Keira auf die Wangen. »Ich habe meiner Familie auch Sorgen bereitet. Als ich Ewan begegnete und er mich als Geisel nahm, habe ich ihm nicht gesagt, wer ich bin. Außerdem fand ich, dass Scarglas ein ausgezeichnetes Versteck war vor dem Verrückten, der mich verfolgte. Meine Familie hat lange nicht gewusst, ob ich noch am Leben war, und die ganze Zeit über habe ich nichts von mir hören lassen. Ich habe nur flüchtig daran gedacht, welche Sorgen mein Verschwinden bei Connor auslösen würde. Vermutlich wird Sigimor Liam auch Vorwürfe machen, dass er kein Wort darüber verlauten ließ, wo er steckte oder was passiert ist.«

»Ach, dann ist es wohl ziemlich weit verbreitet, sich nicht zu melden. Sucht meine Familie denn nach mir?«

»Aye. Sie waren vor Kurzem hier, und ich glaube, sie kommen bald wieder.«

»Dann sollte ich ihnen wohl so schnell wie möglich eine Nachricht zukommen lassen. Es ist wohl besser, wenn sie ein paar Tage Zeit haben, sich zu beruhigen, bevor sie mich sehen.«

»Jetzt nimm erst einmal ein Bad, ruh dich aus und iss mit uns zu Abend. Morgen können wir dann einen Boten mit einer Nachricht losschicken.«

Keira nickte, und Fiona ging und ließ ein Bad für sie bereiten. So schnell, wie sich der Zuber und das heiße Wasser in ihrem Zimmer befanden, hatte man wohl schon im Moment ihrer Ankunft damit gerechnet, dass sie gerne baden würde. Man brachte ihr auch eine Kiste mit Sand für die Kätzchen und ein hübsches, sauberes, dunkelgrünes Wollkleid. Sobald die letzte Zofe mit Keiras schmutzigen Kleidern die Kammer verlassen hatte, tauchte Keira mit einem wonnigen Seufzer in das heiße Wasser. Auch wenn sie es nur ungern zugab, gehörte die Tatsache, dass sie nichts dafür hatte tun müssen, zu den größten Freuden dieses Bads.

Erst als sie aus dem Zuber geklettert war und sich vor dem Feuer die Haare trocknete, merkte sie, dass ihr bei all diesen Annehmlichkeiten etwas fehlte: Liam war nicht da, und er würde sich wohl in nächster Zeit auch nicht zu ihr gesellen. Sie wunderte sich über den scharfen Schmerz, den ihr diese Erkenntnis bereitete. Ihre Trennung hatte bereits begonnen, und sie war noch nicht darauf vorbereitet gewesen. Es würde keine leisen Gespräche vor dem Feuer mehr geben und keine unbeobachteten Schachspiele, und sie würde auch nachts seinen Atem nicht mehr nur wenige Fuß entfernt vernehmen.

Natürlich würden sie sich weiter sehen, bis Rauf geschlagen war, doch der Verlust der Nähe, die sie einen Monat lang so genossen hatte, war verheerender, als sie sich vorgestellt hatte.

Sie liebte ihn – und wenn das nicht der Gipfel der Torheit war, was dann? Sie hatte ihr Herz nicht geschützt, sie hatte es einfach angelogen. Am liebsten hätte sie sich auf dem Bett zusammengerollt und bis zur völligen Erschöpfung geweint, doch sie wusste, dass das nichts ändern würde. Außerdem durfte sie sich nicht ihrer Verzweiflung hingeben, denn das würde Spuren auf ihrem Gesicht hinterlassen, und man erwartete sie in Kürze wieder in der Großen Halle. Irgendwie musste sie es schaffen, vor allen, auch vor Liam, so zu tun, als sei alles in bester Ordnung. Als sie den Kamm in ihrer Hand anstarrte und sah, dass ihre Hände zitterten, fragte sie sich, ob sie die Kraft für eine solche Täuschung aufbringen würde.

Liam fluchte, als Sigimor ihm den Rücken weitaus heftiger schrubbte, als nötig gewesen wäre. »Wenn du mich dafür bestrafen willst, dass ich dir nicht gesagt habe, wo ich bin, schlag mich doch einfach. Das wäre leichter zu ertragen, als wenn du mir die Haut vom Rücken ziehst.« Er starrte seufzend in das Badewasser, in dem er stand, während Sigimor ihn wusch. »Eigentlich sollte meine Erniedrigung als Strafe reichen.«

»Ich bitte Euch um Verzeihung, dass ich keine hübsche Zofe bin, mein süßer Prinz«, erwiderte Sigimor gedehnt.

»Sag das noch einmal, und ich zieh dir meine Krücke über den Schädel.«

Sigimor überhörte die Drohung. »Ich weiß gar nicht, was du so erniedrigend findest.«

»Zum letzten Mal bin ich von jemandem als Kleinkind gebadet worden.«

Sigimor wollte gerade Liams Haare waschen. Er hielt inne und sah ihn stirnrunzelnd an. »Abgesehen von Geliebten.«

»Nay, nicht einmal von Geliebten. Na ja, Keira hat mich gewaschen, als ich bettlägerig war, aber das war etwas anderes.«

»Du, der große, erfahrene Liebhaber, hast nie mit einer Frau gebadet?«

»Nay«, erwiderte Liam mit zusammengebissenen Zähnen, dann schloss er kurz die Augen, als Sigimor ihn anstarrte und offenbar auf eine Erklärung wartete. »Waschen ist etwas sehr Persönliches, oder? Das ist ein intimer Akt, und man ist dabei sehr verletzlich.«

»So ist es auch, wenn man an einer Frau seine Wollust stillt.«

»Ich habe nie behauptet, dass meine Worte einen Sinn ergeben. Ich habe es einfach nie gemacht. Ich bin auch nie die ganze Nacht bei einer Frau geblieben. Nichts, was ich sage, wird einen Sinn für dich ergeben; manchmal ergibt es ja nicht einmal einen für mich. Aber ich habe mir eben einige Grenzen gesetzt, und die habe ich nie überschritten. Es stimmt, ich mag die Frauen, und ich mag meine Wollust an ihnen stillen. Ich bin freundlich zu ihnen, ich verachte sie nicht, wenn sie mit ihrer Gunst freizügig sind, und ich bringe sie zum Lächeln und dazu, dass sie sich begehrenswert fühlen. Aber ich verbringe nicht eine ganze Nacht mit ihnen, und ich bade auch nicht mit ihnen.« Liam zuckte mit den Schultern. »Ich wollte immer nur ein bisschen Spaß, nichts weiter; und das habe ich jeder auch stets klar gesagt. Manche gefielen mir besser als andere, aber ich wollte nie, dass eine auf den Gedanken verfällt, bei mir wäre mehr zu finden als ein bisschen Spaß.«

»Weißt du, irgendwie ergibt das schon einen Sinn.« Sigimor wusch Liam die Haare. »Man ist verwundbar, während man badet und schläft. Für beides braucht man viel Vertrauen, stimmt's? Und wenn ich jetzt so darüber nachdenke – du hast auch nie ein Mädchen bestiegen, das im Keep gearbeitet oder gelebt hat, stimmt's?«

»Nicht, wenn ich vorhatte, die Burg öfter zu besuchen.«

Sigimor spülte Liams Haare, dann half er ihm aus dem Zuber. Liams Verlegenheit, von seinem Cousin abgetrocknet zu werden, dauerte nur kurz, da Sigimor es rasch hinter sich brachte. Sobald er wieder seine Hose anhatte, setzte sich Liam aufs Bett, während Sigimor die nassen, schmutzigen Schienen und Binden an seinem Bein durch saubere und trockene ersetzte.

»Dein Bein sieht ganz gut aus«, meinte Sigimor und schenkte zwei Becher Ale ein. »Ein bisschen bleich vielleicht, und die Muskeln sind bestimmt geschrumpft. Aber die kannst du wieder kräftigen. Du hast Glück gehabt.«

»Das stimmt. Wenn Keira und Bruder Matthew mich nicht gefunden hätten, wäre ich elend krepiert.« Als Sigimor nickte, einen Schluck Ale trank und ihn bedächtig anstarrte, fragte er: »Was ist los?«

»Ach, ich denke immer noch über dich und die Frauen nach. Weißt du was? Ich glaube, du hast immer vorgehabt zu heiraten.«

»Nimmt sich das nicht jeder vor?«

»Die meisten schon, aber nur wenige ziehen eine solch klare Grenze wie du, wenn sie anfangen, an den Mädchen Gefallen zu finden. Vielleicht war dir der Grund selbst nicht klar, vielleicht hast du ihn auch vergessen, aber ich denke, du hast es getan, weil du vorhattest, eines Tages zu heiraten. In deinem Heim wird es dann keine Gegenüberstellungen geben mit Mägden, die du beschlafen hast, und du wirst mit deiner Ehefrau Dinge teilen, die du mit keiner anderen Frau gemacht hast. Ich vermute, du hast mit diesen Frauen noch einige andere Dinge nie gemacht.« Sigimor grinste, als Liam rot wurde, dann nickte er. »Das ist auch gut so, denn ich denke, du hast deine Braut bereits gewählt.«

»Das mag schon sein, aber ich greife ziemlich hoch. Ich bekomme alles, was sie hat, und sie bekommt nur mich.«

»Wenn sie zu dir passt, spielt das keine Rolle. Ich habe eine Engländerin geheiratet, die Tochter eines Lords aus den Marken.«

»Weil sie zu dir gepasst hat.«

»Richtig. Sie hat perfekt gepasst.«

»Keira hält mich für einen hemmungslosen Lüstling.« Liam grinste schwach, als Sigimor lachte. »Ich muss um sie werben und ihr Vertrauen wiedergewinnen, das ich verloren habe, als dieses dumme Weib mich aufgestöbert hat, und vermutlich auch, als wir in Dennys Wirtshaus übernachteten und Mary mich allzu stürmisch begrüßte.«

»Nun, sobald ihr verheiratet seid, kannst du Keira zeigen, wie viele Dinge du mit ihr teilst, die du nie mit einer anderen geteilt hast. Das wird ihre Eifersucht auf deine Vergangenheit mildern. Und jetzt zieh dich fertig an, damit wir in die Große Halle gehen und essen können, bevor uns die MacFingals alles wegfuttern.«

Liam hatte den Eindruck, dass Sigimor einen Plan hatte. Der Mann klang, als wäre seine Heirat mit Keira bereits ausgemacht. Doch bevor er ihn darauf ansprechen konnte, begann Sigimor, ihm beim Ankleiden zu helfen und von der bevorstehenden Schlacht zu sprechen. Erst als Liam an der Hohen Tafel saß und auf Keira wartete, ging ihm auf, dass er erfolgreich abgelenkt worden war.

Er warf einen Blick zu Sigimor, der nur verhalten lächelte, was sofort seinen Argwohn erregte. Doch als er seinen Cousin fragen wollte, was es denn zu lächeln gäbe, wurde er durch Keiras Auftritt abermals abgelenkt. Sie trug ein wunderschönes grünes Gewand, das ihre Augenfarbe bestens zur Geltung brachte. Ihr rabenschwarzes Haar war mit einem breiten grünen Band locker zurückgebunden und fiel in sanften Wellen auf ihren Rücken. Sie sah wahrhaftig wie eine prächtige Lady aus, und Liam spürte, dass sein Entschluss, um sie zu werben, ins Wanken geriet. Sie so zu sehen, machte ihm schmerzlich klar, wie wenig er ihr bieten konnte.

Keira errötete ein wenig bei dem begehrlichen Blick, mit dem Liam sie bedachte, als er ihr den Stuhl zurechtrückte. Sie hatte sich endlich beruhigt und ihre neu entdeckten Gefühle für diesen Mann tief in sich vergraben. Bis zu ihrer endgültigen Trennung wollte sie alles tun, um ihm diese Gefühle nicht zu offenbaren. Es würde sicher helfen, sich nur zu Gelegenheiten wie im Moment zu treffen, dachte sie, als sie lustlos ihr Essen verzehrte. Solange sie Menschen umgaben und in muntere Gespräche verwickelten, würde es leichter sein, ihr ungebärdiges Herz zu kontrollieren, ihre Gefühle zu zügeln.

»Also habt Ihr unseren süßen Prinzen, der an der Schwelle des Todes stand, im Kloster wieder gesund gepflegt?«, fragte Sigimor.

Es fiel ihr schwer, nicht zu lächeln, als Liam laut seufzte und seine Verwandten zu kichern begannen, aber Keira blieb ernst, als sie erwiderte: »Auf dem Gelände des Klosters. Die Mönche haben uns ein kleine Kate am Rand ihrer Ländereien zur Verfügung gestellt.«

»Und ihr zwei seid dort ganz allein gewesen? Einen ganzen Monat lang?«

Die Eindringlichkeit, mit der alle auf sie und Liam blickten, fing an, den Schleier der Gelassenheit, in den sich Keira gehüllt hatte, zu zerreißen. »Liam war zwei Wochen lang in einem erbärmlichen Zustand, aber dann sind seine Wunden ganz gut verheilt. Nur sein Beinbruch brauchte etwas länger.«

»Sigimor!«, knurrte Liam.

»Was denn? Mir geht es nur um die Wahrheit, und die werden ihre Verwandten sicher auch wissen wollen«, erwiderte Sigimor.

»Die Wahrheit ist, dass sie sich um meine Verletzungen gekümmert hat.«

»Aye, ganz allein, in einem kleinen Cottage, einen ganzen Monat lang, nur du und sie. Und abgesehen von deinem armen gebrochenen Bein warst du nach zwei Wochen wieder ganz der Alte. Nun, wir alle kennen dich nur zu gut. Vermutlich sind auch schon ein oder zwei Gerüchte über dich zu ihren Verwandten gedrungen, schließlich schicken sie oft Gesandte an den Königshof. Gerüchte über eure Zeit in der Kate werden sich wie ein Lauffeuer verbreiten, das weißt du genauso gut wie ich. Und du weißt auch, wie du ihre Verwandten besänftigen und ihren guten Namen wiederherstellen kannst – und deinen natürlich auch.«

»Ich glaube nicht, dass die Mönche herumrennen und Geschichten erzählen werden.«

»Nicht absichtlich, aber ihre Verwandten werden sich bestimmt irgendwann einmal an Bruder Matthew erinnern. Abgesehen davon gibt es auch andere, die dich dort angetroffen haben und nicht ans Kloster gebunden sind. Du weißt genauso gut wie ich, was man sich von ihr erzählen wird, sobald herauskommt, dass sie unbeaufsichtigt so viel Zeit mit dir verbracht hat. Es ist zwar ungerecht und falsch, aber das wird nicht ins Gewicht fallen. Ich glaube nicht, dass ihre Familie darüber erfreut sein wird, und sie werden darauf dringen, dass die Sache ordnungsgemäß geregelt wird. Wie ich es sehe, haben wir zwei Möglichkeiten: Entweder wir bereiten uns auf eine Fehde mit den Murrays vor, oder wir bereiten dich und die junge Frau auf die Hochzeit vor.«

Keira hatte Sigimor mit wachsendem Entsetzen zugehört, bis die Bedeutung seiner Worte schließlich ihre mühsam aufrechterhaltene Ruhe erschütterte. Alles, was er sagte, war richtig, was es umso schlimmer machte. Und den Mienen der Anwesenden nach pflichteten alle Sigimor bei, was sie ihnen nicht verübeln konnte.

Es gab eine Reihe von Gründen, warum eine erzwungene Ehe mit Liam keine gute Idee war, aber ein Grund drängte sich sofort auf – die Hochzeitsnacht. Die Erkenntnis, welche Probleme damit für sie verbunden sein würden, löste endlich ihre Zunge.

»Nay!«

9

Aye!«

Als Keiras Blick zur Tür der Großen Halle schweifte, hätte sie beinahe laut geflucht. An der Schwelle standen zwei ihrer Brüder, und ihrer Miene nach hatten sie das ganze Gespräch mitbekommen.

Am liebsten wäre sie aufgesprungen und hätte sich an einen Ort geflüchtet, wo sie keiner finden konnte. Als sich die beiden mit grimmiger Miene der Tafel näherten, fragte sich Keira, in welcher Richtung Irland lag.

Ihre Brüder marschierten unaufhaltsam weiter, und Keira merkte, dass ihre Blicke Liam galten, nicht ihr. Und es waren wahrhaftig keine freundlichen, sondern vielmehr mörderische Blicke. Rasch stand sie auf und stellte sich vor Liam. Artan und Lucas waren berüchtigt, erst zuzuschlagen und dann zu überlegen, ob es gerechtfertigt war. Im Moment glaubten sie offenkundig genügend Gründe zu haben, Liam so zusammenzuschlagen, bis er nur noch ein Schmutzfleck auf Fionas sauberen Binsen war. Keira glaubte allerdings nicht, dass Liams Verwandte tatenlos danebenstehen würden, während einer der ihren verprügelt wurde. Also schützte sie nicht nur Liam.

»Tritt zur Seite, Amsel«, sagte Artan. Seine blaugrauen Augen wirkten fast silbern, ein deutliches Zeichen seiner Wut.

»Nay«, erwiderte sie. »Ihr seid Gäste in diesem Keep, und dieser Mann ist ein Verwandter eurer Gastgeber. Es wäre unhöflich, ihn hier zu verprügeln.«

»Unhöflich?«, murrte Lucas, der die gleichen Augen hatte wie sein Bruder. »Na gut, niemand soll uns vorwerfen, dass es uns an Manieren mangelt. Wir nehmen ihn nach draußen und verprügeln ihn dort.«

»Das könnt ihr auch nicht. Das wäre kein fairer Kampf, denn er hat ein gebrochenes Bein.«

Liam musste ein bisschen grinsen, als die zwei um Keira herumlugten und er sich auf seinem Stuhl so weit zu ihnen drehte, dass sie sein bandagiertes Bein sehen konnten. Einen Moment lang hatte er sich über Keiras Bemühungen, ihn zu beschützen, geärgert, doch dann siegte die Vernunft. Selbst ohne krankes Bein hätte er nicht mit zwei Männern kämpfen wollen, die vermutlich nahe Verwandte von Keira waren. Außerdem konnte ein solcher Kampf rasch in eine allgemeine Keilerei ausarten. Da er Keira nur ein paar Küsse geraubt hatte, fand er ohnehin nicht, dass er Prügel verdient hatte.

Er musterte die zwei, während Sigimor gelassen begann, sie vorzustellen. Das waren also Keiras Brüder Artan und Lucas Murray. Sie waren genauso groß wie er und wahrscheinlich auch in seinem Alter. Darüber hinaus sahen sie blendend aus, was die wenigen Frauen in der Halle bestätigten, die den Blick kaum von ihnen lassen konnten. Ihre ziemlich langen und sehr dichten Haare hatten dieselbe tiefschwarze Farbe wie Keiras Haare. Als die Spannung in ihren sehnigen Körpern nachließ, verblasste der silberne Glanz in ihren Augen zu einem weicheren Blaugrau. Doch als sie plötzlich barsch auf Keira blickten, spannte sich Liam wieder an. Er hoffte, dass sie nicht zu schroff mit ihr umspringen würden, denn sonst wären Sigimors und Ewans Bemühungen, die Wut und Anspannung im Raum zu zerstreuen, umsonst gewesen.

»Du siehst gesund aus, Mädchen«, murmelte Artan. »Stimmt doch, oder, Lucas?«

»Aye, ausgesprochen gesund«, sagte Lucas, nachdem er Keira gründlich gemustert hatte, »für jemanden, von dem es geheißen hat, er sei wahrscheinlich tot.«

Artan nahm Keiras Hände und begutachtete auch sie. »Nicht einmal auf ihren kleinen Händen hat sie eine Verletzung.«

»Nirgends ein blauer Fleck zu sehen.«

»Es ist mir ein Rätsel, warum sie ihrer Familie nicht geschrieben hat, dass es ihr gut geht. Ein oder zwei Worte wie: ›Ich bin am Leben und verrotte nicht irgendwo zwischen Ardgleann und Donncoill‹ hätten schon gereicht«, meinte Artan.

Keira zuckte zusammen. Das schlechte Gewissen trieb ihr die Schamesröte ins Gesicht. »Mir war nicht klar, dass ihr gedacht habt, ich wäre tot.«

»Natürlich nicht, weil du ja nie ein Wort geschrieben hast, um herauszufinden, was man uns gesagt hat.«

»Es gibt gute Gründe für mein Schweigen«, fing sie an.

»Setzt euch«, meinte Ewan und winkte die jungen Männer an die Tafel. »Esst und stillt euren Durst. Währenddessen kann die Geschichte erzählt werden; es gibt viel zu berichten und zu beschließen.«

»Aye«, pflichtete Artan ihm bei, und sie setzten sich. »Zum Beispiel, wann die Hochzeit stattfinden soll.«

Liam packte Keira rasch bei der Hand, als sie Anstalten machte aufzustehen. Sanft, doch bestimmt zog er sie auf ihren Stuhl zurück. Diesen Lauf der Dinge hatte er zwar nicht gewollt, doch er sah keinen Ausweg aus der Falle, die in Windeseile zuzuschnappen schien. Vielleicht hätte er seine Verwandten überreden können, ihm ein wenig Zeit zu geben, um Keira zu überzeugen, doch ihre Brüder würden wohl nicht auf ihn hören.

Während die Geschichte, angefangen von Duncan MacKails Tötung bis hin zu ihrer Ankunft auf Scarglas, erzählt wurde, ließ Liam Keira nicht aus den Augen. Er versuchte, nicht gekränkt zu sein, dass sie so bleich und aufgewühlt aussah, als das Gespräch auf ihre Hochzeit kam. Niemand wurde gern verheiratet, wenn er sich noch nicht bereit fühlte. Selbst er ärgerte sich ein wenig, und dabei wollte er sie doch heiraten. Er musste eben nach der Hochzeit um sie werben. Ein wenig beruhigte er sich, als er sich daran erinnerte, wie leidenschaftlich sie gewesen war und wie gut er und Keira miteinander ausgekommen waren, bevor Lady Maude aufgetaucht war.

»Eine Hochzeit ist nicht notwendig«, sagte Keira, bemüht, ihre Verzweiflung nicht durchklingen zu lassen. »Wir haben nichts Unrechtes getan.«

»Wir glauben dir«, sagte Artan. »Und die guten Leute hier tun das auch, aber abgesehen davon wird es wohl niemand sonst tun. Der Mann ist bekannt für seine Erfolge bei den Frauen. In manchen Gegenden ist er fast eine Legende.«

»Wie schön für ihn.« Keira funkelte Liam böse an, bevor sich ihr Zorn wieder gegen ihre Brüder richtete. »Und ihr findet es gut, mich mit einem Mann zu verheiraten, der so verworfen ist, dass er fast eine Legende ist?«

»Verworfen ist ein bisschen zu hart«, murmelte Liam, doch niemand achtete auf ihn.

»Ich bin erst seit ein paar Monaten Witwe«, fuhr Keira fort. »Es ziemt sich nicht, so bald wieder zu heiraten. Außerdem wird Witwen doch ein wenig mehr Freiheit zugestanden als Jungfern, oder?«

»Das schon, solange sie diskret sind. Eine kleine Kate mit einem Mann zu teilen ist nicht diskret, und ebenso wenig eine Schlafkammer in einer Schenke zu teilen oder drei Tage allein mit einem Mann unterwegs zu sein.«

»Wart ihr so knapp hinter uns?«, fragte Liam.

»Aye. Uns war endlich eingefallen, wie nah Keira und unser Cousin, der Mönch, sich früher gestanden haben, und dann haben wir uns zum Kloster aufgemacht. Wir sind dort angekommen, als sich die Kinnairds über Euch, Sir, stritten. Mit solchen Sachen wird es vorbei sein, sobald Ihr unsere Schwester geheiratet habt«, fügte Artan schroff hinzu.

»Solche Sachen hat es zwischen mir und Lady Maude überhaupt nicht gegeben.« Liam fluchte innerlich, als Keiras Brüder nur ungläubig die Stirn runzelten.

»Artan, ist es denn wichtig, was man sich über mich erzählt?«, fragte Keira. »Sobald Rauf von Ardgleann vertrieben ist, werde ich mich dort niederlassen. Danach werden die Gerüchte über mich rasch verstummen.«

»Ach so? So rasch, dass deine Verwandten nicht ständig deine Ehre verteidigen müssen?«

Keiras Herz machte einen unruhigen Satz. Sie öffnete den Mund zu einem Widerspruch, schloss ihn dann aber wieder. Ihr fiel nur ein zu erwidern, dass es bestimmt nicht dazu kommen würde. Doch ihr war klar, dass das nicht stimmte. Sie konnte den Gedanken nicht ertragen, dass jemand aufgrund von Gerüchten über sie womöglich verletzt oder – Gott behüte – getötet wurde. Dass ihre Brüder so viel wussten, bewies, dass bereits Gerüchte über sie und Liam in Umlauf waren. Mary hatte ihnen offenkundig genug erzählt, und auch Lady Maude schien die Geschichte überaus bereitwillig zu verbreiten. Dass Lady Maude Liam quer durchs Land verfolgt hatte, würde die Leute nicht davon abhalten, der Frau zuzuhören und alles brühwarm weiterzuerzählen. Und dass die angeblichen Sünden auf klösterlichem Boden begangen worden waren, würde den Lügen nur noch mehr Reiz verleihen.

Wie ungerecht das war. Und dabei hatten sie und Liam wahrhaftig nichts Unrechtes getan. Dass alle in der Großen Halle ihr glaubten, tröstete sie zwar ein wenig, doch leider hatte Artan recht, wenn er behauptete, dass kein anderer es tun würde. Und es war nicht einmal Liams Ruf, der daran schuld war, zumindest nicht ausschließlich. Den meisten Leuten würde schon reichen, dass ein Mann und eine Frau mehrere Wochen allein verbracht hatten.

Liam legte die Hand auf ihre geballte Faust; sie starrte darauf. Seine Berührung löste ihre Spannung ein wenig. Sie wünschte, dass diese Berührung auch alle anderen Hindernisse beseitigen könnte, die vor ihnen lagen. Ein besonders großes Hindernis lag direkt vor ihr, und sie wusste nicht, was sie dagegen tun konnte. Offenbar würden sie und Liam morgen verheiratet werden, sie hatte also nicht einmal einen Tag Zeit, um sich eine Lösung einfallen zu lassen, eine, die ihr Versprechen gegenüber ihrem toten Ehemann und das Versprechen, das sie und Liam sich gegenseitig geben würden, nicht verletzte.

»In unserem Clan dürfen Frauen doch gewöhnlich sagen, wen sie heiraten wollen«, sagte sie in einem letzten Versuch, die Hochzeit zu verhindern. »Ihr verwehrt mir diese Freiheit.«

»Aye, so ist es am besten für alle Betroffenen«, sagte Lucas. »Beim letzten Mal hattest du ja die Wahl. Aber manchmal ist es eben unmöglich – jetzt zum Beispiel. Es gab zwar schon ähnliche Situationen, doch die Paare haben ihre Schwierigkeiten immer rechtzeitig gelöst. Aber jetzt liegt ein Kampf vor uns, und wir haben keine Zeit zu warten.«

»Na gut, dann macht, was ihr wollt«, fauchte sie und sprang auf. »Offenbar braucht ihr meine Hilfe nicht bei all den hochfahrenden Plänen für meine Zukunft.«

Liams Blick hing an Keira, während sie aus der Halle stürmte, und auch die anderen sahen ihr nach. Fiona erhob sich rasch und folgte ihr. Die Männer wirkten ziemlich bestürzt und betreten, als sie die zierliche Keira so erzürnt davonstürmen sahen. Zu einer anderen Zeit hätte Liam das vielleicht lustig gefunden, doch im Moment hatte er viel zu viel damit zu tun, es nicht allzu persönlich zu nehmen, dass sie ihn nicht heiraten wollte. Stirnrunzelnd wandte er sich an Keiras Brüder.

»Es wäre besser, wenn ihr mir ein bisschen Zeit gebt, um um sie zu werben«, sagte er, auch wenn er kaum hoffte, dass ihm diese Zeit gewährt würde.

»Aye, das wäre es wohl«, pflichtete ihm Lucas bei. »Aber vor uns liegt eine Schlacht. Auch wenn ich es nicht gern ausspreche, weil es Unglück bringen könnte: In einer Schlacht sterben Männer. Wir können nicht warten, bis Ihr um sie geworben habt.« Er verzog das Gesicht, wobei er eher verwundert als verärgert wirkte. »Aber warum habt Ihr Keira nicht schon früher geheiratet, nachdem Ihr sie offenbar gerne habt? Ihr hattet einen guten Monat Zeit, um sie zu werben.«

»Ich bin ein landloser Ritter, und obgleich meine Truhen nicht leer sind, so sind sie doch auch nicht voll. Es hat ein Weilchen gedauert, bis es mir egal war, dass sie an der Tafel höher sitzt als ich. Aber dann sind – äh – einige Schwierigkeiten aufgetaucht, und ich musste wieder von vorn anfangen.«

»Schwierigkeiten namens Lady Maude und Mary?«

»Ich habe Lady Maude niemals angefasst!« Liam merkte, dass er mit sehr lauter Stimme geantwortet hatte. Er atmete tief durch, um sich zu beruhigen. Dann warf er Sigimor ein schiefes Lächeln zu. »Auch wenn ich an diesen Worten beinahe ersticke, muss ich gestehen, dass du recht hattest: Ich muss für meine Lüsternheit teuer bezahlen.«

»Aye, ich habe befürchtet, dass es so weit kommen würde«, erwiderte Sigimor. »Aber ich weiß, dass du deine Wollust an deiner Frau stillen wirst, sobald du verheiratet bist.«

Keiras Brüder schien das kleine Zwiegespräch etwas zu verwirren, doch plötzlich begriffen sie es, und Artan meinte: »Ihr seid also ein Mann, der ein Eheversprechen hält, das er abgelegt hat. Das ist gut.«

»Wie bitte? Keine Drohung? Keine Warnung?« Liam widerstand dem Drang, die zwei Männer von Herzen zu verfluchen, als sie ihn nur angrinsten.

»Nicht nötig«, meinte Artan. »Ich glaube nicht, dass irgendetwas, was wir tun könnten, Euch so viel Ungemach bereiten würde, wie Keira es wird, wenn Ihr Euer Ehegelübde brecht.« Er verzog das Gesicht. »Allerdings schien unsere kleine Amsel heute nicht ganz auf der Höhe. Ein wenig von ihrem Feuer war erloschen.«

Lucas nickte. »Sie hat nicht versucht, uns zu schlagen oder etwas nach uns zu werfen.« Er funkelte Liam böse an. »Habt Ihr ihr etwa schon wehgetan?«

»Nay, auch wenn sie ein wenig enttäuscht war, als meine Vergangenheit ruchbar wurde, bevor ich ihr selbst davon erzählen konnte. Doch nachdem sie aufgehört hatte, darüber zu brüten, und mir gesagt hat, was sie davon hält, zeigte sie genügend Feuer.« Liam warf einen finsteren Blick zur Tür, durch die Keira soeben marschiert war. »Trotzdem schien sie jetzt etwas bedrückt.«

Sigimor nickte. »Das stimmt. Ich wusste schon bei eurer Ankunft, dass ich dich würde auffordern müssen, sie zu heiraten, und da hattet ihr etwas an euch, was mir diese Aufforderung leicht gemacht hätte. Doch als sie heute zum Abendessen kam, war etwas an ihr anders, und ich war mir nicht mehr so sicher. Es war, als hätte sie sich mit diesem hübschen Kleid eine Rüstung angelegt.« Er schüttelte den Kopf. »Aber wahrscheinlich bilde ich mir das nur ein.«

»Das glaube ich nicht«, meinte Ewan. »Bei ihrer Ankunft kam sie mir vor wie meine Fiona – offen, ehrlich und mit ihren Gefühlen nicht hinter dem Berg haltend, auch wenn es manchmal nicht leicht ist, diese Gefühle richtig zu deuten. Aber als sie in die Große Halle kam, nachdem sie gebadet und sich ausgeruht hatte, war dieses Mädchen verschwunden und ist auch nicht wieder aufgetaucht, bis die Rede auf die Hochzeit kam. Wenn man in ihre Augen blickte, sah man nicht mehr all ihre Gefühle. Es war, als schaute man in einen Spiegel.« Er lief rot an, als er merkte, dass ihn alle erstaunt ansahen. »Das war nur so ein Gedanke.«

Liam grinste ihn an. »Ein guter Gedanke. Du hast ganz recht, das Mädchen hat nachgedacht, als sie badete und sich ausruhte. Wahrscheinlich wird es mich in den Wahnsinn treiben, wenn ich versuche herauszufinden, welche Richtung ihre Gedanken nun eingeschlagen haben.«

»Aye, Keira grübelt viel«, meinte Artan. »Ihr werdet lernen müssen, diesen Ausdruck zu erkennen.«

»Welchen Ausdruck?«

»Den sie annimmt, wenn sie zu grübeln anfängt. Wenn Ihr diesen Ausdruck seht, habt Ihr noch Zeit, mit ihr zu reden und sie vom Denken abzuhalten. Sie ist ein schlaues Mädchen, aber manchmal denkt sie so viel, bis sich ihre Gedanken zu einem Knäuel verwirren. Mein Da sagt immer, man muss sich zu ihrem Kopf gewaltsam Zutritt verschaffen und die Fäden durchtrennen, bevor sie sie zu einem Knoten macht, der so fest ist, dass man tagelang kämpfen muss, um ihn zu lösen.«

Liam nahm einen großen Schluck Ale, um nicht zu lachen, vor allem, als er die Erheiterung in Sigimors und Ewans Augen sah. »Nun, das Wirrwarr, in das sie sich verheddert hat, wird bis morgen warten müssen«, sagte er. »Vielleicht reden wir jetzt noch einmal kurz darüber, was wir tun können, um Ardgleann zu befreien.«

»Gibt es keinen Erben?«, fragte Ewan.

»Nur Keira«, sagte Artan. »Das war Teil des Ehevertrags. Der Mann war der Letzte seiner Linie. Er suchte eine Frau, um einen Erben zu zeugen, doch falls das nicht gelingen sollte, würde Keira alles bekommen. Er dachte, sie hätte genügend Verwandte, die ihr dabei helfen könnten, das Land zu erhalten und sich um seine Leute zu kümmern, wenn er nicht mehr da sein würde. Jetzt wird sie auch noch einen Ehemann haben. Vermutlich werden sich die Leute darüber freuen.«

»Das hoffe ich«, meinte Liam. Und er hoffte auch inständig, dass Keira nicht dachte, er wolle sie nur wegen ihres Landes heiraten.

»Doch zuerst müssen wir das Ungeziefer vertreiben«, meinte Sigimor und richtete die Aufmerksamkeit wieder auf den bevorstehenden Kampf.

Keira hätte am liebsten die Schlafzimmertür zugeknallt, doch das wäre kindisch gewesen. Sie begann, herumzulaufen und verzweifelt zu versuchen, sich etwas einfallen zu lassen, um den Plänen zu entkommen, die alle für ihre Zukunft schmiedeten, als Fiona hereinkam. Das Mitgefühl in ihrem Blick tröstete sie zwar, half aber sonst nicht viel. Keira freute sich darüber, aber über eine Lösung hätte sie sich mehr gefreut.

»Er wird dir ein guter Ehemann sein«, sagte Fiona und schenkte zwei Becher Wein ein.

»Ein zögernder«, sagte Keira, als sie den Becher in Empfang nahm.

»Ich weiß nicht, ob er zögert. Richtig gewehrt hat er sich jedenfalls nicht.«

Das stimmte, aber Keira unterdrückte rasch die Hoffnung, die sich in ihrem Herzen regte. »Er war in der Unterzahl.«

»Willst du ihn denn nicht?«

»Natürlich will ich ihn. Welche Frau würde ihn nicht wollen? Welcher Frau würde er nicht gefallen? Welche Frau würde nicht auf den Gipfel eines hohen Berges klettern und laut verkünden wollen, damit es alle Frauen in Schottland hören: ›Ha! Jetzt habe ich ihn, und ihr nicht!‹« Sie lächelte schief, als Fiona lachte, dann seufzte sie. »Aber das trifft auf sehr viele zu, nicht wahr? Dass sie ihn gehabt haben, meine ich.«

»Aye. Kein Mann, der so gut aussieht wie er, wird unberührt ins Ehebett klettern, Keira. Selbst mein Ewan, den die Lasterhaftigkeit seines Vaters so angewidert hatte, dass er seine Leidenschaften mit eiserner Faust zügelte, war nicht ständig keusch. Auch Sigimor war sehr zurückhaltend. Nur mein Bruder Connor, der deine Cousine Gillyanne geheiratet hat, hatte davor drei Frauen im Keep, die er beschlief, wann immer ihn die Lust befiel.«

Keira verschluckte sich beinahe an ihrem Wein. »Oh bitte, erzähl mir nicht, dass ich mit so etwas rechnen muss.«

»Nay. Soweit ich weiß, hat Liam sich nie eine Frau zur Geliebten genommen, die auf Dubheidland arbeitet oder lebt, und auch hier nicht, im Heim seines Cousins. Vielleicht war ihm klar, dass er eines Tages heiraten würde, und er wollte möglichen Ärger vermeiden.«

»Vielleicht brauchte er ja auch nur eine kleine Pause.«

Fiona lachte so heftig, dass sie ihren Becher abstellen musste. Das war so ansteckend, dass Keira trotz ihrer düsteren Stimmung einstimmen musste. Vielleicht war es töricht, sich den Kopf über die Vergangenheit zu zerbrechen, aber sie konnte einfach nicht darüber hinwegsehen, was Liams Vergangenheit über ihn aussagte. Der Mann hatte viele Frauen bestiegen, und wahrscheinlich waren ihm viele schnell gefällig gewesen. Frauen reisten ihm ja sogar nach. Ihre Zukunft versprach nicht rosig zu werden.

»Keira, womöglich hat der Mann ein wenig rasch zugegriffen, wenn ihm etwas angeboten wurde«, sagte Fiona, die wieder ernst geworden war. »Aber angeboten wurde es ihm bestimmt. Es würde mich nicht wundern, wenn selbst diejenigen, die sonst ein paar Münzen dafür verlangen, es ihm umsonst gegeben haben. Welcher Mann würde ein solches Geschenk schon zurückweisen? Du musst es einfach vergessen. Ich bin mir sicher, dass er es bereits vergessen hat. Er wollte nie eine dieser Frauen heiraten, und er war auch nie verlobt, also musste er auch keiner treu bleiben«

»Vielleicht kann er das gar nicht, treu sein.«

»Oh doch, das glaube ich schon. Er hat fünf Jahre lang im Kloster enthaltsam gelebt. Außerdem befolgt er einige Regeln, wie sie nur wenige Männer befolgen – keine Unschuldigen, keine Lügen, keine falschen Versprechungen, keine Ehefrauen oder Verlobte. Er bricht kein Versprechen. Das halten viele Camerons so. Mein Bruder Connor hat mir einmal erzählt, dass ein Mann eine Frau aufsucht, weil er ein brennendes Verlangen hat und etwas Wärme will. Warum sollte sich ein Mann anderswo umschauen, wenn seine Ehefrau ihm das gibt, was er will? Es ist doch wahrhaftig nicht den Ärger wert, den es verursachen würde. Das ist zwar nicht gerade romantisch, aber ich glaube, dass die meisten Männer so denken. Bei den Männern deiner Familie ist es doch bestimmt genauso.«

»Das stimmt.« Keira trank den letzten Schluck und starrte düster in den leeren Becher. »Glaubst du *wirklich,* dass Liam sein Ehegelübde halten wird?«

»Aber sicher. Sigimor hat einmal gedacht, dass mein Ewan eine Geliebte hatte, und er ist ihm gefolgt und wollte ihm mit einer Tracht Prügel Vernunft einbläuen.«

»Sigimor hat die meisten seiner *Jungs* gut erzogen, stimmt's?«

»Jawohl. Im Übrigen ist Liam nicht deshalb ins Kloster gegangen, weil er keine andere Wahl hatte. Er ist tief gläubig, aber den Ruf, ein Mönch zu werden, hat er nie vernommen. Ein solcher Mann nimmt ein Gelübde sehr ernst, das er vor einem Priester ablegt. Im Übrigen kann ich mir kaum vorstellen, dass es eine Frau gibt, die einen unberührten Mann heiratet.«

Keira hätte ihr beinahe widersprochen, doch sie verbiss sich die Worte hastig. Vielleicht stimmte es ja auch gar nicht. Es war nur eine der vielen Entschuldigungen gewesen, die sie für den Mangel an Verlangen gefunden hatte, den ihr Ehemann ihr gegenüber an den Tag gelegt hatte.

Einen Moment lang dachte sie daran, Fiona die Wahrheit zu erzählen, doch ihr Versprechen Duncan gegenüber hinderte sie daran. Es war nicht richtig von ihm gewesen, ihr dieses Versprechen abzunötigen, aber sie hatte die Last auf sich genommen, und nun würde sie ihr Versprechen nicht brechen. Es gab nur einen Menschen, dem sie die Wahrheit sagen konnte – Liam. Aber das konnte sie erst, nachdem er sie geheiratet hatte. Sie wusste nur noch nicht, wie sie es ihm beibringen sollte und er darauf reagieren würde. Sie befürchtete allerdings, dass er sie für eine elende Lügnerin halten würde, die mit allen ihr grausames Spiel gespielt hatte oder die aus Gier bereit war, alle zum Narren zu halten, nur um Ardgleann zurückzuerobern.

»Trauerst du noch um deinen Mann?«, fragte Fiona. »Ist es das, was dich so bedrückt?«

»Aye, ich trauere um ihn, aber hauptsächlich deshalb, weil er zu jung zum Sterben war und er einen solch grausamen Tod nicht verdient hat. Ich hatte ihn gern, und ich dachte, dass wir eine gute Ehe führen könnten, aber das war auch schon alles. Allerdings hat er sich freiwillig entschlossen, mich zu heiraten, und Liam wird dazu gezwungen.«

»Nein, gezwungen nicht, nur überredet. Ich kenne diese Männer lange genug, um zu wissen, dass man keinen von ihnen zu etwas zwingen kann, was er nicht will. Wie ich schon sagte, Liam hat sich wahrhaftig nicht gewehrt. Wenn ich ehrlich sein soll, so glaube ich, dass er bereits entschlossen war, dich zur Frau zu nehmen, wenn du ihn haben wolltest.«

»Fiona, wir haben uns nur zweimal geküsst, und das erst,

nachdem wir das Cottage verlassen hatten. Er hat nie etwas getan oder gesagt, was darauf hingewiesen hätte, dass er mich heiraten will.«

»Natürlich hat er das nicht. Du hast Geld und Land, er hat nichts, und außerdem bist du von höherem Stand. Ich weiß auch nicht, wie ich darauf komme, aber ich bin fest davon überzeugt, dass er bereits an eine Heirat gedacht hat. Ich glaube, er hat nur deshalb gezögert, dir ein Zeichen zu geben, weil er dachte, es sei nicht richtig, so hoch zu greifen. Aber er hat bestimmt schon längst beschlossen, um dich zu werben.« Fiona verzog das Gesicht. »Ich habe nicht die Gaben, die unsere Gilly hat, aber sie hat mir gesagt, dass ich sehr einfühlsam bin. Ich kenne Liam seit vielen Jahren. Ich bin mir sicher, dass er dich heiraten möchte und dass er dir ein guter Ehemann sein wird. Liegt dir denn gar nichts an ihm? Bist du deshalb so bekümmert?«

Keira hatte das Gefühl, dass sie Fiona wenigstens diese eine Wahrheit anvertrauen konnte. »Doch, ich liebe ihn. Ich glaube, der Samen war gelegt in dem Moment, als ich ihn sah, und da sah er wahrhaftig nicht gut aus. Das habe ich ihm allerdings nie gestanden, und wahrscheinlich werde ich es ihm auch noch eine Weile nicht gestehen. Solange ich mir nicht sicher bin, dass wenigstens ein Funke desselben Gefühls in ihm ist, kann ich es nicht riskieren.«

Fiona nickte und umarmte Keira kurz, aber innig. »Das kann ich gut verstehen. Du fürchtest, ihm mit deinem Geständnis womöglich so viel Unbehagen zu bereiten, dass du zunichtemachst, was du hast. Und noch beängstigender auf die Offenbarung deiner innersten Gefühle wäre eine Reaktion in der Art: ›Das ist aber schön, liebe Frau. Vielen Dank.‹« Sie lächelte, als Keira kichern musste. »Zerbrich dir nicht den Kopf über Dinge, die sich nicht ändern lassen. Morgen wirst du verheiratet, und ich denke, du wirst in diese Ehe mit mehr guten als schlechten Dingen eintreten. Also sage ich dir jetzt das, was ich auch Sigimors Frau gesagt habe, als sie sich Sorgen machte: ›Liebe den Narren einfach.‹ Mehr kannst du nicht tun. Jedenfalls habe ich das Gefühl, dass du am Ende etwas so Gutes finden wirst wie Sigimors Frau und ich.«

Aber ihr seid nicht zu euren Ehemännern gegangen, gebunden an ein einem jetzt toten Ehemann gegebenes Versprechen, dachte Keira. Ein Versprechen, das euch zu Betrügerinnen macht. Ein Versprechen, das euch an eine riesengroße Lüge kettet.

»Also, bereiten wir deine Hochzeit vor«, sagte Fiona, nahm Keira bei der Hand und zog sie aus der Schlafkammer. »Ein Fest, Musik und alles, was dazu gehört. Aber als Erstes finden wir ein wunderschönes Kleid für dich.«

Keira war gerne bereit, sich auf Fionas Pläne einzulassen. Immerhin würden sie die Vorbereitungen für ihre Hochzeit so in Anspruch nehmen, dass sie nicht darüber nachdenken konnte, was danach geschehen würde.

10

Vielleicht ist sie in der Nacht geflohen.« Liam überhörte Sigimors Gelächter, während er auf den Eingang zur Großen Halle starrte und sich fragte, warum Keira noch nicht da war.

»Ich hätte nie gedacht, dass du zu einer solchen Gelegenheit aufgeregt sein würdest«, sagte Sigimor. »Nicht Liam, der größte Liebhaber in ganz Alba.«

Liam funkelte seinen Cousin finster an. »Das bin ich nicht.«

»Ich glaube, viele Frauen wären anderer Meinung.«

»Das mag schon sein, aber vor allem deshalb, weil sie es nicht besser wissen. Ich liege eben gern bei einer Frau. Welcher Mann tut das nicht? Ich mag das Gefühl von weicher Haut und von weiblicher Hitze. Ich habe sogar die meisten der Frauen gemocht, die ich beschlafen habe, aber das war nicht schwer, weil es meist nur ein flüchtiges Abenteuer war. Ich kann hübsche Worte aneinanderreihen, und ich weiß, wo ich eine Frau streicheln muss, um sie zu erregen. Das ist auch schon alles – keine großartigen Fähigkeiten, keine rätselhaften Geheimnisse. Die Frauen achten doch vor allem auf mein Gesicht, wenn sie es mit mir treiben, und nicht auf den Mann dahinter. Meine Sünde liegt darin, dass ich das ganz genau wusste und mir dennoch nahm, was mir angeboten wurde.«

»Wie es jeder tun würde, solange das Mädchen hübsch genug ist und nicht allzu schlimm riecht.«

Liam schüttelte lachend den Kopf. »Die traurige Wahrheit ist, dass wir, wenn wir richtig lüstern sind, wahrscheinlich Gestank in Kauf nehmen.« Er seufzte. »Sie will mich nicht heiraten.«

»Keinem gefällt es, wenn man ihm sagt, dass er heiraten muss, aber dennoch ist es meistens so. Oft werden Ehen von den Eltern arrangiert, um Bündnisse zu festigen oder sonstiger Vorteile wegen. Ich finde, du und Keira habt so manchem anderen Paar etwas voraus, ihr habt schon einen Monat zusammengelebt und redet trotzdem noch miteinander.«

»Mehr oder weniger. Die verdammte Lady Maude hat mir wahrhaftig keinen Gefallen erwiesen. Und diese Maid in Dennys Schenke hat ein loses Mundwerk. Keira redet zwar wieder mit mir, nachdem sie eine Weile gegrübelt hat, aber sie glaubt nicht, dass ich mein Gelübde halten werde. Ich habe ja nichts gegen ein klein wenig Besitzdenken oder Eifersucht, aber ich bin mir nicht sicher, wie lange ich meine Ehefrau aushalten kann, wenn sie davon überzeugt ist, dass ich meine Fleischeslust nicht beherrschen kann und sie ständig betrüge.«

Sigimor nickte. »So etwas führt nur zu Ärger und Verdruss. Aber vielleicht ist sie einfach nur unsicher. Mit der Zeit wird sie schon davon geheilt. Ich fürchte allerdings, dass du vorerst nicht viel Zeit haben wirst, deine Ehe zu festigen oder die Befürchtungen deiner Ehefrau zu zerstreuen. Wir müssen eine Schlacht planen und kämpfen. Wenn ihr euch auf Ardgleann niedergelassen habt und Seite an Seite die Schäden behebt, die dieses Schwein angerichtet hat, kannst du dich auch um all die anderen Ärgernisse kümmern. Du wirst dich den Leuten, die dort wohnen, als guter Laird zeigen und gleichzeitig Keira gegenüber als guter Ehemann.«

»Das ist richtig. Aber ich frage mich, was sie dabei empfindet, wenn ich durch diese Ehe so viel gewinne, ja vielleicht mich sogar eines Platzes bemächtige, den sie selbst einnehmen wollte. Ihr Ehemann hat sie als Erbin eingesetzt, doch wir beide wissen, dass die Leute, sobald sie von Keiras Heirat erfahren, mich, ihren Ehemann, als ihren Laird betrachten, nicht sie.«

»Natürlich werden sie das. Ein starker Mann, der kämpfen kann, ist weit besser als eine kleine Frau. Aber ich denke, sie ist klug genug, das einzusehen.«

»Das schon, aber das heißt noch lange nicht, dass es ihr gefällt.«

»Dann musst du den Leuten eben klarmachen, dass ihr gleichberechtigt seid, dass sie für dich spricht und du für sie sprichst.«

Liam wollte Sigimor gerade für diesen ausgezeichneten Rat danken, als Keira in die Große Halle trat. Er vergaß alles, was er hatte sagen wollen. Sie trug ein weinrotes Kleid, das ihre sanften Kurven bestens zur Geltung brachte. Ihre glänzend schwarzen mit cremefarbenen Seidenschleifen geschmückten Locken wallten ihr über die schmalen Schultern. Das Gewand und ihr Haar unterstrichen ihren cremefarbenen Teint, und ein Hauch Zartrosa lag auf ihren Wangen, als sich ihr alle zuwandten. Liam ging wie unter einem Bann stehend auf sie zu.

»Hier kommt er«, wisperte Fiona.

»Wie sehe ich aus?«, fragte Keira. »Ich hätte mein Haar nicht offen tragen dürfen, schließlich bin ich eine Witwe.«

»Hör auf, dir Sorgen zu machen. Der Mann kann den Blick gar nicht von dir wenden.«

»Das heißt noch lange nicht, dass ihm gefällt, was er sieht. Er könnte auch vor Entsetzen gelähmt sein.« Sie lächelte ein wenig, als Fiona lachte, war aber zu aufgeregt, um einzustimmen.

Dann war Liam bei ihr. Er sah atemberaubend gut aus in seinem schwarz-goldenen Wams. Keira vermutete, dass er solche Tracht auch bei Hofe trug, und sie konnte gut verstehen, wie das auf die Frauen dort wirkte. Er verneigte sich vor Fiona, dann wandte er sich an sie, und Keira zog die Luft so hastig ein, dass sie beinahe gehustet hätte. Seine Augen leuchteten so blau, wie sie es immer taten, wenn er sie küsste. Offenkundig gefiel ihm, was er sah.

Bei seinem offensichtlichen Wohlgefallen musste sie unwillkürlich an die Nacht denken, die vor ihr lag. Sie erbebte. In der letzten Nacht hatte sie sich lange schlaflos herumgewälzt und gegrübelt, wie sie Liam ihr Geheimnis beichten sollte. Schließlich war sie eingeschlafen in der Hoffnung, dass er es vielleicht gar nicht merken würde. Nun, am helllichten Tag, nur wenige

Schritte davon entfernt, das Ehegelübde abzulegen, wusste sie, dass diese Hoffnung lächerlich war. Vielleicht hatte Liam nie ein unschuldiges Mädchen beschlafen, aber es würde ihm bestimmt auffallen, zumal bei einer Frau, die drei Monate lang verheiratet gewesen war.

»Alles wird gut, Mädchen«, flüsterte er ihr ins Ohr und küsste sie auf die Wange.

Keira lächelte und nickte, als er sie bei der Hand nahm und zum Priester führte, der sie am anderen Ende der Großen Halle erwartete. Sie hätte Liam gern geglaubt, doch es gelang ihr nicht. Eine törichte Stimme in ihr flüsterte, dass er ja vielleicht angenehm überrascht sein würde heute Nacht, aber die Stimme der Vernunft wies das höhnisch zurück. Vorher oder nachher – sie musste ihm die Wahrheit sagen und damit ihre tiefe Demütigung eingestehen. Das war einer der Gründe, warum sie es ihm nicht schon längst gesagt hatte – *Verzeihung, ich bin zwar Witwe, aber ich fürchte, ich war nie eine richtige Ehefrau.*

Ob heute Nacht eine richtige Ehefrau aus ihr werden würde? Endlich stellte sie sich ihrer größten Angst. Liam war zwar von ihren Küssen erregt, doch auch Duncan hatten sie scheinbar gefallen. Erst im Schlafgemach, als es über das Küssen hinausging, hatte nichts mehr geklappt. Tief in ihr nagte die grässliche Angst, dass sie bei Liam dieselbe erniedrigende Zurückweisung erleiden würde; denn nie hatte sie glauben wollen, dass das Problem bei Duncan und nicht bei ihr lag.

Als sie vor dem Priester auf einem Kissen knieten, merkte Keira, dass Liams Bein die Schienen nicht mehr trug. »Wo sind die Schienen?«, fragte sie leise. »Es ist doch noch keine sechs Wochen her.«

»Aber fast fünf«, erwiderte er. »Den Verband trage ich noch. Ich kann mich mit all dem Holz an meinem Bein doch nicht hinknien. Wenn wir die Ehegelübde gesprochen haben, lege ich die Schienen wieder an.«

Plötzlich fiel Keira ein, dass sie wegen seines Beinbruchs womöglich auf die Hochzeitsnacht würden verzichten müssen, und sie bekam wieder Mut.

»Und später nehme ich sie wieder ab«, flüsterte er ihr ins Ohr.

Sofort verließ sie der Mut wieder. Sie überlegte, wie sie ihn davon überzeugen konnte, dass er seinem Bein einen nicht wiedergutzumachenden Schaden zufügen würde, wenn er sich etwas so Anstrengendes wie den Vollzug der Ehe mit seiner Braut zumutete, als der Priester ihre Aufmerksamkeit einforderte. Kurz dachte sie daran, das Ehegelübde zu verweigern. Ihr Blick fiel auf Liam, der sie wachsam aus den Augenwinkeln beobachtete. Seufzend verfluchte sie ihr viel zu weiches Herz. Sie konnte ihn vor all seinen Verwandten unmöglich so demütigen.

»Ich dachte, Frauen lächeln auf Hochzeiten immer, vor allem auf ihrer eigenen.«

Keira blickte auf Artan, der neben sie getreten war. Sie brauchte nicht auf die andere Seite zu schauen, um zu wissen, dass Lucas dort stand. Ihre Brüder waren wie immer unzertrennlich.

»Das ist meine zweite Hochzeit«, erwiderte sie. »Und die habe ich mir nicht ausgesucht.«

Artan schüttelte den Kopf. »Du kannst mir nicht weismachen, dass dir der Mann nicht gefällt oder dass du ihn nicht haben wolltest.«

Ihre Wangen begannen zu brennen, doch sie erwiderte störrisch: »Es ist trotzdem besser, wenn man die Wahl freiwillig trifft.«

»Nun, ich denke, eines Tages hättest du sie sowieso getroffen.« Artan musterte die Männer in der Großen Halle. »Es ist eine gute Verbindung. In gewisser Weise hat sie ja bereits bestanden, aber jetzt ist sie noch stärker. Solche Männer sind gute Verbündete.«

Gegen dieses Argument war kaum etwas einzuwenden. Aber

im Moment war sie voll Widerspruchsgeist. »Ich freue mich unendlich, dass euch mein Opfer am Altar zu diesem Vorteil verhilft«, murmelte sie.

Lucas legte einen Arm um ihre Schultern. »Begrab deinen Ärger, Amsel. Wenn du ihn zu lange hegst, brütet er Gift aus. Liam ist ein guter Mann, der an das Gelübde glaubt, das er vor einem Priester abgelegt hat.«

»Das behaupten alle hier«, erwiderte sie und beobachtete ihren Ehemann, der gerade mit Sigimor plauderte.

»Dann hör auf sie, denn sie kennen den Mann weit länger als du. Er wird Ardgleann ein guter Laird sein.«

»Vielleicht wollte ja *ich* auf den Stuhl des Lairds.«

»Du hättest es sicher gut gemacht, aber du weißt ganz genau, dass alles einfacher ist, wenn ein Mann auf dem Stuhl des Lairds sitzt. Eine kleine Frau als Laird wäre für viele Männer ein verführerisches Ziel, selbst für gut benachbarte Clans. Ein großer, kräftiger Mann mit einem Haufen großer, kräftiger, blutsverwandter Männer im Rücken wird Ardgleann stärken.«

»Und dazu beitragen, dass es wie früher wieder zu einem friedlichen Ort wird. Das weiß ich schon, aber das heißt noch lange nicht, dass ich es gerecht finde.« Als Lucas nur mit den Schultern zuckte, seufzte sie. »Keine Sorge, es macht mir nichts aus, eigentlich wollte ich nie Laird werden. Ich habe dieser Ehevereinbarung nur zugestimmt, weil ich nie daran dachte, dass Duncan so bald nach unserer Hochzeit sterben würde. Ich bin eine Heilerin, keine Kriegerin. Diese Pflichten lege ich sehr gerne in Liams Hände.«

»Aber dich bedrückt etwas, Mädchen. Das habe ich gestern schon gemerkt, und auch heute lastet es den ganzen Tag auf dir. Ich habe keine Ahnung, was an dir nagt, und vermutlich wirst du es mir jetzt auch nicht sagen, aber ich würde dir raten, es nicht mit ins Brautbett zu nehmen.« Lucas nickte Liam zu, der sie beobachtete. »Aye, und wie dein Mann ausschaut, wird er nicht mehr lange warten, bis er dich dorthin entführt.«

Keira errötete, denn auch sie hatte Liams Blick bemerkt, der sie erregte, ihr aber auch Angst einjagte. Das Verlangen in seinen Augen paarte sich mit einem Versprechen, aber sie wurde die Furcht nicht los, dass dieses Versprechen zu Staub zerfallen würde, sobald sie in ihrem Schlafgemach waren.

Lucas sollte mit seiner Vorhersage recht behalten. An der Tafel spürte Keira, wie Liam immer ungeduldiger darauf hoffte, dass die Zeremonie bald vorbei sein möge. Stumm ertrug er den kaum verhohlenen Spott seiner Verwandten, bis auch Keira von seiner Ungeduld angesteckt wurde. Als Sigimor zum dritten Mal einen Trinkspruch auf sie ausbringen wollte, verlor Liam die Geduld. Erstaunlich geschmeidig für einen Mann mit einem geschienten Bein sprang er auf. Keira stellte schnell ihren Becher Wein ab, als er sie bei der Hand nahm und vom Stuhl hochzog, um sie aus der Großen Halle hinauszuziehen. Nicht nur sie errötete über einige der zotigen Bemerkungen, die ihnen nachgerufen wurden.

Ein Gutes hatte diese Hochzeit, dachte Keira, während Liam sie zum Schlafgemach führte. Weil sie Witwe war, gab es keine peinlichen Rituale und Beobachter. Dennoch zog sich ihr Magen zusammen, als sie den Raum betraten. Dieses Gefühl verstärkte sich, als Liam die Tür verriegelte. In dem Moment wurde ihr klar, dass sie keine Ahnung hatte, was sie als Nächstes tun sollte.

»Du siehst ein wenig verstört aus, liebe Frau«, sagte Liam und zog sie langsam in seine Arme.

»Nun ja, ich war nicht sehr lange verheiratet«, murmelte sie.

Liam drückte ihr einen Kuss auf die Stirn. »Auch wenn ich Nutzen ziehe aus dem, was dir dein erster Ehemann hinterlassen hat, möchte ich ihn ungern in meinem Schlafgemach haben.«

Er küsste sie auf die Lippen, sodass sie nicht mehr dazu kam zu sagen, was sie hatte sagen wollen: Duncan war hier, ob es Liam gefiel oder nicht. Doch dann verlor sie sich in der Wärme seiner Küsse. Sie war zu feige, um sich jetzt der Wahrheit zu stellen. Sie würde bald genug offenbar werden, doch zuvor wollte sie nehmen, was sie bekommen konnte. Liams Verlangen mochte seicht und mit viel zu vielen Frauen vor ihr geteilt worden sein, aber sie wollte diese Wärme genießen, solange sie konnte.

Liam küsste Keira ununterbrochen, während er ihr Gewand aufnestelte. Schließlich hatte er sie bis aufs Unterhemd entkleidet, und sie stand mit tiefroten Wangen vor ihm. Offenbar hatte Duncan zu den Männern gehört, die nur im Dunkeln ihre Frauen beschliefen. Weil er nicht weitermachen konnte, ohne sein Bein von den Schienen befreit zu haben, nahm Liam Keira bei der Hand und zog sie zum Bett. Er setzte sich auf die Kante und begann, den Verband aufzuwickeln und die Schienen abzunehmen, die seine Beweglichkeit so einschränkten.

»Liam«, sagte Keira. »Es ist noch keine sechs Wochen her.«

»Das hast du mir schon gesagt«, erwiderte er und fuhr fort, sein Bein zu befreien.

»Aber wenn du nicht aufpasst, könntest du den ganzen Heilungserfolg zunichtemachen.«

Er warf die letzte Schiene weg und sah Keira an. »Ich werde nicht groß herummarschieren.« Da sein kleiner Scherz ihre offenkundige Sorge nicht vertrieb, fügte er hinzu: »Ich bin mir sicher, dass mein Bein gesund genug ist für das, was vor uns liegt, Liebes. Es tut ein bisschen weh nach diesem langen Tag, und ich spüre, dass es etwas geschwächt ist, aber das ist auch alles.«

Da die anderen Verletzungen erstaunlich rasch verheilt waren, war es durchaus möglich, dass der Knochen ebenfalls rascher ausgeheilt war als üblich. Dennoch war die Heilerin in Keira weiter besorgt. Sie kniete sich vor ihn hin und legte die Hände um sein Bein, um zu spüren, ob es noch einen Grund für ihre Sorge gab.

»Mein Bein tut nicht sehr weh«, sagte Liam, doch als er nach ihr greifen wollte, gab sie ihm einen kleinen Klaps auf die Finger.

»Das mag sein, aber darum geht es mir nicht. Und jetzt sei

still.« Sie verzog das Gesicht, weil sie so schroff gewesen war. »Bitte«, fügte sie hinzu.

Liam zuckte mit den Schultern. Vielleicht hatte sie die Hände nicht auf sein Bein gelegt, um die Schmerzen zu lindern, doch sie wurden leichter. Er hoffte, dass sie sie nicht übernommen hatte, denn er hatte wahrhaftig keine Lust auf das folgende benötigte Ritual. Nicht den kleinsten Teil seiner Hochzeitsnacht wollte er untätig herumsitzen, während sie schlief, es sei denn, sie schlief den Schlaf einer zutiefst befriedigten Frau. Als sie aufstand, entdeckte er kein Zeichen für die Erscheinungen, unter denen sie letztes Mal gelitten hatte, als sie die Hände auf seine Verletzung aufgelegt hatte.

»Geht es dir gut?«, fragte er.

»Aye. Ich wollte nur herausfinden, ob der Bruch so weit ausgeheilt ist, nicht dir deine Schmerzen nehmen.«

»Und, was hast du herausgefunden?« Er wappnete sich gegen schlechte Nachrichten.

»Nichts.« Sie lächelte, als er offenkundig erleichtert aufseufzte. »Es sieht aus, als ob tatsächlich alles gut ausgeheilt wäre. Trotzdem ist es ratsam, tagsüber die Schienen mindestens noch eine Woche zu tragen und das Bein nur vorsichtig zu belasten. Der Knochen scheint ausgeheilt, aber das Bein ist geschwächt. Wenn du hinfällst, könntest du dir neue Schwierigkeiten einhandeln.«

Er stand auf, umfasste ihre schmale Taille und setzte sie aufs Bett. Sorgfältig darauf bedacht, sein Bein möglichst zu schonen, kniete er sich vor sie hin und zog ihr die hübsch bestickten Schuhe aus. Ihre kleinen, schlanken Füße mahnten ihn, dass seine Frau von zarterem Wesen war als die Frauen, mit denen er bislang das Bett geteilt hatte. Als er ihr die Strümpfe abstreifte, nutzte er die Gelegenheit, ihre Beine zu streicheln, und Liam spürte sein Blut in Wallung geraten. Ihre Beine waren überraschend lang, und sie waren schlank und wunderbar geformt. Unter der zarten Haut waren straffe Muskeln zu spüren. Keira war zwar zierlich, aber sie war nicht schwach.

Liam küsste ihre Knie, dann erhob er sich und begann, sich zu entkleiden. Er versuchte, es ohne offenkundige Hast zu tun, doch er wusste, dass es ihm kaum gelingen würde, sein fast verzweifeltes Verlangen zu verbergen, endlich ihre Haut an seiner Haut zu spüren.

Nachdem er sein letztes Kleidungsstück abgelegt hatte, blickte er auf Keira. Beinahe hätte er gegrinst.

Seine wunderhübsche kleine Frau war so feuerrot angelaufen, dass sie aussah, als hätte sie Fieber. Sie musterte ihn mit weit aufgerissenen Augen von oben bis unten, bis ihr Blick auf sein geschwollenes, aufgerichtetes Glied fiel. Liam wusste nicht, ob er geschmeichelt oder besorgt sein sollte, denn in ihren Augen nahm er eine Spur von Unsicherheit, ja Angst wahr. Er war sich immer sicherer, dass Duncan MacKail seine Frau nur äußerst züchtig beschlafen oder vielleicht sogar zu den Narren gehört hatte, die glaubten, ihrer Ehefrau nicht mit Dingen wie einem nackten männlichen Körper und Wollust begegnen zu dürfen.

Keira schreckte fast vor seiner Berührung zurück, als Liam sich zu ihr aufs Bett setzte und anfing, ihr Unterhemd aufzuschnüren. Liam Cameron war ein ausgesprochen gut aussehender Mann, angefangen von seinem dichten kupferroten Haar bis zu seinen Füßen. Sie hatte ihn seit Wochen nicht mehr nackt gesehen, eigentlich nicht mehr seit der Zeit, als er in der Kate wieder zu Bewusstsein gekommen war. Und sie hatte ihn nie in *diesem* Zustand gesehen. Keira wusste, dass es ein wenig schmerzhaft war, zum ersten Mal von einem Mann in Besitz genommen zu werden, aber sie fürchtete, sie würde weit mehr als ein wenig verletzt werden, wenn er sie nahm. Die Heilerin in ihr schalt sie zwar der Torheit, doch Keira wurde das ungute Gefühl nicht los, dass sie im Namen der Leidenschaft bald entzweigerissen würde.

Er zog ihr das Hemd über den Kopf und warf es zur Seite. Keira vergaß die Sorge ob der Größe seiner Männlichkeit und wartete angespannt darauf, was als Nächstes passieren würde.

Ihre Nacktheit war etwas gewesen, was ihrem ersten Ehemann die größten Nöte bereitet hatte. Obwohl sie Liams Miene nicht richtig erkennen konnte, glaubte sie nicht, dass er sich unbehaglich fühlte, als er sie von Kopf bis Fuß musterte, und ihre Zuversicht wuchs weiter, als er sich behutsam auf sie legte und nur ein wenig zitterte. Zumindest glaubte sie, dass er es war, der zitterte, doch da sie zitterte, als habe sie Schüttelfrost, war sie sich nicht sicher.

»Ah, Frau, du bist wunderschön!« Liam drückte einen sanften Kuss auf ihre Lippen. »Und schau deinen Mann nicht so fragend an, wenn er dir ein Kompliment macht. Du bist wirklich wunderschön!«

Liam sah, dass sie seinen Worten nicht ganz traute. Aber er nahm sich fest vor, alles zu tun, dass sie ihm glaubte. Obwohl sie zierlich war, klein und fein, hatte sie alle weiblichen Reize, die sich ein Mann nur wünschen konnte. Ihre Brüste waren nicht üppig, doch wohl gerundet und hatten dunkelrosa Spitzen, die ihn stark in Versuchung führten. Ihre Taille war schmal, die Hüften sanft geschwungen, und ihr Gesäß füllte seine Hände herrlich aus. Eine hübsche Pfeilspitze dunkler Locken wies ihm den Weg ins Paradies, und ihre helle, cremeweiße Haut fühlte sich so weich an wie Daunen. Er wollte ihr mit seiner Liebeskunst beweisen, dass es nicht nur leere Schmeicheleien waren, mit denen er sie bedachte. Selbst wenn es unzählige Male dauern würde, bis sie ihm endlich glaubte, so würde er sie nur zu gern unzählige Male lieben.

Als Liam ihre Brüste umfasste, wäre Keira fast aus dem Bett gesprungen. Die Gefühle, die er mit seinen Küssen und seiner Berührung weckte, waren zu heftig. Am liebsten wäre sie davor geflüchtet, doch gleichzeitig sehnte sie sich nach mehr. Als er den Mund um eine Brustwarze schloss und sanft daran saugte, wusste sie immerhin, was ein Teil dieses Mehr war.

Bald hörte sie auf zu warten, dass er aus ihren Armen floh, unfähig, zurückzukehren und zu beenden, was er angefangen hatte. Ihre Erniedrigung in der Vergangenheit war vergessen, weggebrannt von der Hitze der Leidenschaft, die Liam in ihr weckte. Zaghaft streichelte sie seinen Rücken, und er murmelte, wie schön er das fand. Mutiger geworden rieb sie ihren Körper ein wenig an ihm, und er stöhnte und zog sie fester an sich. Keira wusste nicht, was so anders an ihr war, dass dieser Ehemann sie nun wirklich begehrte, aber warum sollte sie ein Schicksal hinterfragen, das so freundlich zu ihr war? Vielleicht würde Liam ja doch irgendwann einmal dieselben Probleme haben wie Duncan, doch jetzt wollte sie all die Wonnen, die ihr gespendet wurden, in vollen Zügen genießen.

»Oh, Frau, ich brenne vor Begierde nach dir«, murmelte Liam und glitt mit der Hand zwischen ihre Beine.

Er achtete nicht weiter darauf, als sie kurz erstarrte und ein wenig bestürzt wirkte, doch beides ließ nach, als er sie streichelte. Sie war nur sehr kurz verheiratet gewesen, und offenbar war ihr Ehemann ein elend schlechter Liebhaber gewesen. Liam ergötzte sich an der Vorstellung, dass er der erste Mann sein würde, der ihr Lust schenkte.

Als er den Eindruck hatte, dass Keira bereit war, ließ er sich zwischen ihren Beinen nieder. Als sie dalag wie ein Stein, machte er Duncan dafür verantwortlich. Doch Liam musste nur ein wenig an ihren Beinen ziehen, bis sie merkte, was er wollte, und die Beine selbst um seine Hüften schlang. Sie unablässig küssend, drang er in sie ein, sich verzweifelt nach ihrer Hitze sehnend. Liam spürte, wie sie sich verkrampfte, und nahm trotz seines von Leidenschaft getrübten Verstands wahr, dass sein Eindringen alles andere als einfach gewesen war, und so zwang er sich, sich nicht zu bewegen. Er musterte sie, während er sich bemühte, sich zurückzuhalten. Sie wirkte erstaunt, und er verstand nicht, worüber.

Keira starrte Liam an, als er sich auf seine Ellbogen stützte und sie ansah. Sie hatte geglaubt, ihre Reaktion auf den kurzen Schmerz ziemlich gut versteckt zu haben, doch sein fragender Gesichtsausdruck sagte ihr, dass er etwas gemerkt hatte. Aber da er nur ein wenig verwirrt schien, entschied sie, dass er sich nicht sicher war, was er gemerkt hatte, und beeilte sich, das auszunutzen.

Sie schlang die Arme fester um seinen Hals und küsste ihn mit all der Fertigkeit, die sie von ihm gelernt hatte. Dann schloss sie die Beine fester um ihn, sodass er tiefer in sie hineinglitt. Sie hörte ihn leise stöhnen. Als er begann, sich zu bewegen, hätte sie vor Erleichterung fast laut aufgeschrien. Während seine Stöße immer fester wurden, spürte sie, dass sich tief in ihr etwas zusammenballte. Sie versuchte, ihn mit ihrem Körper anzutreiben. Seine Finger glitten zwischen ihre Körper an den Punkt, an dem sie sich vereinigten, und er berührte sie so, dass sie ganz ekstatisch wurde. Als er es noch einmal tat, spürte sie, wie sich die Spannung in ihrem Körper löste und sie in lustvollen Wellen durchflutete. Sie klammerte sich an Liam, dessen Bewegungen immer heftiger wurden, bevor er sich anspannte und laut ihren Namen rief. Dann spürte sie seinen warmen Samen in sich. Beinahe hätte sie vor Freude geweint.

Er sackte in ihren Armen über ihr zusammen, sein heißer Atem streichelte ihren Hals. Die Lust, die er ihr gespendet hatte, ließ sie weiter am ganzen Körper zittern, und sie genoss das Vibrieren in vollen Zügen. Nur allzu rasch würde sich sein Verstand wieder klären, und das Wissen, das sie kurz in seinen Augen hatte aufblitzen sehen, würde wieder da sein. Dann würden sein Zorn und die schmerzlichen Erinnerungen aus ihrer Vergangenheit all ihre Freuden zunichtemachen.

11

Liam saß auf der Bettkante und starrte auf das feuchte Tuch, mit dem er sich und Keira von dem gesäubert hatte, was er gern als die klebrige Seite eines guten Beischlafs bezeichnete. Für den Fleck auf dem Laken fand er keine vernünftige Erklärung. Vielleicht war er nicht so beherrscht gewesen wie sonst, aber er war bestimmt auch nicht so heftig gewesen, dass sie davon blutete. Trotz der Leidenschaft, die seinen Verstand trübte, als er sie geküsst und liebkost hatte, hatte er eine Art jungfräuliche Scheu an ihr gespürt. Nachdem seine Erregung abgeklungen war, erinnerte er sich auch daran, wie es sich angefühlt hatte, als er in sie eindrang. Ihre Küsse, das Gefühl ihres geschmeidigen Körpers, der sich um ihn schlang, und sein blindes Verlangen hatten dieses Wissen kurzzeitig verdrängt, doch nun war es ihm wieder völlig bewusst: Seine Ehefrau, eine Frau, die drei Monate verheiratet gewesen war, seine kleine Witwe, die eigentlich eine gewisse Erfahrung im Ehebett hätte haben sollen, egal, wie unfähig ihr Mann gewesen war, war Jungfrau.

Oder zumindest war sie es gewesen, verbesserte er sich rasch. Einen Moment lang freute er sich außerordentlich darüber, dass er ihr erster Liebhaber war. Doch dann machte sich ein finsterer Verdacht in ihm breit.

Seine Ehefrau, ein Wort, das ihm trotz seines Verdachts immens gefiel, lehnte sich in die Kissen, hielt sich das Oberlaken vor die Brust und beobachtete ihn mit besorgtem Blick. Und auch Angst stand in ihren aufgerissenen Augen. Doch er unterdrückte den Drang, sie zu trösten. Bis er die Wahrheit kannte, war ihre Angst durchaus berechtigt.

»Meine erste Frage würde lauten: Warst du überhaupt verheiratet? Aber ich habe gehört, dass deine Brüder das bestätigt haben«, murmelte er. »Als Nächstes frage ich mich, ob du deinem Ehemann sein Recht verwehrt hast.«

Er klang so ruhig und höflich, aber auch erbost, dass Keira erst einmal tief durchatmen musste. Dann erwiderte sie: »Nay, niemals. Duncan machte kein Hehl aus seinem Wunsch, möglichst bald einen Erben zu zeugen, und ich trat in die Ehe ein mit dem Wissen, dass es meine Pflicht war zu versuchen, ihm diesen Erben zu schenken.«

»Meinte er denn, dass du noch ein bisschen Zeit brauchst, um dich daran zu gewöhnen, seine Ehefrau zu sein? Denn geliebt hast du ihn wohl nicht, oder?«

»Nay, das habe ich nicht«, flüsterte sie und wünschte sich, es würde nicht wie das Eingeständnis ihrer Schuld klingen. »Aber ich habe ihn gemocht. Er war ein guter, freundlicher Mann, und auch sehr sanftmütig. Von Warten war nicht die Rede.«

»Himmel noch mal, Keira, du warst noch unberührt. Wenn du ihm nicht dein Bett verweigert hast und er nicht geglaubt hat, dass du Zeit brauchst, um dich an dein neues Leben zu gewöhnen, wie kommt es dann, dass du noch immer Jungfrau warst?«

»Weil Duncan mich nicht begehrt hat.«

»Er hat dich geheiratet, also er muss dich begehrt haben. Schließlich hat er dich doch erwählt, oder? Er hätte doch keine Frau gewählt, die er nicht haben wollte.«

»Er hat es versucht. Der arme Duncan hat es wirklich versucht, aber er konnte nicht. Ich war nicht nach seinem Geschmack.«

Liam rieb sich seufzend die Stirn. Er musste Ruhe bewahren. Entweder sie redeten im Kreis, oder sie hatte ihm die Sache noch nicht richtig erklärt. Es war ihm unbegreiflich, dass ihr erster Ehemann sie nicht begehrt haben sollte. Bis er sich klar geworden war, dass er sich den Weg durch eine jungfräuliche Barriere gebahnt hatte, die nicht hätte da sein sollen, hatte er mit Keira eine Leidenschaft genossen, die heißer und süßer gewesen war als alles, was er bislang erlebt hatte. Und Keira hatte seine Leidenschaft erwidert, obwohl es ihr erstes Mal gewesen war. Liam konnte nicht fassen, dass ein Mann so blind sein sollte, die Versprechen nicht wahrzunehmen, die ihr geschmeidiger Körper bot.

»War er unfähig, sich zu vereinigen?«, fragte er.

Keira runzelte die Stirn. »Ich glaube nicht. Sein männliches Körperteil hat getan, was es tun sollte, soweit ich das erkennen konnte. Duncan hat nie sehr viele Kerzen angezündet, es war also schwer zu sehen.« Was auch besser war in Anbetracht dessen, was dann passiert war, dachte sie.

Liam sah, wie aufgewühlt sie war. Sein düsterer Verdacht legte sich.

In ihrer kurzen Ehe war etwas passiert, das sie dazu veranlasst hatte zu glauben, sie sei nicht begehrenswert, zumindest nicht für Duncan MacKail. Duncan war kein schlechter Liebhaber gewesen, er war überhaupt kein Liebhaber gewesen. Zu gern hätte er von Keira gehört, dass alles Duncans Schuld gewesen war. Er wollte ihr nicht unterstellen, dass sie zu einer solch großen Täuschung fähig war, wie einen Mann zu heiraten und, obgleich sie ihm nie gestattet hatte, die Ehe zu vollziehen, nun zu beanspruchen, die rechtmäßige Erbin dieses Mannes zu sein. Und auch nicht, dass sie bereit wäre, das Leben vieler Männer aufs Spiel zu setzen, um dieses falsche Erbe einzufordern.

»Keira, schwörst du mir, dass du bereitwillig in sein Bett gegangen bist?«, fragte er.

»Aye, anfangs schon«, erwiderte sie. »Später bin ich dann in meinem Gemach geblieben und habe gewartet, dass er zu mir kam, wenn er das Gefühl hatte, es noch einmal versuchen zu können.«

»Du hast gesagt, dass er fähig zur Vereinigung war, und du hast dich ihm nicht verweigert. Aber ich kann einfach nicht glauben, dass er dich nicht begehrt hat. Mir wäre es zwar lieber, nichts davon zu hören, was du mit einem anderen Mann getrieben hast, aber ich glaube, du musst mir doch mehr darüber erzählen.«

»Muss ich das?«

»Aye, denn die Antworten, die du mir bislang gegeben hast, helfen mir überhaupt nicht, die Sache zu verstehen.«

»Duncan wollte mit der Hochzeitsnacht warten, bis wir auf Ardgleann waren. Als man uns nach der Hochzeitsfeier zum Brautbett geleitet hatte, hat er mich darin allein gelassen und auf dem Fußboden geschlafen. Bevor jemand kam, um uns bei den Vorbereitungen für unsere Reise nach Ardgleann zu helfen, hatte er dafür gesorgt, dass ein Fleck auf dem Laken war. In unserer ersten Nacht auf Ardgleann ging er mit mir ins Bett. Er küsste mich und zog mir mein Hemd aus.« Sie zuckte mit den Schultern. »Er zitterte, und ich dachte, er täte es, weil er mich so begehrte, und ich hatte ein bisschen ein schlechtes Gewissen, weil ich nicht viel für ihn empfand. Dann legte er die Hand auf meine Brust. Sein Zittern wurde immer schlimmer, er stöhnte auf, und dann sprang er aus dem Bett und erbrach sich.«

Liam musterte sie stirnrunzelnd. Sie weinte lautlos, die Tränen tropften auf ihre Hände, die sie fest im Schoß verschränkt hatte. Er musste sich vorbeugen, um das zu erkennen, denn sie hielt ihren Kopf gesenkt, und ihre langen Haare verbargen ihr Gesicht. Nach einer solch entmutigenden Hochzeitsnacht wäre es natürlich verständlich, wenn ein Paar zögerte, es erneut zu versuchen, aber doch nicht drei Monate lang.

»Hatte er Fieber?«, fragte er.

»Das habe ich mich damals auch gefragt, töricht, wie ich war. Ich bin hastig aufgesprungen und zu ihm geeilt. Doch als er mich erblickte, wurde es nur noch schlimmer. Er schrie mich an, dass ich mich anziehen solle. Er konnte gar nicht rasch genug in seine Kleider steigen. Dabei murrte er ständig etwas von Schmutz, Hässlichkeit, Sünde und so weiter. Als wir beide angezogen waren, bin ich unter die Decke geschlüpft, und er hat sich darauf gelegt. Er hat mir die Hand getätschelt und gemeint, ich solle mir keine Sorgen machen, wir würden es noch einmal versuchen, mit der Zeit würde es schon klappen. Wir haben es dann noch mehrmals versucht, aber es wurde nicht besser. Es war meine Schuld – er konnte es nicht ertragen, mich zu berühren. Sobald er damit anfing, musste er sich übergeben.«

Langsam begann Liam zu verstehen. Im Kloster war ihm ein- oder zweimal ein Mann begegnet, der so von etwas gequält war, was er als Fleischeslust bezeichnete, dass er sich blutig schlug bei dem Versuch, das Gefühl zu vertreiben. Es klang, als hätte Duncan unter etwas Ähnlichem gelitten. Offenbar hatte ihn sogar die Lust auf seine ihm rechtmäßig angetraute Ehefrau mit tiefen Schuldgefühlen erfüllt. Liam holte ein frisches Leinentüchlein, kehrte zum Bett zurück und hob Keiras Gesicht.

»Keira, habe ich nicht gerade sehr freudig bei dir gelegen?«, fragte er gelassen. Er benetzte das Tuch mit Wasser und wischte ihr damit sanft die Tränen aus dem Gesicht.

»Das schon, aber – aber du würdest wohl bei jeder Frau liegen«, murmelte sie.

Seufzend legte er die Stirn an ihren Kopf. »Nay, das würde ich nicht, und schon gar nicht bei einer, die Übelkeit in mir erregt.«

»Aber wenn es nicht an mir lag, was war es dann?«

»Ich bin mir nicht sicher, da ich den Mann nicht kennengelernt habe. Aber ich habe Mönche getroffen, die glaubten, dass die natürlichen Bedürfnisse eines Mannes so schlecht, so sündig wären, dass man sie unbedingt aus dem Körper vertreiben müsse. Bruder Paul litt auch darunter. Hatte Duncan Narben auf dem Rücken? Oder vielleicht sogar frische Wunden?«

Keira runzelte die Stirn. »Er hatte ein paar Narben, einmal habe ich seinen Rücken berührt und sie gespürt. Aber die Berührung war nur flüchtig, weil er gleich vor mir geflüchtet ist. Und einmal habe ich gedacht, er hätte Schmerzen, aber er wollte nicht, dass ich mich darum kümmerte. Er hat mir gesagt, es sei nur ein kleiner Kratzer, den er sich beim Reiten zugezogen hätte – von einem Ast, hat er gemeint. Ich fand es seltsam, dass er sich nicht von mir versorgen lassen wollte, weil er von meiner Gabe wusste und recht erfreut darüber gewesen war. Er sagte mir, dass seine Leute sich bestimmt darüber freuen würden, und dass ich eines Tages vielleicht sogar ihm selbst würde helfen können.«

»Du hättest ihn mit deiner Berührung nicht von seinem Leiden kurieren können, Liebes. Die Krankheit steckte in seinem Kopf. Jemand oder etwas hat das bei ihm verursacht, bevor du ihm begegnet bist.« Er merkte, dass sie nicht völlig überzeugt war, doch damit wollte er sich später noch einmal befassen. »Aber warum hast du mir nichts davon erzählt, bevor ich dich beschlief?«

»Wegen meines Versprechens. Duncan wusste, dass Rauf darauf versessen war, sich Ardgleann anzueignen. Er hielt die Burg nicht für ausreichend geschützt, und Erben, die sich dem Kerl in den Weg stellen könnten, hatte er auch keine. Als Duncan erfuhr, dass Rauf in der Gegend war und wahrscheinlich einen Angriff plante, ließ er mich versprechen, dass ich niemandem erzählen werde, dass unsere Ehe nie vollzogen worden war und dass, falls ihm etwas zustoßen sollte, ich sein Erbe antrete, mich um Hilfe bemühe und Ardgleann befreie. Er hat mich auch deshalb geheiratet, weil er sich sicher war, dass ich genügend Leute um mich scharen konnte, um gegen Rauf zu kämpfen und ihn zu besiegen, vor allem, wenn die Leute der Meinung waren, dass der Mann etwas gestohlen hatte, was mir rechtmäßig gehörte.«

Sie zuckte mit den Schultern.

»Ich dachte eben, dass ich dir das erst erzählen dürfte, wenn wir verheiratet wären. Aber dann wusste ich einfach nicht, wie ich es sagen sollte.«

»Und vermutlich hast du befürchtet, dass ich dieselben Schwierigkeiten haben könnte wie Duncan.«

»Das auch, aber ich hoffte, dass es nicht so wäre, weil du …«
»Weil ich ein hemmungsloser Lüstling bin?«
»So würde ich es nicht sagen«, murmelte sie verlegen.
»Das hast du aber, und zwar als du mich in der Nacht, in der wir im Wald lagerten, ausgeschimpft hast.« Er freute sich, dass sie ihn erbost anfunkelte, denn das bedeutete, dass ihre Verzweiflung nachließ und ihre traurigen Erinnerungen einstweilen in den Hintergrund traten. »Darüber werden wir noch einmal sprechen müssen, aber jetzt muss ich mich erst einmal mit Sigimor und Ewan unterhalten.«
Keira seufzte und richtete sich auf, als er aufstand und sich anzog. »Das darfst du ihnen nicht erzählen!«
»Ich muss. Sie sind bereit, für dich und Ardgleann in den Kampf zu ziehen. Ich kann nicht zulassen, dass sie ihr Leben riskieren, ohne die ganze Wahrheit zu kennen.«
So gesehen blieb ihr nichts anderes übrig, als es ihm zu erlauben. Sie ließ sich wieder ins Bett fallen und zog sich das Oberlaken über den Kopf. »Ich werde ihnen nie mehr in die Augen sehen können«, murmelte sie beklommen.
Liam zog das Laken weg und gab ihr rasch einen Kuss. »Ich weiß, dass ich das noch sehr häufig wiederholen muss, bis es in deinen sturen kleinen Schädel dringt, aber das Problem lag bei Duncan, nicht bei dir.«
»Mein sturer kleiner Schädel?«, murrte sie, aber Liam war schon draußen und zog die Tür hinter sich zu.
Keira stand auf, legte ein paar Holzscheite ins Feuer und wusch sich rasch, bevor sie in ihr Unterhemd schlüpfte. Dann schlang sie eine Decke um sich, schenkte sich ein wenig Wein ein und setzte sich auf das Schafsfell vor dem Kamin, um auf Liams Rückkehr zu warten. Als Blitz und Donner auftauchten und sich links und rechts an sie schmiegten, lächelte sie und kraulte sie abwechselnd hinter den Ohren.
Sie lauschte in sich hinein auf der Suche nach Schuldgefühlen, weil sie Duncans Geheimnis verraten und ihr Versprechen gebrochen hatte. Doch ihre Gewissensbisse hielten sich in

Grenzen. Das Geheimnis des armen Duncan würde bestimmt nicht weitergetragen werden, und Liam hatte vollkommen recht: Sie konnte niemanden bitten, für sie zu kämpfen, wenn sie ihm die Wahrheit vorenthielt, egal, wie erniedrigend sie war.

Liams Erklärung für Duncans Schwierigkeiten leuchtete ihr ebenfalls ein. Ihr neuer Ehemann hatte wahrhaftig nicht gezögert, sie zu beschlafen. Doch Duncan hatte bestimmt gewusst, wie verletzend und erniedrigend seine Zurückweisung für sie war. Warum hatte er nie versucht, es ihr zu erklären oder ihr zu versichern, dass es nicht ihre Schuld war? Aber wahrscheinlich hatte Liam auch in diesem Punkt recht, obgleich sie es nur ungern zugab: Es war schwierig, ihren sturen kleinen Schädel dazu zu bringen, die Wahrheit zu akzeptieren. Und wenn Liam vorhatte, ihr seinen Standpunkt durch seine Liebe zu beweisen, wäre sie eine Närrin, sich darüber zu beschweren, dachte sie leise lächelnd.

—

Liam fand Ewan und Sigimor in Ewans Arbeitszimmer. Geduldig hörte er sich ein paar Witze über frisch verheiratete Ehemänner an, die vor ihren Frauen Reißaus nahmen, bevor er ihnen berichtete, was er soeben erfahren hatte. Sigimor hörte aufmerksam zu und runzelte die Stirn. Dann ging er hinaus, nachdem er gemeint hatte, er käme gleich wieder. Liam zuckte mit den Schultern, schenkte sich einen Becher Wein ein und ließ sich auf einen Stuhl gegenüber von Ewans Schreibtisch nieder. Er wollte gerade anfangen, die Sache mit Ewan zu erörtern, als Sigimor mit Keiras Brüdern zurückkam, denen man ansah, dass er sie aus den Betten geholt hatte.

»Sag es ihnen«, befahl Sigimor.

Nach einigem Zögern folgte Liam der Aufforderung. Interessiert verfolgte er Artans und Lucas' Mienenspiel, während er ihnen die Geschichte erzählte. Wenn Duncan MacKail noch lebte, hätte er wohl bitter bezahlen müssen für das, was er Keira angetan hatte.

»Warum hat sie uns nichts davon erzählt?«, grollte Artan. »Wir hätten die Ehe für nichtig erklären lassen können.«

»Sie fühlte sich erniedrigt und tut es immer noch«, erwiderte Liam. »Es wird wahrscheinlich noch eine Weile dauern, bis sie einsieht, dass sie keinerlei Schuld daran trägt. Vielleicht hätte sie sich an ihre Familie gewandt, wenn die Ehe länger gedauert hätte.«

»Vielleicht«, pflichtete ihm Lucas bei. »Aber hätte diese Geschichte nicht bis morgen warten können? Der Mann ist tot.«

»Er hat seine Frau zu seiner Erbin bestimmt«, sagte Sigimor. »Aber rein rechtlich gesehen ist sie nicht seine Erbin, weil die Ehe nicht vollzogen wurde.«

»Aye, das stimmt wahrscheinlich.« Lucas kratzte sich am Kinn. »Auch wenn ich mir nicht vorstellen kann, dass es ins Gewicht fällt. Wenn ich mich recht entsinne, heißt es in dem Vertrag, den beide unterzeichnet haben, dass Keira Ardgleann erhalten soll, wenn Duncan stirbt, ohne einen rechtmäßigen Erben hinterlassen zu haben. Nähere Bestimmungen gab es nicht.«

»Und es gibt wirklich keinen anderen Erben?«

»Nay, Duncan war der Letzte seiner Linie. Na ja, einen Bastard gibt es noch.«

Liam richtete sich auf.

»Duncans Bastard?« Einen Moment lang befürchtete Liam, dass Keira ihn angelogen hatte.

»Oh nein, der seines Vaters. Dieser illegitime Sohn heißt Malcolm. Mein Vater wollte sich vergewissern, dass Duncan die Wahrheit sagte, als er behauptete, dass es keinen Erben gebe, der Keira das Recht auf ihr Erbe streitig machen könne. Deshalb hat er Männer losgeschickt, um die Sache zu prüfen. Als er von Malcolm erfuhr, dachte er, er sei belogen worden, und suchte den Mann persönlich auf. Malcolm will kein Laird sein, das hat er nie gewollt und wird es auch nie wollen. Außerdem will er auch nicht, dass sich herumspricht, dass er der illegitime Sohn des alten Lairds ist. Mein Vater hat sich das schriftlich von ihm geben lassen, nur um ganz sicherzugehen. Kurzum – kein Erbe.«

»Duncan war der rechtmäßige Erbe, und er hatte das Recht, seine Nachfolge zu bestimmen«, stellte Ewan fest. »Anders als die Engländer messen wir der direkten Linie nicht so viel Bedeutung bei. Offenbar meinte Duncan, dass Keira die beste Wahl sei, weil sie eine starke Familie mit vielen Verbündeten hinter sich hat.«

Artan nickte. »Mein Vater hat mir gesagt, dass Malcolm der gleichen Meinung war. Er hat meinem Vater versichert, dass er Keira als rechtmäßige Erbin anerkennen würde, selbst wenn Duncan in der Hochzeitsnacht auf den Stufen zu seinem Bett tot umfällt.« Artan runzelte die Stirn. »Ziemlich seltsam, so etwas zu sagen, wenn ich es mir recht überlege.«

»Es sei denn, der Mann wusste von Duncans Schwierigkeiten«, wandte Liam ein. »Wenn das so ist, dann werde ich die Wahrheit aus ihm herauskitzeln. Ich glaube, Keira nimmt mir meine Erklärungen und Versicherungen, dass ihr nichts vorzuwerfen ist, auch deshalb nicht ab, weil ich ihr nicht sagen kann, warum der Mann so war, wie er war.« Er blickte seine Cousins an. »Also, was ist? Ziehen wir trotzdem in den Krieg?«

»Aye«, sagte Sigimor, und Ewan nickte zustimmend. »Wahrscheinlich würden wir es selbst dann tun, wenn man Keiras Recht auf Ardgleann anfechten würde. Rauf Moubray muss getötet werden, aber bislang war es immer schwer, ihn zu finden.«

»Doch jetzt wissen wir, wo er sich aufhält.«

Sigimor nickte. »Dass du zum Laird wirst, wenn wir die Gegend von dieser Plage befreien, macht die Sache umso erfreulicher. Jetzt solltest du aber zurück zu deiner Frau gehen, und morgen fangen wir dann ernsthaft zu planen an.«

Liam wusste, dass Sigimor in solchen Dingen sehr gründlich war, und stöhnte ein bisschen, doch dann eilte er in sein Schlafgemach. Er lächelte, als er Keira vor dem Feuer erblickte, die Kätzchen an sie geschmiegt. Als er die Tür verriegelte, drehte Keira sich zu ihm um, und er entdeckte die Sorge in ihrem Blick. Er ging zu ihr, schob Donner behutsam zur Seite, setzte sich neben sie und legte ihr den Arm um die Schultern.

»Hast du es ihnen gesagt?«, fragte sie und spürte, wie erneut die Scham in ihr aufstieg.

»Ihnen und deinen Brüdern«, erwiderte er. »Sigimor hat sie aus ihren Betten geholt, er wollte, dass sie die Geschichte ebenfalls erfahren.«

Stöhnend vergrub Keira das Gesicht an seiner Schulter. »Wo gibt es ein gutes Versteck, wenn man eines braucht?«

Liam lachte, dann umarmte er sie zärtlich. »Wenn Duncan noch leben würde, müsste er jetzt vor deinen Brüdern um sein Leben rennen. Und wenn ich Sigimors und Ewans Mienen richtig gedeutet habe, würden sie ihm zusammen mit deinen Brüdern nachstellen.«

»Ewan und Sigimor hatten also einen Gesichtsausdruck, den du lesen konntest?«

Ah, gut, dachte er. Ihre Bissigkeit, die ihm so gut an ihr gefiel, war wieder da.

Er hob ihr Gesicht. »Freches kleines Luder«, murmelte er und drückte ihr einen Kuss auf die Lippen. »Aber keiner von ihnen glaubt, dass du etwas dafür konntest. Das hätte dir auch Duncan sagen müssen, zumindest hätte er versuchen sollen, dir zu gestehen, was ihn bedrückte.«

»Das ist einer der Gründe, warum es mir schwerfällt, deiner Erklärung zu glauben. Duncan war ein ausgesprochen gutherziger Mann. Wie konnte ein solch gutherziger Mann mich mit derart starken Selbstzweifeln allein lassen? Ich war so verletzt und gedemütigt, und er hätte mir die Sache mit einer schlichten Erklärung leichter machen können. Ich kann es kaum glauben, dass er so grausam war.«

»Nicht grausam, wenigstens nicht absichtlich. Ich glaube, er schämte sich seiner Schwäche, und vielleicht hat er sogar befürchtet, geisteskrank zu sein. Wie sollte er mit seiner jungen Frau über solche Dinge sprechen? Er hätte es dir erzählen sollen, und sei es nur darum, dass ihr dann gemeinsam an seiner Heilung hättet arbeiten können. Vielleicht wäre es ja auch dazu gekommen, wenn euch etwas mehr Zeit geblieben wäre.«

Insgeheim war Liam froh, dass Keira und Duncan ihre Schwierigkeiten nicht gelöst hatten. Er hatte deswegen zwar ein schlechtes Gewissen, denn schließlich hatte der arme Narr schwer gelitten, schon bevor er in Raufs grausame Hände gefallen war. Doch er konnte nicht verleugnen, was es ihm bedeutete, dass Keira ganz die Seine war und nie einem anderen Mann gehört hatte. Dass er ihr erster Liebhaber gewesen war, verlieh ihm ein Gefühl tiefer Befriedigung, ja schenkte ihm sogar eine Spur von Triumph. Und noch befriedigender war, dass sie in seinen Armen Lust empfunden hatte, obwohl er sie seiner brennenden Begierde wegen nicht mit seiner üblichen Finesse hatte lieben können.

»Der arme Duncan«, murmelte Keira. »Wenn es stimmt, was du sagst, dann hat er sicher schrecklich gelitten, und das wahrscheinlich schon jahrelang.«

Liam schob seine Gewissensbisse beiseite. »Duncan gehört der Vergangenheit an«, sagte er mit fester Stimme. »Ihm kann nicht mehr geholfen werden. Doch den Menschen von Ardgleann *kann* geholfen werden.«

»Also kommt es zu einem Kampf?«

»Aye. Sigimor und Ewan mussten die Wahrheit erfahren. Ich konnte nicht zulassen, dass sie uns unterstützen, während zwischen uns eine Lüge steht. Zum anderen wurde deine erste Ehe nicht vollzogen, und das hätte womöglich bedeutet, dass du kein Recht auf Ardgleann hast. Um diese Frage zu beantworten, holte Sigimor deine Brüder.«

»Ich glaube, den Verträgen nach war ich schon, als wir verlobt waren, zu seiner Erbin ernannt. Es sollte also keine Rolle spielen, ob die Ehe vollzogen wurde oder nicht.«

»Das haben wir dann auch so gesehen, obwohl die Erwähnung eines gewissen Malcolms uns kurz zögern ließ.«

»Malcolm will nicht Laird werden und hat es auch nie gewollt. Er will nicht einmal, dass jemand weiß, dass er der Bastard des alten Lairds ist.« Keira lächelte schief. »Malcolm will nur mit seinem Holz und seinen Metallen arbeiten. Er fertigt wunderschöne Dinge.«

»Und er denkt nicht daran, was seine Kinder wollen und womöglich als ihr rechtmäßiges Eigentum betrachten?«

»Er hat noch keine Kinder. Aber er hat mit Duncan vereinbart, dass seine Kinder, so er denn welche bekommt, die Wahl haben dürfen zu werden, was sie werden wollen; aber erbberechtigt sollten sie nicht sein. Falls ich keine Kinder bekommen würde, hätte ich eines von Malcolms Kindern zum Erben ernennen können, wenn es dazu bereit und fähig gewesen wäre, die Verantwortung zu tragen. Malcolm ist von dem alten Laird nie als Sohn anerkannt worden, er hat nur das Wort seiner Mutter, dass der Alte sein Vater ist, und sie ist mittlerweile tot. Es gibt keine Dokumente und auch keine auffälligen Ähnlichkeiten. Selbst Duncan hat erst von einem Halbbruder erfahren, als er fast schon erwachsen war.« Sie schüttelte den Kopf. »Das war nicht richtig, Bastard hin oder her. Malcolm ist ein Sohn des alten Lairds, und er hätte nicht so hartherzig übergangen werden dürfen.«

Liam seufzte, als er ihren scheelen Blick bemerkte. »Ich habe bislang keine Kinder gezeugt, Keira.«

»Das habe ich auch gar nicht behauptet.«

»Dein Blick hat Bände gesprochen.« Er stand auf und zog sie hoch, wofür ihn die Kätzchen mit einem grimmigen Blick bedachten. »Und jetzt haben wir genug über Kämpfe und traurige Ereignisse gesprochen. Ich möchte mit meiner Frau wieder ins Bett.«

Keira errötete.

»Nun ja, es war ein langer Tag. Ein bisschen Ruhe tut uns bestimmt gut.«

»Ganz bestimmt, aber erst später.«

Er grinste, als sich ihre Röte vertiefte. Nachdem er die Decke, in die sie sich eingewickelt hatte, aufs Bett geworfen hatte, zog er ihr das Unterhemd aus. Er musste kichern, als sie rasch unter das Oberlaken schlüpfte. Dann zog er sich aus und legte sich neben sie. Trotz ihrer Verlegenheit leistete sie nicht den geringsten Widerstand, als er sie in die Arme schloss und küsste. Diesmal wollte er ganz langsam ihre Lust steigern und auch seine eigene Lust in vollen Zügen genießen. Diesmal sollten Leidenschaft und Begierde nicht über seine Fertigkeiten siegen, die er sich im Lauf der Jahre angeeignet hatte.

Liam richtete sich langsam auf und betrachtete Keira. Sie sah herrlich befriedigt aus. Der Anblick gefiel ihm, auch wenn er über sich selbst den Kopf schütteln musste. Was war nur aus all seinen Künsten geworden, aus all den kleinen Listen, um beherrscht und geduldig zu bleiben? Am Anfang war es wie erhofft gelaufen, doch jede Berührung ihrer Hände, jeder ihrer Küsse hatten ihn weiter in einen hemmungslosen Wahn getrieben.

Allerdings schien ihr das nicht unrecht gewesen zu sein. Liam war sich sicher, dass auch sie Erfüllung gefunden hatte. Sie hatte laut seinen Namen gerufen und mit ihren kleinen Fersen auf sein Hinterteil getrommelt, und er hatte auch gespürt, wie sich ihr Körper um ihn zusammenzog, als er sich in ihr ergoss. Seine Ehefrau war eine sehr leidenschaftliche Frau, dachte er und seufzte zufrieden.

Er küsste sie, und sie erwiderte schläfrig seinen Kuss. Es gefiel ihm, dass er sie trotz mangelnder Beherrschung mit seinen Liebeskünsten erschöpft hatte. Er legte sich neben sie und zog sie an sich. Als sie sich enger an ihn schmiegte und ihr strammes kleines Gesäß an seine Lenden presste, regte sich sofort wieder neue Lust in ihm. Er grinste. Keira machte ihn unersättlich.

Er schmiegte die Wange in ihr Haar und überlegte, wie er sie überzeugen könnte, dass das Scheitern ihrer ersten Ehe allein Duncans Schuld war. Doch rasch stellte er fest, dass er zu befriedigt und zu müde dazu war. Er wollte nur noch daliegen und es genießen, wie Keira in seinen Armen schlief, bis er selbst schläfrig wurde. Das war ein ganz neues Gefühl für ihn, denn er hatte noch nie eine ganze Nacht mit einer Frau verbracht und es auch nie gewollt. Doch eigentlich wollte er jetzt auch nicht darüber nachdenken, warum es bei Keira anders war. Als sie seine Hand nahm und sie unter ihre Wange schob, lächelte er. Es war schön, eine Ehefrau zu haben. Sehr schön sogar.

12

Als Keira die Augen aufschlug, merkte sie, dass sie im Halbschlaf begonnen hatte, den flachen, harten Bauch ihres Ehemanns zu küssen. Sie fühlte sich ein bisschen erhitzt, und das Sehnen, das sie nun als Verlangen erkannte, machte sich bereits wieder deutlich bemerkbar. Sie hatte sich also im Schlaf über ihn hergemacht – schon wieder. Die Hoffnung, er möge noch schlafen, erstarb, als sie merkte, dass zumindest etwas an ihm bereits sehr wach war. Dieses etwas ruhte zwischen ihren Brüsten, und Liam rieb es sanft an ihr. Sie hatte gedacht, ihre lüsternen Träume von ihm würden aufhören, wenn sie erst verheiratet wären, doch jetzt lebte sie sie einfach aus. Seit einer Woche stellte sie jeden Morgen beim Aufwachen fest, dass sie sich Liam im Halbschlaf zunutze machte.

Sie errötete ein wenig und hob den Kopf, um ihn anzusehen. »Verzeihung.«

»Wofür?« Er griff unter ihre Achseln und zog sie hoch, bis sie rittlings auf ihm saß. »Es ist wundervoll, einen neuen Tag so zu begrüßen. Vielleicht habe ich morgen das Glück, dass du noch langsamer wach wirst.«

Bevor sie ihn fragen konnte, was er meinte, küsste er sie, und ihr Verstand setzte sofort aus. In Liams Kuss lag eine brennende Begierde. Offenbar hatte sie ihn schon eine ganze Weile unbewusst liebkost. Als er die Hand über ihren Bauch und zwischen ihre Beine gleiten ließ, dauerte es nicht lange, bis sie es kaum erwarten konnte, ihn in sich zu spüren. Sie wollte von ihm herunterklettern, doch er fasste sie an den Hüften und hielt sie fest.

»Diesmal machen wir es so, Liebste«, erklärte er mit einer vor Begierde rauchigen Stimme.

Keira runzelte die Stirn, sie wusste nicht recht, was sie tun sollte. »Und wie soll das gehen?«

»Ich zeige es dir.«

Als er es ihr zeigte, begann sie vor Wonne zu zittern. Sie erhob sich, bis er fast nicht mehr in ihr war, dann ließ sie sich ganz langsam wieder auf ihn hinab. Sie seufzte vor Vergnügen, nicht nur, weil es sie so erregte, sondern auch, weil sie die Bewegung kontrollieren konnte. Ein Weilchen spielte sie mit ihm, bis er knurrte, sie an den Hüften packte und ihr einen Rhythmus vorgab. Sie merkte, dass auch sie das müßige Spiel nicht mehr länger ertragen konnte, und holte ihn rasch ein. Angespornt durch seine rauchig geflüsterten Worte des Lobs und der Ermunterung brachte sie ihn und sich selbst zum Höhepunkt, und ihre Schreie der Lust vermischten sich. Schließlich ließ sie sich erschöpft auf ihn fallen und rang nach Atem, bis sie fühlte, dass er weich wurde und aus ihr herausglitt.

Als sie von ihm herunterrollte, wurde sie wieder verlegen wegen ihrer Schamlosigkeit. Sie vergrub ihr Gesicht an seinem Hals. Obwohl sie den Gedanken hasste, dass er so etwas auch mit anderen Frauen gemacht hatte, verstand sie mittlerweile besser, dass es ihm schwergefallen war, eine Gunst zurückzuweisen. Solche Wonnen waren eine Versuchung, der man nur schwer widerstehen konnte. Hätte sie in ihrer traurigen Ehe auch nur den Vorgeschmack davon erhalten, wäre ihre gemeinsame Zeit in der Kate auf dem Klostergelände bestimmt nicht so unschuldig verlaufen.

Liam streichelte den schlanken Rücken seiner Frau und grinste. Es war zwar ein seltsames Morgenritual, aber er hatte nicht vor, damit aufzuhören. Beim Aufwachen stellte er unweigerlich fest, dass Keira ihn im Halbschlaf liebte, mit kühnen Liebkosungen bedachte. Wenn sie dann wach wurde, musste er rasch handeln, dass die Verlegenheit nicht ihre Leidenschaft ersterben ließ. Wenn ihre Lust gestillt war, überkam sie dann wieder die Verlegenheit. Es würde wohl ein Weilchen dauern, bis er ihr klarmachen konnte, dass er ihre lüsterne Seite wunderbar fand, die sie in ihren Träumen offenbar hemmungslos auslebte. Er hätte wahrhaftig nichts dagegen gehabt, wenn diese Seite auch im Wachzustand Teil seiner schönen Frau werden würde.

»Du hast offenbar sehr interessante Träume«, sagte er und lachte, als sie stöhnte.

»Sei froh, dass ich nicht über deinen reichen Erfahrungsschatz verfüge, sonst wärst du ernstlich in Gefahr.«

Er schob sanft ihren Kopf von sich und drehte sich um, sodass er Nase an Nase mit ihr lag. »Glaube mir, meine liebe Frau: Ich war zwar ein gieriger Bursche, doch ich habe keinen reichen Erfahrungsschatz.«

»Aber …«

»Lass mich ausreden. Ich habe es bislang noch nicht erwähnt, weil ich es nicht für so wichtig hielt. Schließlich waren es nur die Torheiten eines gierigen Jünglings, aber für dich ist es vielleicht doch wichtig: Ich habe keinen reichen Erfahrungsschatz, ich habe keine geheimnisvollen Fähigkeiten, und ich habe auch keine Erinnerungen, die mir teuer sind. Die Mädchen sind mit mir ins Bett gestiegen, weil ich gut aussehe, und die Gefühle, die ich für sie empfand, waren ebenso seicht und flüchtig wie umgekehrt. Darauf kann man zwar nicht stolz sein, aber ich kann es nicht mehr ändern, und ich werde nie mehr mein früheres Leben aufnehmen.

Und was dich angeht – durch deine Träume geistert offenbar ein sehr gieriges Mädchen. Wenn du es mir vorstellen willst, wach und voller Verlangen, kannst du dir sicher sein, dass ich es mit offenen Armen empfangen werde.« Er gab ihr noch einen kleinen Kuss und einen Klaps aufs Hinterteil, dann stand er auf. »Vielleicht veranstalte ich sogar ein Tänzchen«, meinte er, während er in seine Kleider schlüpfte. »Und zwar nackt. Das wird diesem Mädchen bestimmt gefallen; vielleicht will es sich ja sogar zu mir gesellen. Zwei glückliche, lüsterne Geschöpfe, die herumtanzen, so wie Gott sie geschaffen hat.

Davon kannst du doch ein bisschen träumen.« Bevor er über Keiras erstaunte Miene lachte, flüchtete er aus dem Schlafgemach.

Keira starrte auf die Tür, die Liam soeben hinter sich zugezogen hatte. Sie wusste nicht, ob sie lachen sollte oder sich anziehen, ihn verfolgen und ihm einen Tritt verpassen. Bestimmt würde sie jetzt tagelang die Vorstellung eines nackt tanzenden Liam verfolgen. Ob er wusste, dass er in ihren Träumen immer nackt war? Doch ein Mann, der in seiner Nacktheit so prachtvoll aussah wie er, konnte wahrhaftig auf Kleider verzichten.

Ein junges Mädchen kam mit einer Schüssel heißem Wasser, und Keira murmelte ein Dankeschön. Sobald das Mädchen den Raum verlassen hatte, stieg sie aus dem Bett, um sich zu waschen, solange das Wasser noch warm war. Dann zog sie sich eines ihrer eigenen Kleider an. Fiona hatte ihr zwar großzügig all ihre Kleider zur Verfügung gestellt, damit sie beim Abendessen in der Großen Halle glänzen konnte, doch tagsüber zog Keira es vor, etwas weniger Kostbares und Elegantes zu tragen, weil sie bei den anstehenden Arbeiten ihre Hilfe anbieten wollte.

Während sie sich die Haare kämmte und flocht, dachte sie darüber nach, was Liam über die Frauen seiner Vergangenheit gesagt hatte. Er hatte wohl recht, dass man nicht gerade stolz sein konnte, wenn man etwas so Persönliches so nüchtern betrieben hatte wie er, doch andererseits tröstete es sie auch ein wenig. Offenkundig hatte er sich nie in ein Mädchen verliebt, sie musste also nicht auf ein Gespenst aus seiner Vergangenheit eifersüchtig sein. Dafür war sie ihm wahrhaftig dankbar. Und als er überzeugend erklärt hatte, dass er nie mehr mit einer Frau das Bett teilen würde, die ihm ein einladendes Lächeln schenkte, war sie sehr froh gewesen. Sie war sich nur noch nicht sicher, ob sie ihm wirklich glauben sollte.

Wenn er sie liebte, wäre es ihr bestimmt leichter gefallen, dachte sie seufzend. Sie befolgte Fionas Ratschlag und liebte ihn, aber sie konnte nicht sagen, ob das etwas in seinem Herzen bewirkte. Seine Leidenschaft war stark, das war eindeutig. Aber sie waren frisch vermählt, und deshalb wusste sie nicht, ob das ein verlässlicher Hinweis auf seine tieferen Gefühle war. Allmählich glaubte sie, dass ihm sehr viel an ihr lag, aber dieser Eindruck geriet mehrmals am Tag ins Schwanken.

Kopfschüttelnd beschloss sie, den Forderungen ihres knurrenden Magens nachzugeben.

Auf dem Weg in die Große Halle dachte sie darüber nach, was Liam zu ihren morgendlichen Übergriffen gesagt hatte. Es gab tatsächlich eine ziemlich hemmungslose Keira, die durch ihre Träume hüpfte, eine Frau, die frei war von Zweifel und Scham. Keira vermutete, dass sie ihre Träume deshalb im Halbschlaf auslebte, weil ihr Herz und ihr Verstand sie dazu drängten, diese Keira freizulassen.

Wenn diese Frau tatsächlich ihre Fesseln sprengen sollte, würde sie Liam auf alle Fälle bitten, nackt vor ihr zu tanzen, dachte sie lächelnd.

»Weshalb grinst du so breit?«

Keira merkte, dass sie bereits an der Hohen Tafel in der Großen Halle vor Fiona stand. Ohne weiter darüber nachzudenken, erwiderte sie: »Ich habe mir gerade vorgestellt, wie Liam nackt vor mir tanzt.«

Fiona kicherte hemmungslos. Nachdem sie sich hastig umgesehen hatte, ob jemand sie gehört hatte, stimmte Keira in ihr Lachen ein. Sie setzte sich neben Fiona und musterte das Angebot, das erstaunlich reichhaltig war, wenn man bedachte, dass sie die Einzigen an der Tafel waren. Als Erstes füllte sie eine Schüssel randvoll mit heißem Haferbrei, gab ein wenig Milch und Honig dazu und begann zu essen. Währenddessen verdrückte Fiona unglaubliche Mengen, aß und aß und aß.

»Äh, Fiona – warum beschleicht mich das Gefühl, dass das ganze Essen hier eigentlich für dich bestimmt ist?«, fragte Keira und suchte nach einem Belag für ihr Brot.

Fiona schob Keira eine Schüssel Kräuterbutter zu und seufzte. »Weil es so ist. Ich bin schwanger.«

»Ach, Fiona, wie schön für dich!« Unwillkürlich stach sie der Neid, den sie rasch unterdrückte.

»Aye, aber wenn du es Ewan verrätst, muss ich dich leider verprügeln.«

»Warum sagst du es ihm nicht? Er würde bestimmt auf Scarglas bleiben, wenn er es wüsste. Es ist dir doch nicht recht, dass er in den Kampf zieht, oder?« Keira kostete ein wenig von der Butter und strich dann reichlich auf ihr Brot.

»Nay, aber er will es. Wenn er weiß, dass ich wieder schwanger bin, wird er zwar bleiben, doch sein Herz und seine Gedanken werden bei den anderen sein. Deshalb habe ich allen, die es wissen, düstere, wenn auch nicht näher beschriebene Qualen angedroht und sie schwören lassen, dass sie den Mund halten.« Fiona grinste kurz, als Keira lachte, doch dann seufzte sie wieder. »Da ich immer esse wie zehn starke Männer, wenn ich schwanger bin, muss ich es jetzt heimlich tun, wenn Ewan nicht in der Nähe ist. In ein bis zwei Tagen habe ich es dann nicht mehr nötig, meinen Heißhunger zu verbergen.«

Keira brauchte einen Moment, um die Bedeutung dieser Worte zu begreifen. »In ein oder zwei Tagen?«

»Aye. Liam wird es dir wahrscheinlich bald sagen, denn du sollst sie begleiten. Den Männern wäre es lieber, wenn du hierbleiben würdest, aber im Gegensatz zu ihnen kennst du die Menschen dort, also brauchen sie dich. Außerdem finden sie es am besten, wenn du und Liam sofort den Stuhl des Lairds besetzt, sobald Rauf gechlagen ist. Ach, du runzelst die Stirn.« Fiona zerteilte einen Apfel und begann, die Spalten zu verzehren. »Liam hat dir wohl noch nicht viel über ihre Pläne erzählt.«

Keira nickte, dann verzog sie das Gesicht. »Ich habe ihn auch nicht danach gefragt. Vielleicht denkt er, dass ich gar nichts davon hören will.«

»Heute Abend wirst du wahrscheinlich von nichts anderem hören. Es sind noch mehr Camerons eingetroffen, ebenso ein paar Männer aus deinem Clan. Die Große Halle wird voller kampflustiger Mannsbilder sein, die es kaum erwarten können, in die Schlacht zu ziehen. Oh, das klang unfreundlich. Sie sind erpicht darauf, weil es in ihren Augen ein gerechter Kampf ist. Rauf Moubray sind nur ein paar von ihnen persönlich begegnet und können über ihn berichten, aber alle haben Geschichten über ihn gehört oder gesehen, zu welcher Grausamkeit er fähig ist. Das ist eine gute Gelegenheit, das Land von ihm zu befreien. Ein paar Männer meiner Brüder sind mit meinem Bruder Nanty mitgekommen sowie ein paar von unseren Verbündeten, den Dalglishes und den Goudys. Wenn man ein paar Männer von hier und da abzieht, muss niemand seine Ländereien wehrlos zurücklassen und riskiert auch nicht, all seine Krieger zu verlieren.«

»Sehr klug«, murmelte Keira.

»Aye, das fand ich auch. Und Sigimor hat bereits überall um Ardgleann Männer, die die Lage erkunden und mit den Lairds der benachbarten Clans reden sollen. Sir Ian MacLean hat uns schon mitteilen lassen, dass wir unser Lager auf seinem Land aufschlagen können und seine volle Unterstützung haben. Von den anderen haben wir noch nichts gehört.«

»Es gibt nur noch einen besorgten Laird in der näheren Umgebung, doch von dem werdet ihr kaum etwas hören. Er ist so vorsichtig, dass es fast schon an Feigheit grenzt. Er wird sich zurücklehnen und das Risiko den anderen überlassen und nur die Vorteile genießen. Doch vielleicht schließt sich einer seiner Söhne mit ein paar Männern dem Kampf an.«

»Das wäre gut. So können sie Liam kennenlernen, und indem sie an seiner Seite kämpfen, zollen sie ihm die Anerkennung als Laird von Ardgleann.« Fiona musterte Keira eingehend. »Bist du dir sicher, dass dir das nichts ausmacht?«

»Ach, ab und zu fühle ich einen leisen Groll in mir aufsteigen, er richtet sich aber nicht gegen Liam, sondern gegen die ganze Welt – eine Welt, die eine Frau nicht als Laird anerkennen kann, die es nur als Schwächebeweis sieht, den man ausnutzen kann.«

»Mit der ganzen Welt meinst du wohl die Männer.«

»Ganz recht.«

Beide starrten ein wenig düster vor sich hin. Als sie merkten, was sie da taten, mussten sie lachen. Eine Weile sprachen sie über die Arbeit, die zu dieser Jahreszeit anstand, und über Fionas Kinder. Nachdem Keira ihren Hunger gestillt hatte, beschloss sie, ins Kräuterhaus zu gehen und zu sehen, ob es dort etwas für sie zu tun gab. Da Fiona von den starken Gerüchen dort mittlerweile übel wurde, war sie froh, dass Keira diese Arbeiten übernehmen wollte.

Auf dem Weg ins Kräuterhaus traf Keira die Männer, die die Murrays geschickt hatten. Sie standen bei ihren Brüdern. Da die meisten Cousins waren, schimpften sie sie erst einmal aus, dass sie ihnen so lange nicht gesagt hatte, wo sie gesteckt hatte und wie es ihr ergangen war.

Eine Weile ließ sie die Vorwürfe stumm über sich ergehen, denn schließlich hatte sie sie ja verdient, dann setzte sie ihren Weg fort. Ihre Brüder folgten ihr, wie sie zu ihrem Verdruss feststellte. Sie hatte nämlich das dumpfe Gefühl, dass sie mit ihr über Duncan reden wollten. Damit hatte sie zwar gerechnet, doch als die Tage verstrichen, ohne dass die Rede darauf gekommen war, hatte sie gehofft, die beiden würden nicht mehr darüber reden wollen. Doch offenbar hatten sie bislang nur überlegt, was sie sagen und wie sie es sagen sollten.

»Du hättest uns erzählen sollen, dass du Schwierigkeiten mit deinem Ehemann hast«, fing Lucas an.

Keira seufzte und prüfte, wie weit die von Fiona angesetzten Duftmischungen waren.

»Das waren meine Schwierigkeiten, und es war mein Ehemann. Ich fand es nicht richtig, deswegen zu *Maman* zu rennen, zumal ich ihn ja gewählt hatte.« Sie versuchte, möglichst abweisend zu blicken. »Und außerdem wollte ich nicht darüber reden.«

»Hättest du mit uns geredet, hättest du deinen Kopf vielleicht nicht mit so vielen dummen Gedanken vollgestopft.«

»Wenn ein Mann sich jedes Mal übergibt, wenn er dich berührt, kommst du schnell auf *dumme* Gedanken.«

Artan grunzte. »Wir hätten dir sagen können, dass es an ihm liegt und nicht an dir.«

»Und warum hätte ich auf euch hören sollen? Ihr seid meine Brüder. Ihr könnt doch gar nicht anders, als meine Partei zu ergreifen und ihm die Schuld zu geben.«

»In einem solchen Fall hätten wir dich nicht angeschwindelt. Mit dem Mann stimmte etwas nicht. Du bist zwar nicht so üppig gebaut, dass die Blicke der Männer sofort auf dich fliegen, aber an dir ist doch alles in Ordnung.«

»Und der Meinung ist dein neuer Ehemann offenkundig auch«, sagte Lucas.

Keira lehnte sich gegen den Arbeitstisch und verschränkte die Arme vor der Brust. »So ist es wohl, und vielleicht wird das auch den Schmerz lindern, den mir Duncan zugefügt hat. Ich weiß, ihr meint es gut, und ich freue mich, dass ihr euch um mich kümmert, aber ich muss allein darüber hinwegkommen. Ich bin drei Monate lang zurückgewiesen worden, und das war sehr schmerzhaft. Ich brauche einfach ein wenig Zeit, um es zu verwinden.«

Artan nickte. »Das kann ich mir gut vorstellen. Dein neuer Ehemann wird dir bestimmt dabei helfen. Liam ist ein trefflicher Bursche voller Leben.«

»Aye, voller Leben, das kann euch die Hälfte der Frauen in Schottland bestätigen.« Sie grinste, als ihre Brüder das Gesicht verzogen.

»Er war doch ein freier Mann.« Artan zuckte mit den Schultern. »Ein freier Mann nimmt sich, was er kann. Tut mir leid, Mädchen, aber nur sehr wenige Männer würden ein Angebot ausschlagen, nur weil sie sich für ihre Ehefrau aufsparen wollen.«

»Das weiß ich schon, und trotzdem seid ihr Heuchler, denn von euren Frauen erwartet ihr genau das.«

»Wir müssen jetzt gehen«, meinte Lucas und war schon auf

dem Weg zur Tür. »Ich wette, jetzt kommt gleich ein Vortrag gespickt mit Klagen über die Männer.«

Artan zwinkerte ihr zu und drehte sich um, um Lucas zu folgen. Doch sein Bruder war an der offenen Tür stehen geblieben. »Streiten sich unsere Cousins etwa schon wieder mit den MacFingals?«

»Nay«, erwiderte Lucas. »Sie bringen zwei Neuankömmlinge her – einen jungen Mann in Kutte, der aussieht, als ob er zu viel gefastet hat, und einen großen Mann, der ständig zwinkert.«

Keira trat an die Tür, auch wenn es ihr unwahrscheinlich vorkam, dass der Mönch der war, an den sie plötzlich denken musste. »Hat der Mönch hellbraunes Haar? Habt ihr ihn stolpern sehen?«

»Dreimal«, erwiderte Lucas. »Der große Mann scheint ihn jedoch gut festzuhalten. Er hält ihn einfach hoch, bis er seine Füße wieder am richtigen Platz hat.«

Keira drängte sich an ihren Brüdern vorbei und trat vor die Tür, in dem Moment als ihre Cousins mit dem Mönch und dem großen Mann ankamen. Sie blinzelte und konnte ihren Augen kaum trauen: Es war tatsächlich Kester. Doch den großen Mann neben ihm hatte sie im Kloster nie gesehen. Es war nicht klar, ob er Kester unterstützte oder Kester ihn. Denn obwohl Kester nun aufrecht und still stand, hielt der Mann noch immer den Arm des Jungen.

»M'lady, wir sind gekommen, um Euch in Eurem Kampf um Eure Ländereien zu unterstützen«, verkündete Kester.

Diese Ankündigung wäre großartig gewesen, wenn sie Kester nicht mit einer schwungvollen Bewegung seines freien Arms unterstrichen und Keiras Cousin Colin dabei einen Schlag zwischen die Augen versetzt hätte. Obwohl Kester vor Verlegenheit hochrot anlief und sich hastig entschuldigte, sah es aus, als wolle sich Colin rächen. Rasch führte Keira den Jungen und seinen Begleiter in den Keep. Während sie gefolgt von ihren breit grinsenden Brüdern das seltsame Paar vorwärtsschob, stellte Kester seinen Freund als Sir Archibald Kerr vor. Keira fiel nach wenigen Stufen auf, dass Sir Archibald sehr schlecht sah, doch sie sagte nichts, bis sie alle in der Großen Halle an der Hohen Tafel saßen und sich die Reste des Frühstücks teilten, das sich Fiona noch immer schmecken ließ.

»Erstens, Kester, würde ich gern wissen, warum du das Kloster verlassen hast«, sagte Keira, während sie ihm und Sir Archibald Apfelwein einschenkte. »Ich kann mir nicht vorstellen, dass dich die Mönche in eine Schlacht haben ziehen lassen.«

Kester schluckte hastig einen großen Bissen Brot hinunter, dann erwiderte er: »Das haben sie auch nicht, aber als Bruder Matthew mir von Euren Sorgen berichtet hat, wollte ich helfen.«

»Das ist sehr nett von dir, aber …«

»Ich will kein Mönch sein!«, gestand der Junge errötend. »Ich wurde zu meinem Onkel geschickt, weil mein Vater sich nicht um mich kümmern wollte. Dann wurde ich ins Kloster gesteckt, weil mein Onkel mich auch nicht bei sich haben wollte. Er meinte, ich sei eine größere Gefahr für seine Männer als die verfluchten Engländer. Mein Vater wollte mich nicht zurückhaben, also beschlossen die beiden, dass ich Mönch werden sollte. Ich dachte, dass Ihr vielleicht ein Fleckchen für mich und Sir Archie auf Ardgleann finden könnt, wenn wir Euch helfen. Ich würde fast alles tun. Um ehrlich zu sein, würde ich lieber Schweinehirt als Mönch sein.«

Keira wechselte einen Blick mit Fiona und entdeckte in ihren Augen dasselbe Mitgefühl, das auch sie empfand. Selbst ihre Brüder hatten aufgehört zu grinsen. Sie seufzte innerlich, denn ihr war klar, dass sie den Jungen nicht in ein Leben zurückschicken konnte, das er so offenkundig hasste. Zum einen würde es ihn kränken, auch von ihr abgelehnt zu werden, zum anderen würde sie ihn zu einem sehr unglücklichen Leben verdammen.

»Und Ihr, Sir Archibald?«, fragte sie und sah, dass Kester dem Mann seinen Becher reichte und ihm, nachdem er getrunken hatte, dabei half, ihn wieder sicher auf den Tisch zu stellen.

»Nun ja, ich bin wahrscheinlich nicht von großem Nutzen für Euch, aber ich bin wie der Junge bereit zu helfen, wo ich kann«, sagte er. Seine Stimme schallte wie ein tiefes Grollen aus seiner breiten Brust. »Ich habe ein bisschen Ärger mit meinen Augen, aber mein Schwertarm ist noch recht gut.«

»Seid Ihr dabei, Euer Augenlicht zu verlieren?«, fragte Keira behutsam.

»Ich habe es schon verloren. Na ja, mehr oder weniger. Ich sehe die Dinge nicht mehr sehr klar. Es hilft ein bisschen, wenn ich die Augen zusammenkneife. Vor ein paar Monaten habe ich einen Schlag auf den Kopf bekommen.«

»Ich habe Sir Archie im Wald gefunden, als ich Euch und Sir Liam folgte«, erklärte Kester. »Er hat sich mit einem Baum unterhalten.«

»Ich dachte, es wäre ein Mann«, murrte Sir Archibald. »Es hat mir nicht viel geholfen, dass ich die Augen zusammengekniffen habe.«

Keira war richtig stolz auf ihre Brüder, als die sich rasch einen Happen in den Mund stopften, um nicht laut loszuprusten. Ein Junge, der über seinen eigenen Schatten stolperte, und ein Ritter, der kaum noch etwas sah, waren wahrhaftig zu nichts nütze, doch sie konnte sich nicht durchringen, ihnen das zu sagen. Irgendwie musste sie etwas finden, was die beiden tun konnten, ohne sich oder anderen Schaden zuzufügen. Doch zuerst brauchte sie Liams Einwilligung.

»Keira, die zwei sind eher eine Gefahr als eine Hilfe«, meinte Liam. »Kester ist ein guter Junge, aber ich habe noch nie jemanden getroffen, der so tollpatschig ist. Und Sir Archie ist nahezu blind.«

»Ein trauriges Ende für einen Krieger«, murmelte Sigimor und starrte düster in seinen Krug.

Liams Miene drückte Mitleid aus, aber nichts weiter. Sigimors und Ewans Mienen waren so schwer zu lesen wie immer. Keira war den Männern in Ewans Arbeitszimmer gefolgt, nachdem alle zu Abend gegessen hatten. Bis jetzt war es nicht möglich gewesen, in Ruhe über Sir Archie und Kester zu reden. Und was noch schlimmer war – Keira hatte mehrere Stunden gehabt, sich ein paar Argumente zu ihren Gunsten zu überlegen, aber ihr waren nur sehr wenige eingefallen.

»Ich weiß, dass sie uns nicht viel helfen werden«, sagte sie. »Aber sie wissen nicht, wohin sie sonst gehen sollen.«

»Kester kann ins Kloster zurück.« Liam verzog das Gesicht, als Keira langsam den Kopf schüttelte.

»Er will kein Mönch sein, Liam. Sein Vater und sein Onkel haben ihn dorthin geschickt und kein Hehl daraus gemacht, warum sie das taten. Er hat keinen Ruf vernommen. Du weißt besser als alle anderen in diesem Raum, was das bedeutet. Ich kann ihn nicht zurückschicken, wenn ich weiß, dass er dort festsitzt und Gott weiß wie viele Jahre lang unglücklich sein wird. Es muss doch etwas geben …«

»Nehmt sie mit«, sagte Sigimor und lächelte ein wenig, als ihn alle überrascht ansahen. »Keira hat recht. Sie wissen nicht, wohin. Der Junge wird als Mönch unglücklich, oder er geht anderswohin und kommt dabei um. Er ist ein guter Junge, und ich kann einen starken, vertrauenswürdigen Mann in ihm sehen. Er muss nur noch ein bisschen wachsen.«

»Und Sir Archie, der so schlecht sieht, dass er mit einem Baum redet und glaubt, es sei ein Mann?«, fragte Liam.

»Er ist ein guter Mann, aber er wird bald sterben, wenn er keinen sicheren Ort findet, um dort den Rest seines Lebens zu verbringen. Wir haben Glück: Wenn wir so litten wie er, hätten wir eine Zuflucht und eine Familie, die uns unterstützt. Er hat nichts und niemand. Der junge Kester kann ihm das Augenlicht ersetzen, und Sir Archie bewahrt den Jungen davor, ständig zu stolpern und hinzufallen. Und obgleich sich Sir Archie mit seinem Schwert nicht mehr seinen Lebensunterhalt verdienen kann, hat er das doch viele Jahre lang getan. Er ist geschickt und erfahren. Du wirst so einen Mann brauchen, um neue Männer zur Bewachung deiner Mauern zu drillen.« Sigimor zwinkerte. »Solange sich niemand in der Reichweite seines Schwerts aufhält, kann der Mann den Leuten immer noch zeigen, wie man es führt, um so lange als Söldner am Leben zu bleiben.«

Keira verdrängte ihre Trauer über die vielen guten Männer, die durch Raufs Schwert gestorben waren, was es notwendig machte, Ardgleanns Burghut zu vervollständigen, und sagte: »Aber vielleicht sollten die zwei hierbleiben, bis wir Ardgleann zurückerobert haben«, meinte sie.

»Nay, nehmt sie mit«, sagte Sigimor.

Liam sah seinen Cousin finster an. »Kämpfen können sie nicht. Warum sollten wir sie mitnehmen?«

»Ich weiß es auch nicht, aber wenn sie nichts anderes tun können, können sie sich ja zumindest um die Pferde kümmern und Keira bewachen.« Sigimor runzelte die Stirn. »Warum siehst du jetzt aus, als hätte ich dir eine Ohrfeige verpasst?«, fragte er Liam.

»Mir ist nur gerade eingefallen, wie gut Kester die Pferde versorgte, als wir in der Kate des Klosters lebten«, erwiderte Liam. »Im Stall ist er kein einziges Mal gestolpert und hatte auch keinen noch so kleinen Unfall. Nicht einmal Gilmour, ein recht störrisches Tier, hat Kester Schwierigkeiten gemacht.«

Sigimor nickte. »Er kann gut mit Pferden umgehen. Das könnte die Lösung sein.«

»Das ist ein ziemlicher Abstieg für einen Jungen von Stand und einen Ritter, Söldner hin oder her.«

»Nicht so tief wie der erste Schritt ins Grab.«

»Da hast du recht. Na gut.« Liam lächelte schief, als Keira ihm eilig einen Kuss auf die Wange drückte, und runzelte die Stirn, als sie auch Ewan und Sigimor einen Kuss gab. Dann schüttelte er den Kopf, als sie davonstürmte, um Kester und Sir Archie die Neuigkeiten zu berichten. »Und jetzt, Cousin«, meinte er und richtete sein Augenmerk wieder auf Sigimor,

»kannst du mir den eigentlichen Grund nennen, warum du die zwei mitnehmen willst.«

»Was macht Rauf Moubray mit einem starken, gesunden Mann, den er für eine Bedrohung hält?«, fragte Sigimor.

»Er bringt ihn um.«

»Ganz richtig. Aber kein Mann würde den jungen Kester oder Sir Archie für eine Bedrohung halten, stimmt's?«

»Nay, das nicht«, erwiderte Liam bedächtig. »Hast du einen Plan?«

»Ich sehe da mehrere Möglichkeiten, und wenn sich eine davon auftut, hätte ich gern das passende Mittel parat.«

13

Der Duft von gebratenem Fleisch hing über Scarglas. An diesem Abend sollte es ein großes Festmahl geben, doch Keira hegte keine freudige Erwartung. Am nächsten Morgen würden sie nach Ardgleann aufbrechen. Auch wenn die Schwerter noch in den Scheiden steckten, hatte der Kampf doch schon begonnen. Sie schob die Schuldgefühle und Zweifel, die sie plagten, beiseite. Es war Rauf Moubrays Schuld, nicht ihre, und der Zorn auf diesen Mann ließ sie die Schultern straffen, als sie sich auf die Suche nach Fiona machte.

Sobald sie und Liam zu dem Heer stießen, das sie mittlerweile zusammengestellt hatten, würde ihnen nur noch wenig ungestörte Zeit beschieden sein. Deshalb hatte sie beschlossen, diese Nacht so zu verbringen, als wäre sie der Vorabend der Schlacht. Keira wollte sie unvergesslich machen, für ihn und für sich, auch wenn der Gedanke daran sie bis in die Fußspitzen erröten ließ. Da Fiona bereits seit mehreren Jahren verheiratet war, erhoffte sich Keira von ihr ein paar Ratschläge. Sie war sich nicht sicher, ob die Dinge, die sie in ihren Träumen tat, Männern tatsächlich gefielen, und ob die Männer das auch von ihren Ehefrauen haben wollten. Außerdem betrachtete sie das bevorstehende Gespräch mit Fiona als Probe: Wenn sie es nicht einmal schaffte, über ihre wollüstigen Gedanken zu reden, war die Chance, sie in die Tat umzusetzen, wohl nicht sehr groß.

Zu ihrer Freude traf sie Fiona allein in ihrer Kammer an, über eine Näharbeit gebeugt und leise schimpfend. »Läuft es nicht so, wie du willst?«, fragte sie und setzte sich neben Fiona auf die mit weichen Kissen ausgelegte Bank in der Fensternische.

»Ach, es läuft ganz gut«, erwiderte Fiona, legte ihre Arbeit zur Seite und lächelte Keira an. »Das Ergebnis gefällt mir immer, aber die Arbeit daran ist mir lästig.«

»Das Gefühl kenne ich sehr gut.«

»Na, was hast du auf dem Herzen? Raus mit der Sprache!«

Keira sah Fiona verwundert an. »Woher weißt du, dass ich etwas auf dem Herzen habe?«

»Ich sehe es dir an – du wirkst wild entschlossen in der Richtung: Das schaffe ich schon. Hast du Schwierigkeiten?«

»Nay, keine Schwierigkeiten.« Keira holte tief Luft, um ihren mangelnden Mut zu befeuern. »Da wir morgen früh nach Ardgleann aufbrechen und von da an ständig von Menschen umgeben sein werden, dachte ich, dass ich heute Nacht …«

»Dass du deinem Ehemann heute Nacht etwas geben möchtest, woran er sich erinnert? Das ihm unter die Haut geht?«

Keira lachte. »So in etwa. Weil du ja schon eine Weile verheiratet bist, dachte ich, dass du mich ein bisschen beraten könntest.«

Fiona nickte. »Du möchtest, dass ich dir meinen Erfahrungsschatz zur Verfügung stelle?«

»Genau. Also – ich habe oft Träume, in denen ich sehr freizügig bin, aber ich bin mir nicht sicher, ob ein Mann das seine Ehefrau auch gern tun lassen möchte.«

»Ich glaube nicht, dass irgendetwas, was du in deinen Träumen tust, Liam schockieren könnte.« Fiona stand auf und schenkte zwei Becher Apfelwein ein. »Wenn du dich in deinen Träumen gut dabei fühlst, werdet ihr zwei euch bestimmt auch im Wachen gut damit fühlen.« Fiona reichte Keira einen Becher und setzte sich wieder neben sie. »Reden wir darüber.« Sie zwinkerte Keira zu. »Das ist bestimmt wesentlich spannender als meine Stickerei.«

»Damit haben wir schon gerechnet«, meinte Sigimor und beobachtete Liam, der das Arbeitszimmer mit langen Schritten durchmaß.

»Ich weiß«, erwiderte Liam und warf die Botschaft, die sie von einem von Sigimors Männern erhalten hatten, auf den Tisch. »Aber ich hatte mir mehr erhofft.«

»Eine kleine Dummheit von Rauf, damit wir einfach leise hineinschleichen können?«, fragte Lucas und lümmelte sich auf einem der schweren Eichenstühle, die Ewan so schätzte.

»Aye, so etwas in der Art«, sagte Liam und starrte auf die Zeichnung, die Keira von Ardgleann und seiner Umgebung angefertigt hatte. »Für einen direkten Angriff gibt es keinerlei Deckung. Um den verfluchten Ort herum nichts als offenes Gelände, und da die Burg auf einem Hügel thront, werden uns die Männer auf den Mauern unweigerlich schon von Weitem sehen.«

»Deshalb will ich jetzt los«, sagte Sigimor. »In einigen Tagen haben wir Neumond.«

Liam nickte und beglückwünschte Sigimor insgeheim für seine sorgfältige Planung. Er mahnte sich zur Ruhe, um klarer denken zu können, und musterte die anderen, die sich mit ihm, Sigimor und Ewan versammelt hatten. Nanty, ein Bruder Fionas, saß auf einem Hocker vor dem Feuer und polierte gedankenverloren sein Schwert. Keiras Brüder saßen auf den schweren Eichenstühlen, die langen Beine ausgestreckt, die Füße übereinandergeschlagen, die Hände locker vor dem Bauch gefaltet. Wenn man nicht genau hinsah, hätte man meinen können, die beiden wären gelangweilt, aber Liam kannte sie inzwischen gut genug, um zu wissen, dass der Schein trog. Kester saß neben Ewan am Arbeitstisch und fertigte Kopien der Pläne an, die Keira vom Inneren der Burganlage gezeichnet hatte. Wenn sie einen Weg nach drinnen fänden, würden sie diese Pläne brauchen. Sir Archie saß mit geradem Rücken, die Hände zu Fäusten geballt auf den Knien, neben dem Jungen, und einer Miene, die sich zusehends verdüsterte, während er jedem Wort lauschte.

»Der Mann hat seinen Sieg durch List und Verrat errungen«, sagte Kester und streute ein wenig Sand auf die gerade fertiggestellte Karte. »Bestimmt erwartet er von anderen dasselbe Vorgehen und hat ein wachsames Auge auf alle möglichen Wege der Einnahme.«

In dem Wuschelkopf steckt ein scharfer Verstand, dachte Liam und murmelte zustimmend. »Deshalb hat er auch alle Schlupflöcher verschlossen.«

»Nay«, meinte Sir Archie sehr zur Verwunderung der anderen. »Ein Mann wie er lebt nicht so lange, wie er das bereits tut, wenn er sich all seine Fluchtwege abschneidet. Er hat sich zwar zu seinem Schutz in diese Mauern eingeigelt, aber irgendwo gibt es garantiert einen Weg nach draußen, für den Fall, dass alle seine Verteidigungsmaßnahmen umsonst sind.«

Liam war froh, dass Sir Archie so schlecht sah, denn es hätte ihn bestimmt gekränkt, die überraschten Blicke zu bemerken, mit denen man ihn bedachte. Nur Sigimor und Kester sahen aus, als ob sie seine Bemerkung erwartet hätten. So ungern Liam es zugab – sein Cousin hatte wieder einmal recht gehabt. Sir Archie konnte zwar nicht mehr gut sehen, und ein geschickter Krieger würde er auch nie wieder werden, doch in seinen Jahren als Söldner hatte er eine Menge nützliches Wissen gesammelt.

»Aye, Ihr habt recht, Alter«, sagte Sigimor. »Die Frage ist nur, wo und ob ein anderer davon weiß.«

»Moubray wird das nicht glauben, aber es gibt immer jemanden, der Bescheid weiß«, erwiderte Sir Archie. »Jemanden, den Moubray in seinem Dünkel übersieht.«

»Keira weiß, wo sich die Geheimpforten befinden, aber wir können es nicht wagen, alle zu überprüfen.«

»Es wäre die reine Zeitverschwendung«, meinte Artan. »Von außen lassen sie sich bestimmt nicht öffnen.«

»Also stehen wir wieder am Anfang«, sagte Liam düster.

»Nicht ganz«, murmelte Sigimor. »Wir brauchen nur ein Quäntchen Glück – und einen Plan.«

Liam tauschte ein stummes Grinsen mit Ewan, dann wandte er sich zur Tür. »Ich gehe jetzt ins Bett. Jemand hat mir einmal gesagt, dass ein Mann seine Frau bis zur Erschöpfung lieben muss, um sie bei Laune zu halten.« Er zwinkerte Sigimor zu. »Ich glaube, ich versuche es mal.« Als er die Tür hinter sich zuzog, hörte er Ewan sagen, dass er diese Idee gar nicht so schlecht fand.

Keira starrte düster auf die Tür, dann trank sie ihren Wein aus. Wenn Liam nicht bald kam, würde sie entweder zu wütend sein, um ihr Vorhaben auszuführen, oder zu betrunken. Sie musste lächeln, als sie daran dachte, dass es in einem anderen Schlafgemach bestimmt eine andere Frau gab, der es ganz ähnlich ging. Im Lauf ihres nachmittäglichen Plausches hatte Fiona nämlich angefangen, sich auch etwas für ihren Ehemann einfallen zu lassen.

Keira war froh, dass sie den Mut aufgebracht hatte, mit Fiona zu reden. Sie hatte sich zwar ein bisschen geärgert, als sie herausgefunden hatte, dass Ewan seiner Frau alles über Duncan und die ihr widerfahrene Erniedrigung erzählt hatte, doch in zweierlei Hinsicht hatte es ihr auch geholfen. Zum einen wusste Fiona, dass Keira keine Erfahrung hatte und über solche Dinge auch kaum Bescheid wusste, zum anderen hatte auch Fiona Keira klarzumachen versucht, dass bei ihr keine Schuld zu suchen war. Außerdem hatte Fiona sie überzeugt, dass sie sich ihrer Träume nicht zu schämen brauchte und dass es Liam glücklich machen würde, wenn die Frau, die Keira in ihren Träumen war, ihn in dieser Nacht in ihrem Schlafgemach begrüßen würde.

Als sie sich nun begutachtete, stellte sie fest, dass es ihr nichts mehr ausmachte, Liam in etwas zu empfangen, was kaum mehr war als ein feiner Leinenschleier über ihrem nackten Körper. Fiona hatte es als Nachthemd bezeichnet, aber Keira fand, dass dieses Kleidungsstück den landläufigen Vorstellungen von einem Nachthemd nicht entsprach. Ihre Nachthemden hielten sie züchtig bedeckt und warm, doch der Hauch von blauem Rauch, den sie heute trug, tat weder das eine noch das andere. Sie schenkte sich noch Wein nach, um den Anflug von Scham hinunterzuschlucken.

Als die Tür endlich aufging und Liam eintrat, hätte sie den Becher beinahe in einem Zug geleert, um ihre plötzliche Unruhe zu ertränken.

Doch der Ausdruck in Liams Gesicht vertrieb dieses Unbehagen besser, als es jeder Wein getan hätte. Erst hatte Liam nur gelächelt, doch dann sperrte er überrascht den Mund auf, und auch seine Augen wurden riesengroß, während er hastig die Tür zuzog und verriegelte. Selbst von dort aus, wo sie stand, konnte sie sehen, wie seine Augen blau zu leuchten begannen – das Zeichen seines wachsenden Verlangens. Er leckte sich die Lippen. Fiona hatte recht gehabt – Männer sahen es gern, wenn eine Frau so gut wie nackt war, aber eben nicht ganz nackt. Und wenn sie damit recht gehabt hatte, dann wohl auch in allem anderen, was sie ihr geraten hatte, dachte Keira und lächelte leise. Als er auf sie zutrat, überlegte sie kurz, ob sie ihn jetzt oder später bitten sollte, nackt für sie zu tanzen. Beinahe hätte sie laut aufgelacht. Das lüsterne Mädchen aus ihren Träumen sprengte seine Fesseln.

Endlich fasste sich Liam und näherte sich Keira stumm. Fast fürchtete er, ein Wort von ihm würde den Zauber brechen, den sie offenbar wirkte. Er legte die Hände auf ihre Schultern, ließ sie langsam ihre Arme hinabgleiten und nahm ihr dann den Becher aus der Hand, um ihn auf das Tischchen neben ihr zu stellen. Er fasste sie an den Händen und bestaunte sie noch einmal von oben bis unten. Das Leinenhemd, das sie trug, enthüllte genug, um ihn zu foltern, und verhüllte gerade so viel, dass er mehr sehen wollte.

»Woher hast du denn dieses Hemd?«, fragte er.

»Fiona hat es mir für heute Nacht geliehen.«

»Jetzt weiß ich, warum man den grämlichen Ewan ab und zu lächeln sieht. Vielleicht fragst du sie einmal, woher sie dieses feine Leinen hat.«

Keira fand, dass sie lange genug in seinen Schmeicheleien

und Blicken geschwelgt hatte; beinahe hätte es sie eitel gemacht. Sie entwand sich seinen Händen und begann, sein Wams aufzuknöpfen. »Vielleicht, aber es ist nicht sehr warm.«

»Wir können ja das Feuer noch ein wenig schüren.«

Keira entnahm seinem leisen Lächeln, dass er nicht nur das Feuer im Kamin gemeint hatte. Als sie ihn langsam auszog, wurde das neugierige Glitzern in seinen Augen immer herausfordernder, und sie scheute sich nicht, diese unausgesprochene Herausforderung anzunehmen. Eingedenk Fionas Rat, wie wichtig die Vorfreude war, nahm sie sich die Zeit, jedes Kleidungsstück sorgfältig auf einen Stuhl zu legen. Es erregte sie, dass er nur dastand und sich auf ihr Spiel einließ.

»Sag mir, Frau, bist du hellwach?«, fragte er, als er schließlich nackt vor ihr stand.

»Oh ja, hellwach.« Sie musterte ihn ebenso gründlich und wohlgefällig, wie er sie gemustert hatte.

»Und wie viel Wein hast du getrunken?«

»Nur einen Becher, und dann noch ein Schlückchen.« Sie legte die Hand auf seine Brust und streichelte zärtlich über jede Erhebung und jede Vertiefung, wobei sie spürte, dass sein Herz so schnell schlug wie das ihre. »Hast du befürchtet, es ist der Wein, dass ich mich so verhalte?« Sie streichelte seinen flachen, harten Bauch. »Nay, es liegt nicht am Wein«, flüsterte sie.

»Dann steht jetzt wohl das wollüstige Mädchen vor mir, das durch deine Träume hüpft.«

»Vielleicht. Wirst du jetzt für mich tanzen?«

»Vielleicht, aber erst später.«

Es wunderte ihn nicht, dass sich seine Stimme fast überschlagen hätte, denn Keira hatte ihre langen, eleganten Finger um sein geschwollenes, aufgerichtetes Glied gelegt. So hatte sie ihn bislang noch nie berührt, und obgleich er es sich sehnlichst gewünscht hatte, hatte er sich gezwungen, geduldig zu sein. Doch so, wie sie ihn jetzt streichelte und gleichzeitig seine Brust mit warmen Küssen bedeckte, würde ihn die Geduld diesmal sehr hart ankommen.

Er zitterte vor Erwartung, als sie sich vor ihn kniete und anfing, seine Beine zu streicheln und zu küssen. Würde seine Ehefrau, die jungfräuliche Witwe, die sich entschuldigt hatte, weil sie seinen Bauch geküsst hatte, nun wirklich das tun, was er sich so sehr von ihr wünschte? Liam hatte dieses Vergnügen nur einmal genossen, aber diese Frau hatte ihm dabei zu offenkundig zu verstehen gegeben, dass sie ihn beherrschte, sodass er beschlossen hatte, es nie wieder zuzulassen. Es erforderte ein Maß an Vertrauen, das er den Frauen, mit denen er bislang das Bett geteilt hatte, nicht entgegengebracht hatte. Doch Keira vertraute er durch und durch, wie er nun merkte. Er vertraute ihr vor allem, dass sie Glück nur spenden oder teilen wollte, nie aber einsetzen würde, um Macht über ihn zu erringen.

Als ihre warmen Lippen sich endlich auf sein Glied legten, bebte er ob der Stärke des Verlangens, das durch seinen Körper jagte. Er stöhnte leise und fuhr mit den Händen durch ihre Haare, um sie zu ermutigen und sie wissen zu lassen, wie erwünscht ihr Mut war. Als sie ihn küsste und mit ihrer Zunge umschmeichelte, während sie sein Hinterteil und seine Oberschenkel mit ihren weichen kleinen Händen streichelte, bemächtigte sich seiner eine solch wilde Leidenschaft, dass er fast die Besinnung verlor. Keira würde diese Leidenschaft, die sie teilten, nie missbrauchen, um Macht über ihn zu erlangen, doch in dem Moment wurde ihm bewusst, dass sie sie bereits besaß. Er dankte Gott, dass die eine Frau, der er nicht widerstehen konnte, eine viel zu freundliche Seele besaß und viel zu aufrichtig war, um solche Spiele zu treiben. Plötzlich nahm Keira ihn in den Mund. Liam musste seine Knie durchdrücken, um stehen zu bleiben. Musste seine fünf Sinne so weit beisammen haben, um sich den Moment ins Bewusstsein zu bringen, wo er zurückzutreten hatte.

Dieser Moment kam für seinen Geschmack viel zu früh. »Genug, Liebes«, meinte er, nahm sie an den Armen und zog sie hoch. »Ich will nicht, dass es jetzt schon zu Ende ist. Nicht heute Nacht.«

Heute Nacht wollte er seinen Samen, so oft er nur konnte, in sie legen, bevor sie beide vor Erschöpfung in sich zusammensanken. Er hatte zwar nicht das Gefühl, an der Schwelle des Todes zu stehen, doch die Gefahr, getötet zu werden, bestand immer, wenn man in den Krieg zog. Und Liam hatte den brennenden Wunsch an diesem Vorabend der Schlacht, ein Kind mit seiner Frau zu zeugen.

Als er ihr behutsam das feine Leinen auszog, wunderte er sich erneut über seine Frau. Ihr benommener Blick und ihr bebender Körper zeigten ihm, dass sie das, was sie gerade getan hatte, genauso erregt hatte wie ihn. Es war ein wunderschönes Geschenk gewesen, doch offenbar hatte sie es mit ihm geteilt. Dieser Gedanke versetzte ihm einen kleinen, seltsamen Stich in der Nähe seines Herzens.

Er hob sie hoch und trug sie zum Bett, wobei er mehrmals innehielt, um sie zu küssen. Sanft setzte er sie ab und kauerte sich über sie. Er glaubte nicht, dass er es je müde werden würde, ihren zierlichen Körper zu betrachten, um den sich ihr langes, dunkles Haar auffächerte. Nachdem er mehrmals tief durchgeatmet hatte, um seine Lust zu zügeln, küsste er sie. Es gab etwas, was er noch nie getan hatte, aber zu gerne ausprobieren wollte. Jetzt war er an der Reihe, ihr etwas zu schenken.

Keira stöhnte leise, als Liam ihre Brüste liebkoste. Sie wusste nicht, wie viel sie noch ertragen konnte, denn das Bedürfnis, ihn in sich zu spüren, wurde immer fordernder. Ihn so zu lieben, wie sie es gerade getan hatte, hatte sie weit mehr erregt, als sie sich vorgestellt hatte.

Langsam küsste er sich den Weg ihren Bauch hinab und streichelte ihre Beine. Es fühlte sich so gut an, dass Keira ganz benommen war und es eine Weile dauerte, bis sie merkte, dass er ihre Beine sanft auseinandergeschoben hatte. Ein Anflug von Scham, geboren aus einer Sittsamkeit, die sie wohl nie ganz würde überwinden können, begann, ihre Leidenschaft ein wenig abzukühlen. Als sie merkte, dass er sie dort betrachtete, versuchte sie, seine Aufmerksamkeit auf etwas anderes zu lenken, bevor ihre wachsende Scham die ganze köstliche Hitze aus ihrem Körper vertrieb.

»Liam, ich weiß nicht, ob ich noch mehr Spiele ertragen kann«, sagte sie und umklammerte die Laken. Doch als er die Innenseite ihrer Schenkel küsste und seine weichen Haare über ihre Weiblichkeit strichen, begannen neue Wellen des Verlangens durch ihren Körper zu wogen.

»Sei stark, Frau«, sagte er und knabberte sanft an ihrem Schenkel. »Stell dir vor, du würdest Töpfe schrubben.«

Sie wollte gerade sagen, wie töricht sie diese Aufforderung fand, als er sie genau dort küsste, wo er sie so eingehend betrachtet hatte, aber alles, was sie zustandebrachte, war ein überraschter Aufschrei, und ihr Körper spannte sich an, dass sie sich aufbäumte. Gerade, als sie glaubte, eine derart intime Berührung nicht aushalten zu können, liebkoste er sie mit seiner Zunge. Keira meinte noch zu hören, wie sie einen Fluch ausstieß, dann konnte sie nichts mehr denken und wurde zu einem Geschöpf, das nur noch aus Gefühlen, Hitze und Begierde bestand.

Kurz nur meldete sich ihr Verstand, als sie vermeinte, gleich zerspringen zu müssen. Sie schrie laut nach Liam und bat ihn, sich zu ihr zu gesellen, doch er hatte kein Erbarmen. Einen Herzschlag später durchflutete sie die Erlösung so stark, dass sie bebte. Liam gab ihr jedoch keine Zeit, sich zu erholen, sondern trieb sie mit seinen intimen Küssen gleich wieder in den Wahnsinn. Diesmal aber, als sie nach ihm rief, gab er ihr, was sie haben wollte. Ihre Vereinigung war heftig, der Ritt hart und schnell. Keira genoss jede der viel zu kurzen Minuten.

Langsam schlug sie die Augen auf und runzelte verwirrt die Stirn, doch dann fluteten die Erinnerungen zurück, und sie errötete. Rasch schloss sie die Augen wieder, doch Liam hatte schon bemerkt, dass sie wach war. Er küsste sie, und dann spürte sie, wie er sie ansah. Als sie die Augen aufschlug und feststellte, dass er sie anlächelte, setzte sie eine strenge Miene auf. Doch er lachte nur, zog sie in seine Arme und drehte sich mit ihr auf den Rücken. Nun lag sie auf seinem nackten Körper, und in dieser Stellung konnte sie kaum streng bleiben, vor allem, wenn sie daran dachte, wie gut er geschmeckt hatte.

»Ist mein wollüstiges Mädchen wieder geflüchtet?«, fragte Liam und rieb ihr zärtlich den Rücken.

»Sie sollte sich unter einem Stein verstecken und vor Scham winden«, erwiderte Keira.

Liam grinste nur, denn ihre Finger fuhren bereits wieder liebevoll über seine Rippen. Keiras wollüstiger Teil mochte sich ab und an zurückziehen, doch er würde sich nie mehr in Fesseln legen lassen. Liam war stolz darauf, dass er sie bis zur besinnungslosen Verzückung geliebt hatte. Während er darauf gewartet hatte, dass sie die Augen wieder aufschlug, wurde ihm klar, dass ihr Liebesspiel diesmal etwas anders gewesen war.

Obwohl Keiras Leidenschaft immer heiß und der seinen auf wunderbare Weise ebenbürtig gewesen war, hatte er sie doch immer erst herauslocken müssen, und oft waren Scham oder Sittsamkeit dazwischengekommen und hatten den Aufstieg zum Gipfel der Leidenschaft etwas steinig werden lassen. Diesmal hatte sie nur ganz kurz gescheut, als er ihr den intimsten aller Küsse gegeben hatte. Es war wirklich so kurz gewesen, dass es ihre Leidenschaft nicht weiter beeinträchtigt hatte. Als sie sich die Freiheit genommen hatte, so kühn zu sein wie in ihren Träumen, hatte Keira der sinnlichen Frau, die in ihr steckte, die Ketten abgenommen. Sie hatte sich erlaubt, jede Berührung und jeden Kuss zu genießen – ein unvergessliches Wunder. Er hatte schon zuvor gedacht, dass ihr gemeinsames Verlangen das Beste war, was er je verspürt hatte, doch jetzt wusste er, dass es noch besser sein konnte. Er wollte alles tun, damit sie diese Seite nicht wieder versteckte.

»Oh nein, hol sie zurück!«, murmelte er und entwirrte behutsam die Nester, die sich beim Liebesspiel in ihren Haaren gebildet hatten. »Es gibt nichts, dessen sie sich schämen müsste.«

»Sie hat mit Sicherheit mehrere Regeln der Kirche verletzt.« Ein großer Teil von ihr schien darüber allerdings gar nicht so empört zu sein; denn schließlich war Liam ja ihr rechtmäßiger Ehemann.

»Zweifellos, doch nachdem ich all die Erlasse und Regeln studiert habe, glaube ich, dass es zu viele davon gibt. Manchmal beschleicht mich das Gefühl, dass die Männer, die diese Regeln aufgestellt haben, einfach nur sichergehen wollten, dass niemand Freude am Leben findet, das Gott uns geschenkt hat.«

Keira hörte auf, seine Brust zu küssen, und betrachtete ihn nachdenklich. »Hast du dich deshalb entschlossen, dem Kloster den Rücken zu kehren?«

»Aye, das war nur einer der Gründe. Wie es außerhalb der Kirche Heuchelei, Gier und Machtstreben gibt, so gibt es all dies auch innerhalb. Anders als bei deinem Cousin war mein Ruf nicht stark genug, um trotzdem dabeizubleiben.«

»Glaubst du denn, dass er all das auch so sieht?«

Liam nickte. »Aber jetzt sollten wir nicht solch ernsten Gedanken nachhängen. Nicht, wenn ich das wollüstige Mädchen aus deinen Träumen zum Greifen nahe habe.«

Keira lächelte. »Das Mädchen, für das du nackt tanzen wolltest?«

Zu ihrer Verwunderung schob Liam sie von sich und stand auf. Er zwinkerte ihr zu, dann begann er, zu singen und zu tanzen. Keira lachte. Der Mann besaß wirklich keinen Funken Anstand, aber dafür eine sehr gute Stimme. Nachdem sie ihm eine Weile zugesehen hatte, hörte sie auf zu lachen, auch wenn sie weiter lächelte. Was er tat, war zwar albern, doch sein Körper war so kräftig gebaut und geschmeidig, dass es ein Vergnügen war, ihm zuzusehen.

»Wenn ich mich recht entsinne, habe ich gesagt, dass das wollüstige Mädchen bestimmt mit mir tanzen will«, meinte er, ergriff ihre Hand und zog sie aus dem Bett.

Einen Moment lang kam sich Keira albern vor, und sie war

auch ein bisschen verlegen, doch dann stimmte er ein Lied an, das sie sehr gern hatte, und es dauerte nicht lange, bis sie einfiel. Eine Weile tanzten sie einen sehr gesitteten Tanz, auch wenn die sorgfältig gesetzten Schritte und Bewegungen eine völlig neue Bedeutung annahmen. Dann stimmte Liam ein doppeldeutiges Lied an, das im Volk recht beliebt war, und bald tollten sie wie zwei Kinder im Zimmer herum und lachten und hüpften und sangen, als ob nichts in der Welt ihren Frohsinn trüben könnte.

Keira war sich nicht sicher, wer als Erster merkte, dass die Freude ein hitziges Verlangen geweckt hatte; aber vielleicht hatten es auch beide gleichzeitig gemerkt. Sie stand vor Liam und starrte ihn an. In seinem Blick lag dieselbe Hitze, die sie verspürte. Sie leckte sich die Lippen, er leckte sich die Lippen.

Noch immer zum Spielen aufgelegt, entwischte sie ihm, als er sie packen wollte. Doch die Jagd war kurz, denn sie wollte erwischt werden. Überrascht schrie sie auf, als er sie aufs Bett warf, hieß ihn aber mit ausgebreiteten Armen willkommen, als er sich zu ihr gesellte. Sie schmeckte die brennende Begierde in seinem Kuss, und ihr Verlangen wuchs im gleichen Maße. Wie herrlich es sich anfühlt, ein wollüstiges Mädchen zu sein, dachte sie noch, bevor die Leidenschaft jeden klaren Gedanken verbrannte.

14

Verstohlen rieb sich Keira ihr wundes Gesäß. Nach zwei Tagen im Sattel taten ihr sämtliche Glieder weh, und sie hasste den Gedanken, je wieder zu reiten. Am liebsten hätte sie jetzt ein ausgiebiges heißes Bad genommen, doch es würde wohl noch einige Tage dauern, bis ihr eine solche Annehmlichkeit vergönnt war. Sobald Liam wieder da war, wollte sie sich wenigstens gründlich in dem Bach waschen, neben dem sie ihr Lager aufgeschlagen hatten.

Wie lange mochte es wohl dauern, einen Blick auf Ardgleann zu werfen? Die Burg lag ganz in der Nähe, und da es noch hell war, konnte man nicht unbemerkt nach Schwachstellen suchen. Am meisten beunruhigte sie jedoch, wie eisern Liam, Sigimor und sogar ihre Brüder darauf beharrt hatten, sie nicht zur Erkundung mitzunehmen. Vielleicht hielten sie es ja nur für zu gefährlich, sich Rauf zu sehr zu nähern. Sie konnte sich aber nicht des Gefühls erwehren, dass die Männer Angst vor dem hatten, was sie zu sehen bekommen könnte. Noch waren sie ohne Nachrichten, seit sie an der Ostgrenze von Ardgleann angehalten hatten.

»M'lady, ich habe Euch ein wenig Apfelwein gebracht.«

Keira drehte sich um und lächelte Kester an. »Ach, wie nett, vielen Dank«, sagte sie, nahm den angebotenen Becher und genoss den überraschend kühlen Apfelwein. »Genau das Richtige, um den Staub aus der Kehle zu spülen.«

Als sie nach unten schaute, stellte sie fest, dass Kester seine Kutte gerafft hatte, sie sich über dem Strick, der um seine Hüften lag, bauschte. Plötzlich ging ihr auf, dass ihr Kester einen vollen Krug gebracht hatte und nichts darauf hinwies, dass er etwas verschüttet hatte.

»Wenn du willst, kürze ich dir die Kutte«, meinte sie.

»Nay, vielen Dank, aber Laird Sigimor, der mir geholfen hat, die Kutte zu raffen, meinte, dass ich sie nicht abschneiden soll. Noch nicht«, fügte Kester hinzu.

Und Sigimors Wunsch war für Kester offenbar Befehl.

»Er hat mir gesagt, dass ich Hosen bekomme, sobald Ardgleann wieder Euer Eigentum ist«, fuhr er fort.

»Aber jetzt noch nicht.«

»Aye, Laird Sigimor sagte, noch nicht.«

»Ich gehe davon aus, dass er dir nicht gesagt hat, warum du damit warten sollst.« Es wunderte sie nicht, dass Kester den Kopf schüttelte. Sie wandte sich wieder in Richtung Ardgleann. »Sie sind schon ziemlich lange weg.«

»So lange auch wieder nicht, M'lady. Laird Sigimor meinte, sie wollten sich ein bisschen umschauen. Wenn man das gründlich macht, muss man sich wohl etwas Zeit dafür nehmen.«

Sigimor war Kesters neuer Held. Keira musste zugeben, dass der Mann sehr geduldig mit dem Jungen war. Nachdem sein eigenes Blut ihn so hartherzig verstoßen hatte, wunderte sich Keira allerdings ein wenig, wie eifrig Kester die Führung von Älteren akzeptierte. Sie konnte zwar sehen, dass er gekränkt war, aber er zeigte keinen Zorn oder Groll auf männliche Erwachsene. Offenkundig war er auf seine Verwandten nicht zornig, doch Keira war es umso mehr. Eines Tages würde sie ihnen liebend gern klarmachen, welch großen Fehler sie gemacht hatten, als sie den Jungen weggaben.

»Hier drüben bin ich, Sir Archie«, rief Kester und wedelte heftig mit den Armen. »Wenn Ihr direkt auf mich zulauft, steht Euch nichts im Weg.« Kester warf einen Blick zu Keira. »Er kann diese Bewegung sehen.«

Kurz darauf hatte Sir Archie den Weg von den Pferden zu ihnen ohne Not zurückgelegt und klopfte Kester auf den Rücken. »Du bist ein guter Junge.«

Der Wind fuhr durch Sir Archies langes Haar, und Keira sah

die schartige Narbe, die von seinem Haaransatz bis zur rechten Schläfe lief. »Ihr habt gesagt, dass die Schwierigkeiten mit Eurem Augenlicht nach einem Schlag auf den Kopf anfingen, stimmt's?«, fragte sie Sir Archie.

»Aye«, erwiderte er. »Es hat ziemlich lang gedauert, bis die Wunde verheilt war. Erst dachte ich, meine Sicht würde dann wieder besser, aber so kam es nicht.«

»Hat die Wunde denn stark geeitert?«

»Lady Keira ist eine Heilerin, Sir Archie«, erklärte Kester. »Eine ausgezeichnete Heilerin.«

»Ich weiß nicht, ob eine Heilerin etwas ausrichten kann, aber die Wunde hat wochenlang geeitert«, erwiderte er. »Doch das Gift hat sich nicht ausgebreitet.«

Vielleicht hatte es sich nicht ausgebreitet, aber Keira war sich nicht sicher, ob es wirklich draußen war. »Kann ich mir die Narbe ansehen?«

Als er nickte, betrachtete sie sorgfältig die kaum verheilte Wunde. Die Narbe war rau, zu rau. Keira befürchtete, dass unter der kaum verschlossenen Haut noch etwas steckte, vielleicht sogar im Knochen. Außerdem schien gelegentlich noch Gift herauszusickern. Doch beim bloßen Betrachten ließ sich das nicht klären. Um Näheres zu sagen, hätte man die Wunde noch einmal öffnen müssen. Ihre Gabe wagte sie nicht einzusetzen, weil zu viele Männer herumspazierten, die sie nicht gut genug kannte.

»Ich glaube, dass Eure Wunde noch einmal geöffnet und gründlich gesäubert werden müsste, Sir«, meinte sie.

»Glaubt Ihr denn, dass ich dann besser sehen werde?«

»Das kann ich Euch nicht versprechen.« Eine Verbesserung hielt sie zwar für durchaus möglich, aber sie wollte dem Mann keine allzu großen Hoffnungen machen. Sicher konnte sie sich erst sein, wenn sie die Wunde sorgfältig untersucht hatte.

»Dann lassen wir es vorläufig lieber dabei, M'lady. Wenn alles geregelt ist und Ihr wieder dort seid, wo Ihr hingehört, werde ich noch einmal darüber nachdenken.«

»Ich werde Euch daran erinnern, Sir«, sagte sie, dann wandte sie sich wieder stirnrunzelnd Richtung Ardgleann. »Was kann sie nur so verflucht lang in Anspruch nehmen?«, murrte sie.

»Ein Mann sieht sich eben die Verteidigungsanlagen des Feindes genau an«, meinte Sir Archie. »Und so etwas braucht Zeit.«

Mit dem Gehör des Alten ist jedenfalls alles in Ordnung, dachte Keira. »Nun, ich hoffe, sie kehren bald zurück, denn ich kann es kaum erwarten zu hören, was sie gesehen haben.«

»Wir dürfen nicht zulassen, dass Keira das sieht«, flüsterte Liam, als er schaudernd die Mauern von Ardgleann betrachtete.

Anfangs hatte er es gar nicht bemerkt, weil er mit seinen Gedanken bei dem reichen Land war und dem großen Dorf, das sie durchquert hatten. Erst als Sigimor und Ewan scharf einatmeten und Keiras Brüder leise fluchten, war es ihm aufgefallen. Anfangs hatte er gar nicht begriffen, auf was er da starrte, dann aber wurde ihm übel: Von Ardgleanns Zinnen baumelten Leichen. Hingen aneinandergereiht an der Mauer wie die Steine einer schaurigen Halskette.

»Vermutlich sind das die Männer, die versucht haben, ihren Laird und ihr Heim zu verteidigen«, murmelte Sigimor. »Rauf will seine Feinde damit wohl abschrecken.«

»Und du glaubst nicht, dass es ihm gelingt?«

»Auf manche wird es wohl abschreckend wirken, aber anderen wird es wie mir gehen: Sie werden wütend, sehr, sehr wütend.«

»Im Dorf ist es viel zu still«, sagte Lucas und lenkte die Aufmerksamkeit der anderen von den Mauern ab. »Hat einer von euch Vieh gesehen oder gehört? Es ist helllichter Tag, warum also hört man keine Kühe, Schafe und nicht einmal das verfluchte, ständig schnatternde Federvieh?«

Liam sah sich um und merkte, dass Lucas recht hatte. Es war

zu ruhig. Hier hätte sich viel mehr regen müssen, doch nicht einmal ein streunender Hund war zu sehen.

»Er hat den Ort geplündert«, meinte Ewan.

»Wahrscheinlich hat er alles auf seine Burg verschleppt«, sagte Liam. »Wenn Sir Ian kommt, weiß er vielleicht mehr.«

»Aye, und wenn der Mann gesehen hat, was Lucas gesehen hat, erklärt es auch, warum er sich so rasch und bereitwillig mit uns verbündet hat.«

»Rauf ist wie diese Heuschrecken in der Bibel.«

»Ganz recht. Offenbar verschwendet er keinen Gedanken an ein Morgen. Und wenn er das ganze Vieh für seine Festgelage geschlachtet hat, ohne dass es sich vermehren konnte, wird er sich an den Ländereien und Besitzungen anderer vergreifen müssen, um den Hunger aus seinem Keep zu vertreiben.« Mit einem Blick auf das stille Dorf fügte er hinzu: »Und es schert ihn keinen Deut, dass er mit seiner Gier alle anderen zum Tode verurteilt.«

»Ich habe euch gesagt, dass dieser Mann getötet werden muss«, meinte Sigimor, machte kehrt und ritt zurück zu ihrem Lager.

Die anderen folgten ihm eilig, doch Liam starrte noch eine Weile auf die Burgmauern. Wenn Sigimor ähnliche Dinge als Ergebnis von Rauf Moubrays Wüten gesehen hatte, war es kein Wunder, dass er Schottland von diesem Mann befreien wollte. Bestimmt war dies nicht die einzige Gräueltat. Er würde Keira kaum die Wahrheit vorenthalten können und fragte sich, wie er es verhindern sollte, dass sie in unverdienten Schuldgefühlen ertrank. Er bekreuzigte sich, neigte den Kopf und sprach ein Gebet für die Männer, die an den Zinnen auf ein ordentliches Begräbnis warteten. Als er schließlich zu den anderen aufschloss, erwartete Sigimor ihn.

»Du hast dich wohl noch nicht ganz vom Klosterleben gelöst«, meinte Sigimor.

»Doch, das schon«, erwiderte Liam. »Aber – aber sie haben ein Gebet verdient.«

»Das stimmt. Im Übrigen wird Keira es bestimmt erfahren, du kannst so etwas nicht vor ihr verbergen.«

Liam nickte. »Ich weiß, aber ich möchte sie so lange wie möglich schonen. Sie plagt sich ohnehin mit Schuldgefühlen herum, auch ohne dass sie solche Dinge mit eigenen Augen sieht.«

»Warum sollte sie sich schuldig fühlen?«

»Weil sie nicht hier war und über Monate gebraucht hat, um zurückzukehren und den Leuten zu helfen.«

»Törichtes Mädchen. Wäre sie geblieben, wäre sie mittlerweile tot oder wünschte sich, tot zu sein. Es hat eben gedauert, bis sie von ihren Wunden genesen ist. Ich sehe keinen Grund für Schuldgefühle.«

»Ich auch nicht, aber deine Argumente werden sie nicht davon befreien.«

»Es wird bestimmt besser, wenn sie merkt, dass keiner der Überlebenden ihr eine Schuld gibt.«

»Du glaubst also nicht, dass die Leute das tun werden?«

»Der eine oder andere Narr vielleicht. Es gibt immer Menschen, die den anderen die Schuld an allen Übeln geben. Aber ich glaube, dass nur wenige schlecht von ihr denken werden. Schließlich ist sie nur eine kleine Frau. Vermutlich werden sich viele sogar wundern, dass sie überhaupt zurückgekommen ist, um ihnen zu helfen. Sie war ja nur wenige Monate die Herrin von Ardgleann.«

Liam nickte zögernd. »Stimmt. In der kurzen Zeit haben sich zwischen ihr und den Menschen hier bestimmt keine engen Bande entwickelt.«

»Aber bevor wir uns zu den anderen gesellen, muss ich dir noch eine Frage stellen, die an mir nagt, seit wir Scarglas verlassen haben.«

»Na, dann raus mit der Sprache.«

»Habe ich dich in der letzten Nacht zu Hause in eurem Schlafgemach wirklich singen und stampfen hören?«

»Das war kein Stampfen, das war Tanzen.« Bei dem Blick,

mit dem Sigimor ihn musterte, musste sich Liam ein Grinsen verkneifen.

Sigimor grunzte kopfschüttelnd. »Als du aus dem Arbeitszimmer gegangen bist, hast du gemeint, du wolltest deine Frau bis zur Erschöpfung lieben.«

»Vielleicht habe ich ja deswegen gesungen und getanzt. Mit meiner Frau. Nackt.«

Diesmal prustete Liam laut los, denn Sigimor wirkte einerseits fasziniert und andererseits so, als befürchte er, Liam habe den Verstand verloren. »Aye, das war ziemlich närrisch, aber auch irgendwie befreiend. Na, komm schon, du und Jolene, ihr macht doch sicher auch manchmal Dinge, die andere für verrückt halten, dir aber ein Gefühl von Sorglosigkeit und Freude geben.«

»Schwimmen. Ich schwimme nackt mit ihr.« Sigimor nickte. »Ich bin mir zwar töricht vorgekommen, als ich diesen kleinen Teich angelegt habe, aber dort ist das Wasser wärmer.«

Liam dachte an den Teich, der im Verlauf eines Jahres entstanden war. Er hatte geglaubt, Sigimor wolle Fische züchten oder Wildenten für seine Tafel anlocken. Nie im Leben wäre er darauf gekommen, dass Sigimor und Jolene sich gelegentlich dort hinausschlichen, um nackt zu baden. Aber das erklärte natürlich auch die hohe Mauer um den Teich. Sie sollte nicht Raubtiere abhalten, sondern den Laird und seine Frau vor neugierigen Blicken schützen, wenn sie im Wasser herumtollten.

»Ob Keira wohl schwimmen kann?«, murmelte er und grinste, als Sigimor lachte.

Als Keira jemanden lachen hörte, entspannte sie sich ein wenig. Ewan und ihre Brüder hatten bei ihrer Rückkehr so grimmig ausgesehen, dass ihr ganz bang geworden war, und ihre Fragen über Ardgleann hatten sie verdächtig vage beantwortet. Schließlich war sie auf ihren Wachposten zurückgekehrt und hatte nach Liam Ausschau gehalten, denn er würde ihr bestimmt die Wahrheit sagen. Als sie jemand lachen hörte, konnte sie nicht glauben, dass die Lage wirklich so schlimm war, wie sie befürchtet hatte.

Als Liam Keira entdeckte, verließ ihn seine gute Laune schlagartig. Sigimor hatte recht – er konnte ihr die Wahrheit nicht auf Dauer vorenthalten, aber er war entschlossen, es so lange wie möglich zu versuchen. Er lächelte sie an, legte den Arm um ihre Schultern und gab ihr einen Kuss auf die Wange.

»Ich gehe nicht davon aus, dass euch ein Strahl der untergehenden Sonne den Weg zum Durchschlupf gezeigt hat«, sagte sie und begrüßte Sigimor mit einem Nicken, bevor er sich zu den anderen Männern gesellte.

»Leider nein, Liebes«, erwiderte Liam. »Es sieht alles genauso aus – mit hohen, dicken Mauern –, wie du es gezeichnet hast.«

»Ihr seid dorthin, um euch zu vergewissern, dass meine Zeichnung genau war?«

»Das war einer der Gründe, wenn auch nicht der Hauptgrund. Du hast eine sehr gute und genaue Zeichnung angefertigt, aber uns den Keep mit eigenen Augen anzusehen hat uns geholfen, ein Gefühl für den Ort zu bekommen. Es stimmt, dass um die Burg herum offenes Gelände ist, doch es ist wohl seit Monaten nicht mehr bewirtschaftet worden. Wenn wir uns geduckt anschleichen, könnte uns das hohe Gras eine gewisse Deckung geben. Vielleicht würde das reichen, wenn dazu noch der Neumond kommt.«

»Aber besser wäre es, unbemerkt in den Keep zu gelangen und den Kampf direkt im Herzen des Baus eures Feindes zu beginnen.«

»Aye, das wäre am besten.«

»Dann, denke ich, sollten wir Malcolm aufsuchen«, sagte sie, auch wenn sie sich auf Widerspruch einstellte.

»Nay, die Gefahr, gesehen zu werden, ist zu groß«, erwiderte Liam kopfschüttelnd.

»Malcolm weiß vielleicht etwas, das uns zu diesem Durchschlupf führt, der offenbar noch da sein muss.«

»Aber vielleicht ist Malcolm tot.« Er seufzte und gab ihr einen Kuss auf die Stirn, als sie erbleichte. »Es tut mir leid, Liebes.«

»Du könntest ja recht haben, aber ich denke, einen Versuch ist es wert. Er wohnt am Rand des Dorfs ganz in der Nähe unseres Lagers. Wenn Rauf nicht überall Wachen stehen hat, sollten wir unbemerkt zu Malcolm gelangen.«

»Der Plan behagt mir nicht.«

»Mir auch nicht«, sagte Sigimor, der zu den beiden getreten war und Liam einen Weinschlauch reichte. »Aber die Gelegenheit ist zu günstig, um sie ungenützt verstreichen zu lassen. Malcolm könnte durchaus wissen, welche Geheimpforte noch offen ist. Und selbst wenn er es nicht weiß, hat er bestimmt von anderen Dingen Kenntnis, die uns nützlich sein können.«

Liam brachte noch ein paar Einwände vor, doch schließlich sah er ein, dass die Vorteile überwogen. »Können wir diesem Mann denn vertrauen?«

»Aye«, erwiderte Keira. »Er ist ein guter, rechtschaffener Mann.«

»Gut und rechtschaffen genug, um auch noch unter Raufs Knechtschaft an seinen Treuepflichten festzuhalten?«

»Davon bin ich überzeugt. Ich habe euch gesagt, dass Malcolm einzig und allein in Ruhe und Frieden mit seiner Frau Joan leben und schöne Dinge herstellen will. Einen Mann wie Rauf verabscheut er von Herzen, dessen bin ich mir ganz sicher.«

»Wir haben im Dorf keine Wächter bemerkt«, sagte Sigimor.

Keira fand das zwar merkwürdig, doch sie bemühte sich weiter, Liam zu überzeugen, mit Malcolm zu sprechen. »Schon allein um all der Männer hier und der anderen willen, die sich noch zu uns gesellen wollen, sollten wir versuchen, Malcolm zu finden. Malcolm ist kein Krieger, aber er wurde zum Ritter erzogen. Er hat in den letzten Monaten bestimmt etwas beobachtet oder ein Schwachstelle bemerkt, die ihr nutzen könnt.«

Dagegen konnte Liam nichts mehr einwenden, obwohl er es

zu gern getan hätte. Und dass es auch Sigimor für einen guten Plan hielt, machte es ihm umso schwerer, auf seiner Ansicht zu beharren. Liam wusste, dass sein Cousin eine Frau nie unnötig in Gefahr bringen würde. Dass Sigimor Keira beipflichtete, hieß, dass er das Risiko für nicht allzu groß hielt oder zumindest davon ausging, dass es den Nutzen wettmachte, den sie daraus ziehen würden. Er hoffte, dass Ersteres der Fall war.

»Wenn es ganz dunkel ist, starten wir einen Versuch«, sagte er, auch wenn er das Zaudern in seiner Stimme nicht unterdrücken konnte. »Doch erst einmal sollten wir uns einen kleinen Unterschlupf bauen.«

»Es macht mir nichts aus, im Freien zu schlafen, Liam«, meinte Keira.

»Ich will nicht, dass du inmitten eines Heers schläfst. Bald werden Männer hier sein, die wir kaum kennen.«

Keira glaubte nicht, dass das ein großes Problem sein würde, denn schließlich waren genügend ihrer und seiner Cousins da; doch sie erhob keinen Einspruch mehr. So, wie sich Liams Miene verfinstert hatte, als Sigimor seine Belustigung kaum verhehlte, war es wahrscheinlich besser, den Mund zu halten. Im Grunde war ihr ein kleiner Unterschlupf – selbst wenn er nur aus Stöcken und Lehm bestand – ganz recht für den Fall, dass sich das Wetter verschlechterte. Sie hatte zwar nichts dagegen, im Freien zu schlafen, aber sie schätzte es wahrhaftig nicht besonders, wenn es kalt war und regnete.

Schließlich fanden sich viele Helfer. Keira hatte den Eindruck, dass ihre Verwandten wie Liams den Unterschlupf für eine gute Idee hielten, auch wenn sie Liam ein bisschen aufzogen. Ein Bote von Sir Ian MacLean war ins Lager gekommen und hatte berichtet, dass sein Laird in wenigen Stunden mit seinen Männern zu ihnen stoßen würde. Auch der Sohn eines anderen Lairds hatte elf seiner Männer geschickt. Die Ankunft der Fremden förderte offenbar die Hilfsbereitschaft ihrer Verwandten. Als Keira das Ergebnis begutachtete, beschloss sie, sich über ihre übertriebene Fürsorge nicht zu beklagen. Die

Wände des Unterschlupfs bestanden aus Ästen und Steinen, das Dach aus einem geölten Tuch. Es war nur so hoch, dass man darunter sitzen konnte, aber es würde ihr selbst beim heftigsten Unwetter Schutz bieten. Vor den Eingang wurde ein weiteres geöltes Tuch gehängt, Liam und sie hatten also sogar so etwas wie einen eigenen, abgetrennten Raum.

Erst einige Zeit nach dem Abendessen fand Liam, dass es dunkel genug sei, um einen Besuch bei Malcolm zu wagen. Er gab zwar noch einmal zu bedenken, dass sich niemand sicher sein könne, dass Malcolm noch immer vertrauenswürdig sei, doch niemand hörte auf ihn. Zögernd gestattete er Keira, sie zu führen, und sie machten sich auf den Weg ins Dorf.

Liam war so damit beschäftigt, nach Anzeichen von Problemen Ausschau zu halten, dass er kaum auf den Weg achtete, den Keira eingeschlagen hatte. Erst als sie einen leisen, erstickten Schrei ausstieß, wurde ihm klar, dass sie in Sichtweite der Burg gekommen waren. Leise fluchend eilte er zu ihr und schloss sie in die Arme. Sie klammerte sich an ihn, vergrub ihr Gesicht an seiner Brust und weinte.

Als Liam zur Burg hinaufsah, fluchte er erneut. Fackeln auf den Zinnen warfen ihr Licht auf Raufs makabre Trophäensammlung. Die Leichen sahen jetzt noch schauerlicher aus als im Tageslicht. Allein dass Keira, eine weichherzige Frau und Heilerin, solche Brutalitäten mitansehen musste, reichte ihm als Grund, Rauf Moubray töten zu wollen.

»Ich hätte sie nie verlassen dürfen«, stieß Keira mit heiserer, bebender Stimme hervor.

»Sei nicht töricht, Liebes«, sagte er und bemühte sich, fest zu klingen. »Wenn du geblieben wärst, wärst du jetzt wahrscheinlich nur ein weiterer Stein dieser schaurigen Halskette.«

Keira stöhnte und entriss sich seiner Umarmung. »Mir ist übel.«

Das wunderte Liam nicht, denn ihm ging es ähnlich. Er überhörte ihre Aufforderung, sie allein zu lassen, und hielt sie fest, während sie sich heftig übergab. Als ihr Magen entleert war, zog Liam sie in den Schutz des Waldes zurück, von wo aus man Ardgleann nicht mehr sehen konnte. Mit tiefer Sorge beobachtete er sie, wie sie stumm dasaß und leise zitterte, als er ihr Gesicht mit Wasser aus ihrem Weinschlauch abwusch. Dann riet er ihr, sich den Mund mit etwas Wein aus seinem Weinschlauch zu spülen. Er war froh, dass er an diese Dinge gedacht hatte, denn obwohl ihr Weg nicht lang war, stellte Liam sich immer auf das Schlimmste ein. Er bezweifelte noch immer, dass es ungefährlich sein sollte, Malcolm aufzusuchen. Deshalb hatte er darauf vorbereitet sein wollen, dass sie womöglich um ihr Leben rennen mussten, und dazu hätten sie die Richtung von ihrem Lager und ihren Verwandten weg einschlagen müssen.

Er setzte sich neben sie, legte den Arm um ihre Schulter und drückte sie an sich. »Ich wollte nicht, dass du das siehst.«

Keira atmete tief durch, dann meinte sie: »Deshalb also haben Ewan und meine Brüder bei ihrer Rückkehr von eurem Erkundungsgang so grimmig ausgesehen, stimmt's?« Er nickte, wobei seine Wange ihr Haar streifte. »Warum tut jemand so etwas?«

»Um die noch Lebenden in Angst und Schrecken zu versetzen.«

»Glaubst du deshalb, dass Malcolm tot ist? Glaubst du, dass er dort oben hängt?«

»Ich glaube, die dort oben haben versucht, ihren Laird und ihr Heim zu verteidigen.«

»Hat keiner von Ardgleanns Leuten überlebt?«

»Nur wenige. Sir Ian hat gemeint, ein paar hätten sich auf sein Land gerettet – ein paar Krieger, die jetzt mit ihm mitkommen, und ein paar von denen, die auf der Burg gewohnt und gearbeitet hatten. Von ihnen wissen wir auch, dass alle Schlupflöcher verschlossen sind. Vier Männer haben versucht, sich durch eines zu retten, doch Rauf hatte dort Wächter aufgestellt. Nur zwei sind entkommen, um ihr Glück bei einem anderen Geheimgang zu versuchen. Ein Mädchen hat sich fast drei Tage lang in einem der Gänge versteckt, bis es ihr gelungen war, sich hinauszuschleichen. Sie hat Sir Ian und anderen berichtet, dass Rauf befohlen hatte, alle zu versperren.«

Keira warf einen Blick in Richtung Keep und wusste, dass sie der schauerliche Anblick den Rest ihres Lebens begleiten würde. Einen Moment lang wollte sie kehrtmachen, weggehen, egal wohin, und nie mehr zurückkehren. Doch diesen feigen Gedanken schüttelte sie rasch ab. Duncan hatte sie im Stich gelassen, doch sie würde ihn nicht im Stich lassen, und auch nicht die Menschen, die nun unter der Herrschaft dieses Untiers, das sich Rauf Moubray nannte, lebten. Sie musste sich jetzt zwar auf viele Männer verlassen, um Ardgleann von Rauf zu befreien, doch danach würde sie dafür sorgen, dass alles wieder so wurde wie früher. Wahrscheinlich würde es dort dann noch immer Gespenster geben, aber sie musste eben lernen, mit ihnen zu leben.

»Wir werden ihn töten«, sagte sie, als sie aufstand und sich die Röcke glatt strich.

»Aye, Liebes«, erwiderte Liam. »Wir werden ihn töten.«

»Gut. Und jetzt reden wir mit Malcolm.« Sie machte sich wieder auf den Weg und überhörte Liams leise gemurrten Einwände.

15

Glaubst du wirklich, der Mann ist noch da und bereit, uns zu helfen?«

Liam, der hinter Keira schlich, tat, als hörte er ihr Seufzen nicht. Auch wenn er wusste, dass er sich wiederholte, konnte er sein wachsendes Unbehagen nicht abschütteln. Eine kleine Stimme in seinem Kopf mahnte ihn unablässig, dass sie diese Leute nicht sehr lange gekannt hatte und dass diese nun seit Monaten unter Raufs grausamer Herrschaft lebten. Sie setzte ihr Leben aufs Spiel wegen etwas, was kaum mehr hatte sein können als eine kurze Bekanntschaft mit diesem Mann. Auch das Dorf vermittelte ihm kein gutes Gefühl. Lucas hatte recht – es war hier viel zu ruhig. Obwohl es schon recht spät war, hätte es nicht so ruhig und dunkel sein dürfen. Abgesehen von der Angst um ihr Leben fürchtete er, dass sie Schuldgefühle überwältigen würden, die er ihr nie würde ausreden können, wenn sie weitere Zeichen von Raufs Grausamkeit zu sehen bekäme.

»Wenn er noch am Leben ist, wird er noch da sein«, flüsterte sie zurück. »Und er wird uns bestimmt helfen.«

Keira verstand Liams Sorgen, denn ihr ging es genauso. Diese Menschen hatten monatelang unter der Herrschaft eines Mannes leiden müssen, der noch grausamer war, als sie es sich vorgestellt hatte. Niemand konnte sagen, wie eingeschüchtert sie nun waren. Sie war sich auch gar nicht sicher, ob Malcolm noch am Leben war; der Mann würde sich nicht kampflos ergeben, und wenn Rauf von seiner wahren Herkunft Wind bekommen hatte, betrachtete er ihn bestimmt als Bedrohung. Und mit Bedrohungen machte er kurzen Prozess. Um das zu wissen, hätte sie eigentlich gar keine derart grausigen Beweise sehen müssen. Ihre Versuche, Liam zu beruhigen, dienten nicht nur dazu, seine durchaus verständlichen Sorgen zu beschwichtigen, sondern auch dazu, sich selbst zu beruhigen.

Sie schlich zu einer kleinen Tür, die hinter einem grob gemauerten Schornstein und dichtem Efeu gut verborgen lag. Leise betend, dass sie sich und Liam nicht in den Tod führte, klopfte sie an, wobei sie ein Klopfzeichen benutzte, das Malcolm ihr beigebracht hatte. Malcolm war nicht so zuversichtlich wie Duncan und hatte sie gleich nach ihrer Ankunft auf Ardgleann zur Seite genommen und ihr diesen versteckten Eingang gezeigt. Malcolm hatte ihr geholfen, als sie vor Rauf geflohen war, und sie hoffte inständig, dass er ihr auch jetzt helfen würde.

Als die Tür langsam aufging, spürte Keira, wie Liam sich an sie drängte. Sie brauchte nicht nach hinten zu blicken, um zu wissen, dass er sein Schwert gezogen hatte. Er nahm es sehr ernst mit seiner Pflicht, sie zu beschützen – darüber sollte sie sich eigentlich freuen. Sie nahm die Umrisse eines Mannes wahr, der die Tür nur einen Spaltbreit geöffnet hatte und zu ihnen spähte.

»Malcolm?«, flüsterte sie. Sie war sich nicht sicher, ob es sich bei diesem zaghaften Mann tatsächlich um ihren Freund handelte.

»Herrin? Seid Ihr es wirklich? Heilige Jungfrau Maria, wir dachten alle, Ihr wäret tot!« Er wollte gerade die Tür aufreißen, als er den Mann hinter ihr gewahrte. »Wen habt Ihr dabei?«

Der zornige Argwohn in Malcolms Stimme schmerzte ein wenig, doch Keira ignorierte es. Sie hatte diese Menschen monatelang Raufs Gewalt überlassen und kein einziges Mal versucht, sie zu benachrichtigen, dass sie am Leben war. Malcolm kannte sie nicht so gut, um zu wissen, dass sie ihn und die übrigen Menschen von Ardgleann nie hintergehen würde.

»Mein neuer Ehemann …«, fing sie an.

»Ihr habt wieder geheiratet?«

»Es kam etwas – etwas unerwartet.«

Liam trat ein wenig vor. »Das Licht aus Eurer Tür und das Geflüster könnten unerwünschte Aufmerksamkeit erregen. Am besten reden wir drinnen weiter.«

»Natürlich. Ich bin nur so verdutzt, dass ich kaum klar denken kann«, erwiderte Malcolm. »Tretet ein.«

Liam schob Keira hinein und sah sich sorgfältig in dem spärlich erleuchteten Raum um, der offenbar eine Werkstatt war. Als Malcolm eine weitere Kerze entzündete, konnte Liam erkennen, dass die Formen, die er wahrgenommen hatte, wunderbare Schnitzereien und geprägte Metallgegenstände waren. Einige sahen aus, als wären sie aus Silber, und die hölzernen Pokale waren so wundervoll gearbeitet, dass kein Mann sich schämen musste, sie auf seine Tafel zu stellen.

Er blieb stumm, als der Mann sie in einen kleineren Raum führte und ihnen bedeutete, auf den Bänken am Tisch Platz zu nehmen. Liam setzte sich neben Keira und beobachtete Malcolm, der drei Pokale und einen Krug holte. Der Griff seiner Rechten, mit der er den Krug hielt, wirkte etwas ungeschickt. Als Malcolm den Krug auf den Tisch stellte, bemerkte Liam bestürzt, dass die Hand des Mannes völlig verkrüppelt war.

»Oh, mein Gott!«, rief Keira. »Was ist mit deiner Hand passiert, Malcolm?« Sie griff nach der Hand, die Malcolm auf den Tisch gelegt hatte, doch er erlaubte ihr nur eine flüchtige Berührung. Sie bemerkte jedoch sofort, dass die Knochen an mehreren Stellen gebrochen und die Brüche nur schlecht ausgeheilt waren. Wahrscheinlich bereitete ihm das ständige Schmerzen.

»Das war Rauf Moubray«, erwiderte Malcolm und schenkte ihnen Ale ein.

»Weiß er, wer du bist?«

»Nay, wahrscheinlich nicht, sonst wäre ich tot. Er hat das nur getan, weil ich verhindern wollte, dass er meine Frau verschleppte.«

»Nay, nicht Joan!«

»Aye, meine Joan. Sie ist jetzt im Keep. Sie haben viele Frauen dorthin verschleppt, sogar die kleine Meggie, die Tochter des Böttchers, mit ihren knapp dreizehn Jahren.«

Keira schlug die Hände vors Gesicht. Ihre Feigheit war den Menschen vor Ardgleann noch teurer zu stehen gekommen, als sie es sich gedacht hatte. Sie spürte, wie Liam ihr sanft den Rücken streichelte, zog jedoch kaum Trost daraus. Mit Mühe die Tränen zurückhaltend, sah sie Malcolm an.

»Es tut mir so leid. Ich hätte früher zurückkommen müssen.«

»Wozu? Um zu sterben? Um von diesen Bestien geschändet zu werden? Bei unserer letzten Begegnung wart Ihr übel zugerichtet. Eure Wunden haben sicher Zeit gebraucht, um zu heilen.« Malcolm schüttelte den Kopf. »Nay, Euch braucht nichts leidzutun.«

»Nichts? Während ich mich im Kloster versteckte, hast du deine Frau verloren und wovon du lebtest.« Sie berührte noch einmal kurz seine kaputte Hand. »Ich weiß, wie sehr du deine Arbeit geliebt hast.«

»Ich liebe sie noch immer.«

»Kannst du mit der Hand denn noch schnitzen?«

»Nay, das nicht, aber das ist nicht wichtig. Wisst Ihr, ich bevorzuge meine linke Hand, Herrin, auch wenn ich es gut verstecke, weil manche denken, es sei ein Zeichen des Teufels. Das habe ich immer getan.« Er lächelte kurz, dann seufzte er. »Ich würde dem Dreckskerl selbst meine Schnitzhand opfern, wenn ich damit meine Joan zurückbekäme. Es ist mir egal, was die Kerle ihr geraubt haben, wenn Ihr versteht, was ich meine, abgesehen davon, dass sie ihren Körper und ihre Seele verletzt haben. Aber ich will sie wiederhaben. Ohne sie kann ich die Schönheit im Holz oder im Metall nicht erkennen und herausarbeiten.«

»Wir werden sie und die anderen zurückholen«, sagte Liam so entschlossen, dass Malcolm gar nicht anders konnte, als ihm zu glauben.

»Habt Ihr Krieger dabei?«, fragte Malcolm.

»Einige, und es kommen noch mehr.«

»Rauf und seine Männer sind gut.«

»Wir sind besser.« Liam lächelte grimmig. »Wir haben Männer, die einem Leichnam das Leichentuch klauen können, während ihn seine Verwandten ins Grab legen.«

»Ich weiß nicht, ob man sich mit so etwas brüsten sollte«, murmelte Keira.

»Wahrscheinlich nicht«, pflichtete Liam ihr bei. »Aber es ist nützlich.«

»Und dann werdet Ihr unser Laird sein?«

»Keira hat mir gesagt, dass Ihr der wahre Erbe seid, obwohl Ihr illegitim geboren seid.«

»Ich will kein Laird sein, das habe ich nie gewollt. Und das habe ich auch M'ladys Vater gesagt, als er mich danach fragte. Ich will nur mit meiner Joan zusammen sein und in Holz und Metall nach Schönheit suchen. Wenn Ihr uns von Rauf Moubray befreit, werden wir Euch mit offenen Armen als unseren Laird begrüßen. Duncan wusste, dass ich diese Pflicht nicht übernehmen wollte. Das war einer der Gründe, warum er heiraten wollte. Und wir waren alle bereit, seine Ehefrau als unseren Laird zu akzeptieren, sollte Duncan etwas zustoßen.«

»Doch ein Mann als Grundherr wäre natürlich wesentlich besser«, murrte Keira und musste fast lächeln, als die beiden Männer sie beäugten, als ob sie mit einem Zornesausbruch von ihr rechneten.

»Nun ja, und sei es nur, damit keiner ein begehrliches Auge auf Ardgleann wirft«, meinte Malcolm besänftigend. »Aber wer seid Ihr nun eigentlich?«, fragte er Liam.

»Ach, du meine Güte, ich habe euch noch gar nicht vorgestellt.« Keira schüttelte den Kopf. »Malcolm, das hier ist Sir Liam Cameron von Dubheidland, mein Ehemann, wie ich schon sagte. Liam, das ist Malcolm MacKail, Duncans Halbbruder, auch wenn klar ist, dass er das nach wie vor lieber geheim halten möchte.« Als die zwei Männer einander zunickten, fuhr Keira fort: »Mein Ehemann ist auch mit den MacFingals von Scarglas verwandt.« Sie lächelte kurz über Malcolms verwirrtes Gesicht. »Sie sind auch Camerons, doch der alte Laird hat sich mit seinen Verwandten zerstritten und sich einen neuen Namen gegeben. Der Streit ist noch nicht beigelegt.«

»Diese Geschichte würde ich gern hören, wenn die Sache hier vorüber ist. Wer sind diese Banditen?«

»Die MacFingals«, erwiderte Liam. »Es sind ausgezeichnete Kämpfer, vielleicht sogar besser als meine Blutsverwandten, auch wenn ich viel riskiere, wenn ich so etwas behaupte. Die meisten von ihnen waren ihr Leben lang von Männern umringt, die sie gern getötet hätten.«

»Trotzdem leben sie noch.«

»Genau.«

»Wie viele Kämpfer habt Ihr im Gefolge?«

»Rund vierzig – Camerons, MacFingals, MacEnroys und ein paar ihrer Verbündeten und ein paar Murrays.«

»Und Kester und Sir Archie«, fügte Keira hinzu. »Die hast du vergessen.«

Liam tauschte einen kurzen Blick mit Malcolm, der lächelte. Offensichtlich verstand er, dass Liam einen Grund hatte, die zwei nicht zu nennen. »Keine Angst, meine Liebe, mir wird schon noch einfallen, wie ich sie einsetzen kann, in einer Form, dass ihr Stolz nicht verletzt wird und sie die Chance haben, die Schlacht zu überleben.«

Keira verzog das Gesicht. Kester und Archie waren mutig und ehrenhaft, doch Liam hatte schon recht, sie nicht zu den guten Kriegern zu rechnen. Kester machte zwar Fortschritte und zeigte auch einiges Geschick, mit dem er sich in Zukunft als wertvoll erweisen könnte, aber jetzt war er ein bartloser Junge, der zu oft stolperte. Und der arme Sir Archie? Seufzend dachte sie daran, dass er geschickt war und erfahren, doch wenn sie keine Möglichkeit fand, ihm zu helfen, die Welt nicht mehr nur verschwommen wahrzunehmen, war er für seine Verbündeten ebenso gefährlich wie für seine Feinde.

»Womit kann ich Euch helfen?«, fragte Malcolm.

»Mit Auskünften«, erwiderte Liam, und begann sogleich, Malcolm über die Verteidigungsanlagen von Ardgleann und die Stärke von Raufs Burghut auszufragen.

Als Keira den Männern zuhörte, bekam sie es mit der Angst zu tun, doch sie bemühte sich, sie rasch zu unterdrücken. Seitdem Rauf Moubray Ardgleann an sich gerissen hatte, hatte er die Abwehr mehrmals verstärkt. Offenbar wusste der Mann genau, wo die Schwachstellen lagen, die ein Feind ausnützen konnte. Es wunderte Keira nicht, dass Rauf als Erstes alle versteckten Ausgänge in der Ringmauer hatte verschließen lassen. Offenbar gab es nur zwei Möglichkeiten, Ardgleann zu nehmen, entweder über die hohen Mauern oder direkt durch das Tor. Beides würde die Angreifer viele Männer kosten, tote und verwundete. Am liebsten hätte Keira das Ganze unterbunden, doch sie wusste, dass das nicht möglich war.

Ihre Schuldgefühle glichen etwas Lebendigem, das sich in ihrem Innneren wand. Wenn sie früher gekommen wäre, säße Rauf nicht so sicher hinter den Mauern vor Ardgleann, der arme Malcolm wäre nicht verstümmelt worden und die Frauen von Ardgleann würden nicht so schrecklich leiden. Egal, wie viele Gründe sie sich vor Augen führte, es war vor allem ihre Angst gewesen, die sie so lange im Kloster gehalten hatte.

Bei dem Versuch, den bitteren Geschmack des Versagens und der Feigheit loszuwerden, begutachtete sie Malcolms Hand und ergriff sie dann. Er zuckte leicht zusammen, doch Liam beanspruchte seine Aufmerksamkeit. Keira wusste, dass Duncan Malcolm von ihren Gaben erzählt hatte, doch sie vermutete, dass Malcolm seine Zweifel, ja, vielleicht sogar Angst hatte. Doch im Moment schien er bereit, sie gewähren zu lassen, und Keira nutzte die Gelegenheit.

Erst als sie Malcolms Hand losließ und die Augen öffnete, merkte Keira, dass die Männer zu reden aufgehört hatten. Malcolm starrte sie mit großen Augen an, Liam hatte die Hand auf Malcolms Unterarm gelegt und hielt ihn fest. Sie war so tief in Malcolms Schmerzen eingetaucht und in ihrem Bemühen, das Ausmaß seiner Verletzungen abzuschätzen, dass sie nicht einmal bemerkt hatte, dass er versucht hatte, sich ihrem Griff zu entziehen.

»Habt Ihr etwas Brot, Honig und Apfelwein?«, fragte Liam, als er merkte, dass Keira ein wenig schwankte und sich an der Tischkante festhielt.

»Aye.« Malcolm wollte sich erheben, doch Liam war schon aufgesprungen und hielt ihn zurück.

»Nay, es ist besser, wenn Ihr sitzen bleibt. Sagt mir, wo ich die Sachen finde.«

Rasch stellte er Brot, Honig und Apfelwein vor Keira hin und drängte auch Malcolm leise, sich etwas zu nehmen. Dann achtete er nicht weiter auf ihn und half Keira flüsternd, sich kaltes Wasser vorzustellen und den Schmerz wegzuspülen, der nun in ihrer Hand saß. Ohne auf ihren schwachen Einspruch zu hören, setzte er sich neben sie, zog sie auf seinen Schoß und drückte sie an sich. Es dauerte nicht lange, bis sie sich an ihn schmiegte und in einen tiefen Schlaf fiel.

»Duncan hatte also recht«, sagte Malcolm leise und starrte auf seine Hand. »Sie hat heilende Hände. Duncan war sehr froh darüber.«

»Aye.« Liam drückte gedankenverloren einen Kuss auf Keiras Scheitel. »Aber sie macht das nicht sehr oft, und wenn, kommt es sie teuer zu stehen, wie Ihr seht.« Er blickte auf Malcolms Hand. »Etwa einen Tag, vielleicht auch ein wenig länger seid Ihr von Euren Schmerzen befreit, auch wenn Eure Hand nicht geheilt ist.«

»Ich weiß, aber schon eine Pause von den Schmerzen, egal wie kurz, ist ein großes Geschenk.«

»Wenn sie wieder aufwacht, ob hier oder später im Lager, wird sie Euch wahrscheinlich auch sagen können, ob Hoffnung besteht, Eure Hand wieder einzurichten.«

»Sie hat den Schaden unter der Haut gespürt?«

»Aye, auch wenn ich nicht begreife, wie sie das macht. Aber warum war Duncan eigentlich so erfreut über ihre Gabe?«

Liam fragte sich, ob Malcolm die traurige Geschichte von Keiras gescheiterter Ehe kannte.

»Er hat gehofft, dass sie ihn heilen kann.«

»War er krank? Das hat sie mir nicht gesagt.«

Malcolm schenkte Liam und sich Ale ein. »Zuerst interessierte er sich für das Mädchen, weil er sich aus dieser Verbindung ein starkes Bündnis mit ihrem Clan versprach. Er wusste, dass sie im Notfall ihre Verwandten würde rufen können. Als sie ihm von ihren Gaben erzählte, war er noch erpichter darauf, sie zu heiraten, weil er hoffte, dass sie ihn eines Tages heilen könnte.« Malcolm verzog das Gesicht und trank einen großen Schluck Ale, bevor er fortfuhr. »Er hatte eine Schwäche in seinem Geschlechtsteil.«

Liam starrte ihn an. »Ihr kennt die ganze Wahrheit, oder?«

»Dass die Ehe nie vollzogen wurde? Aye, aber die Ursache seiner Krankheit lag nicht in seinem Körper, sondern in seinem Kopf, vielleicht auch in seinem Herzen.«

»Er war vereinigungsfähig. Sie hat mir gesagt, was passiert ist, wann immer er versucht hat, sie zu beschlafen. War er geisteskrank?«

»Ja und nein. Er hatte ein geschlechtliches Bedürfnis, er begehrte sie, aber er konnte dem Verlangen nicht nachkommen. Ich glaube, seine Eltern waren schuld daran, vor allem seine Mutter, obgleich sein Vater fast genauso schlimm war. Ich will Euch jetzt nicht mit der ganzen Geschichte belasten, was sie mit ihm angestellt haben, um die Sorgen zu schüren, die ihn plagten. Doch es ist den Eltern und dem boshaften Priester, den sie viele Jahre auf Ardgleann hatten, gelungen, ihn so weit zu bringen, dass er mit keiner Frau das Bett teilen konnte. Die Lust sei eine Sünde, sie sei schmutzig, ein sicherer Weg in die brennenden Abgründe der Hölle – solche Dinge wurden ständig wiederholt, und daneben gab es andere traurige Vorkommnisse – Schläge und grausame Bestrafungen. Der arme Knabe konnte keine normale, gesunde Lust empfinden, ohne davon gequält zu werden. Wenn die Ehe länger gedauert hätte, hätte es mit den beiden vielleicht geklappt. Schließlich ist die Ehe und das Zeugen von Kindern keine Sünde. Aber das Schicksal beschloss, es nicht dazu kommen zu lassen.«

»Sein Vater aber hat solche Bedürfnisse empfunden und auch entsprechend gehandelt, sonst wäre Duncan nicht geboren worden und auch Ihr nicht.«

»Das stimmt, aber der Mann hat sich für solche Sünden gegeißelt, und das sehr oft. Häufig hat seine Ehefrau meine Existenz als Beweis für die abscheuliche Verderbtheit der Männer und ihre tierischen Triebe herangezogen.«

»Ihr braucht mir das nicht weiter zu erklären. Ich hatte mir schon so etwas gedacht. Eine Zeit lang wollte ich Mönch werden. Im Kloster habe ich solche Männer getroffen.« Liam spürte, wie der Rest seiner Eifersucht auf Duncan in einem Strudel des Mitgefühls unterging. »Die Kindheit dieses Mannes muss eine ständige Qual gewesen sein.«

»Aye, traurig, aber wahr. Wahrscheinlich hat er mir nicht einmal die Hälfte der Dinge erzählt, die sie mit ihm angestellt haben, schon wenn sie vermuteten, dass er einen lüsternen Gedanken hegte.«

»Keira hat er nie etwas davon erzählt. Sie denkt, dass er sie nicht begehrenswert fand und dass es ihre Schuld war, wenn er nicht mit ihr das Bett teilen konnte. Ich fürchte, es ist mir noch nicht gelungen, sie vollständig vom Gegenteil zu überzeugen.«

Malcolm schüttelte den Kopf. »Das arme Mädchen. Ich habe Duncan gesagt, dass er offen mit ihr reden soll, aber er hatte wohl einfach nicht den Mut dazu. Und dann hatte er keine Möglichkeit mehr.«

»Wie viele Menschen wissen davon?«

»Nicht sehr viele, und die reden nie darüber. Keira ist ein gutes Mädchen. Wer die Wahrheit kennt, ist bereit, sie als Laird anzuerkennen und damit auch ihren Clan. Ihr hingegen müsst Euch womöglich erst beweisen. Aber wenn Ihr uns von diesem Dämon befreit, der jetzt die Burg besitzt, wird Euch das zweifellos jedermanns Treue einbringen.«

Liam schüttelte nachdenklich den Kopf. »Vielleicht, aber um Ardgleann wieder zu dem zu machen, was es war, wird es nicht reichen, dieses Schwein zu schlagen. Zeichen seiner Brutalität und Gier finden sich überall. Es wundert mich, dass er Euch nicht all Eure schönen Sachen geraubt hat.«

Malcolm warf einen Blick in den Raum, in dem seine Arbeit ausgestellt war. »Er hat einiges mitgenommen, aber das ist mir gleichgültig. Das Schlimmste, was er mir antun konnte, war, meinen größten Schatz zu rauben, mein Herz und meine Seele: meine schöne Joan.«

Mit erstickter Stimme fuhr er fort: »Ich kann kaum noch schlafen, weil ich ständig daran denken muss, welche Qualen meine arme Kleine erleiden muss. Mir ist, als laste ein Fluch auf mir, weil ich nichts tun kann, um ihr zu helfen. Ich starre auf die Burg und denke daran, wie gern ich diesen Dreckskerl töten würde. Wie oft habe ich mich schon auf den Weg gemacht, entschlossen, Rauf herauszufordern, und immer hat mich meine Feigheit zurückgehalten.«

»Nay, Euer gesunder Menschenverstand«, widersprach ihm Liam scharf, dann senkte er seine Stimme wieder. »Denkt Ihr denn, es würde Eurer Frau helfen, wenn sie zusehen müsste, wie Ihr vor ihren Augen abgeschlachtet werdet? Um wie vieles mehr würde sie leiden, wenn sie Euren Leichnam in Ketten von den Zinnen baumeln sehen müsste, neben all den anderen armen Seelen verrottend?«

Malcolm erblasste, zitterte und flüsterte: »Als er sie dort aufhängte, waren viele von ihnen noch gar nicht tot.«

Liam fluchte leise. »Er muss sterben.« Falls Malcolms banger Blick ein Zeichen war, dann hatte in dieser Feststellung all seine Wut und Verachtung für Rauf Moubray mitgeschwungen. »Ich werde meinen Cousins und auch Keiras Brüdern davon berichten.«

»Es wird sie nicht kaltlassen, oder?«

»Nay, es wird ihre Wut weiter steigern. Sie haben all die Gründe, die sie brauchen, um diesen Dreckskerl von Ardgleann zu vertreiben. Er hat einer der Ihren die Burg geraubt und sie zur Witwe gemacht. Aber was ich von Euch erfahren habe, wird ihre ruhige Entschlossenheit eiskalt und stählern werden lassen. Die Leichen an den Mauern waren der Anfang. Eure Geschichte bringt es zum Abschluss.«

Malcolm starrte auf seine Hände. »Ich bin kein richtiger Krieger, aber ich kann ein Schwert führen, M'laird.«

Als Malcolm ihn so anredete, stieg eine gewisse Freude in Liam auf. Die Schlacht war zwar noch nicht geschlagen, doch offenbar erkannte Malcolm ihn bereits als Laird von Ardgleann an. Einige Leute würden zwar wegen seiner plötzlichen Macht die Stirn runzeln, doch ausschlaggebend war die Meinung der Menschen von Ardgleann. Dieser erste Schritt auf dem Weg zu ihrer Anerkennung tat Liam sehr gut.

»Dann seid Ihr willkommen, Euch uns anzuschließen. Jetzt brauchen wir nur noch einen Plan«, fügte er hinzu und küsste gedankenverloren Keiras Scheitel.

»Ihr liebt die junge Frau, stimmt's?« Malcolm musste leicht grinsen, als er sah, wie Liam errötete.

»Ich glaube schon«, erwiderte Liam und machte eine Grimasse. »Aber es war nicht ihre Entscheidung, mich zu heiraten.« Er erzählte Malcolm in knappen Worten, was passiert war, bis er Keira geheiratet hatte. »Es ist ziemlich mühsam, sie davon zu überzeugen, dass ich ihr ein treuer Ehemann sein werde und dass der Reichtum, den ich durch sie errungen habe, nicht der Grund war, warum ich sie heiraten wollte.«

»Aye, das wird noch ein hartes Stück Arbeit. Die Sorgen des armen Duncan haben sie wohl ziemlich verletzt, vor allem, weil er ihr nie den wahren Grund genannt hat.«

Liam nickte, dann lenkte er das Gespräch auf die bevorstehende Schlacht. Es war klar, dass Malcolm über Kenntnisse verfügte, die sich in den nächsten Tagen als überaus wichtig erweisen konnten. Als Malcolm noch einmal erklärte, dass er sich Liam und seinen Leuten gern anschließen wolle, verschwendete Liam keine Zeit mehr, und innerhalb weniger

Augenblicke war er mit Malcolm auf dem Weg ins Lager. Dass er eine noch immer tief schlafende Keira tragen musste, verlangsamte seine Schritte nicht.

Keira sah sich blinzelnd um und runzelte die Stirn. Wann und wie war sie in ihr Lager zurückgekommen? Langsam richtete sie sich auf, als Liam zu ihr trat und ihr einen Becher reichte, den sie als einen von Malcolms Arbeiten erkannte. Sie bedankte sich mit einem Lächeln und trank genüsslich den kalten Apfelwein. Liam setzte sich neben sie.

»Ist das Malcolm dort drüben, der sich mit Sigimor unterhält?«, fragte sie.

»Aye.« Liam legte einen Arm um ihre Schultern und drückte sie an sich. »Er hat gefragt, ob er sich uns anschließen kann. Seine Kenntnisse, wer sich wo im Keep aufhält, sind sehr wertvoll für uns. Leider ist er sich nicht sicher, welchen Durchschlupf sich Rauf offen gehalten hat.«

»Wird die Schlacht bald beginnen?«

»Sobald die anderen da sind oder kurz danach.«

»Jetzt gibt es kein Zurück mehr, oder?«

Er küsste sie auf die Wange. »Nay, Liebes. Und nach allem, was du hier gesehen hast, wirst du doch nicht wollen, dass wir unverrichteter Dinge abziehen, oder?«

Keira schüttelte langsam den Kopf. »Aber ich will, dass nur Rauf Moubray und seine Spießgesellen draufgehen und niemand sonst. Aber in einer Schlacht gibt es keine solch eindeutige Gerechtigkeit.«

»Wahrscheinlich nicht. Aber wenn ein Mann schon sein Leben lassen muss, dann am besten in einem Kampf zur Befreiung der Welt von einem solchen Lumpengesindel. Die benachbarten Grundherren haben sich uns angeschlossen, weil sie wissen, dass ein Mann wie dieser das gestohlene Land bald ausbluten und dann nach ihrem Land die Hand ausstrecken wird. Wie Sigimor schon sagte – dieser Mann ist eine Eiterbeule, die man aufstechen muss.«

»Ich hätte auf meine Verwandten hören sollen, denen bei meiner Hochzeit nicht wohl war«, murmelte sie.

Liam umfasste ihr Gesicht und zwang sie, ihn anzusehen. »Löse dich endlich von deinen Schuldgefühlen! Nichts, was geschehen ist, war deine Schuld. Duncan wollte unbedingt eine Ehefrau, und Rauf hat schon lange nach Ardgleann gegiert. All das war schon so, bevor du Duncan begegnet bist. Wenn er dich nicht geheiratet hätte, dann eine andere. Immerhin warst du klug und stark genug, um zu überleben und mit einem Heer zurückzukehren.«

»Zu spät. Ich …«

Er unterbrach sie mit einem kurzen, heftigen Kuss. »Als du von deinen Wunden genesen und sicher warst, dass Rauf dir nicht auf den Fersen war, war es zu spät, die schlimmsten Grausamkeiten zu verhindern. Lass von deinen Schuldgefühlen ab, Keira. Du bist die Einzige, die glaubt, dass sie sie verdient hat.«

»Vielleicht.« Sie legte den Kopf an seine Brust. »Ist dir schon etwas eingefallen? Etwas Besseres als der Sturm auf die Mauern?«

»Bald bin ich so weit, es gärt schon in mir. Und ich verspreche dir, Frau, es wird ein sehr kluger Plan sein.«

16

Das also ist euer kluger Plan?«

Keira starrte Liam, Sigimor, Kester, Malcolm und Sir Archie ungläubig an. Vermutlich sah sie so wütend und abweisend aus, wie sie sich fühlte, denn die fünf Männer wirkten ein wenig betreten, wenngleich Sigimor auch etwas belustigt schien. Der Plan, Kester und Sir Archie in die Burg zu schicken, um einen Durchschlupf zu finden, durch den sie die anderen hereinlassen konnten, kam ihr völlig irrsinnig vor. Allerdings schienen die Männer anderer Ansicht zu sein. Wie konnten sie nur darauf verfallen, dass ein tollpatschiger Junge und ein Mann, der die Welt wie durch einen dichten Nebel sah, irgendetwas anderes zustande bringen konnten, als sich in den Tod zu stürzen? Keira konnte es sich einfach nicht erklären. Leider konnte sie das nicht aussprechen, ohne Kesters und Sir Archies Stolz zu verletzen. Das Schlimmste war, dass beide ganz heiß darauf waren, eine derart gefährliche Aufgabe zu übernehmen und in diesem Kampf eine solch wichtige Rolle zu spielen.

»Liam, kann ich kurz mit dir unter vier Augen sprechen?« Sie war sich nicht sicher, warum ihre kalte, zornige Aufforderung Sigimor zu grinsen veranlasste, aber, wie sie meinte, festgestellt zu haben, grinste er oft an den unpassendsten Stellen.

Einen Moment lang zögerte Liam. Es gab nichts zu besprechen: Der Plan war gefasst, und sie waren sich einig, dass das ihre beste Chance war, um größeres Blutvergießen zu vermeiden. Dann sah er die Angst in Keiras Augen. Offenbar plagten sie große Sorgen wegen ihrer beiden Freunde. Diese Sorgen wollte er ihr gerne nehmen, doch dabei würden vielleicht Dinge gesagt, die Kester und Sir Archie verletzen konnten.

»Na gut, Mädchen«, sagte er und nahm sie am Arm. »Aber wir können jetzt nicht lange streiten.«

»Ich habe gesagt, dass ich mit dir sprechen will, nicht streiten«, protestierte sie, als er sie zu einem großen Baum am anderen Ende ihres Lagers führte.

»Vermutlich werden wir beides tun.«

Sobald sie dort angekommen waren und sich gegenüberstanden, fauchte sie: »Bist du von Sinnen? Wie kannst du auch nur daran denken, die zwei dorthin zu schicken und sie geradewegs Raufs blutigen Händen auszuliefern? Es ist doch, wie Lämmer zur Schlachtbank zu führen. Selbst du hast bemerkt, dass Kester kaum zehn Schritte machen kann, ohne zu stolpern, und Sir Archie hat schon einmal einen Busch angegriffen, weil er dachte, es wäre ein Wildschwein.«

»Richtig.«

Sie runzelte die Stirn. »Was meinst du damit?«

»Man wird sie nicht als Bedrohung empfinden.«

»Das heißt noch lange nicht, dass sie sicher sind. Es heißt doch nur, dass es Rauf nicht viel Mühe kosten wird, sie zu töten.«

Liam umarmte sie und legte sein Kinn auf ihren Scheitel. »Aye, sie begeben sich in Gefahr, das kann ich nicht abstreiten. Aber Rauf bringt nur die Starken um, die Leute, die für ihn eine Bedrohung darstellen oder die ihn wütend machen. Niemand würde Kester und Sir Archie für eine Bedrohung halten, nur dass sie über ihn stolpern könnten.«

»Warum bist du dir so sicher?«

»Ganz sicher bin ich mir natürlich nicht, aber sicher genug, um das Risiko einzugehen. Kester und Sir Archie wirken wie dumme, harmlose Narren, wenn man sich nicht die Zeit nimmt, mit ihnen zu reden und sie kennenzulernen. Zusammen ergeben sie einen klugen Krieger. Kester ist Sir Archies Augenlicht, und Sir Archie ist Kesters Stütze. Sie werden behaupten, dass dein Cousin sie geschickt hat, um mit dir zu reden, und Rauf wird zumindest zögern, sie umzubringen. Er wird sich etwas einfallen lassen, damit dein Clan ihn nicht aufsucht – zumindest bis er seine Befestigung weiter verstärkt hat.«

Keira trat einen Schritt zurück und musterte ihn stirnrunzelnd. »Aber wie sollen sie euch helfen, hinter die Mauern zu gelangen? Rauf beobachtet jedermann, und seine Männer sind ebenso brutal und wachsam wie er.«

»Zwei Dinge werden Kester und Sir Archie helfen: Rauf wird sie für hilflos halten, keine Bedrohung in ihnen sehen, also wird er sich wahrscheinlich nicht die Mühe machen, sie gefangen zu nehmen. Und Kester kann klingen wie Rauf.«

»Aber er kann sein Aussehen nicht verändern.«

»Das kann Sir Archie. Heute Nacht ist Neumond. Selbst Malcolm hat gesagt, dass Sir Archie im Dunkeln als Rauf durchgehen könnte.« Liam küsste sie sanft, als sie weiter die Stirn runzelte. »Kester und Sir Archie haben geübt. Wenn Kester spricht, bewegt Sir Archie die Lippen. Ich habe ihnen geraten, nichts dergleichen zu wagen, wenn es zu gefährlich ist. In dem Fall sollen sie sich nur umsehen, die Zahl der Männer schätzen und herausfinden, welche Waffen sie haben und wo ihre Schwachstellen sind.«

»Und die zwei wollen das unbedingt tun?«, murmelte sie.

»Unbedingt. Wenn es nicht klappt, können wir nur noch frontal angreifen.«

»Was weit mehr als zwei Leben kosten würde.«

»Aye. Jeder ist bereit, doch im Dunkeln in das Nest dieser Schlange einzudringen wäre weit besser.« Er streichelte ihre Wangen mit seinen Fingerknöcheln. »Und nay – es gibt kein Zurück. Du musst aufhören, ständig zu schwanken, süße Keira. Wir haben die Männer, die wir brauchen. Jetzt müssen wir handeln.«

Sie nickte, dann sah sie zu den Männern, die zwischen den Bäumen ihr Lager aufgeschlagen hatten – einige ihrer Verwandten und Verbündeten und einige von Liams Verwandten. Und es wurden immer mehr. In der kurzen Zeit, die sie bei

Malcolm verbracht hatten, war ihr Heer sichtlich gewachsen. Sie wunderte sich, dass Rauf offenbar noch immer nichts von den Streitkräften bemerkt hatte, die sich nicht unweit seiner Grenze sammelten. Sie lagerten nur einen kurzen Fußmarsch von MacLean-Land entfernt, und das machte sie nicht gerade unsichtbar.

»Wie kommt es, dass sie noch nichts von uns wissen?«, murrte sie. »Tut dieser Kerl denn gar nichts, als sich hinter seinen Mauern zu verstecken?«

»Offenbar ist das seine Taktik. Er hat zwar Kundschafter, aber denen konnten wir mühelos aus dem Weg gehen.« Liam lächelte schief. »Manche sind auch von den Männern vertrieben worden, die Sir Ian entlang seiner Grenze zu Ardgleann aufgestellt hat. Wenn Rauf irgendeine Gefahr mutmaßt, dann sieht er sie von Sir Ians Seite kommen. Aber Sir Ians Clan ist nicht groß und außerdem dafür bekannt, nicht erpicht darauf zu sein, in einen Kampf verwickelt zu werden. Deshalb bezweifle ich, dass Rauf sich seinetwegen Sorgen macht.« Er legte den Arm um ihre Schultern und führte sie zu den anderen zurück.

Keira ließ sich von ihnen den Plan noch einmal ausführlich erläutern. Kester und Archie sollten als Gesandte des Klosters auftreten, geschickt von Bruder Matthew, um nach Keira zu suchen. Sie würden behaupten, dass sie seit Monaten niemand gesehen habe, doch ihnen wäre zu Ohren gekommen, dass ihr Ehemann gestorben sei und sie sich auf den Weg zu ihrer Familie gemacht habe. Daraufhin würde Rauf sie, Keira, für tot halten und glauben, dass sich die Kunde von seinen Verbrechen noch nicht im ganzen Land verbreitet hatte. Da Kester und Sir Archie kurz vor Sonnenuntergang, bevor das Tor von Ardgleann geschlossen würde, anklopfen würden, würde man sie bestimmt einladen, bis zum nächsten Morgen zu bleiben. Falls sie keinen Weg fanden, um die anderen im Schutz einer mondlosen Nacht in die Burg schlüpfen zu lassen, würden sie am Morgen weiterziehen, nachdem sie so viele Informationen gesammelt hatten wie möglich.

Es klang tatsächlich alles klug und durchdacht, aber trotzdem hatte Keira Angst um Kester und Sir Archie. Bei einem Mann wie Rauf konnte man sich nicht darauf verlassen, dass er tun würde, was man von ihm erwartete. Doch sie verkniff sich weitere Einwände. Kester und Sir Archie waren so stolz, dass man sie für diesen Einsatz ausgewählt hatte, dass Keiras Zweifel sie bestimmt verletzt hätte.

Der Himmel begann gerade, sich rot zu färben, als Sir Archie und Kester sich auf den Weg machten. Sir Archie ritt auf einem alten Zugpferd, und Kester trottete neben ihm auf einem zähen Highland-Pony. Sie sahen wahrhaftig nicht bedrohlich aus. Keira war ein wenig überrascht, als Sigimor zu ihr trat und ihren Kopf tätschelte.

»Sie werden wieder zurückkehren«, sagte er. »Gesund und munter und mit stolzgeschwellter Brust, weil sie ihre Aufgabe so gut gemeistert haben.«

»Du klingst sehr zuversichtlich«, meinte sie.

»Das bin ich auch. Sie haben die nötige Schläue, den Mut und auch das Bedürfnis.«

»Das Bedürfnis?«

»Aye, das Bedürfnis, ein Teil von Ardgleann zu werden, wenn du und Liam dort herrschen. Und natürlich auch das dringende Bedürfnis, für nützlich und wertvoll gehalten zu werden.«

Keira sah ihm nach, als er davonschritt und nur kurz stehen blieb, um einen grinsenden MacFingal zu ohrfeigen. »Ein seltsamer Kauz«, murmelte sie, als Liam sie bei der Hand nahm und zu ihrem Abschnitt des ständig wachsenden Lagers führte.

Liam lachte leise und nickte. Als er sich an ihr kleines Lagerfeuer kauerte und den Hammeleintopf umrührte, den sie vorbereitet hatte, versuchte er, ihr Sigimor zu erklären. Am Ende seiner zahllosen Geschichten wunderte er sich über ihre gerunzelte Stirn. Er gab ihr einen Kuss auf die Wange und küsste dann ihre Hand.

»Er hat eine Engländerin geheiratet?«, fragte sie, dann seufzte sie gespielt empört, als Liam lachte. »Vielleicht hat mir das schon jemand erzählt, aber entweder habe ich nicht zugehört oder es einfach vergessen.«

»Sie ist eine hübsche kleine Frau, die ihm durchaus gewachsen ist. Jolene duldet keinen Unfug, obgleich er sie manchmal ziemlich wütend macht. Ich komme aus einer raubeinigen Familie, aber für mich ist es die beste.«

»Raubeinig, aber einander zugetan. Er ist ein guter Mann, auch wenn er manchmal etwas sonderbar ist. Glaub bloß nicht, dass ich etwas anderes gemeint habe. Aye, und wenn ich an all die Geschichten denke, die du mir erzählt hast, ist er wie ein Vater für seinen Clan.« Sie lächelte. »Und er hat recht mit dem, was er über Kester und Sir Archie gesagt hat. Sie brauchen das – sie müssen sich hier einen Platz erkämpfen, es bringt nichts, ihnen einfach einen zuzuweisen.«

»Sigimor hat oft recht. Das ist eine der ziemlich lästigen Seiten an ihm.« Er grinste, als sie lachte, und war froh, dass sich ihre Ängste offenbar gelegt hatten.

»Habt ihr bei all dem Planen auch entschieden, was ich tun soll?«

»Du bleibst hier.«

»Aber …«

»Keine Widerrede: Du bleibst hier. Wenn ich kann, werde ich Kester und Sir Archie zurückschicken, dass sie dich beschützen, oder es wird ein anderer damit beauftragt, aber du bleibst hier, bis ich komme und dich hole.« Er fasste sie am Kinn und gab ihr einen stürmischen Kuss. »Und wenn jemand in deine Richtung flieht, wirst du dich verstecken. Der Mann versuchte, dich zu schänden und zu töten. Gib ihm keine Chance, diesmal erfolgreich zu sein.«

Keira machte den Mund auf, um mit ihm zu streiten, doch dann schloss sie ihn wieder. Im Grunde konnte sie während des Kampfes wirklich nichts tun, um ihnen zu helfen. Ja, sie konnte sie sogar gefährden, denn sie würden sie nicht aus den Augen lassen, und wer auf sie statt auf den Feind achtete, lief Gefahr, getötet zu werden. Ihre Zeit kam nach der Schlacht, wenn sie sich um die Verwundeten kümmern musste. So schwer es ihr auch fiel, ihr blieb nichts anderes übrig, als tatenlos herumzusitzen, zu warten und sich zu fragen, wie es denen erging, die ihr am Herzen lagen.

Nachdem sie ihr Mahl mit Sigimor, Ewan, Malcolm und ihren Brüdern geteilt hatten, kroch Keira in den kleinen Unterschlupf, den Liam und die anderen für sie errichtet hatten. Er bot tatsächlich Schutz vor dem kalten Wind und dem Nebel, der sich nachts auf das Land legte. Lieber wäre sie bei den Männern geblieben und hätte ihren Gesprächen gelauscht, doch ihr war klar, dass sie in ihrer Anwesenheit nicht offen miteinander reden konnten. Deshalb hatte sie beschlossen, sie in Ruhe ihre Pläne schmieden zu lassen, denn schließlich kämpften die Männer ja auch für sie.

Nun rollte sie sich unter den Decken zusammen und hoffte, dass Liam nicht glaubte, sie wäre immer so nachgiebig. Außerdem hoffte sie, dass er sich nicht zu lange bei den anderen aufhalten würde. Wenngleich sie noch einige Zweifel an ihrer Ehe hegte, war sie sich einer Sache doch ganz sicher: Es gefiel ihr nicht, ohne ihn an der Seite zu schlafen.

»Ich hätte nie gedacht, dass ich diesen Tag noch erleben werde«, stellte Artan fest und bedachte Liam mit milder Verwunderung. »Aber es sieht fast so aus, als ob du unsere kleine Amsel gezähmt hättest.«

»Das glaube ich nicht«, erwiderte Liam. »Sie wollte nicht weg, aber im Moment machen sie ihre Schuldgefühle etwas nachgiebiger und auch das Gefühl, dass sie in der Schuld der Männer steht, die diesen Kampf für sie führen.«

»Sie hat keinen Grund, sich schuldig zu fühlen, und ich glaube auch nicht, dass hier jemand denkt, sie stehe in seiner Schuld.«

»Stimmt, aber es wird noch ein Weilchen dauern, bis sie das glaubt.«

»Wenn jemand sich in der Schuld eines anderen fühlen sollte, dann du«, grummelte Lucas und duckte sich rasch, als Sigimor ihm eine Ohrfeige verpassen wollte. »Das stimmt doch.«

»Aye, du hast recht«, pflichtete ihm Liam bei. »Ich habe hoch gegriffen, das weiß ich schon, und ich weiß auch, dass ich aus dieser Ehe den größten Nutzen ziehe.«

»Wenn du sie glücklich machst, wird dir das niemand vorwerfen.«

Liam seufzte ein wenig. Offenbar würde es noch dauern, bis ihn Keiras Brüder wirklich akzeptierten, auch wenn sie diese Ehe erzwungen hatten. Die anderen Murrays im Lager schienen ihn bereitwillig als Keiras Ehemann zu akzeptieren, auch wenn sie ihm unumwunden erklärt hatten, dass er gut daran täte, ein guter Ehemann zu sein. Machte er auch nur einen falschen Schritt, würde er sich verdammt in Acht nehmen müssen. Ein rascher Blick auf den grinsenden Sigimor sagte ihm, dass sein Cousin wohl dasselbe dachte. Und Liam war klar, dass die Murrays sich beeilen würden, ihn noch vor Sigimor zu fassen, wenn er Keira etwas zuleide tat oder sie kränkte.

»Ich habe mir vorgenommen, ein guter Ehemann zu sein«, meinte er entschlossen. »Ich glaube, das habe ich euch bereits versprochen. Sollen wir jetzt noch einmal über das reden, was vor uns liegt?«

»Ist es nicht schwer, Pläne zu machen, bevor klar ist, was Sir Archie und Kester erreicht haben?«, fragte Malcolm.

»Das schon«, pflichtete Sigimor ihm bei. »Aber es ist immer gut, mehr als nur einen Plan zu haben.«

»Aber du glaubst nicht, dass wir mehr als einen brauchen, oder?«, fragte Liam, der gemerkt hatte, wie ruhig sein Cousin war.

»Nay. Ich bin mir sicher, dass sie Erfolg haben werden. Und wenn sie es nicht schaffen, uns heute Nacht in die Burg zu schleusen, dann bringen sie uns zumindest wichtige Informationen.« Er sah zu Keiras Brüdern, in deren Gesichtern sich deutliche Zweifel spiegelten. »Wie ich eurer Schwester schon gesagt habe – sie besitzen die nötige Schläue, den Mut und auch das Bedürfnis, sich einen Platz auf Ardgleann zu erkämpfen.«

»Aber Keira hat ihnen doch schon einen Platz versprochen«, sagte Artan.

»Ganz recht – versprochen. Das klingt ein bisschen zu sehr nach Mildtätigkeit, und es wird bestimmt Leute geben, die das auch so sehen. Aber jetzt sind sie trotz ihrer offenkundigen Schwächen geradewegs in die Höhle des Löwen marschiert, und sie werden es sein, die eine Lücke in der Abwehr unseres Gegners finden.«

»Sehr listig. Du bist ein listiger Bursche.«

»Danke – man tut, was man kann.« Sigimor fing an, seine Pläne für die bevorstehende Schlacht im Detail zu erläutern.

Als er fertig war und das Gespräch zu versiegen begann, erhob sich Liam. Keiras Brüder bedachten ihn sogleich mit einem fast finsteren Blick. Vermutlich war ihnen noch immer etwas unwohl bei dem Gedanken, dass er mit ihrer kleinen Amsel das Bett teilte.

»Wohin gehst du?«, fragte Artan.

»Ich gehe in mein Bett, wo ich vielleicht ein guter Ehemann sein werde«, erwiderte Liam gedehnt und musste schon fast grinsen, als sie mürrisch grunzten.

Sigimor erhob sich lachend. »Wir sollten alle ein wenig ruhen. Vielleicht müssen wir uns schon bald in Marsch setzen und hart kämpfen.«

Sobald die anderen sich zurückgezogen hatten, trat Liam das Feuer aus. Bei so vielen Männern war kein Feuer nötig, um Tiere fernzuhalten. An ihrem Unterschlupf angekommen, stellte er fest, dass Keira einen Eimer mit Wasser neben den Eingang gestellt hatte. Er zog sich aus und wusch sich kurz, dann kroch er in ihren Unterschlupf hinein. Es war so dunkel, dass er nach einem Weg tasten musste, um unter die Decke zu schlüpfen. Als er sich umdrehte, merkte er, dass er hinter Keira lag. Er zog sie fest an sich. Leise murmelte sie seinen Namen und schmiegte ihren geschmeidigen kleinen Körper eng an ihn. Sofort packte ihn die Lust.

Er hatte immer einen gesunden Appetit gehabt, aber Keira machte ihn wirklich unersättlich, allein, wenn sie ihn anlächelte. Sobald dieser Kampf vorbei war, wollte er ihr nach Kräften klarmachen, dass er keine andere Frau begehrte oder brauchte. Bei dem Gedanken an die bevorstehende Schlacht wuchs sein Verlangen nach seiner Frau noch mehr. Obwohl ihn keine Vorahnungen plagten, wusste er, dass er doch bald dem Tod ins Auge blicken würde. In diesem Moment sehnte er sich fast verzweifelt danach, noch einmal seinen Samen in ihren Schoß zu legen. Er küsste ihren Hals und glitt mit der Hand unter ihr Nachthemd.

Keira erwachte bei dem Gefühl einer schwieligen Hand auf ihrer Brust. Lange, geschickte Finger neckten zärtlich die Spitzen ihrer Brüste. Sie spürte Liams erregten Körper im Rücken. Einen Moment lang genoss sie die Hitze, die er in ihr entfachte, doch dann fiel ihr ein, wo sie sich befanden.

»Liam!«, sagte sie leise und legte ihre Hand auf die seine. »Die anderen können uns zwar nicht sehen, aber bestimmt hören.«

»Dann solltest du besser sehr still sein«, flüsterte er und schob ihr Nachthemd über ihre Hüften.

Ein Keuchen entwich Keira, als er langsam die Innenseite ihrer Oberschenkel streichelte und dabei ihren Hals küsste. Als er die Hand zwischen ihre Beine schob, erstarrte sie kurz, aber das Spiel seiner geschickten Finger auf ihrem erhitzten Fleisch vertrieb rasch ihre Scham. Seit sie ihm ihre wollüstige Seite gezeigt hatte, war ihr Unbehagen kaum noch spürbar. Sie hielt sich den Mund zu, als ihr die leisen, summenden Laute entkamen, die sie einfach nicht unterdrücken konnte.

»Liam«, flüsterte sie schließlich und bebte schon vor Verlangen, ihn in sich zu spüren. »Ich muss mich jetzt umdrehen, ich muss …«

»Pst, Liebe, ich kann dir geben, was du willst.« Sanft schob er ihr Bein über seines und glitt langsam in sie hinein. Als er sich so tief wie möglich in sie schob, bebte sie vor Wonne.

Seine langsamen Stöße machten Keira ganz wild. Sie griff nach hinten und fuhr mit den Nägeln über seine Oberschenkel, was wiederum Liam ganz wild machte, wie sie rasch herausfand. Seine Bewegungen wurden heftiger. Dann nahm er die Hand von ihrer Brust, und mit nur einer kurzen Berührung an der richtigen Stelle schickte er sie auf den Gipfel der Wonnen der Liebe. Im letzten Moment dachte sie noch daran, beide Hände vor den Mund zu schlagen. Wie durch einen Schleier nahm sie wahr, dass Liam sein Gesicht an ihre Schultern gepresst hatte, um sein Stöhnen zu dämpfen, als er seinen Samen tief in ihren Schoß ergoss.

Es dauerte eine Weile, bis sich Keira so weit erholt hatte, dass sie merkte, dass Liam ihre Beine mit seinen Schenkeln zusammenpresste und noch in ihr war. »Äh – Liam?«

»Lass mich noch etwas verweilen, süße Frau. Es ist so schön.«

»Ich wusste gar nicht, dass man diese Sache auf dreierlei Weise tun kann«, sagte sie. Als sie spürte, wie sie rot anlief, war sie dankbar, dass es dunkel war. Noch dankbarer war sie allerdings, als sie auf ihrer Schulter spürte, wie er grinste. »Gibt es etwa noch mehr?«

»Aye, und wenn ich mich ein wenig erholt habe, werde ich dir eine weitere zeigen.«

»Solltest du nicht ruhen, falls man dich heute Nacht noch braucht?«

»Aber das tue ich doch.« Er knabberte an ihrem Ohr, als sie kicherte. »Für die Zeit vor einer Schlacht kann ich mir nichts Besseres vorstellen, als in deinen Armen zu liegen.«

Keira wollte seinen süßen Worten nur zu gerne glauben. Wenn er die Stunden vor der Schlacht in ihren Armen verbringen und sie bis zur Erschöpfung lieben wollte, sollte es ihr nur recht sein. Wenn sie auch nur daran dachte, was ihm in dem bevorstehenden Kampf zustoßen könnte, durchfuhr es sie eiskalt. Rasch schob sie die düsteren Gedanken beiseite. Doch gleich musste sie daran denken, was Sir Archie und Kester zustoßen konnte. »Sie werden heil zurückkehren, oder, Liam?«, fragte sie unvermittelt.

Da er sich gerade auf die hübsche Kurve ihres Halses konzentriert hatte und überlegte, wo er sie küssen sollte, brauchte Liam einen Moment, bis er ihre Frage verstanden hatte. »Aye, meine weichherzige, kleine Frau, das werden sie. Denk daran, sie haben drei Waffen, die sie einsetzen können.«

»Natürlich – Schlauheit, Mut und Bedürfnis. Ich hoffe inständig, dass sie sich als die starken Schilde erweisen, für die dein Cousin sie hält.«

»Das sind sie.« Liam glitt aus ihr heraus und drehte sie zu sich. »Und jetzt, glaube ich, wollen wir deine Sorgen vertreiben und eine vierte ausprobieren.«

»Eine vierte was? Ach so – diese vierte.«

Kester wartete, bis die Tür der kleinen Kammer, die man Sir Archie und ihm zugewiesen hatte, geschlossen war, dann fiel er auf eines der schmalen Betten. Er war kaum fünfzehn Jahre alt und hatte gerade dem Tod ins Auge geblickt. Das war keine angenehme Erfahrung gewesen.

»Geht's dir nicht gut, Junge?«, fragte Sir Archie, stolperte zum anderen Bett und setzte sich.

»Nay, ich habe Angst.«

»Kein Wunder. Im Herzen des feindlichen Lagers zu stecken bereitet jedem Mann Bauchgrimmen.«

Kester setzte sich auf und lehnte sich an die Wand. Er betrachtete den Mann, der für ihn mittlerweile ein besserer Vater war, als es sein eigener je gewesen war. »Ihr seht wirklich ein bisschen aus wie dieser Schurke. Im Dunkeln würden Euch die meisten mit ihm verwechseln, wenn ich Euch seine Stimme leihe. Seine Augen würde man ja nicht sehen.«

»Was ist los mit seinen Augen?«

»Sie sind gelb, wie die einer Katze, aber gleichzeitig so kalt und starr wie die einer Schlange.«

»Katzen können auch regungslos starren.«

»Na ja, beim Jagen. Ich habe vor Katzen nie Angst gehabt oder sie für böse gehalten wie so manche Leute. Böse Wesen wären nicht so hilfreich beim Bekämpfen von Schädlingen, und sie würden auch nicht so laut ihrer Freude Ausdruck geben, wenn man sie streichelt oder hinter den Ohren krault.« Er lächelte, als Sir Archie kicherte. »Aber dieser Mann ist böse. Wenn wir nicht so hilflos gewirkt hätten, sogar dumm, hätte er uns getötet, und das wahrscheinlich auch noch ganz langsam. Er hält uns für so harmlos, dass er Euch nicht einmal Euer Schwert abgenommen hat. Wenn man ihm in die Augen sieht, erkennt man sofort, dass die Kälte darin bis in sein Herz reicht. Der verlorene Blick, die Verzweiflung in den Gesichtern der Frauen hier, die wenigsten haben keine Blutergüsse, bestätigt das. Nay, diese Männer sind tollwütige Hunde, und es ist höchste Zeit, dass sie getötet werden.«

»Das werden sie auch. Sobald wir können, beginnen wir mit unserer Suche nach einem Weg, dass unsere Verbündeten das tun können, ohne die dicken Wehrmauern im Sturm nehmen zu müssen.«

Kester wollte etwas sagen, doch dann schloss er den Mund, denn er merkte, dass Sir Archie erstarrte und langsam sein Schwert aus der Scheide zog. »Was ist los?«, wisperte er.

»Ich schwöre, ich höre etwas in den Wänden«, erwiderte Sir Archie ebenso leise.

»Ratten?«

»Pst!«

Sir Archie lächelte. »Ich glaube nicht, dass Ratten ›pst‹ sagen können.«

Obwohl Sir Archie wieder ruhiger schien, zog Kester seinen Dolch aus der Scheide, die er sich an seinen Arm gebunden hatte, wo der Ärmel seiner Kutte die Waffe gut verbarg. Er sah sich in der düsteren kleinen Kammer genau um und entdeckte an der Wand am anderen Ende einen schmalen Lichtstrahl. In dem Augenblick, als er darauf zuschleichen wollte, wurde er breiter und eine Öffnung in der Wand sichtbar und ein kleines, hübsches Gesicht, gerahmt von wirren roten Haaren.

»Kommt, ich kann euch einen Weg nach draußen zeigen«, sagte das Mädchen.

Kester fürchtete eine Falle. »Warum sollten wir gehen wollen?« Er runzelte die Stirn, als sie die großen braunen Augen verdrehte und ihn mit einem empörten Blick ansah.

»Weil ihr einen Weg finden wollt, um die Männer hereinzulassen, die diesen Dreckskerl Rauf töten sollen. Ich kenne einen Weg. Ich bin Meggie, die Tochter des Böttchers. Ich habe mich in diesem Gemäuer versteckt, als die Schweine mich hierher verschleppt haben. Ein paarmal bin ich nach draußen geschlichen und habe gesehen, dass sich Männer nicht unweit der Grenze von Ardgleann versammeln. Und ich habe auch Lady Keira gesehen.«

»Aber man hat uns gesagt, dass Rauf alle Geheimgänge und Geheimpforten verschließen ließ.«

»Wie sollte er, wenn er sie gar nicht alle kennt? Es sind nicht viele, die sie kennen.«

»Und wie kommt es, dass du sie kennst?«

»Weil ich, seit ich hier bin, immer wieder durch diese Mauern hinaus- und durch sie hereingeschlüpft bin. Auch von den anderen Frauen verstecken sich manche gelegentlich mit mir zusammen in den Gängen, aber sie wollen nicht, dass dieses Schwein, wenn es sie sucht, diese Verstecke findet, und so bin ich die Einzige, die sich ständig in den Gängen verborgen hält.«

»Warum haben die Frauen diese Gänge nicht zur Flucht benutzt?«

»Wohin sollten sie denn fliehen? Sie können nicht nach Hause, weil sie wissen, dass Rauf sich an ihren Familien rächen wird, wenn sie verschwinden. Ein geflohenes Mädchen musste dabei zusehen, wie sie ihren Vater getötet haben.

Zwei Gänge sind nicht blockiert. Den einen hat er noch gar nicht entdeckt, und der andere Durchschlupf ist nur von innen verriegelt.« Sie streckte ihre Hand aus. »Kommt!«

»Geh mit ihr, Junge«, sagte Sir Archie. »Entriegle die Tür und komm dann schleunigst wieder her.« Archie blickte zu dem Mädchen. »Kannst du in das Lager unserer Männer gehen und ihnen sagen, was du weißt? Und sie dann hierherführen?«

»Aye«, erwiderte Meggie. »Aber warum wollt Ihr hierbleiben?«

»Um sicherzugehen, dass nichts die Männer daran hindert, auf diesem Weg einzudringen. Du bringst sie von draußen rein, und wir helfen ihnen von drinnen.«

Bevor er Meggie zu dem Gang folgte, warf Kester Sir Archie noch ein schiefes Lächeln zu. »Offenbar haben wir unseren Auftrag ohne allzu große Anstrengung erledigt. Eines Tages werde ich hoffentlich dankbar akzeptieren, dass ich diesen Sieg mit einem kleinen Mädchen teilen muss.« Er zog die Tür hinter sich zu, während Sir Archie leise lachte.

17

Zeit, dein Schwert zu gürten, Junge.«

Liam blinzelte und starrte auf die Hand um seinen Knöchel, dann schnitt er eine Grimasse. Er nickte Sigimor zu, der rasch wieder verschwand, aber es war zu spät, den Ruf zu den Waffen vor Keira geheim zu halten. Als er sich ankleidete und bewaffnete, schlüpfte auch sie in ihre Kleider. Sie sagte nichts, bis sie zusammen vor dem Unterschlupf standen und sahen, wie Sigimor mit einem kleinen rothaarigen Mädchen sprach.

»Wo sind Kester und Sir Archie?«, fragte Keira. Fast war sie erleichtert, etwas anderes zu haben, auf das sie ihre Sorgen lenken konnte, außer auf die Tatsache, dass der Mann, den sie hoffnungslos liebte, jetzt gleich in die Schlacht ziehen würde.

Malcolm, der ihre Frage gehört hatte, erwiderte: »Sie sind noch im Keep. Das Mädchen hier ist Meggie, die Tochter des Böttchers. Sie hat uns erklärt, wie wir in die Burg gelangen können. Kester und Sir Archie sind dort geblieben, um dafür zu sorgen, dass uns keine Falle gestellt wird.«

»Also hat Rauf ihnen nichts getan und sie auch nicht gefangen genommen?«, fragte Keira ihn.

»Nay, Herrin. Er hielt sie für harmlose Narren, und nach dem, was Meggie uns erzählte, ist er damit beschäftigt, sich eine Geschichte über Euer Schicksal auszudenken, mit der er sie morgen zurückschicken will.«

»Und Joan?«, fragte Keira, die sich sicher war, dass Malcolm das Mädchen auch nach seiner Frau gefragt hatte.

»Sie lebt«, war alles, was Malcolm sagte, bevor er sich abwandte und zu Keiras Brüdern gesellte.

Liam, der sah, wie aufgewühlt Keira war, legte den Arm um ihre Schultern und hielt sie fest. »Dass sie noch lebt, ist alles, was zählt. Der Rest wird mit der Zeit heilen. Immerhin scheint die kleine Meggie unversehrt zu sein.«

Keira nickte und beobachtete das Mädchen, das sich ernst mit Sigimor und den anderen unterhielt. »Was machen wir mit ihr, wenn wir in Ardgleann eindringen?«

»Wir?« Liam trat zurück und schüttelte den Kopf. »Nay, Frau, du bleibst hier.«

»Hier? Aber es ist *meine* Schlacht. Da ihr nicht auf den Wehrgang müsst, wie wir befürchtet hatten, kann ich doch mitkommen.«

Liams Miene gab ihr zu verstehen, dass er sich nicht umstimmen lassen wollte, doch sie fühlte sich verpflichtet, es wenigstens zu versuchen. Unbemerkt in die Burg einzudringen und den Feind zu überraschen, das war doch bestimmt nicht so gefährlich wie ein Sturmangriff. Jedenfalls hatten die Männer das ständig behauptet. Und was für die Männer galt, galt auch für sie. Das gab Keira Liam zu bedenken, doch sein Blick – nur über meine Leiche – änderte sich nicht. Der Mann, den sie hoffnungslos liebte, war offenbar recht hartnäckig.

»Wir werden trotzdem kämpfen müssen, Frau«, sagte Liam. Er bemühte sich, ihr ihren Wunsch auszureden, ohne zu bestimmend zu klingen; denn wenn er den herrischen Ehemann spielen würde, könnte sie sich leicht gegen ihn wenden. Keira stellte gern ihre Stacheln auf, wenn man ihr etwas befahl. »Aye, das Schicksal ist uns hold, es hat uns einen Weg durch die dicken Mauern gezeigt, sodass wir unseren Feind überraschen können. Aber unsere Gegner werden sich nicht kampflos ergeben. Dafür klebt zu viel unschuldiges Blut an ihren Händen. Sie werden erwarten, dass wir keine Gnade kennen, selbst wenn sie die Waffen niederlegen.«

»Und deshalb werden sie kämpfend sterben wollen«, sagte sie und seufzte, als er nickte.

»Ein paar werden auch versuchen zu fliehen, und manchen wird es gelingen, aber die meisten werden nur zwei Möglichkeiten sehen: durch den Strick zu sterben oder im Kampf. Sie werden uns eine erbitterte Schlacht liefern, und ich möchte nicht, dass du mitten in das Getümmel gerätst. Es wird schwer genug sein, keine Unschuldigen in diesem Befreiungskampf zu töten. Vermutlich ist das einer der Gründe, warum Sir Archie das Mädchen hergeschickt hat, um uns zu sagen, wie man hineinkommt – damit sie herauskommen kann.«

»Also muss ich tatenlos hier herumsitzen und mir Sorgen um euch machen?«

»Aye.« Er schloss sie in die Arme und betete stumm, dass er bald wieder da sein würde, um sie wieder so im Arm halten zu können. »Bleib mit der kleinen Meggie hier.«

»Wird Meggie euch nicht zu der Stelle führen müssen, von der aus ihr hinter die Mauern kommt?«

»Vielleicht, aber danach schicken wir sie wieder zu dir zurück. Auf der Burg wird es nur wenige sichere Orte geben. Selbst wenn wir unbemerkt hineingelangen, wissen wir nicht, wo sich unsere Gegner befinden. Wir haben die Karte, die du uns gezeichnet hast, sorgfältig studiert, aber wo der Feind sein sollte oder vielleicht ist, werden wir nur von dem Mädchen, Kester und Sir Archie erfahren.« Er rückte ein wenig von ihr ab und gab ihr einen kurzen, innigen Kuss. »Bleib hier, Frau, und sei wachsam. Wenn du jemanden siehst, der sich dem Lager nähert, warne die Wächter und versteck dich. Wenn es einer von uns ist, wirst du es bald genug erfahren.«

Keira nickte, auch wenn sie sich mit allen Fasern ihres Seins danach verzehrte, an seiner Seite zu bleiben. Natürlich war es das Klügste und Sicherste für alle, wenn sie hierblieb, egal, wie schwer es ihr fiel. Allein bei dem Gedanken, wie sie den Rest der mondlosen Nacht darauf warten würde, dass Liam, ihre Brüder und die übrigen Männer, die ihr am Herzen lagen, sicher zurückkehrten, zitterte sie vor Grauen. Doch ihr war klar, dass sie eher ein Hindernis als eine Hilfe sein würde und Liam nur vor Unheil bewahren konnte, wenn sie sich zwischen ihn und ein gegnerisches Schwert warf.

Sie begleitete Liam zu den anderen. Ohne auf ihr Murren zu

achten, umarmte sie ihre Brüder. Da sie die Umarmung herzlich erwiderten, wusste sie, dass ihre Klagen über törichte Weiber nicht so gemeint waren. Sie umarmte sogar Malcolm, Ewan und Sigimor. Die letzten beiden überraschten sie, weil sie die Umarmung heftig erwiderten. Erst als Liam sie von Sigimor wegzerrte und die breit grinsenden Männer zornig anfunkelte, wurde ihr klar, dass sie sich so eigentümlich verhalten hatten, weil sie seine Besitzgier hatten wecken wollen.

Bevor Keira sie tadeln konnte, vor einem erbitterten Kampf keine derart törichten Spiele zu treiben, brachen die Männer auf. Sie hatte vergessen, ihre Cousins zu umarmen, doch nun war sie allein. Im Handumdrehen hatte die Dunkelheit alle verschluckt. Selbst das Geräusch eines marschierenden Heers. Keira schlang die Arme um sich und zitterte. Sie betete, dass das kein böses Vorzeichen war. Plötzlich berührte sie eine Hand am Arm und holte sie aus ihren düsteren Gedanken. Es war Meggie. Offenbar hatte das Mädchen den Weg so gut erklärt, dass die Männer sie nicht mehr brauchten.

»Sie werden gewinnen, Herrin«, sagte Meggie. »Ihr habt sehr wackere Verbündete und Blutsverwandte. Mein Vater meinte, dass Euch unser Herr auch deshalb zur Ehefrau gewählt und zu seiner Nachfolgerin bestimmt hatte, falls ihm etwas zustoßen sollte. Und außerdem seid Ihr sehr schön.«

»Danke.« Keira wunderte sich ein wenig, dass offenbar alle Bescheid gewusst hatten, warum Duncan sie geheiratet hatte.

»Und mein Vater hat gesagt, dass Eure Schönheit Euch zu einer noch besseren Wahl macht. Ihr würdet nämlich bald wieder heiraten, wenn unser Herr stirbt, und uns einen starken Mann bringen, der sich um Land und Leute kümmert. Und genau das habt Ihr getan.«

»Gewiss – ein starker Mann mit einem Heer starker Blutsverwandter im Rücken.« Sie lächelte. »Und natürlich ist er auch schön.« Ihr Lächeln wurde breiter, als Meggie kicherte.

»Macht Euch keine Sorgen, er wird bestimmt bald wieder da sein und so schön aussehen wie eh und je.«

»Es ist mir egal, ob er noch schön ist, solange er am Leben ist.«

»Ach, ihm wird schon nichts passieren.«

Die Zuversicht der Jugend, dachte Keira. »Darum bete ich.«

Meggie runzelte die Stirn und starrte auf den Boden, während sie mit den Füßen scharrte. »Herrin, ist dieser Junge, dieser Kester, wirklich ein Mönch?«

Trotz ihrer Sorgen musste Keira wieder lächeln. »Nicht mehr. Er wurde von seinen Verwandten, die ihn nicht haben wollten, ins Kloster gesteckt, aber Kester fühlt sich nicht zu diesem Leben berufen. Nachdem er erfahren hatte, was ich vorhabe, folgte er mir nach Scarglas, dem Keep, der den Verwandten meines Ehemanns gehört. Unterwegs hat er Sir Archie aufgelesen. Ich weiß noch nicht genau, was sie tun werden, aber bei mir haben sie jedenfalls ein Zuhause.« Als Meggie sie anlächelte, zwinkerte Keira ihr zu. »Kester muss noch ein bisschen wachsen, aber ich denke, eines Tages wird er ein kräftiger Bursche sein.«

»Aye, momentan sind seine Füße das Größte an ihm.«

»Ach, du hast bestimmt einen Bruder.«

»Drei.« Meggie blickte zu dem Feuer in der Mitte des Lagers. »Ich nehme an, es gibt bei so vielen Männern nicht mehr viel zu essen?«

»Wir werden schon etwas finden.« Als sie am Feuer saßen und Meggie gierig Brot, Käse und Kanincheneintopf verschlang, wagte Keira zu fragen: »Wie geht es denn den Leuten auf der Burg? Ist es sehr schwer für sie?«

»Es ist die Hölle, Herrin«, erwiderte Meggie und zitterte. »Rauf und seine Hunde sind brutal. Sie nehmen sich jede Frau in ihrer Reichweite. Wenn man sich beklagt, wird man geschlagen. Als sich Malcolm nach Joan erkundigt hat, war ich froh, dass ich ihm erzählen konnte, dass sie zum Glück nur in der ersten Woche gelitten hat. Danach wurde es viel leichter für sie, weil Rauf herausfand, dass sie eine gute Köchin ist. Von da an ließ man sie in Ruhe. Dieser brutale Kerl liebt gutes

Essen noch mehr als Beischlaf. Ich wurde nur verschont, weil meine Brüste noch nicht gewachsen sind. Nachdem diese Viecher uns in den Keep verschleppt hatten, stritten sie sich darum, wer die vollbusigere Frau bekommen sollte, sodass ich mich davonschleichen konnte. Danach haben sie mich wohl einfach vergessen.«

Keira legte die Hände vor die Augen und kämpfte gegen die aufsteigende Übelkeit an.

»Weint nicht, Herrin, bald ist es vorbei. Mein Vater hat gesagt, jedem Mann, der seine Frau verachtet wegen dem, was sie dort erlitten hat, muss Verstand eingebläut werden.«

Keira brauchte eine Weile, um ihren Kummer abzuschütteln. Deshalb ging ihr erst ein wenig später die Tragweite von Meggies Worten auf. »Du hast deinen Vater gesehen, nachdem du gefangen genommen wurdest?«

»Aye, zweimal. Einmal hat er ein paar Fässer in den Keep gebracht, und einmal habe ich mich zu ihm geschlichen. Er musste sich verstecken, sonst hätte jetzt er mitgekämpft. Und meine Brüder auch. Er hat zwei von Raufs Hunden belauscht, die sich nach meinem ältesten Bruder erkundigt hatten und meinten, der Junge sei ungehö… ungehöh…«

»Ungehörig?«

»Das haben sie gesagt. Mein Vater wusste, was das bedeutet, und er wusste auch, dass mein Bruder ein toter Mann war, und so sind er und meine Brüder, so schnell sie konnten, in die Hügel geflohen. Ich hätte mitgehen können, aber ich dachte, ich bleibe lieber hier für den Fall, dass Ihr zurückkommt und einen Zugang zur Burg braucht.« Meggie schob sich das letzte Stückchen Brot in den Mund und verdrehte die Augen, als sie kaute. »Rauf war außer sich vor Wut. Er hat die zwei Dummköpfe fast tot geprügelt, weil sie ihm meinen Bruder nicht gebracht hatten.«

»Ich hätte früher kommen sollen«, wisperte Keira. »Ich bin so ein Feigling.«

»Nay, Herrin, das denkt keiner«, sagte Meggie und schleckte

sich die Finger. »Die Wahrheit ist, die meisten haben nicht damit gerechnet, dass Ihr zurückkommt. Einige dachten, Ihr wäret tot. Als ich Joan von den Männern erzählt habe, die sich unweit der Grenze versammeln, und dass ich Euch bei ihnen gesehen habe, war sie sehr überrascht. Und dann hat sie geweint – Freudentränen.«

»Du hast es Joan erzählt?«

»Aye. Hätte ich das nicht tun sollen? Sie wird es bestimmt nicht weitererzählen.«

»Nay, natürlich nicht, aber weiß Joan auch, was du heute Nacht getan hast?«

»Aye. Ich musste es ihr sagen, weil ich nicht wollte, dass sie nach mir sucht und sich Sorgen macht, wenn sie mich nicht findet. Ich habe ihr auch gesagt, dass sie möglichst viele Leute an einen sicheren Ort bringen soll. Sie meinte, das würde sie tun.«

»Du bist ja ein richtiges Wunder.« Keira lächelte, als das Mädchen so rot anlief, dass es sogar im schwachen Schein des Feuers zu sehen war. Dann runzelte sie die Stirn. »Warum sind die Frauen eigentlich nicht weggelaufen, nachdem du einen Gang durch die Mauer gefunden hattest?«

»Weil Rauf dann ihre Familien getötet hätte. Er hat den Vater eines Mädchens getötet, die es eines Tages geschafft hatte, durch das große Tor zu fliehen. Sie ist nicht sehr weit gekommen.«

»Sigimor hat recht – dieser Mann muss getötet werden.«

»Aye, es ist zu schade, dass man ihn nicht ein paarmal töten kann.«

»Wirklich sehr schade. Wie würde es dir gefallen, auf der Burg zu arbeiten?«

»Als was?«

»Als, was du willst, und je nachdem, was du kannst.«

»Sobald dieses Pack weg ist, würde ich das sehr gerne tun. Und Ihr habt gesagt, dass Kester bei Euch bleibt, richtig?«

Keira nickte, und das Mädchen schenkte ihr ein sehr erwachsenes, sehr weibliches Lächeln. Der arme Kester hatte keine Chance.

Liam zuckte zusammen, als Kester die Tür öffnete und er vom Licht geblendet wurde. Er stolperte in den Raum und war froh, dass es den nachfolgenden Männern genauso ging. Er war also nicht der Einzige, den der lange, langsame Weg durch den dunklen Gang mitgenommen hatte. Als er wieder klarer sehen konnte, bemerkte er, dass mehrere Frauen bei Kester waren und sie sich offenbar in einem großen Lagerraum befanden. Als er Kester fragen wollte, warum die Frauen hier waren, eilte Malcolm an ihm vorbei und flüsterte den Namen seiner Frau. Beim Anblick der Frau, die sich in Malcolms Arme warf, wunderte sich Liam ein wenig. So, wie der Mann von seiner Ehefrau gesprochen hatte, hatte Liam geglaubt, sie müsse umwerfend schön sein, doch Joan war klein, dünn und unscheinbar.

»Es ist gut, dass die Frauen in Sicherheit sind«, sagte Liam. »Aber du bist ein Risiko eingegangen, als du ihnen von uns erzählt hast.«

»Das habe ich nicht«, erwiderte Kester. »Es war Meggie. Sie hat es Joan erzählt, und Joan hat die Frauen in der letzten Stunde hierhergebracht. Offenbar ist Meggie immer wieder einmal durch die Burgmauer geschlichen und hat unser Lager entdeckt. Sie wusste, wer wir sind und dass wir versuchen würden, eine Schwachstelle zu finden.«

»Aye, Meggie ist ein kluges kleines Mädchen.«

»Wohl wahr. Rauf und seine Männer sind jedenfalls nicht gewarnt, falls Ihr Euch deswegen Sorgen macht.«

»Einen Moment lang hat mich das tatsächlich beunruhigt.« Mittlerweile war der Raum voll mit Liams Männern. Er bahnte sich einen Weg zu Malcolm und klopfte ihm auf den Rücken. »Wir müssen weiter. Wenn man uns hier entdeckt, war unser bisheriges Glück umsonst.«

»Aye, mein Liebster«, sagte Joan und löste sich aus Malcolms Umarmung. »Geht und befreit Ardgleann von dieser Plage.«

»Kester, du bleibst hier und sorgst dafür, dass keins dieser Schweine entkommt«, befahl Liam. »Und pass gut auf die Frauen auf. Wahrscheinlich werden bald noch mehr von ihnen kommen.« Er blickte fragend zu Joan. Sie nickte.

»Ihr glaubt nicht, dass ich kämpfen kann, stimmt's?«, murrte Kester.

»Du hast dich noch nie in einem Kampf beweisen müssen, Junge. Du brauchst Übung. Es ist keine Schande, das zuzugeben. Und ich habe dir einen sehr wichtigen Auftrag erteilt – den Fluchtweg und die Frauen zu bewachen. Zweifellos wirst du diese Aufgabe sehr gut erledigen.«

Kester straffte die Schultern und nickte, während Liam die Männer aus dem Raum führte. Selbst das leiseste Flüstern reichte als Signal. Sie hatten besprochen, in Gruppen von zwei oder drei Mann durch die Gänge zu schleichen und Rauf und seine Männer zu stellen. Solange wie möglich wollten sie unbemerkt die Reihen ihrer Gegner lichten.

Einen Mann im Dunkeln zu erdolchen betrachtete Liam normalerweise als Mord, nicht als Kampftaktik. Doch im Moment verspürte er keinerlei derartige Bedenken. Auf dem Weg zur Burg hatte Sigimor Liam alles erzählt, was er von Meggie erfahren hatte. Rauf und seine Männer hatten das einst friedliche Ardgleann in eine Hölle verwandelt. Nun sollte der Keep so rasch wie möglich von diesem Ungeziefer befreit werden.

Als Liam und Malcolm einen Raum verließen, in dem jetzt zwei tote Männer lagen, trafen sie auf Sigimor. Liam blieb kurz stehen, um eine Frau zu dem Versteck zu schicken, wo Joan und die anderen waren, dann wandte er sich an seinen Cousin. Sigimors Dolch war blutig, aber der Mann sah so ruhig aus, dass kein Außenstehender geglaubt hätte, dass er tötend durch den Keep schlich. Doch natürlich war auch Sigimor der Ansicht, dass es sich um eine gerechte und noch dazu längst überfällige Strafe handelte.

»Ich kann es kaum glauben, dass noch keiner Alarm geschlagen hat«, sagte Sigimor.

Sigimor hatte den Satz kaum beendet, als ein halb nackter Mann mit einer blutenden Schulterwunde aus einer Kammer stolperte und Rauf und seine Männer mit einem lauten Schrei warnte. Liam blickte schulterzuckend zu Sigimor. Der murrte etwas von Narren, die nicht einmal einen unbewaffneten, schlafenden Mann zum Schweigen bringen können, dann trat er zu dem Verwundeten und fragte ihn, ob er sich ergeben wolle. Der Kerl fluchte nur derb und wollte einen Dolch aus der Scheide ziehen. Sigimor tötete ihn mit einem gezielten Stoß seines Dolchs, dann breitete er die Arme aus und stieß einen Schlachtruf aus, bei dem Malcolm leise fluchend zusammenzuckte.

»Der Mann hat eine kräftige Lunge«, meinte er.

Liam lachte, obgleich der Alarm und Sigimors Schlachtruf den ganzen Keep geweckt hatten. Die Stille war gebrochen, Männer hasteten durch die Gänge und riefen ihre Gefährten zusammen, und bald klirrten auch schon die Schwerter. Die Schlacht hatte begonnen.

»Sorg dafür, dass Malcolm in der Nähe bleibt«, befahl Sigimor Liam. »Vielleicht hat das Schwein ja ein paar MacKails leben lassen, und wir brauchen Malcolm, um sie für uns zu erkennen. Ich will nicht die Falschen umbringen. Und jetzt jagen wir Rauf, die Ratte.«

»Euer Cousin ist ein bisschen seltsam«, murmelte Malcolm, während er und Liam sich beeilten, mit Sigimor Schritt zu halten.

»Aye, ein kleines bisschen. Aber ich muss dich warnen – richtig wundern wirst du dich erst, wenn du seine Frau kennenlernst.«

»Dann ist sie wohl eine riesige, vollbusige Kriegerfrau.«

»Nay, eine kleine, schwarzhaarige Engländerin.« Liam hatte gerade noch die Zeit, über Malcolms aufgerissene Augen zu lachen, als der Kampf wirklich anfing.

Bald zeigte sich, dass Rauf Moubrays Männer eines gut gelernt hatten – Rauf Moubray zu beschützen. Während ein Teil von Liams Männern sich um die Kriegsknechte im Burghof und auf den Mauern kümmerte, streckte Liam an der Seite von Ewan, Sigimor, Malcolm, Sir Ian und ein paar anderen jeden nieder, der sie daran hindern wollte, zu Rauf vorzudringen. Den wenigen Leuten von Ardgleann, auf die sie trafen, gaben sie Deckung, bis sie aus der Gefahrenzone fliehen konnten. Sigimor schickte sie zu Sir Archie, und Liam schickte sie zu Kester und Joan.

Schließlich stellte Liam einen von Raufs Männern nur wenige Fuß vor der Großen Halle. Malcolm gab ihm Deckung, und Liam kämpfte erbittert und trieb den Mann Schritt für Schritt zurück. Als sie sich durch den Eingang bewegten, stolperte Liam und fluchte lauthals über sein rechtes Bein, das noch immer geschwächt war. Dieser falsche Schritt hätte ihn teuer zu stehen kommen können, doch sein Gegner taumelte ebenfalls, weil er über den zusammengerollten Körper eines zu Tode verängstigten Kindes stolperte. Der Kerl stieß einen wilden Fluch aus und hob sein Schwert, um das Kind zu töten. Doch als Liam zu ihm stürzte, wohl wissend, dass er zu spät kommen würde, grub sich ein Messer in den Hals des Mannes. Das Kind schrie laut auf, als das Blut des Kerls in Strömen floss und er tot zusammenbrach, vor den Füßen des Kindes, das er töten wollte. Liam sah Malcolm an, unfähig, seine Verwunderung zu verbergen.

»Sagtest du nicht, dass du kein Krieger bist?«, meinte er, als Malcolm seelenruhig sein Messer wieder einsteckte.

Malcolm zuckte mit den Schultern. »Mit einem Schwert kann ich eher schlecht umgehen, mit dem Messer aber umso besser.«

»Das sehe ich.« Plötzlich entdeckte Liam den Mann, den sie alle töten wollten, am anderen Ende der Großen Halle, umringt von acht seiner Bewaffneten. »Bring das Kind in Sicherheit, Malcolm.«

»Wäre es nicht besser, Euch Rückendeckung zu geben?«

Doch mittlerweile standen Ewan, Sigimor, Sir Ian und Keiras Brüder auf der Schwelle. »Dafür ist gesorgt. Bring das Kind weg und komm zurück, wenn du weiterkämpfen willst.«

Malcolm nickte, packte das Kind und eilte aus der Großen Halle. Liam machte sich auf den Weg zu Rauf und seinen Männern, dicht gefolgt von seinen Kampfgenossen. Er wusste, was das zu bedeuten hatte: Durch ihre Loyalität zeigten ihm seine Männer, dass er der Laird von Ardgleann sein würde, sobald die Burg befreit war. Der Ausdruck in Raufs breitem Gesicht sagte Liam, dass sein Gegner das ebenfalls begriffen hatte.

»Ergebt Ihr Euch?«, fragte Liam und blieb knapp außerhalb der Reichweite der gegnerischen Schwerter stehen.

»Wer seid Ihr? Und welches Recht habt Ihr, hierherzukommen und mir mein Eigentum zu nehmen?«, verlangte Rauf zu wissen.

»Ich bin Sir Liam Cameron. Ich habe Lady Keira Murray MacKail geheiratet.«

»Dieses Miststück lebt noch?«

»Wenn Ihr daran denkt, Euch zu ergeben, wäre es ratsam, meine Ehefrau nicht zu beleidigen.«

»Ich werde noch weit mehr tun! Wenn mir diese kleine Hure je in die Hände fällt, werde ich sie töten, und zwar sehr langsam. Seht nur, was sie mit meinem Gesicht gemacht hat.«

Liam verbarg seine Überraschung, als er die schartige Narbe auf Raufs linker Wange entdeckte. Keira hatte erzählt, dass sie mit dem Kerl gekämpft hatte, doch sie hatte nicht erwähnt, dass sie ihm das halbe Gesicht aufgerissen hatte. Liam beschloss, ihr zu raten, ihre Berichte in Zukunft etwas genauer zu halten.

»Ich frage Euch ein letztes Mal: Ergebt Ihr Euch?«, fragte er kalt.

»Nay! Tötet sie!«, befahl Rauf seinen Männern.

Als sie einen Schritt nach vorne taten, packte Rauf zwei von ihnen am Rücken ihrer Wämser und hielt sie wie Schilde vor sich. Liam wunderte sich, dass Rauf nicht erkannte, dass er sich damit eines kleinen Vorteils beraubte – seine acht Männer gegen ihre sechs. Dann richtete Liam seine Aufmerksamkeit auf den Mann, den er aus dem Weg räumen musste, um zu dem zu gelangen, auf den er es abgesehen hatte.

Sein Gegner war nicht besonders geschickt, und Liam hatte ihn schnell beseitigt. Er sah sich um, ob einer seiner Verbündeten Beistand brauchte, und staunte kurz über ihr Geschick. Keiras Brüder waren bei ihrem tödlichen Werk besonders tüchtig, sogar elegant. Dann wandte sich Liam wieder Rauf zu, dessen Männer einer nach dem anderen tödlich getroffen zu Boden gingen. Die beiden, die direkt vor Rauf standen, merkten, dass sie die nächsten Opfer waren, und Schweiß trat auf ihre bleichen Gesichter.

»Hört auf, Euch hinter diesem Narren zu verstecken, und stellt Euch!«, befahl Liam.

»Nay, das werde ich nicht«, erwiderte Rauf leise lachend.

»Achtung, hinter dir!«, schrie Ewan und fuhr herum, um gegen den Mann zu kämpfen, der sich gerade auf Liam stürzen wollte.

Fluchend fand sich Liam in einem erbitterten Kampf wieder. Auf jeden von ihnen kamen zwei Gegner. Es dauerte zwar nicht lange, bis Keiras Cousins und einige MacFingals herbeieilten, doch die Hilfe kam zu spät. Als der letzte von Moubrays Männern getötet war, stellte sich heraus, dass Rauf geflohen war.

Entschlossen, den Mann zu stellen, eilte Liam aus der Großen Halle. Er blieb nur lange genug stehen, um Keiras Brüder und Sir Ian zu Sir Archie zu schicken. »Womöglich weiß der Dreckskerl doch, wo sich zumindest der eine Fluchtweg befindet. Wie Sir Archie schon sagte – bei einem Mann wie ihm kann man sich nie sicher sein«, meinte er noch, dann eilte er, gefolgt von Sigimor und Ewan, dorthin, wo sich Kester und die Frauen versteckt hielten. Malcolm tauchte neben ihm auf, als sie die steilen Stufen hinab in den Bauch des Keeps steigen wollten.

Plötzlich hörten sie Schreie. Liam raste die letzten Stufen hinunter, ohne auf den zunehmenden Schmerz in seinem rechten Bein zu achten. Als er in den Vorratsraum taumelte, verließ ihn der Mut: Sie waren zu spät gekommen. Die beiden Männer, die Rauf mitgenommen hatte, lagen zwar leblos am Boden, doch Rauf war verschwunden. Obwohl er wusste, dass es sinnlos war, versuchte er, die Tür zu öffnen, doch Rauf hatte sie von der anderen Seite aus verriegelt.

»Wir können sie aufbrechen«, meinte Sigimor.

»Das dauert zu lange.« Ein rascher Blick auf Raufs Männer sagte ihm, dass sie tot waren. Liam wurde klar, dass die Schreie, die er gehört hatte, Wutschreie gewesen waren und keine Angstschreie. »Jesus Christus«, flüsterte er, als ihm plötzlich aufging, wohin sich Rauf aufgemacht hatte. »Keira!«

18

Glaubt Ihr, der Kampf ist schon vorbei?«, fragte Meggie und wickelte sich in eine Decke.

»Es wäre gut, wenn es möglichst schnell gegangen wäre, und noch besser, wenn wir keine Verletzten oder Toten zu beklagen hätten. Hier herumzusitzen und zu warten ist wahrhaftig nicht leicht.«

»Mein Vater meint, deshalb sind Frauen auch geduldiger und nachgiebiger als Männer.«

»Weil wir herumsitzen und darauf warten müssen, dass unsere Männer aus der Schlacht heimkehren?«

»Aye, auch. Frauen verbringen viel Zeit mit Warten.«

»Das stimmt. Aber vielleicht hat Gott den Frauen auch nur deshalb mehr Geduld verliehen, damit sie die Männer nicht erwürgen.«

Keira grinste, als Meggie so heftig kichern musste, dass sie das Gleichgewicht verlor. Sie war froh über die Gesellschaft der Kleinen, die sie ein wenig von ihren Sorgen ablenkte. Meggie war gescheit, lebhaft und mutig. Keira war entschlossen, sie zu fördern, sobald sie wieder die Herrin von Ardgleann war.

Sie sah sich in dem verlassenen Lager um und zitterte leicht. Es wunderte sie, dass man keinen Mann dagelassen hatte, der den Proviant und die Pferde bewachte, ganz zu schweigen von ihr und Meggie. Liam, Sigimor und Ewan hatten das bestimmt vorgehabt, und selbst ihren Brüdern wäre es sicher lieber gewesen, mindestens einen Krieger für diese Aufgabe abzustellen. Hatte Liam nicht von Wächtern gesprochen? Entweder hatte jemand den Befehl missachtet, oder in dem Durcheinander des Aufbruchs war der Befehl nicht erteilt worden. Sie konnte nur hoffen, dass es sie nicht teuer zu stehen kommen würde.

Meggie gähnte und blieb einfach so liegen, wie sie müde umgefallen war. Sie schlang die Decke fester um sich. »Es ist sehr still, nicht wahr?«

»Aye, und du bist sehr müde, Mädchen. Du hast heute schwer gearbeitet.«

»Ich sollte Euch weiter Gesellschaft leisten.«

»Du hast diese Aufgabe ausgezeichnet erledigt, aber jetzt solltest du schlafen. Ich glaube nicht, dass es noch lange dauern wird, bis wir erfahren, was passiert ist. Ich vertraue zwar auf die Klugheit und das Geschick unserer Männer, mache mir aber trotzdem weiterhin Sorgen. Und du solltest unter meiner Torheit wahrhaftig nicht die ganze Nacht leiden. Wenn ich dich allerdings aufwecke und dir sage, dass du dich verstecken sollst, musst du meinem Befehl unverzüglich folgen.«

»Aye, Herrin. Ich kann mich sehr gut verstecken.«

Ein müdes Lächeln huschte über Meggies Gesicht, und kurz darauf war sie eingeschlafen. Auf einmal fühlte sich Keira schrecklich allein, auch wenn sie sich wegen dieser Torheit schalt. Das Mädchen hatte wirklich schwer gearbeitet, und das zu aller Nutzen. Auch wenn Meggie fast noch ein Kind war, so hatte sie doch grausige Dinge erlebt. Trotzdem war sie so mutig und scharfsinnig gewesen zu helfen, wo sie konnte, und die Gelegenheit zur Rettung von Ardgleann zu erkennen, als sie sich bot. Es wunderte Keira, dass das Mädchen im Keep geblieben war, obwohl sie jederzeit hätte fliehen können. Doch sie hatte ausgeharrt in der Hoffnung, dass Rettung kommen würde und sie dann den Rettern den Weg durch die Burgmauer zeigen konnte. Wenn Ardgleann befreit war, wollte Keira es allen sagen, dass die Tochter des Böttchers eine überaus wichtige Rolle dabei gespielt hatte.

Sie musste schief lächeln, als sie daran dachte, dass sie ihren Sieg über Rauf zu einem großen Teil drei sehr unwahrscheinlichen Helden zu verdanken haben würden: einem tollpatschigen Jungen, einem alten, nahezu blinden Krieger und einem kleinen Mädchen. Hätte ihr jemand vor der Schlacht erzählt, dass diese drei so wichtig werden würden, hätte Keira kein Wort geglaubt. Aye, falls sie siegten, gab sich Keira zu bedenken. Doch sofort machte sie sich daran, ihre Zweifel zu bekämpfen; denn sie wusste, wenn sie nicht an ihrer Zuversicht festhielt, würde sie vor Angst und Sorge noch ihren Verstand verlieren.

Sie richtete ihre Gedanken auf Liam, um nicht ständig darüber nachzugrübeln, was wohl innerhalb der Mauern von Ardgleann geschah. Es war fast beängstigend, wie sehr sie diesen Mann liebte. Mit ihren Versuchen, diese Gefühle zu zügeln, war sie kläglich gescheitert. Sie konnte von Glück sagen, dass sie ihm nicht mehrmals am Tag ihre Liebe gestanden hatte. Doch wie lange würde sie es noch schaffen, diese Worte in sich einzusperren? Jedes Mal, wenn er sie anlächelte, lagen sie ihr auf der Zunge.

Er war ein guter Ehemann, genau, wie Fiona es prophezeit hatte. Obwohl er wie alle Männer seine Fehler hatte, zügelte er sie mit Güte und Verständnis. Wenn er ihr etwas befahl, erwartete er nicht, dass sie sofort aufsprang, sondern er erklärte es ihr gründlich und hörte sich sogar ihre Widerworte an. Und was das Beste war – er hörte ihr wirklich zu, wenn sie etwas zu sagen hatte. Keira bezweifelte nicht, dass er Ardgleann ein guter Laird sein und sein Bestes tun würde, um für die von ihm abhängigen Menschen zu sorgen und sie zu schützen.

Außerdem war er ein fantastischer Liebhaber, der ihr versprach, nur ihr zu gehören. Daran zweifelte sie allerdings noch, egal, wie oft sie sich sagte, dass es unfair war, ihn für schuldig zu halten, bevor er einen Fehltritt begangen hatte. Doch wie lange konnte ein Mann der Versuchung widerstehen, wenn sie ständig seinen Weg kreuzte? Frauen waren von Liam angezogen wie Bienen vom Klee. Sie fürchtete, den Rest ihres Lebens schmachtende Frauen vertreiben zu müssen. Und schlimmer noch war das Wissen, dass sie nicht ständig da sein konnte, um es zu tun.

»Wenn ich nur wüsste, was er wirklich für mich empfindet«, wisperte sie und legte ein paar Stöcke ins Feuer.

Das war der Kern des Problems. Liam begehrte sie, daran

hatte sie keine Zweifel, und es linderte den Schmerz, den Duncan ihr unwillentlich zugefügt hatte. Doch leider wusste sie nur allzu gut, dass das Begehren eines Mannes nicht in seinem Herzen wurzeln musste. Liam hatte ja behauptet, dass er für die Frauen, die er beschlafen hatte, nie etwas Besonderes empfunden hatte. Sie wusste zwar nicht, wie das gehen sollte, doch ihr blieb nichts anderes übrig, als ihm zu glauben.

Nachdenklich trank Keira einen Schluck aus Liams Weinschlauch, dann beschloss sie, sich noch einmal genau vor Augen zu führen, wessen sie sich ganz sicher war. Zum ersten Mal seit Wochen war sie allein, abgesehen von der schlafenden Meggie. Der Moment war also günstig, sich über einige Dinge klar zu werden. Liam wollte sie ganz für sich allein, ging ihr durch den Kopf. Natürlich konnten Männer auch ihren Lieblingsbecher ganz für sich allein haben wollen, doch Liams Besitzanspruch war unübersehbar. Er genoss ihre Gesellschaft, auch daran hatte sie keinen Zweifel. Er redete mit ihr und besprach vieles mit ihr. Offenbar gehörte er nicht zu den Männern, die glaubten, eine kleine Frau besäße einfach nicht genügend Verstand, um sie ernst zu nehmen. Selbst ihre Großmutter hatte sie immer wieder darauf hingewiesen, wie wichtig das war. Liam berührte sie ständig und küsste sie häufig. Keira errötete bei den Gedanken an ihre Liebesspiele. Trotz seiner Vergangenheit konnte sie nicht glauben, dass er so zärtlich wäre und so besorgt, dass auch sie Vergnügen empfand, sie dann die ganze Nacht fest umschlungen hielt, wenn er nicht etwas mehr für sie empfand als schlichtes geschlechtliches Verlangen.

Ein Geräusch riss sie aus ihren Gedanken. Jemand kam direkt aufs Lager zugerannt. Da Geräusche nachts weit getragen wurden, konnte Keira nicht sagen, wie nah die Person schon war. Sie weckte Meggie auf.

»Versteck dich unverzüglich!«, befahl sie.

Keira wunderte sich, wie rasch und gründlich Meggie ihrem Befehl folgte. Obwohl aus dem Tiefschlaf gerissen, tauchte sie im Handumdrehen in die Dunkelheit ein. Keira sprang auf und sah sich nach einem geeigneten Versteck für sich um, einem, das weit genug von Meggie entfernt war. Noch während sie zu dem Baum am anderen Ende des Lagers laufen wollte, daran dachte, auf ihn zu klettern und sich im Laub zu verstecken, begriff sie, dass sie keine Gelegenheit mehr dazu hatte

Ein Mann stolperte ins Lager. Zuerst erkannte ihn Keira in der Dunkelheit nicht, doch als er lachte, überfiel sie ein heftiger Schauder: Es war Rauf Moubray. Keira unterdrückte den Impuls, um ihr Leben zu laufen. Es würde ihr nichts nützen, und noch dazu würde sie Rauf die Gelegenheit bieten, sie von hinten zu packen, was er bestimmt sehr gern tun würde.

»Also ist mir das Glück in dieser Nacht endlich einmal hold«, knurrte er. »Ich habe nicht nur dich gefunden, sondern auch noch Pferde und Vorräte.«

»Ihr würdet nicht wie ein aufgeschreckter Hase durch den Wald rennen, wenn Ihr die Schlacht nicht verloren hättet«, sagte sie. »Da Ihr offenkundig sehr erpicht darauf seid, Euer elendes Leben zu retten, schlage ich vor, Ihr rennt weiter.«

Seine kalten Augen verengten sich, und seine Lippen zogen sich zu einem stummen Fauchen zurück. Wahrscheinlich war es der reine Wahnsinn, diesen Mann so zu beleidigen, doch Keira ging davon aus, dass es an ihrem Schicksal nichts ändern würde. Vielleicht war er nicht hierhergelaufen, um sie zu finden, doch jetzt, nachdem er sie gefunden hatte, würde er sie zweifellos töten. Sie konnte es ihm so schwer wie möglich machen und beten, dass er es eilig hatte, sein Leben zu retten, und sie deshalb schnell töten würde. Allein der Gedanke, wie grausam er andere umgebracht hatte, erfüllte Keira mit einer solchen Angst, dass sie erschauerte und sie gegen das Erbrechen ankämpfen musste. Vielleicht würde es ihr eine gewisse Genugtuung verschaffen, sich über diesem Mann zu erbrechen, doch dann würde ihm nur klar werden, dass es eine Folge ihres Entsetzens war, und wie verängstigt sie war, wollte sie ihm auf gar keinen Fall zeigen.

»Nay, nay, du kleines schwarzhaariges Miststück«, sagte er mit harter, kalter Stimme. »Du und ich haben noch eine Rechnung offen.«

»Eine Rechnung? Was für eine Rechnung? Glaubt Ihr etwa, ich schulde Euch etwas dafür, dass Ihr meinen Ehemann und viele seiner Leute gemeuchelt habt? Oder dafür, dass ich Euch nicht erlaubt habe, mich in aller Öffentlichkeit zu schänden? Wenn hier noch einer Schulden hat, dann Ihr, denn Ihr habt mir alles genommen. Leider habt Ihr mir hauptsächlich das Leben von Menschen genommen, die mir teuer waren, und diese Schuld kann nie beglichen werden, außer mit Eurem Tod.«

»Du solltest tot sein, du Hure!«

»Ach so? Nun ja, verzeiht, dass ich nicht an den Wunden gestorben bin, die Ihr mir zugefügt habt.« Keira wunderte sich, dass sie immer ruhiger wurde, obwohl Rauf immer wütender wurde.

»Sieh nur, wie du mein Gesicht zugerichtet hast!«

Beim Anblick der wulstigen Narbe zuckte Keira zusammen. Sie erinnerte sich noch gut an seinen schmerzerfüllten Wutschrei und den Geruch von Blut, als sie ihm die Wange mit einem Dolch aufgeschlitzt hatte. Wie gern hätte sie diesen Dolch jetzt bei sich gehabt! Als Heilerin war ihr die Vorstellung zwar verhasst, jemanden zu verletzen und sein Blut zu vergießen, doch bei diesem Mann hätte sie das ohne Zögern getan. Als sie an den armen Duncan dachte und an all die Männer, die an den Zinnen von Ardgleann hingen, sowie an das traurige Schicksal der Frauen, die Rauf in die Burg verschleppt hatte, stieg kalte Mordlust in ihr auf.

»Ich finde, das ist eine Verbesserung.«

Das war eine Beleidigung zu viel. Keira bemerkte gerade noch, dass er weder sein Schwert noch seinen Dolch gezogen hatte, bevor er sich auf sie stürzte und sie unter ihm zu Boden ging. Sie rang nach Luft, während er sie grob betatschte. Als sie endlich wieder atmen konnte, stellte sie fest, dass ihre Hände frei waren. Sie fing an, Rauf auf den Kopf zu schlagen. Er quittierte die Schläge zunächst nur mit einem Grunzen, bevor er zurückschlug.

Er packte sie mit einer großen, schwieligen Hand am Hals und drückte langsam immer fester zu, bis Keira wieder nach Atem rang. »Ich kriege schon noch, was ich will, Weib, ob du nun tot bist oder nicht. Für mich macht das keinen Unterschied.«

Keira war so entsetzt über diese kalten Worte, dass sie ihn nur noch fassungslos anstarren konnte. Als sie eine Bewegung hinter Rauf wahrnahm, war sie beinahe froh, dass sie ihm gezeigt hatte, wie sehr seine Worte sie abgestoßen hatten. Innerhalb eines Herzschlags, nachdem sie den Schatten entdeckt hatte, landete ein dicker Knüppel auf Raufs Kopf. Moubray grunzte und fiel zur Seite. Keira griff nach der Hand, die Meggie ihr reichte, um aufzustehen, doch eine Bewegung an ihrer Seite ließ sie erstarren.

»Lauf, Meggie!«, versuchte sie zu schreien, doch sie brachte nur ein heiseres Krächzen zustande. Aber die Warnung kam ohnehin zu spät.

Mit einem Wutschrei sprang Rauf auf. Meggie versuchte, ihn noch einmal zu schlagen, doch er entriss ihr den Knüppel und warf ihn weg. Dann packte er Meggie, auch wenn sie sich mit Händen und Füßen wehrte.

»Ich weiß, wer du bist«, fauchte er. »Das Balg des Böttchers. Dieser Feigling ist mit seinen kleinen Jungs geflohen. Rettete seinen respektlosen Ältesten, aber sein kleines Miststück hat er zurückgelassen. Na gut, ich werde dich töten, wie ich diesen elenden Bruder von dir töten wollte.«

Ohne Rücksicht auf ihren schmerzenden Körper rappelte sich Keira auf und stürzte sich von hinten auf Rauf. Sie schlang die Beine um seine Hüften und einen Arm um seinen Hals. Mit ihrer freien Hand drosch sie auf ihn ein.

»Lass sie in Ruhe, du mieses Schwein!«, schrie sie. Bei dem leisen, heiseren Krächzen, das sich ihrer Kehle entrang, fürchtete Keira, ihre Stimme hätte bleibenden Schaden genommen, und das machte sie umso wütender. »Lass sie los, sonst kratze ich dir die Augen aus!«

Moubray knurrte drohend. »Ich könnte ihr einfach den dürren Hals umdrehen.«

»Aye, das könntest du, aber wenn du das tust, dann ist ihr Sterben das Letzte, was du zu sehen bekommst; denn ich werde dich blenden, das schwöre ich!«

Einen Moment lang fürchtete Keira, er würde seine Drohung wahr machen. Doch dann fluchte er so laut, dass ihr die Ohren dröhnten, und warf Meggie weg wie einen Knochen. Keira schrie laut auf, als das Mädchen auf dem Boden aufkam und sich nicht mehr rührte. Doch ihr blieb keine Zeit, zu trauern oder zu prüfen, ob Anlass zur Trauer bestand, denn Rauf hatte jetzt nichts mehr in den Händen und bemühte sich, sie sich vom Rücken zu reißen.

Lange würde sie nicht auf seinem Rücken hängen können. Sie konnte nur den Kopf einziehen, um sich vor den Schlägen zu schützen, die er nach hinten auszuteilen versuchte. Obwohl diese Schläge nicht sehr gezielt waren, konnte sie sie kaum ertragen.

Aber wie sollte sie es schaffen, von ihm abzuspringen und rasch wegzurennen, von Meggies Schutz ganz zu schweigen? Schließlich packte er ihre Beine und versuchte, sie von seiner Taille wegzureißen.

Sie fürchtete schon, dass er ihr die Beine brechen würde, als plötzlich ein Schwert in ihr Blickfeld kam und genau auf Raufs Kehle gerichtet war. Verdutzt starrte sie Liam an. Hinter ihm entdeckte sie Sigimor, der sich zu Meggie hinabbeugte und ihr beim Aufstehen half. Dann packten sie zwei große Hände um die Taille und zogen sie weg von Raufs Rücken. Sie sah sich um und merkte, dass Ewan sie aus ihrer Zwangslage befreit hatte. Hinter Ewan standen ihre Brüder.

»Ihr seid ein saudummer Mann, Rauf Moubray«, knurrte Liam und trat einen Schritt zurück. »Ihr hättet fliehen und vielleicht sogar noch ein paar Tage leben können, bis wir Euch erwischt hätten. Stattdessen habt Ihr Euch damit aufgehalten, zwei arme Mädchen zu quälen.«

»Glaubst Ihr etwa, ich habe nicht gewusst, dass ich ein toter Mann bin?«, fragte Rauf höhnisch. »Vielleicht habe ich ja nur gedacht, es wäre fair, Euch einen Preis dafür abzuverlangen, dass Ihr Euch Ardgleann unter den Nagel gerissen habt.«

Es ist also vorbei, dachte Keira und lehnte sich an Ewan. Jeder Knochen tat ihr weh, und sie konnte sich kaum noch auf den Beinen halten. Sie wollte schon fragen, warum nicht endlich jemand Rauf tötete, damit sie sich ein bisschen ausruhen konnte, als der sein Schwert zog und niemand ihn daran hinderte. Keira holte tief Luft, damit ihre Stimme damit etwas lauter und fester klang. Sie wollte diesen Narren sagen, dass ein Mann wie Rauf Moubray nicht verdiente, in einem ehrenvollen Zweikampf zu sterben. Er hätte abgeschlachtet werden sollen wie das Schwein, das er war. Doch bevor sie auch nur ein einziges Wort herausbringen konnte, legte sich eine große Hand sanft, aber bestimmt auf ihren Mund.

»Sei still«, flüsterte Ewan ihr ins Ohr. »So ist es am besten. Liam kann dir das später erklären.«

Als Liam und Rauf zu kämpfen begannen, konnte Keira nur hoffen, dass Liam eine sehr gute Erklärung parat haben würde. Ewan wollte seine Hand wegnehmen, doch sie hinderte ihn daran. Sie wusste zwar, dass es gefährlich sein konnte, einen kämpfenden Mann anzuschreien, aber sie wusste nicht, ob sie sich zurückhalten konnte. Ewan nickte, offenbar verstand er, was in ihr vorging.

Obwohl Liam das Bein zu schmerzen schien, war der Kampf rasch vorbei. Rauf war gut, aber Liam war besser. Dennoch wollte Keira ihm nie wieder bei einem Kampf zusehen. Das war einfach zu viel für ihr armes Herz.

Liam wischte sein Schwert an Raufs Wams ab und steckte es zurück, dann ging er zu Keira. Sein Bein, das beschlossen hatte, an diesem Tag genug strapaziert worden zu sein, gab nach wenigen Schritten nach. Nur mit Mühe gelang es ihm, sich zu fangen und nicht der Länge nach auf dem Boden aufzuschlagen. Er rang sich ein Lächeln für Keira ab, als sie sich neben ihn kniete. Nachdem seine Wut und seine Sorge um Keira verebbt waren, machten sich die Schmerzen in seinem Bein umso deutlicher bemerkbar. Er hatte es in den letzten Tagen einfach nicht schonen können.

Als ihm aufgegangen war, wohin Rauf wollte, hatte Liam schreckliche Angst bekommen – nicht nur um Keira, sondern auch um sich. Er hatte gefürchtet, sie zu verlieren, nie mehr ihr Lachen zu hören, nie mehr ihr leises Murmeln und Summen, wenn sie begann, sich ihrer Leidenschaft hinzugeben, und nie zu erfahren, ob sie ihn liebte. Obwohl ihn alle gemahnt hatten, ruhig zu bleiben, war er wie ein Irrer zum Lager gestürzt. Sigimor hatte ihn zurückhalten müssen, nicht lautstark ihre Ankunft zu verkünden. Er hätte sich seiner blinden Leichtfertigkeit bitter geschämt, wenn er nicht gewusst hätte, dass es Sigimor und Ewan genauso ging und sie ihn verstanden.

Sie hatten sich angeschlichen. Dabei hatte es Liam die größte Mühe gekostet, sich nicht zu früh bemerkbar zu machen, als er sah, was Rauf mit Keira anstellte. Wieder und immer wieder hatte er sich gesagt, dass Keira lebte. Nur dieses Wissen hatte ihm erlaubt, sich weiter langsam und leise zu bewegen. Er hatte sich sogar die Zeit genommen, sich die passenden Worte zurechtzulegen, um Keira zu tadeln. Warum hatte sie sich nicht versteckt, dafür einen Mann angegriffen, der zwei Kopf größer war als sie und bestimmt das Dreifache wog? Doch jetzt konnte er sich zurücklehnen, sein pochendes, überstrapaziertes Bein ruhen lassen und vielleicht ein wenig in ihrer Dankbarkeit schwelgen und ihrem Lob, dass er seine Sache gut gemacht hatte.

»Du Idiot!« Keira begann, seinen Stiefel aufzuschnüren. Sie fürchtete, dass sein Bein Schaden genommen hatte. »Dein Bein ist noch kaum eine Woche ausgeheilt, und schon hüpfst du herum und schlägst dich mit dem Schwert.«

In der Sorge um sein Wohl konnte er fast ebenso gut schwelgen, beschloss er. Dann verzog er das Gesicht. Ihre Stimme klang sonderbar, sie war bestimmt nicht so leise und rau, weil sie gegen Tränen ankämpfte.

»Was ist mit deiner Stimme passiert?«, fragte er.

Keira stellte zu ihrer Erleichterung fest, dass sein Bein nur ein wenig geschwollen war. »Rauf wollte mir zeigen, wie mühelos er eine kleine Frau nur mit einer Hand erdrosseln kann.«

Sie stieß seine Hand weg, als er versuchte, ihren Hals zu untersuchen, der von ihren Haaren verdeckt war. Liams Gesicht spiegelte große Schmerzen. Ihm diese Schmerzen zu nehmen, das war das Mindeste, was sie für ihn tun konnte, nachdem er Ardgleann befreit und ihr das Leben gerettet hatte. Doch als sie in Vorbereitung darauf die Hände aneinanderrieb, packte er sie und hielt sie fest.

»Frau, wir sind nicht allein«, sagte er leise. »Willst du riskieren, dass dein Geheimnis aufgedeckt wird?«

»Meine Brüder kennen es, und du vertraust deinen Verwandten, oder?« Er nickte, auch wenn er noch immer die Stirn runzelte. »Und Meggie kann bestimmt auch ein Geheimnis wahren.« Sie lächelte das Mädchen an, das mittlerweile an Liams anderer Seite stand. »Schwörst du, dass du das, was ich jetzt tun werde, nicht weitererzählst, Meggie?«

»Aye«, meinte Meggie bereitwillig. »Aber wenn Ihr von Eurer Gabe des Heilens redet, ist die hier kein großes Geheimnis.«

»Hat Duncan dir davon erzählt?«

»Er hat einigen davon erzählt. Er hielt es für eine wundervolle Mitgift, auch wenn er uns aufforderte, Euch nicht darum zu bitten, weil es Euch schwächt, wenn Ihr Eure Gabe einsetzt.« Meggie betrachtete Liams Bein stirnrunzelnd. »Es sieht doch ganz gut aus.«

Keira überwand ihre Überraschung darüber, dass ihr Geheimnis keines mehr war. »Ich kann allerdings niemanden heilen, nur wenn ich ihn berühre. Ich kann nur die Schmerzen nehmen, und manchmal kann ich mit meinen Händen auch fühlen, was einem Menschen fehlt.«

»Trotzdem ist es eine wunderbare Gabe.«

»Danke. Aber mir ist lieber, wenn man nicht so viel darüber redet. Manche Leute sehen es nämlich nicht als Gabe.« Keira atmete tief durch, dann schloss sie die Augen und legte ihre Hände auf Liams Bein auf.

Liam spürte ihrer Hände Magie wirken. Leise forderte er Keiras Brüder auf, etwas zu essen und zu trinken zu besorgen, am besten Apfelwein, Honig und Brot. Da Keira solche Sachen oft bei sich hatte, sollten sie als Erstes in ihrer Satteltasche nachsehen. Dann bereitete er sich darauf vor, sie aufzufangen, und dachte darüber nach, was er ihr sagen könnte, damit sie die Schmerzen, die sie in ihren Körper aufgenommen hatte, möglichst rasch wieder verlor.

Keiner sprach, während Keira ihren Zauber wirkte. Ihre Brüder standen bereit und reichten ihr etwas zu essen und zu trinken, sobald sie fertig war. Liam musste rasch handeln, um noch etwas von der Beute abzubekommen, die sie hastig verschlang. Dann hielt er sie fest und erzählte ihr leise von einem erfrischenden Frühlingsregen und Heidefeldern. Er spürte, wie sie sich entspannte, und schließlich murmelte sie ein höfliches Dankeschön und schlief an ihn gelehnt sofort ein.

»Tut sie das immer, wenn sie jemandem geholfen hat?«, fragte Meggie.

»Was? Wie ein hungriges Ferkel futtern und dann einschlafen?« Liam grinste, als das Mädchen nickte. »Aye. Das Heilen ist sehr anstrengend für sie. Sie übernimmt den Schmerz, und danach muss sie ihn wieder loswerden. Das ist eine teure Gabe.«

Meggie nickte bedächtig. »Keine, die sie ständig benutzen kann. Das ist ein guter Grund, um sie so geheim wie möglich zu halten.«

»Stimmt.« Liam sah sich im Lager um und bemerkte, dass jemand Raufs Leichnam bereits auf ein Pferd verfrachtet hatte. »Ich glaube, Keira und ich werden hier übernachten.«

»Aye, das ist wahrscheinlich das Beste«, meinte Sigimor. »Dann haben wir Zeit, die Leichen wegzuräumen.«

»Und die armen Seelen von den Zinnen zu holen.«

»Darum haben sich schon die anderen gekümmert, als wir aus der Burg stürmten.«

»Gut.« Liam runzelte die Stirn, als Artan sich neben Keira kauerte und ihr dichtes Haar nach hinten schob, um ihren Hals anzuschauen. »Was ist los?«

»Ich wollte nur sehen, was dieser Dreckskerl angerichtet hat«, erwiderte Artan. »Vielleicht kann man etwas dagegen tun.«

Als die Blutergüsse auf Keiras schlankem Hals sichtbar wurden, begannen alle zu fluchen – selbst Meggie. Liam bedauerte es, Rauf nicht einfach abgestochen zu haben, dafür ihm erlaubt zu haben, wie ein Ritter zu sterben, der er nie gewesen war. Aber er hatte sich vorgenommen, alles zu unterlassen, was sein Recht, Ardgleann in Besitz zu nehmen, infrage stellen konnte.

Während Artan ein wenig Salbe auf Keiras Hals auftrug, fragte Meggie: »Kann sie sich denn nicht selbst heilen?«

»Nay«, erwiderte Liam. »Aber die Salbe ist von ihr, und wahrscheinlich kennt sie auch ein Mittel für ihre Stimmbänder.«

»Sir Ian und seine Männer werden bestimmt vorbeikommen, um ihre Pferde und ihren Proviant zu holen«, sagte Sigimor. »Ich werde ihm sagen, dass er euch nicht stört. Lass das Mädchen ausruhen, sie wird ihre Fähigkeiten einsetzen müssen, wenn sie nach Ardgleann kommt. Es gibt ein paar Verletzte, aber nur zwei Tote, Männer von Sir Ian. Es war ein Sieg, der uns nicht viel gekostet hat.«

Liam pflichtete ihm bei. Allerdings fragte er sich, wann Sigimor die Zeit gefunden hatte, diese Rechnung aufzustellen. Der Mann stellt einen immer wieder vor Rätsel, dachte er, als er zusah, wie die anderen aufbrachen.

Sobald sie allein waren, trug Liam Keira zu ihrem kleinen Unterschlupf. Dort zog er sie aus, legte sie sanft auf der Lagerstatt ab und deckte sie gut zu. Kurz bevor er sich zu ihr gesellen wollte, trafen Sir Ian und seine Männer ein. Sir Ian bestand darauf, über den Kampf zu sprechen und Liam seine Dankbarkeit zu bezeugen. Als Liam sich endlich zu Keira legen konnte, ging bereits die Sonne auf.

Er schlüpfte unter die Decke und nahm seine Ehefrau in die Arme, dann atmete er erleichtert auf. Der letzte Rest seiner Sorgen um sie verflog, als sie sich an ihn kuschelte und ihren schlanken Rücken eng an seine Brust schmiegte. Wie gerne hätte er sie jetzt geliebt, doch er wusste, dass sie ihren Schlaf brauchte. Rauf hatte in den wenigen Monaten, die er auf Ardgleann gehaust hatte, viel Schaden angerichtet. Keira würde bestimmt rasch so viel wie möglich davon beheben wollen.

»Liam, wir sind noch nicht auf Ardgleann, oder?«, fragte sie schläfrig.

»Nay, Liebste, wir sind noch im Lager.« Er küsste ihre Wange. »Schlaf weiter und ruh dich aus.«

»Aber es gibt so viel zu tun.«

»Damit kannst du auch später anfangen, es läuft dir nichts davon.«

»Aber es wird mir das Herz brechen, oder?«

»Vielleicht. Doch dein Herz und auch die Burg werden wieder heilen.«

19

Keira sah sich im Hof von Ardgleann um, hielt sich an Liam fest. Er hatte sie schlafen lassen, und jetzt war schon nach Mittag. Obgleich er ebenfalls so lange geschlafen hatte, hatte sie ein schlechtes Gewissen. Dass sie sich gescheut hatte, die Menschen von Ardgleann wiederzusehen, zeugte von Feigheit, und sie befürchtete, dass das einer der Gründe war, warum sie den Tag fast verschlafen hatte. Am liebsten wäre sie auf der Stelle zu ihrem kleinen Unterschlupf im Wald zurückgerannt. Doch Ardgleann war jetzt ihr Zuhause, und es war ihre Pflicht, es von Raufs Gestank und all den Erinnerungen zu reinigen.

Die Außenanlage wirkte bereits recht aufgeräumt. Von der Schlacht, die hier stattgefunden hatte, war kaum noch etwas zu sehen. Trotzdem sah man überall noch deutlich Raufs Spuren. Ihm und seinen Männern war Ardgleann völlig gleichgültig gewesen. Jetzt lagen etliche Wochen harter Arbeit vor ihnen, um Unrat zu beseitigen und all die Dinge zu reparieren, die unter diesen gedankenlosen und zerstörerischen Händen gelitten hatten.

»Er war ein Schwein!«, murrte Liam. »Es sieht zwar alles ziemlich trist aus, aber man kann es wieder richten.«

»Aye.« Keira musterte die Tür des Keeps, massive eichene Türflügel mit schönen Schnitzereien. »Immerhin haben sie die Tür nicht beschädigt.«

»So wie die aussieht, ist sie recht robust. Eine gute Abwehr.«

»Natürlich.«

»Du musst irgendwann reingehen, Liebes«, mahnte er sanft. »Das Beste ist, du bringst es hinter dich.«

Sie nickte, betrat den Keep, ohne Liams Hand loszulassen. Sie begriff sofort, warum man die schwere Türen einen Spalt breit hatte offen stehen lassen. Im Wohnturm stand der Gestank von groben Männern, die hier monatelang wie die Schweine gehaust hatten. Keira befürchtete, dass dieser Gestank zum Teil auch von den Leichen herrühren konnte, die an den Außenmauern verrotteten. Keira schauderte, dann straffte sie die Schultern. Ardgleann war jetzt von dieser Geißel befreit. Wahrscheinlich musste man sich über den Verlust einiger schöner Gegenstände grämen, aber schwerer wog der Verlust an Menschenleben. Ardgleann konnte repariert und gereinigt werden, doch die Toten waren nicht zu ersetzen.

»Vielleicht sollte ich als Erstes in die Große Halle gehen«, meinte sie, und Liam führte sie dorthin.

Schon auf der Schwelle der Großen Halle sah sie sich überrascht um: Ein halbes Dutzend Frauen misteten den Saal aus, säuberten den Boden von den schmutzigen Binsen und schrubbten ihn. Einige Möbel fehlten, doch die eleganten Wandteppiche sahen unbeschädigt aus. Als Joan mit den Frauen zu ihr trat, verspannte sich Keira, weil sie sich ihres Empfangs nicht sicher war.

»Herrin – wir hatten gehofft, die Große Halle und ein paar weitere Räume vor Eurem Eintreffen gesäubert zu haben«, sagte Joan.

Keira wurde ein wenig ruhiger, als sie das Willkommen in den Gesichtern der Frauen sah. »Du hättest nicht gleich mit dieser schweren Arbeit anfangen müssen, Joan«, meinte sie. Als sie bei mehreren Frauen Blutergüsse entdeckte, zog sich Keiras Herz vor Kummer über deren Leid zusammen. »Ihr braucht Zeit, und ihr solltet bei euren Familien sein.«

»Herrin«, sagte Joan mit fester Stimme. »Die Spuren dieser Schweine zu beseitigen *ist* Genesung.« Die Frauen hinter Joan nickten und murmelten zustimmend.

»Diesen Ort sauber zu machen ist eines der Mittel, um zu genesen«, sagte Claire, die Wäscherin. Plötzlich strich sie sich die Röcke glatt und drückte ihr Haar an. »Ist das der neue Herr?«

Etwas verdutzt stellte Keira ihnen Liam vor. Es ging ihr sehr ans Herz, wie er jede Frau begrüßte, als sei sie eine vornehme Dame. Während er jede nach ihrem Namen, ihrer Stellung auf Ardgleann und nach ihrer Familie fragte, spürte sie, wie sie jemand sanft am Ärmel zupfte. Es war Joan, die sie zur Seite nahm.

»Seht nicht so betrübt aus, Herrin«, meinte Joan.

»Aber sie haben alle so schrecklich gelitten.«

»Aye, und die Heilung einiger Wunden wird sich lange hinziehen. Alle Frauen von Ardgleann haben gelitten. Wir trösten und stärken uns jetzt gegenseitig, genau, wie in der Zeit, als wir hier gefangen waren. Einige sind auch entkommen, aber es waren wirklich nur wenige.«

»Gibt es viele Witwen?«

Joan nickte seufzend. »Von den Männern auf der Burg haben nur ein paar überlebt. Die Männer von Ardgleann, die überlebt haben, haben ihre Frauen zum Glück wieder mit Freuden aufgenommen. Macht Euch keine Sorgen, es wird sich schon wieder alles einrenken. Wir betrachten das Ganze als Feuerprobe, die wir bestanden haben.«

»Ich hätte …«

»Genau das tun sollen, was Ihr getan habt. Weglaufen – weit weg und schnell. Wir wissen doch alle, was diese Bestie mit Euch vorhatte. Er hat noch tagelang geflucht, weil es ihm nicht gelungen war. Es hat uns nur gewundert, dass Ihr überhaupt zurückgekehrt seid, Herrin. Schließlich seid Ihr eine kleine Frau und wart nur wenige Monate mit einem bedauernswerten, bekümmerten Mann verheiratet gewesen. Wir haben Euch doch kaum etwas bedeutet, dafür war Eure Zeit hier doch viel zu kurz. Aber Ihr seid mit einem Heer starker Männer zurückgekommen und habt diesen Dämon in die Hölle geschickt, wohin er gehört.«

»Ihr habt wirklich nicht damit gerechnet, dass ich zurückkehre?«

»Warum auch? Und außerdem fürchteten wir, dass Ihr tot

seid, schließlich wart Ihr verletzt und ganz auf Euch allein gestellt. Gelegentlich haben wir natürlich schon gehofft, Ihr seid am Leben und lasst Euch etwas einfallen, um uns zu helfen. Zudem hofften wir, dass Sir Ian die Bedrohung erkennen würde, die von Moubray ausging, und dass er versuchen würde, ihn loszuwerden. Aber wir haben wahrhaftig nicht damit gerechnet, dass unsere Hölle schon so bald enden würde.«

Keira spürte, wie das Schuldgefühl, unter dem sie so lange litt, von ihr abfiel. Joan wiederholte zwar nur, was ihr die anderen ständig gesagt hatten, doch da die Frau persönlich unter Rauf gelitten hatte, maß sie ihren Worten weit größeres Gewicht bei. Keira konnte sich sicher sein, dass sie die Wahrheit sprach und sie nicht nur trösten wollte.

»Euer Ehemann ist ein schöner junger Mann«, sagte Joan. »Und mein Malcolm hat gesagt, dass er auch ein rechtschaffener Mann ist. Ihr habt uns einen guten Herrn gebracht.«

»Ach, Malcolm.« Keira nahm Joans Hand. »Ich habe ganz vergessen, mit Malcolm über seine Hand zu reden.«

»Das ist natürlich eine traurige Sache.« Joan sah sich um, weil sie sich vergewissern wollte, dass niemand sie belauschte, dann fügte sie hinzu: »Aber Ihr wisst ja, dass es nicht seine Arbeitshand ist. Allerdings tut sie ihm ständig weh. Ich hoffe, Moubray leidet in der Hölle dafür tausend Qualen.«

»Ich habe mir seine Hand angesehen und glaube, dass ich ihm helfen kann. Wahrscheinlich wird sie nie mehr so sein wie früher, doch vielleicht könnte ich zumindest dafür sorgen, dass sie ihm nicht mehr so wehtut.« Sie verzog das Gesicht. »Leider müsste ich ihm erst einmal weitere Schmerzen zufügen.«

»Was müsstet Ihr denn tun?«

»Seine Finger noch einmal brechen, die Hand wieder einrichten.« Sie nickte, als Joan zusammenzuckte. »Die Knochen sind falsch zusammengewachsen, deshalb ist die Hand so verkrüppelt und schmerzt. Man sollte allerdings nicht mehr lange damit warten.«

Joan nickte. »Man muss es tun, bevor die Knochen dauerhaft falsch zusammenwachsen. Das leuchtet mir ein. Ich werde mit ihm reden, Herrin. Ein kurzer Schmerz, der den ständigen Schmerzen ein Ende bereitet, das ist doch eine gute Sache. Wenn er einwilligt, suche ich jemanden, der ihm die Hand noch einmal bricht, und dann könnt Ihr sie richtig einrichten.«

»Aber danach wird er die Hand gute sechs Wochen nicht gebrauchen können.«

»Er kann sie jetzt auch kaum gebrauchen, und ich bin ja da, um ihm zu helfen.«

Keira atmete tief durch, weil ihr der Mut wieder zu schwinden begann. »Ich weiß, wie sehr ihr alle gelitten habt. Doch eines wollte ich euch noch sagen: Wenn eine von euch schwanger geworden ist und es nicht ertragen kann, das Kind zu behalten, weil es sie an ihre Qualen erinnert, soll sie es zu mir bringen.«

»Ihr glaubt also nicht, dass ein Kind von seinem Erzeuger befleckt wird?«

»Nay. Nur weil der Mann eine Bestie ist und Dinge tut, bei denen sich einem der Magen umdreht, bedeutet das nicht, dass das Kind nach ihm schlägt – zumindest, solange er das Kind nicht aufzieht. Im Übrigen glaube ich nicht, dass Rauf geisteskrank war, auch wenn mir seine Untaten deshalb umso beängstigender erscheinen.«

»Ich weiß, was Ihr meint: Er war in der Seele krank, weniger im Kopf. Auf jeden Fall werde ich den Frauen Bescheid sagen. Aber ich denke, dass nicht sehr viele Kinder gezeugt worden sind, und wenn, dann werden die Frauen das Kind behalten wollen. Ich kann ihnen ja sagen, dass Moubray und seine Männer ein Rudel wilder Hunde waren, dass aber ein Welpe, wenn er in liebevollen Händen ist, zu einem guten Begleiter erzogen werden kann. Wahrscheinlich fällt es vor allem den Männern schwer, ein Kind zu akzeptieren, das durch eine Schändung gezeugt worden ist.«

»Herrin! Gut, dass Ihr da seid!«

Keira begann zu lächeln, als sie Kester, gefolgt von Meggie, auf sich zueilen sah. Doch dann bemerkte sie seinen besorgten Ausdruck im Gesicht. »Was ist denn los, Kester?«, fragte sie.

»Es geht um Sir Archie!«, erwiderte Kester. »Er hat wieder eine Wunde am Kopf.«

»Niemand hat mir gesagt, dass er verwundet worden ist.«

»Ein, zwei Leute haben ihn gefragt, ob ihm etwas fehlt, und er hat gesagt, es sei nur ein Kratzer. Aber ich glaube, dass seine alte Wunde wieder aufgeplatzt ist. Zwei von Raufs Leuten haben versucht, durch den Raum zu entkommen, den Sir Archie bewachte. Eine der Frauen hat Sir Archie geholfen, sein Ziel zu finden, und den zweiten Mann haben die anderen erledigt, die sich dort versteckt hatten. Aber Sir Archies Gegner hat es dennoch geschafft, einen Treffer auf seinem Kopf zu landen.«

»Wo ist er?«, fragte sie, während Liam zu ihnen trat und gut zuhörte.

»In dem kleinen Schlafraum, den man uns zugewiesen hat.«

»Nun, ich wollte mir seine alte Wunde ohnehin noch einmal genauer ansehen und dachte sogar daran, dass ich sie öffnen müsste, um sie zu säubern. Immerhin muss ich das jetzt nicht mehr tun.« Sie warf noch einmal einen Blick auf die Arbeit, die es hier zu tun gab. »Blutet die Wunde denn schlimm?«

»Geh und kümmere dich um ihn«, sagte Liam, bevor Kester antworten konnte. »Ich kann mich hier auch nützlich machen, obwohl es nicht so aussieht, als ob diese Frauen meine Unterstützung nötig hätten. Geh zu Sir Archie, Meggie und Kester können dir sicher alles besorgen, was du brauchst. Und dann kannst du dir ja auch noch die anderen Verletzten anschauen.« Als sie noch immer zögerte, gab er ihr einen Kuss. »Du gehst jetzt und tust, was du wirklich gut kannst, und ich verschaffe mir mittlerweile einen Überblick über die Schäden. Ich bin zwar nur ein Mann, aber ich kann trotzdem sehen, was gereinigt werden muss.«

Keira lachte leise, dann zog sie mit Kester und Meggie davon.

Liam hoffte inständig, dass die Menschen, die geholfen hatten, Ardgleann zurückzuerobern, keinen allzu großen Schaden genommen hatten. Andererseits war er froh, dass Keira eine Weile damit beschäftigt sein würde, Verletzte zu versorgen. Er wollte sich mit den Frauen über die Schäden unterhalten, die ihnen aufgefallen waren, und darüber, was sie für die vordringlichsten Aufgaben hielten. Sobald Keira verschwunden war, drehte er sich zu den Frauen um und fand sie in einer Gruppe zusammenstehend und ihn anstarrend.

»Es ist besser, wenn Ihr die Bestandsaufnahme macht, Herr«, meinte Claire. »Wir kennen die junge Herrin zwar nicht sehr gut, aber wir wissen, dass sie ein weiches Herz hat, und was der Mann hier angerichtet hat, wird sie sehr bekümmern.«

Joan nickte. »Und ihre Schuldgefühle verstärken.« Sie sah die anderen Frauen an. »Diese törichte Lady glaubt tatsächlich, sie hat uns im Stich gelassen, weil sie nicht früher gekommen ist.«

Die Frauen wirkten verwundert, und Claire wandte sich an Liam. »Keine Sorge, Herr, wir werden ihr diesen Unsinn bald austreiben. Wollt Ihr den Schaden schriftlich festhalten?«

»Aye, etwas zu schreiben wäre hilfreich«, erwiderte Liam. Er war froh, dass die Frauen Keira ihre Schuldgefühle nehmen wollten, unter denen sie so lange gelitten hatte.

Während sich Claire beeilte, Schreibsachen zu holen, wandte sich Joan wieder an ihn. »In der Küche muss man nicht viel tun, diesen Bereich haben die Männer kaum betreten. Wir haben auch schon ein Schlafgemach für Euch und unsere Herrin geputzt. Drei Frauen sind damit beschäftigt, alles für Euch herzurichten.«

»Vermutlich hat Rauf Moubray das Schlafgemach des Herrn benutzt.«

»Aye, und deshalb haben wir das Gemach der Herrin für Euch vorbereitet. Keiner der Männer hat dort geschlafen, dieser Raum wurde nur von Raufs Frau benutzt.« Joan deutete mit dem Kopf auf eine üppige Brünette. »Hattie hat dort geschlafen. Als dieser Dämon fragte, wer die Hure des Lairds sei, hat sie sich tapfer gemeldet, weil sie wusste, dass er vorhatte, den Stuhl des Lairds zu besetzen. Sie hat uns einige Hinweise gegeben, wie man die Sache besser überstehen kann, weil sie – na ja, in ihrem Leben schon mit vielen Männern zu tun gehabt hat.« Joan errötete.

Zu Liams Überraschung lachte Hattie nur, und die Frauen stimmten rasch ein. »Na gut, Hattie, wenn du jemals genug von den Männern hast, lass es mich wissen«, meinte er. Hattie riss erstaunt die Augen auf, offenbar hatte sie ihn verstanden. Er vermutete, dass er bald von ihr hören würde. »Gibt es noch andere, um die man sich kümmern muss?«

»Das wird vermutlich unsere Lady übernehmen«, erwiderte Joan. »Die zwei großen Lairds sind direkt ins Verlies hinunter, um die armen Seelen, die Rauf dort eingesperrt hatte, zu befreien. Die meisten von ihnen sind jetzt wohl bei den paar verwundeten Kriegern. Die armen Männer, die das Schwein an die Zinnen gehängt hat, sind endlich bestattet worden. Rauf und seinen Männern wurde alles von Wert abgenommen, bevor sie in eine Grube geworfen wurden, die Eure Männer und ein paar von Sir Ians Männern und Adam, der Sohn von Laird MacKay, und seine Männer ausgehoben haben. Sie machten kurzen Prozess, und ich machte ihnen noch ein gutes Essen, bevor sie abzogen. Als die MacLeans und die MacKays sahen, was hier angerichtet worden war, waren sie froh, dass Ihr gekommen seid, um dieses Land von Moubray zu befreien.«

Das bedeutete, dass er seitens seiner Nachbarn keinen Einwand wegen Keiras kurzer Ehe mit Duncan MacKail gegen seine Beanspruchung von Ardgleann zu erwarten hatte. Auf einen Streich hatte er Ländereien und eine stattliche Burg und Bundesgenossen gewonnen. Es war alles so glatt gelaufen, dass er es noch gar nicht recht fassen konnte.

Als Claire zurückkam, richtete Liam seine Aufmerksamkeit darauf, eine Liste der Aufgaben, die erledigt werden mussten, und der Dinge, die ersetzt werden mussten, anzufertigen. Er hatte sich gerade in Duncan MacKails ehemaligem Arbeitszimmer, das Rauf und seine Männer zum Glück kaum benutzt hatten, eingerichtet, als Sigimor, Ewan und Keiras Brüder hereinplatzten.

»Wir ziehen morgen früh ab«, verkündete Sigimor und lehnte sich gegen den schweren Arbeitstisch, an dem Liam saß.

»Ihr wisst, dass ich euch allen von Herzen dankbar bin«, sagte Liam.

»Schon gut. Die Sache hier musste dringend erledigt werden. Dass du die Burg bekommst, versüßt das Ganze noch ein bisschen.«

»Und wir wären schon wegen Keira gekommen«, sagte Lucas. »Wir sind gottfroh, dass wir nicht allein um das, was rechtmäßig Keira gehört, kämpfen mussten.«

»Ist es schlimm?«, fragte Ewan und warf einen Blick auf die Liste, die Liam vor sich liegen hatte.

»Nicht so gut«, erwiderte Liam. »Du hattest recht – der Mann hat sich hier nur vollgestopft und keinen Gedanken darauf verschwendet, was passiert, wenn er und seine Männer alles aufgefressen haben. Die Leute haben gerade noch ein paar Kühe, Schafe und Federvieh retten können, aber es wird dauern, bis wir alles ersetzt haben, was diesem Vielfraß zum Opfer fiel.«

»Vielleicht können wir euch ein bisschen unter die Arme greifen. Wenn jeder von uns einen kleinen Beitrag leistet, stürzt das keinen ins Elend, aber euch wird es helfen, im kommenden Winter die Wölfe von euch fernzuhalten.«

»Aye«, pflichtete ihm Sigimor bei, und Keiras Brüder nickten. »Wir haben alle etwas davon, und uns kostet es nicht viel. Du hast jetzt mehr Pferde, als du brauchst oder je willst. Die kannst du bei deinen Nachbarn gegen das eintauschen, was du am dringendsten brauchst.«

»Ihr wollt keine Pferde mitnehmen?«, fragte Liam.

»Na ja, ein paar solltest du schon behalten, und ich komme

vielleicht mal vorbei, um eine Stute beschälen zu lassen oder dir ein Hengstfohlen oder zwei abzunehmen.« Als Liam nickte, fügte Sigimor hinzu: »Bevor ich gehe, zeige ich dir noch, welche Tiere ich meine.«

»Wie geht es meiner Schwester?«, fragte Artan.

»Es schmerzt sie zu sehen, was aus der einst so stolzen Burg geworden ist«, erwiderte Liam. »Und mehr noch, was die Leute erdulden mussten. Aber sie wird darüber hinwegkommen, und wenn es alle so sehen wie die Frauen, die gerade die Große Halle sauber machen, wird Keira auch bald von ihren Schuldgefühlen ablassen, an denen sie so lange festgehalten hat.«

Artan fluchte leise. »Wir haben ihr alle gesagt, dass sie sich nichts vorzuwerfen hat, aber offenbar hat sie nicht auf uns gehört.«

»Aye, aber schließlich haben wir nicht gelitten. Wenn die Frauen ihr sagen, dass sie aufhören soll, so töricht zu sein, ist das viel wirksamer als alles, was wir getan haben oder hätten sagen können. Als sie mit Malcolms Frau sprach, konnte ich fast hören, wie ihr ein Stein vom Herzen fiel.«

»Gut«, sagte Sigimor. »Und jetzt sag uns, ob es noch etwas gibt, was wir und unsere Männer tun können. Es wäre dumm, die Chance nicht zu nutzen, so viele kräftige Hände sinnvoll einzusetzen.«

»Aye«, pflichtete Ewan ihm bei. »Schwere Arbeit wird mir helfen, mir zu überlegen, was ich sage, wenn ich zu meiner schwangeren Frau heimkehre.«

»Fiona ist wieder schwanger?«, fragte Liam. »Es wundert mich, dass du trotzdem mit uns in den Kampf gezogen bist.«

»Mir blieb gar nichts anderes übrig, schließlich hat sie sich die größte Mühe gegeben, es vor mir zu verbergen.« Ewan schüttelte den Kopf. »Fast alle auf Scarglas wissen Bescheid. Doch da keiner glaubt, dass sie ihre Drohungen wahr macht, mit denen sie die Leute zum Stillschweigen verpflichtet hat, hat es nicht lange gedauert, bis ich es erfahren habe. Ich muss mir nur noch überlegen, ob ich jetzt überrascht tun oder sie schelten soll, da sie versucht hat, vor ihrem Herrn und Gebieter Geheimnisse zu haben.«

Liam stimmte in das allgemeine Gelächter ein. Doch als alle überlegten, was sie vor der Heimkehr noch tun konnten, stellte Liam fest, dass er nicht ganz bei der Sache war. Sobald die anderen aufbrachen, machte er sich auf den Weg zu Keira. Ewans Ankündigung, dass Fiona schwanger war, hatte ihn an Keira denken lassen. Vielleicht war auch sie bald mit einem Kind von ihm schwanger, und er hatte das starke Bedürfnis, sie zu sehen.

Es dauerte eine Weile, bis er sie in ihrem Wohnzimmer fand. Es sah aus, als ob der Raum zu denen gehörte, die Moubray und seine Männer verschont hatten. Keira saß auf einer gepolsterten Bank nahe einem der erstaunlich großen, hohen Fenster. Er setzte sich neben sie und nahm ihre Hand. Erst jetzt bemerkte er, dass sie ein langes, dünnes Metallstück betrachtete.

»Was ist das denn?«, fragte er, nahm es ihr ab, als sie es ihm reichte, und musterte es eingehend. »Es sieht aus wie ein Teil von einem Dreschflegel oder wie etwas, was Krieger in eine Keule stecken, um sie zu einer gefährlicheren Waffe zu machen.«

»So etwas ist es wohl auch«, sagte Keira. »Es steckte in Sir Archies Kopf.«

»Herrgott. Das hat ihm bestimmt ständig Schmerzen bereitet.«

»Wahrscheinlich, aber er behauptet, dass es nicht so schlimm war. Ich vermute, dass er deshalb auch so schlecht sah, aber mit Sicherheit kann ich das erst später sagen. Die Wunde musste gründlich gesäubert werden, doch dieses Ding war wirklich eine Überraschung. Ich musste einen meiner Cousins holen, um es herauszuziehen, weil es so fest im Knochen steckte. Sir Archie schläft jetzt. Wenn er aufwacht, werde ich wissen, ob seine Sehkraft sich verbessert hat.«

»Und was ist mit den anderen, die du versorgt hast?«

»Die Verletzungen waren nicht so schlimm. Die armen Teufel, die Rauf ins Verlies geworfen hat, werden noch länger Pflege brauchen. Manche wurden geschlagen, manche gefoltert, aber vor allem hatten sie zu wenig zu essen und zu trinken. Bevor ich ihre Wunden inspizieren konnte, mussten sie erst einmal gewaschen werden.«

»Sie haben es überlebt. Offenbar hatten alle einen starken Überlebenswillen.«

Keira nickte. »Ach, Liam, sie waren so dankbar«, flüsterte sie. »Sie waren so froh, dass ich zurückgekommen bin, und sie hätten nie damit gerechnet, dass ich so bald kommen würde.«

»Also glaubst du mir und den anderen endlich, die dir erklärt haben, dass du dir nichts vorzuwerfen hast?«

Sie lehnte lächelnd den Kopf an seine Schulter. »Aye. Es ist schon seltsam: Als Joan sagte, dass sich alle über meine Rückkehr gewundert hätten, war es, als ob unsichtbare Hände mir eine riesige Last von den Schultern nähmen – und von meinem Herzen. Jetzt trauere ich nur noch um die Menschen, die ihr Leben verloren haben, und natürlich bekümmern mich die Schmerzen der Überlebenden, grämt mich, dass dieser Ort so verwüstet wurde, der früher der Inbegriff von Schönheit und Frieden war.«

»Nun gut, auch darüber wirst du hinwegkommen.« Liam musterte die eleganten Gegenstände in diesem Raum, die hier wie überall im Keep zu sehen waren – von einem herrlichen Bildteppich an der Wand bis zu dem Teppich auf dem Boden. »Die MacKails hatten offenbar einen sehr guten Geschmack und Freude an schönen Sachen.«

»Aye, das stimmt. Viele dieser Stücke sind hier angefertigt worden. Vor langer Zeit lebte hier ein Laird, der die besten Handwerker des ganzen Landes um sich scharte. Da sich das unter den Zunftgenossen rasch herumsprach, siedelten sich immer mehr von ihnen an, denn gewöhnlich ist es sehr friedlich hier, und das Land ist überraschend fruchtbar. Waren aus Ardgleann kannst du auf jedem Markt finden. Anders als viele andere Herrensitze in Schottland bringt Ardgleann all seinen Menschen etwas ein. Ich glaube, deshalb fand ich es unerträglich, dass Rauf im Anmarsch war. All die Menschen hier wollten immer nur schöne Dinge schaffen. Einen Mann wie Rauf an einem Ort wie diesem zu wissen, war schaudererregend.«

»Nun, wir werden alles richten, und es wird auch wieder Frieden einkehren.« Er erzählte ihr, dass die benachbarten Clans starke Verbündete sein würden und dass es Pferde gab, die man für den Tauschhandel nutzen konnte.

Keira hörte ihm lächelnd zu. Er bemühte sich nach Kräften, ihr aufzuzeigen, was alles gut war, um sie davon abzuhalten, sich über das zu grämen, was verloren oder beschädigt war. Doch schließlich seufzte er schwer und schimpfte leise – ein Zeichen, dass ihm nichts Positives mehr einfiel.

Sie richtete sich auf, nahm seine Hände und küsste ihn kurz. »Das klingt alles sehr gut, und wir haben wirklich großes Glück mit unseren Verwandten. Und jetzt bitte die schlechten Nachrichten.«

Als er ihrer Aufforderung nachkam, stellte Keira fest, dass es zwar schlimm war, doch nicht so schlimm, wie sie befürchtet hatte. Rauf Moubray und seine Männer waren brutale Kerle gewesen, doch offenbar hatte Rauf die Zerstörung der schönen Gegenstände auf Ardgleann begrenzt. Er hatte den Laird spielen wollen, und daher hatte er Dinge wie die Bildteppiche, das Glas in den Fenstern und die Teppiche auf den Böden als Insignien eines Herrn betrachtet. Doch offenbar war ihm nie in den Sinn gekommen, dass es besser wäre, die Menschen, die all diese schönen Sachen herstellten, am Leben zu lassen, und sei es nur seinem Geldbeutel zuliebe.

»Abgesehen von den Toten ist der Verlust an Lebensmitteln und die verspätete Bestellung der Felder das Schlimmste«, stellte Keira fest, als Liam fertig war. »Doch unsere Verwandten wollen uns ja über dieses Jahr hinweghelfen.«

»Wie Sigimor und Ewan sagten, haben auch sie etwas gewonnen: einen weiteren Laird in der Familie, weitere Verbündete und vertiefte Verbindungen zwischen den alten Bundesgenossen.«

»Wie praktisch die Männer doch denken«, zog Keira ihn auf und erhob sich. »Aber jetzt sollten wir uns lieber wieder an die Arbeit machen. Wenn nichts Dringenderes ansteht, brauchen wir erst einmal einen Platz zum Schlafen.«

»Den haben wir schon. Nay, nicht das Schlafgemach des Herrn«, sagte er, als er ihre Bestürzung sah. »Das Schlafgemach der Herrin. Dort hat nur Hattie geschlafen. Findest du das schlimm?«

»Warum? Weil sie eine Hure ist?« Keira lächelte matt. »Sie war eine sehr saubere Hure. Ich frage mich nur, wie sie es in dieses Gemach geschafft hat.« Als Liam ihr erzählte, was Hattie getan und er ihr angeboten hatte, staunte sie nicht schlecht. »Ich hoffe, sie geht auf dein Angebot ein«, meinte sie. »Ich hatte immer schon das Gefühl, dass sie die Hurerei nur betrieb, weil sie nichts anderes tun konnte – zumindest hat sie selbst das wohl so gesehen. Und ich denke, wenn sie die aufgibt, wird sie auch von den anderen Frauen akzeptiert. Sie könnte ein neues Leben beginnen.«

»Ich glaube, das wird sie auch. Jedenfalls scheint sie mir klug genug, um das einzusehen.«

»Machen wir uns jetzt an die Arbeit?« Sie hängte sich bei ihm ein.

Liam küsste sie und flüsterte an ihren Lippen: »Alles wird gut, Liebes.«

Als sie in seine blaugrünen Augen sah, hätte sie es ihm beinahe geglaubt.

20

Als Liam in den Küchengarten trat, musste er lächeln. Keira und Joan knieten nebeneinander und jäteten Unkraut, doch das Lustige war, dass jede eine Katze auf dem Rücken sitzen hatte. Vor einem Monat waren Keiras Katzen mit den Lebensmittlen aus Scarglas eingetroffen und schnell zu zwei verwöhnten Tieren geworden. Rauf, so schien es, hatte Katzen gehasst und seinen Männern befohlen, jede Katze zu töten, die ihnen über den Weg lief. Die meisten Hunde waren ebenfalls grausamen Jagden zum Opfer gefallen. Nur zwei Kätzinnen hatten überlebt, auch wenn eine schon ziemlich alt war. Blitz würde ein herrliches Katerleben führen, wenn er ausgewachsen war.

Obgleich die Schlacht erst zwei Monate zurücklag, war Ardgleann schon fast wieder so schön wie früher. Natürlich gab es mancherorts noch Kummer und seelische Wunden, doch die Heilung hatte unverkennbar eingesetzt. Einige Männer von benachbarten Clans hatten ein Auge auf die Witwen von Ardgleann geworfen. Das Leben geht weiter, dachte Liam, ging zu den Frauen hinüber, nahm Blitz von Keiras Schulter und seufzte übertrieben, als der Kater sich malerisch auf seine Schulter drapierte und schnurrte. Donner sprang von Joan herunter, drapierte sich malerisch auf Liams Füße und strengte sich an, lauter zu schnurren als ihr Bruder. Wirklich schrecklich verwöhnte Katzen, dachte Liam.

Keira setzte sich auf ihre Fersen und lachte. »Sie nehmen dich nicht ernst, da kannst du noch so finster dreinblicken.«

»Eigentlich gehört sich das ja nicht«, meinte Liam und kraulte Blitz den Rücken, um zu sehen, ob er ihn dazu bringen konnte, noch lauter zu schnurren. »Ein Laird sollte nicht mit Katzen behangen sein.« Die zwei Frauen lachten, und Liam freute sich zu hören, wie Ardgleann weiter gesundete. »Übrigens habe ich gerade eine weitere Fertigkeit in unserem Kester entdeckt: Er ist gut im Fangen von Kaninchen. Er hat eine ganze Reihe in seinen Fallen, und jetzt überlegt er, was er mit ihnen anfangen soll.«

Joan stand auf und glättete ihre Röcke. »Ich kümmere mich darum, Herr. Das wird eine köstliche Abendmahlzeit.« Sie eilte in Richtung Küche davon.

Liam streckte die Hand aus. Als Keira über ihre ziemlich schmutzige Hand die Stirn runzelte und zögerte, sein Angebot anzunehmen, packte er sie einfach und zog sie hoch. »Ich habe mich mit haarenden Katzen behängt, Keira. Ein bisschen Erde macht mir da nichts aus. Sei so gut und verscheuche die Katze von meinen Füßen, dann können wir uns ein Weilchen unter den Apfelbaum setzen.«

Keira hob Donner hoch und ging mit Liam zu der steinernen Bank unter dem Apfelbaum. Dort setzte sie sich neben ihn und legte die Katze auf ihren Schoß. »Ich sollte lieber weiter Unkraut jäten.«

»Wir werden uns beide gleich wieder an die Arbeit machen.« Er legte den Arm um ihre Schultern und drückte sie an sich. »Glaubst du, die Zeit reicht, dass dein Garten gute Erträge bringt?«

»Wenn der Winter so freundlich ist, in diesem Jahr ein bisschen später zu kommen, schon. Andernfalls werden wir zwar ernten, aber die Früchte werden kleiner als sonst sein.«

»Aye, das sagen die Männer auch von den Feldern, auf denen noch ausgesät wurde«, murmelte er. »Aber es ist den Versuch wert. Wenn nötig wird uns auch der MacKay-Laird im ersten Winter helfen. Trotzdem bin ich zuversichtlich, denn wir haben ebenso viel Sonne wie Regen, und das fördert das Wachstum. Zumindest haben mir die Männer auf den Feldern das bestätigt.« Er lächelte. »Ich lasse mich überall blicken, wo es wichtig ist.«

Keira lachte. »Sie haben recht, wenn es das ist, was du von mir wissen willst. Ich sage immer wieder, dass wir großes Glück mit unseren Blutsverwandten und Bundesgenossen haben. Sie werden es nicht zulassen, dass wir hungern. Das ist ein großer Trost. Außerdem ist es tröstlich, dass wir wieder genügend Krieger haben. Sir Archie ist sehr zufrieden mit den Männern.«

»Ich auch. Allmählich fangen sie an, wie ein Mann zu handeln, darüber bin ich sehr froh.«

»Und auch darüber, dass dich dein Cousin Tait unterstützt. Das kannst du ruhig zugeben«, neckte sie ihn. »Ich schwöre, dass ich es keinem sage.«

Liam zog sie für ihren Spott sanft am Zopf. »Aye, auch das freut mich, obgleich ich anfangs ein wenig zögerlich war. Ich hatte befürchtet, dass es einen traurigen Anlass für sein Kommen gäbe, etwa einen Streit mit Sigimor. Aber es ist wohl so, wie er gesagt hat – Sigimor hat mehr Leute, als er braucht, und außerdem noch genügend Brüder und Cousins. Tait dachte, ich könnte vielleicht noch jemand brauchen.«

»Und hier ist er nicht bloß einer von vielen«, murmelte Keira. »Hier kann er mehr sein als nur ein weiterer jüngerer Bruder des Herrn.«

»Das stimmt. Außerdem ist es keine Sünde, einen gewissen Ehrgeiz zu zeigen. Auf Dubheidland war Tait nur einer der Bewaffneten, hier ist er mein Stellvertreter und hat Befehlsgewalt über die Burghut. Sobald ich wusste, dass Sir Archie wieder richtig sehen kann, dachte ich daran, ihn zu fragen, ob er diesen Posten übernehmen will. Aber ich habe gezögert, weil er scheinbar ganz zufrieden damit war, die Männer auszubilden. Jetzt bin ich froh, dass ich ihn nie gefragt habe; denn dass Sir Archie Tait so herzlich empfangen hat, zeigte mir, dass ich recht hatte: Sir Archie ist gern das, was er ist – ein guter Soldat und ein guter Ausbilder. Ach, übrigens, weißt du, dass er Hattie den Hof macht?«

Keira nickte. Sie genoss die seltene Wärme eines sonnigen Tags beinahe so sehr, wie sich an Liam zu schmiegen. »Hattie weiß nicht recht, was sie tun soll. Sie hat mir gesagt, dass sie sehr glücklich ist in ihrer kleinen Kate, wo sie in Ruhe ihre Stoffe färben kann und keine Männer bedienen muss. Aber manchmal fühlt sie sich doch ein bisschen einsam.«

»Die Frage ist nur – sehnt sie sich dann nach Sir Archie?«

»Das schon. Als sie ihm sagte, dass sie fünf Jahre lang als Hure gearbeitet und mit vielen Männern das Bett geteilt hatte, erwiderte er nur, dass er fünfzehn Jahre lang als Söldner gedient hatte und wahrscheinlich mehr Männer ins Grab gebracht hätte, als sie in ihrem ganzen Leben in ihr Bett hätte bringen können. Wahrscheinlich würden sie beide zur Hölle fahren, sagte er, aber wenn sie verheiratet wären, würden sie immerhin zusammen sein.« Keira lächelte, als Liam lachte, doch dann wurde sie rasch wieder ernst. »Hattie glaubt, dass sie schwanger ist.«

»Ach so?« Bislang hatten nur sechs Frauen feststellen müssen, dass sie während ihres Martyriums schwanger geworden waren. Doch keine von ihnen glaubte, dass sie Keiras Angebot, ihr Kind in Obhut zu nehmen, annehmen müsste.

»Aye. Sie will es noch nicht recht glauben, auch wenn ich ihr gesagt habe, dass zweiunddreißig nicht zu alt ist und nur völlige Enthaltsamkeit dafür sorgt, dass eine Frau in dem Alter kein Kind empfängt. Sir Archie meinte, es wäre ihm egal, obgleich es mit Sicherheit Raufs Kind wäre. Ich dachte, ich wäre frei von Aberglauben über schlechten Samen und so weiter, aber einen Moment lang war mir trotzdem unbehaglich. Das arme Kind wird gelegentlich wohl doch darunter zu leiden haben.«

Liam nickte, denn auch ihm war nicht ganz geheuer bei dieser Vorstellung.

»Man muss sich eben immer wieder vor Augen führen, dass nicht allein zählt, wer das Kind gezeugt hat, sondern dass es genauso wichtig ist, bei wem es aufwächst. Dazu muss man sich nur Kester ansehen. Verstoßen von seinem eigenen Blut, kaltherzigen, harten Menschen, und dennoch ist er ein guter Junge.«

»Vielleicht war es ja sogar gut für ihn, dass er ins Kloster gehen musste und diese Verwandten ihn nicht großgezogen haben.«

Eine Weile saßen sie stumm nebeneinander und genossen die friedlichen Augenblicke in der Sonne. Liam merkte, dass Keira noch nicht bereit war, ihm zu sagen, dass sie schwanger war. Es bestand zwar die winzige Möglichkeit, dass sie selbst es noch nicht wusste, weil sie zu beschäftigt war oder einfach zu blind für die Veränderungen in ihrem Körper, obwohl sie eine Heilerin war. Doch Liam war sich ziemlich sicher, allein schon deshalb, weil sie sich seit ihrer Hochzeit nahezu jede Nacht geliebt hatten. Aber falls sie nicht unter den normalen Beeinträchtigungen einer Schwangerschaft litt, hatte sie es vielleicht wirklich noch nicht bemerkt. Mittlerweile fiel es ihm jedoch zunehmend schwerer, sie nicht einfach zu fragen.

Doch er unterließ es und beschloss, sich lieber wieder an die Arbeit zu machen. Er nahm Blitz von seiner Schulter und setzte das Kätzchen auf den Boden, auch wenn es ihn verdrossen anstarrte.

»Ich muss wieder an die Arbeit«, sagte er und küsste Keira. Er wollte ihr noch eine Woche geben – eine weitere Woche, in der sie es ihm sagen konnte.

Keira sah ihrem Ehemann nach und bewunderte wieder einmal seinen geschmeidigen Gang und seine wohlgeformten Beine. Da es ein sonniger Tag war, trug er sein, wie er es nannte, Ardgleann-Plaid über einem groben Leinenhemd und seine Hirschfellstiefel. Das Dunkelgrün, Blau und Schwarz des Tartans stand ihm ausgezeichnet. Als er diese Tracht zum ersten Mal angezogen hatte, hatte sie ihn geneckt und behauptet, er sei wohl zu schüchtern, um seine nackten Beine zu zeigen. Doch er hatte erwidert, er trage Stiefel, weil zu viele Dinge auf dem Boden herumlagen, die er lieber nicht zwischen seinen Zehen haben wollte. Keira konnte das gut verstehen, zumal ihr Ehemann penibel auf sein Äußeres achtete.

Seufzend setzte sie Donner ab und machte sich ebenfalls

wieder an die Arbeit. Bald würde sie Liam sagen müssen, dass er in etwa sieben Monaten Vater werden würde. Es war ihr noch immer peinlich, wie lange sie gebraucht hatte, um es zu merken. Viel zu lange hatte sie ihren flauen Magen auf die Menge an Arbeit oder auf die Sorgen um Ardgleann und seine Bewohner geschoben. Als sie sich endlich eingestanden hatte, dass sie Liams Kind unter dem Herzen trug, war sie anfangs sehr erfreut, dann aber bestürzt gewesen.

Seit zwei Wochen hatte sie es ihm sagen wollen, doch dann waren ihr die Worte immer wieder im Halse stecken geblieben. Vielleicht war es albern, aber sie wollte unbedingt wissen, was er für sie empfand, bevor sie die Mutter seines Kindes wurde. Da sie sich seiner wahren Gefühle nicht sicher war, bezweifelte sie, sie je herausfinden zu können, wenn er erst einmal wusste, dass sie ein Kind von ihm erwartete. Es gab nur eine Möglichkeit herauszufinden, was in ihm vorging: ihn direkt danach zu fragen, und ihm dann vielleicht sogar noch zu gestehen, was sie für ihn empfand. Doch ihr fehlte der Mut dazu, und sie vermutete, dass es noch lange so sein würde.

»Ihr habt es ihm noch nicht gesagt, oder?«

Keira errötete ein wenig und sah Joan an, die plötzlich neben ihr stand. »Nay.« Sie setzte sich auf die Fersen und zuckte mit den Schultern. »Es sollte nicht so schwer sein, aber trotzdem ist es das. So töricht es ist, manchmal habe ich fast das Gefühl, dass ich auf mein Kind eifersüchtig bin. Ich hege nicht den geringsten Zweifel, dass Liam hocherfreut sein wird und wahrscheinlich auch sehr fürsorglich – vielleicht sogar zu fürsorglich.«

»Und Euch wäre es lieber, wenn er diese Gefühle nur für Euch empfinden würde, nicht für Euch und dem, was Ihr in Euch tragt.«

»Aye, so ist es wohl.«

Joan ergriff Keiras Hand, zog sie hoch und führte sie zur Bank. »Es ist Zeit, dass wir uns mal von Frau zu Frau unterhalten.«

»Ich bin schon viel zu lange herumgesessen«, protestierte Keira zögerlich. »Das Unkraut …«

»Kann warten.« Joan nickte zufrieden, als Keira sich schließlich hinsetzte. »Ihr habt einen sehr guten Ehemann, Herrin.«

»Das weiß ich, aber wenn wir uns schon von Frau zu Frau unterhalten und hier nebeneinander sitzen, solltest du mich nicht mit Herrin anreden.« Keira musste den Blick abwenden und errötete über ihren kümmerlichen Versuch, die Strafpredigt abzuwenden, mit der sie fest rechnete.

»Versucht nicht, mich abzulenken. Ihr seid seit mehr als zwei Monaten mit diesem Mann verheiratet, und nun seid Ihr von ihm schwanger. Wäre es da nicht an der Zeit, endlich mit dem Seufzen und mit der eitlen Grübelei aufzuhören?«

»Probleme muss man sorgfältig wägen.«

»Natürlich, aber Ihr übertreibt maßlos. Ihr liebt den Mann doch, oder?«

»Oh aye«, erwiderte Keira leise. »Ich liebe ihn so sehr, dass ich manchmal nachts wach liege und glücklich bin, einfach nur neben ihm zu liegen und ihn atmen zu hören.«

»Vermutlich war das von Anfang an so.«

»Möglicherweise, auch wenn ich mich recht erfolgreich belogen habe.«

»Manche von uns trifft es schnell und mit aller Macht. Als ich Malcolm kennenlernte, wusste ich auf den ersten Blick, dass dieser Mann zu mir gehört.« Joan zwinkerte Keira zu. »Ich war erst zehn, und Malcolm war sechzehn. Selbst als er das Dorf verließ, um zu lernen, wie man mit Metall herrliche Dinge herstellt, habe ich den Glauben an ihn nicht verloren, nicht in all der Zeit, die er weg war – fünf Jahre lang. Ihr müsst Vertrauen haben.«

»Ich vertraue meinem Gefühl, Joan, und ich vertraue Liam. Er ist ein guter, freundlicher Mann, der sich nie vor seiner Pflicht drücken wird. Aber mir fehlt das Wissen darüber, was er für mich empfindet, und der Glaube daran. Er ist so schön und so erfahren …«

»Und Ihr glaubt, dass er für eine kleine Frau wie Euch nichts empfinden kann? Ihr zerbrecht Euch doch nicht mehr den Kopf über das, was Ihr mit Duncan erlebt habt, oder? Ich dachte, Malcolm hätte Euch alles über diesen armen Mann erzählt. Es lag nicht an Euch, es hat nie an Euch gelegen, das wisst Ihr mittlerweile doch auch, oder?«

Keira nickte. »Ich weiß. Der Ärmste hatte schon seine Schwierigkeiten, bevor ich ihn kennenlernte. Die Menschen, die ihn lieben und behüten sollten, haben ihn zerstört.«

»So etwas ist immer schrecklich«, meinte Joan. »Also habt Ihr kein Selbstvertrauen.« Joan verschränkte die Arme und musterte Keira stirnrunzelnd. »Und warum ist das so? Warum hat eine schöne junge Frau wie Ihr das Gefühl, dass sie nicht gut genug für einen Mann ist?«

»Du kennst die Sorte Frau nicht, die Liam betören kann«, murrte Keira. Sie hätte Joans Ausführungen gern von sich gewiesen, doch es gelang ihr nicht. Sie wusste nur noch nicht, *wann* sie angefangen hatte, ihr Selbstvertrauen zu verlieren und *warum.*

»Bestimmt waren einige von ihnen Schönheiten, doch Ihr seid wahrhaftig alles andere als unscheinbar. Ihr habt klare, wundervolle Augen und herrliches, langes, dichtes Haar. Sehr üppig gebaut seid Ihr zwar nicht, aber an den richtigen Stellen gerundet.« Sie blickte an sich herab und lächelte schief. »Jedenfalls mehr als ich. Und mein Mann hat sich noch nie beklagt. Im Übrigen ist es nicht der Körper einer Frau, der einen Mann an sie bindet, es sind ihr Herz und ihr Gemüt. In dieser Hinsicht seid Ihr wahrhaftig bestens gebaut.«

Keira war ein wenig überrascht, als Joan ihr ein Leinentüchlein reichte, dann merkte sie, dass sie weinte. »Wie töricht ich doch bin«, meinte sie und wischte sich die Tränen vom Gesicht.

»Das kommt von dem Kind, zumindest zum Teil. Und jetzt hört mir gut zu, bevor Ihr hineingeht und Euch ein bisschen ausruht …«

»Ich soll mich ausruhen?«, fiel ihr Keira empört ins Wort, doch Joan ließ sich nicht beirren.

»Ihr habt einen sehr guten Ehemann. Er ist Euer Herr und Gebieter, aber er hört auf Euch. Das ist wahrhaftig nicht zu verachten. Er hat allen ausdrücklich erklärt, dass er gemeinsam mit Euch hier herrscht, und dass Euer Wort dasselbe gilt wie seines.«

»Oh! Das wusste ich nicht.«

Joan nickte. »Seine Befehlsgewalt mit seiner Ehefrau zu teilen ist keine Selbstverständlichkeit für einen Mann. Und wir wissen, dass er jede Nacht das Bett mit Euch teilt. Ich vermute, dass er es sehr warm hält.« Joan lachte leise, als Keira errötete. »Der Mann kann seine Hände nicht von Euch lassen, Herrin. Wann immer Ihr in seiner Nähe seid, verlangt es ihn danach, Euch zu berühren oder Euch einen Kuss zu geben. Es ist uns allen klar, wie viel ihm an Euch liegt. Ich verstehe nicht, warum Ihr das nicht auch seht. Eine schöne junge Frau aus gutem Hause wie Ihr hat doch bestimmt Dutzende von Freiern gehabt.«

»Nay, so war es nicht. Aus diesem Grund bin ich so rasch auf Duncans Angebot eingegangen, obwohl ich den Mann kaum kannte. Ich war schon über zwanzig, und noch nie hatte ein Mann ernsthaft um mich geworben.« Sie seufzte. »Und dabei wollte ich so gern Kinder haben.«

»Aber vielleicht war es ja auch so, dass Ihr nicht erkannt habt, wenn jemand Euch den Hof machte, weil Ihr an diesen Männern nicht ernsthaft interessiert wart? Es kommt mir vor, als hättet Ihr irgendwann beschlossen, den ersten Mann zu nehmen, der um Eure Hand anhielt, und das war eben Duncan. Wenn ein Mann beschließt, sich zu vermählen, lotet er erst einmal seine Chancen aus, und wenn er spürt, dass er nicht mit offenen Armen empfangen wird, zieht er weiter. Ich glaube, Ihr habt keinem Mann je ein Zeichen gegeben, dass Ihr Euch über seine Werbung freut oder dass Ihr Euch dieser Werbung überhaupt bewusst wart. Also sind diese Männer eben zum nächsten Mädchen weitergezogen.«

Keira richtete sich ein wenig auf und fing an, darüber nachzudenken. Auf einmal fielen ihr die Bemerkungen ihrer Familie ein, die recht ähnlich geklungen hatten. Doch jetzt konnte sie nicht gründlich darüber nachdenken, denn Joan war noch nicht fertig.

»Im Übrigen halte ich Euch für eine wunderbare Heilerin, deren kleine Hände Gott gesegnet hat. Ihr seid verwundet und mutterseelenallein von hier geflohen, Ihr seid genesen und wieder zu Kräften gekommen, und dann seid Ihr zurückgekehrt und habt uns von diesem Dreckskerl Rauf befreit. Außerdem war Eure Ehe mit einem Mann, dessen Denken so verletzt und verkrüppelt war, dass er nie hätte heiraten dürfen, eine schwere Prüfung. Aber Ihr habt ihm die Treue gehalten, und wir, die wir wussten, welcher Schatten auf Duncan lastete, waren überzeugt, dass Ihr ihm hättet helfen können. Ihr habt Sir Archie geheilt. Mein Malcolm hat keine Schmerzen mehr, und dank Euch kann er seine Hand fast wieder so gut gebrauchen wie früher. Ihr habt auch Euren Ehemann geheilt, und dank Euch ist er jetzt ein Laird, ein Grundherr, ein Mann mit Land und Macht, statt ein weiterer Cousin eines Herrn. Alles, was er jetzt ist, verdankt er Euch.«

»Aber was hat all das mit seinen Gefühlen für mich zu tun, oder der Frage, ob er überhaupt tiefere Gefühle für mich empfindet?«

»Nichts. Es hat damit zu tun, dass Ihr offenbar ständig denkt, Ihr wärt nicht gut genug für ihn. Die meisten von uns denken zwar, es wäre eine traurige Verschwendung gewesen, wenn er nur ein weiterer Cousin eines Lairds geblieben wäre, aber trotzdem hat er seine Stellung dank Euch erreicht. Ihr liebt ihn, es ist unschwer zu erkennen, dass Ihr sein Bett zu seiner Zufriedenheit wärmt, er behandelt Euch wie eine Gleichgestellte – und Ihr werdet ihm bald ein Kind schenken.« Joan zuckte mit den Schultern. »Mehr fällt mir dazu nicht ein. Ihr müsst Euch einfach einmal genauer betrachten und das Gute in Euch erkennen. Ich glaube nämlich, Ihr tut das noch nicht richtig.« Joan stand auf und zog Keira hoch. »Und außerdem solltet Ihr es ihm einfach sagen.«

»Ach, ich wollte ihm ohnehin bald von dem Kind erzählen.«

»Gut, aber ich meinte, Ihr solltet ihm einfach sagen, dass Ihr ihn liebt, und sehen, was passiert. Und jetzt solltet Ihr Euch ein bisschen ausruhen.«

Erst als Keira in ihrem Schlafgemach stand und sich die Hände wusch, ging ihr auf, dass sie soeben wie ein unartiges Kind auf ihr Zimmer geschickt worden war – von ihrer Köchin! Lachend schüttelte sie den Kopf. Man hatte ihr eine Strafpredigt gehalten und gesagt, worüber sie nachdenken sollte, und dann war sie weggeschickt worden, um in sich zu gehen.

Keira seufzte. Sie musste wohl oder übel zugeben, dass Joan in vielem recht hatte. Sie hatte tatsächlich den Glauben an sich verloren. Und es konnte gut sein, dass sie die Werbungsversuche nicht bemerkt hatte, weil keiner der Männer sie besonders interessiert hatte. Dieser spürbare Mangel an Interesse konnte sehr wohl eine ganze Reihe von Männern abgeschreckt haben.

Viele aus ihrer Familie hatten ihr behutsam dasselbe beizubringen versucht. Bei Duncan war es anders gewesen, aber vielleicht auch nur, weil sie beschlossen hatte, dass es Zeit war für sie zu heiraten. Und er war eben der Erste gewesen, der sich dann bei ihr eingefunden hatte. Im Grunde war all das wirklich traurig. Wenn sie daran dachte, was in ihr vorgegangen war, als sie Liam zum ersten Mal gesehen hatte, sogar übel zugerichtet, musste sie zugeben, dass sie bisher kein Mann wirklich interessiert hatte. Ihre Gefühle, oder vielmehr ihre nicht vorhandenen Gefühle, hatten jeden abgeschreckt, der um ihre Hand hatte anhalten wollen.

Keira betrachtete sich im Spiegel. Sie sah ihrer Großmutter sehr ähnlich und auch einer Reihe ihrer Tanten und Cousinen. Hatte sie diese Frauen nicht immer für sehr schön gehalten? Doch offenbar war es ihr nicht gelungen, diese Wertschätzung auch für sich selbst zu empfinden. Vielleicht hatte sie sich deshalb für durchschnittlich gehalten, weil sie von so vielen Frauen umgeben gewesen war, die ihr ähnelten. Zugegeben, sie war keine große Schönheit wie Lady Maude, aber es gab nichts an ihrem Gesicht, dessen sie sich schämen musste.

Das galt auch für ihren Körper, merkte sie, als sie an sich hinabblickte. Sie war zwar zierlich, doch es gab nichts an ihr, was sie hätte verstecken müssen. Außerdem war sie kräftig und gesund. Und sie hatte gute Zähne, dachte sie und musste lachen.

Sie zog sich bis aufs Unterhemd aus, wusch sich gründlich und legte sich ins Bett. Zum Abendessen in der Großen Halle waren es noch ein paar Stunden, wahrscheinlich war es ganz gut, sich davor ein wenig auszuruhen. Keira legte die Hand auf ihren Bauch, der noch immer flach war, und lächelte. Schwangeren Frauen legte sie immer nahe, nach Möglichkeit viel zu ruhen. Es war Zeit, dass die Heilerin ihre eigenen Ratschläge befolgte.

Sie schloss die Augen. Es war wirklich besser, wenn sie an diesem Abend richtig ausgeruht war, denn heute wollte sie sich mit Liam aussprechen. Selbst wenn sie nicht den Mut aufbrachte, ihm ihre Liebe zu gestehen, so wollte sie ihm doch von dem Kind erzählen. Es war nicht richtig, so lange zu warten, bis er es selbst herausfand oder, schlimmer noch, es von einem anderen erfuhr.

Am liebsten wäre Liam zu seiner Frau ins Bett gekrochen, als sie endlich auf seine leisen Rufe antwortete und langsam die Augen aufschlug. In diesen Augen lag ein sehr sanfter, einladender Blick, beinahe sah es aus, als wäre er von Liebe erfüllt. Doch diese Hoffnung unterdrückte Liam rasch.

Solange Keira ihm nicht sagte, was sie für ihn empfand, würde er sich nur um den Verstand bringen, wenn er zu erraten suchte, was ein Blick, ein Lächeln oder ein Kuss wohl bedeuten mochte.

»Ich würde wirklich sehr gern bei dir liegen, Liebes«, sagte er und küsste sie. »Aber Joan hat uns ein wunderbares Abendessen zubereitet, und Kester kann es kaum erwarten zu kosten, was sie aus seinen Kaninchen gemacht hat.«

Keira blinzelte und merkte, dass Liam tatsächlich über sie gebeugt war. Sie hatte geglaubt, sie träume noch. Ihre Hand lag auf seiner Wange, und beinahe konnte sie die Worte schmecken, die ihr auf der Zunge lagen – ich liebe dich.

»Aye«, murmelte sie und richtete sich langsam auf. »Kester ist bestimmt sehr stolz.«

»Das ist er.« Liam runzelte besorgt die Stirn. Wenn sie nicht schwanger war, war ihre Mattheit vielleicht das Anzeichen einer Krankheit. »Geht es dir nicht gut?«, fragte er, und ein Angstschauer durchrieselte ihn allein bei dem Gedanken, dass Keira krank werden könnte.

»Nay, es geht mir gut. Ich habe nur ziemlich lange in der Sonne Unkraut gejätet.« Sie lächelte. »Da es bei uns so selten warm und sonnig ist, ist es nicht verwunderlich, dass ich daran nicht gewöhnt bin.«

Liam küsste sie noch einmal. »Dann also bis gleich in der Großen Halle.«

Keira nickte und sah ihm nach, als er ging. Dann sank sie leise stöhnend aufs Bett zurück. Beinahe hätte sie ihm alles gesagt.

Das wollte sie zwar ohnehin, doch sie brauchte dafür einen besseren Zeitpunkt und einen besseren Ort. Darum sollte sie sich aber wahrhaftig bald kümmern, mahnte sie sich streng, als sie aufstand und sich anzog. Die Feigheit hatte sie schweigen lassen, und dies konnte sie sich nicht länger durchgehen lassen. Schließlich wusste sie, dass Liam ihren Liebesschwur nie als eine Last betrachten würde, selbst wenn er ihre Gefühle nicht zur Gänze erwiderte.

Nachdem sie sich gründlich von oben bis unten begutachtet hatte, fühlte sie sich bereit: Sie trug ihr schönstes Kleid und hatte ihr Haar so lange gebürstet, bis es glänzte. Dann hatte sie es zu einem lockeren Zopf geflochten, wie Liam es gern hatte, und sich ein bisschen Lavendelöl auf die Haut getupft. Heute Abend nach dem Essen wollte sie mit Liam in den Garten gehen und ihm ihre Geheimnisse offenbaren. Oder wenigstens die Hälfte, dachte sie auf dem Weg nach unten. Die Feigheit ließ sich nicht so leicht abschütteln, und Keira wollte nicht zu viel auf einmal wagen.

Als sie in die Große Halle trat, musste sie lächeln. Sie war voller lachender, redender, diskutierender Männer, einer seltsamen Mischung von Männern. Manche stammten von den Ländereien ihrer Verwandten, manche von Liams; es fanden sich ein paar überlebende MacKails darunter, und auch einige MacLeans und MacKays. Aber Liam hatte recht – sie waren dabei, wie ein Mann zu handeln. Es war schön, auf Ardgleann wieder Lachen zu hören. Auch die Frauen wirkten in Anwesenheit der Männer nicht mehr verängstigt. Keira fand, dass Lachen den Ort von Raufs Untaten besser und gründlicher reinigte, als jedes Schrubben es vermochte.

Tait Cameron saß links neben Liam, der ihr nun den Stuhl zu seiner Rechten zurechtrückte. Taits kupferfarbenes Haar hatte eine etwas andere Schattierung als das von Liam, doch mit seinen dunkelgrünen Augen war auch Tait recht ansehnlich. Dennoch hielt er sich von den Frauen fern, die auf Ardgleann arbeiteten. Vielleicht befolgte er dieselben Regeln wie Liam, dachte Keira, als sie sich von einem Pagen den Teller füllen ließ. Das würde sie freuen. Im Moment aber freute sie sich hauptsächlich darüber, dass der Mann nicht so seltsam war wie sein älterer Bruder Sigimor.

Als die Pagen und Küchenjungen die Reste des letzten Gangs abräumten und Früchte und Süßigkeiten auftrugen, griff Keira nach Liams Hand. Sie wollte ihn gerade fragen, ob er sie zu einem Spaziergang in den Garten begleiten oder, falls es regnen sollte, mit ihr hinauf ins Wohnzimmer gehen wollte, als ein Tumult vor der Tür der Großen Halle ihre Konzentration auf Liam so abrupt störte, dass ihr schwindlig wurde.

Dann erkannte sie die Stimme der Frau, die mit Liams Männern stritt, die ihr offenbar gesagt hatten, dass sie woanders warten sollte. Keira entriss Liam ihre Hand. Diesmal war es nicht Feigheit, die sie daran hinderte, sich ihm zu offenbaren, sondern Wut.

Sie funkelte Liam zornig an, während eine Frauenstimme rief: »Liam, mein süßer Prinz, wo steckt Ihr?«

Beinahe hätte Keira den derben Fluch wiederholt, den Liam ausstieß.

21

Wenn Blicke töten könnten, dachte Liam, dann wäre er jetzt mausetot. Er wunderte sich fast, dass er sich kein Blut um seine Füße ansammeln sah. Dennoch zuckte er zusammen, wusste aber nicht, inwieweit seine Reaktion auf Keiras Blick zurückzuführen war und inwieweit auf Lady Mauds schrille Stimme, die durch die Gänge von Ardgleann hallte. Als er Tait die Worte *süßer Prinz* murmeln hörte, bedachte er seinen Cousin mit einem bösen Blick. Dann stürmte Lady Maude in die Große Halle.

»Oh, Liam«, rief sie, blieb nach ein paar Schritten stehen und faltete die zarten Hände wie zum Gebet und presste sie an den wogenden Busen. »Endlich habe ich Euch gefunden, mein Teuerster.«

Keira beobachtete, dass jeder Mann und jeder Junge in der Großen Halle auf Lady Maudes Brüste starrte. Beinahe hätte sie laut aufgeschrien. Zum Glück war sie besonnen genug, um zu bemerken, dass Liam nicht zu dieser Männergesellschaft gehörte, sondern die schöne Lady Maude ansah, als wäre sie eine Ratte in seinem Essen. Aber Keira war zu zornig, um gelassen zu bleiben. Lady Maudes Auftauchen erinnerte sie nicht nur allzu schmerzhaft an Liams Vergangenheit, es vereitelte auch ihre Pläne, die sie sich für diesen Abend gemacht hatte. Unwillkürlich fragte sich Keira, ob Lady Maudes Auftauchen nicht ein Omen war.

Das war also ihre Zukunft als Ehefrau eines Mannes wie Liam, eine Zukunft, in der alle möglichen Frauen versuchen würden, ihn ihr wegzunehmen oder ihn in Versuchung zu führen, ihr treulos zu werden. Sie glaubte Liam mittlerweile zwar, dass er nie der Geliebte dieser Frau gewesen war, aber darauf konnte sie nicht bauen. Diesmal mochte er ja die Wahrheit gesagt haben, aber was war beim nächsten Mal? Vielleicht würde sie mit der Zeit zu einem eifersüchtigen Hausdrachen werden, und all ihre Hoffnungen auf eine lange, glückliche Ehe würden zerrinnen. Wenn sie wenigstens gewusst hätte, ob er sie liebte! Dann hätten sich ihre Zweifel bestimmt gelegt. Aber weil sie es nicht wusste, wurden die düsteren Aussichten umso wahrscheinlicher.

Als Lady Maude zu Liam eilte und sich beinahe auf ihn gestürzt hätte, biss Keira die Zähne so heftig zusammen, dass ihr der Kiefer schmerzte. Liam packte die Frau zwar an den Armen und hielt sie auf Distanz, doch diese schnelle Zurückweisung besänftigte Keira nicht. Am liebsten wäre sie hinauf in ihr Schlafgemach gestürmt, aber vorher hätte sie Lady Maude die goldenen Haare einzeln ausgerissen. Doch sie zwang sich, auf ihrem Stuhl sitzen zu bleiben. Sie konnte sich vor den Menschen von Ardgleann so etwas Törichtes und Rückgratloses und Unwürdiges nicht erlauben.

»Verflucht, Maude, was macht Ihr hier?«, knurrte Liam und drückte sie auf den Stuhl, den einer der Männer hastig geholt hatte.

»Ich suche nach Euch«, erwiderte sie. Sie zog ein hübsch besticktes Leinentüchlein hervor, um sich die Tränen abzutupfen, die ihr plötzlich in die Augen geschossen waren. »Mein Ehemann hat mich eingesperrt, nachdem er mich von dem Kloster nach Hause geschleift hatte, wo ich Euch besucht hatte, mein Lieber. Erst nach Wochen gelang es mir, mich zu befreien, sodass ich wieder bei Euch sein kann. Ach, mein Schöner, mein Ehemann hat mich grausam behandelt.«

»Vielleicht ärgert es ihn ein bisschen, dass seine Frau auf der Jagd nach einem anderen Mann im ganzen Land herumstreunt?«, murmelte Keira und fand es spaßig, dass Lady Maude es schaffte, ihr einen wütenden Blick zuzuwerfen, während sie weiterhin so tat, als verginge sie vor Verzweiflung und Liebeskummer. »Nur so ein Gedanke«, fügte Keira hinzu.

»Wer ist denn das, mein Lieber?«, fragte Lady Maude.

»Das ist meine Ehefrau, Lady Keira«, erklärte Liam. »Ich bin jetzt ein verheirateter Mann.«

Plötzlich erkannte Keira, dass das Ganze für die Frau nur ein Spiel war. Sie glaubte mittlerweile zwar, dass Liam wirklich nie mit ihr das Bett geteilt hatte, aber ihr war noch nicht klar gewesen, inwieweit er für Lady Maudes offenkundige Anbetung verantwortlich war. Jetzt bezweifelte sie sogar, dass die Frau Liam überhaupt liebte. Vielleicht begehrte sie ihn, doch welche Frau würde Liam nicht gerne beiliegen, wenn er sie wollte oder sie kühn genug war, sich einen Geliebten zu nehmen. Aber ihn lieben? Nein, das tat Lady Maude bestimmt nicht. Doch warum trieb sie dieses Spiel?

»Ich würde vorschlagen, Ihr kehrt jetzt zu Eurem Ehemann zurück, M'Lady«, sagte Liam. Auch wenn er inständig hoffte, dass die Sache damit erledigt war, glaubte er nicht, dass ihm dieses Glück vergönnt sein würde.

»Zu Robbie? Aber er war so grausam zu mir, mein süßer Prinz. Er hat mir ganz schreckliche Angst eingejagt.« Sie schauderte, was die Blicke der Männer sofort wieder zu ihrem Busen fliegen ließ. »Ihr könnt Euch gar nicht vorstellen, wie *grausam* er mich behandelt hat.«

Keira beobachtete die Männer in der Großen Halle, während Lady Maude eine Geschichte nach der anderen über die barbarische Behandlung durch ihren Gemahl erzählte. Die Frau ging offenbar so auf in ihrem Spiel, dass sie gar nicht bemerkte, dass sie es übertrieb. Bis auf Tait und Liam hatten die Männer den Geschichten anfangs sehr aufgebracht und voller Mitgefühl gelauscht. Kester, Malcolm und Sir Archie zeigten jedoch rasch eine gewisse Skepsis, und nach und nach verlor Lady Maude auch den Rest ihrer Zuhörerschaft. Selbst diejenigen, die anfangs von ihr hingerissen waren, schienen Zweifel zu beschleichen, saß sie doch in all ihrer Schönheit, bei bester Gesundheit und in kostbaren Kleidern vor ihnen. Vor allem die Überlebenden von Raufs brutaler, wenn auch zum

Glück nur kurzer Herrschaft über Ardgleann zeigten rasch, dass sie von Lady Maude nicht viel hielten. Sie alle wussten, wie man aussah, wenn man ständig verprügelt wurde oder tagelang nicht genug zu essen oder zu trinken bekam.

»Ihr beschuldigt Euren Ehemann einiger schwerer Verbrechen gegen Euch, M'Lady«, sagte Liam. »Aber vielleicht solltet Ihr Eure Geschichten lieber Euren Blutsverwandten erzählen.« Er blickte auf ihre drei Begleiter. »Wenn Ihr glaubt, dass Ihr mehr Schutz braucht, können wir bestimmt noch ein paar Männer dafür abstellen.«

»Wie könnt Ihr mich so herzlos verstoßen?«, fragte Lady Maude. »Ihr wisst doch, dass meine Blutsverwandten mich einfach wieder zu Robbie zurückbringen würden, wenn ich zu ihnen ginge. Sie würden mich nicht vor meinem Mann beschützen.« Sie begann zu weinen. »Sie wissen nicht, wie das ist mit der Liebe. Robbie war doch eine solch gute Wahl, werden sie sagen, und dann werden sie mich seinen grausamen, lieblosen Händen ausliefern. Reichtum, Macht, fruchtbare Felder – nur darum geht es ihnen.«

Sie fuhr fort, zu schniefen und zu klagen. Liam rieb sich die rechte Schläfe, wo sich ein stechender Schmerz bemerkbar machte.

Aus den Augenwinkeln sah er, dass Keira Lady Maude beobachtete. Sie wandte den Blick kaum von der Frau. Er spürte Keiras Wut in jedem angespannten Muskel ihres Gesichts und ihres Körpers. Lady Maude schien davon nichts zu bemerken, was Liam kaum begreifen konnte.

»Bitte, mein Lieber«, flehte Lady Maude. »Lasst mich bei Euch bleiben.«

»Auch ich werde Euch nicht vor Eurem rechtmäßigen Ehemann beschützen, M'lady«, erwiderte Liam.

»Aber nach allem, was ich Euch erzählt habe …«

»Ich kann nicht umhin, einige Eurer Behauptungen zu bezweifeln.« Offenbar ärgerte sie das, denn ihre Tränen versiegten erstaunlich rasch. »Wie ich schon sagte, ich kann Euch einige

Männer als zusätzlichen Schutz für Eure Reise mitgeben«, fuhr er fort.

»Aber Liam, mein Liebster, die Sonne ist bereits untergegangen, und das Wetter hat umgeschlagen.«

Ein rascher Blick zu ihren Männern zeigte Liam, dass zumindest das der Wahrheit entsprach. Die Männer sahen durchnässt, verdreckt und müde aus. Da sich an Lady Maude nicht der kleinste Spritzer Schlamm fand, war sie wohl in einem geschlossenen Wagen gereist, oder die Männer hatten ihre Ölumhänge für sie opfern müssen.

»Ihr könnt hier übernachten«, sagte er.

Sobald er die Einladung ausgesprochen hatte, wusste er, dass er gerade einen großen Fehler gemacht hatte. Er hätte die Frau aus seinem Keep vertreiben müssen, ihr eine Kate an der äußersten Grenze seiner Ländereien anbieten oder ein Bett in der Dorfschenke bezahlen sollen. Doch Lady Maudes Begleiter hatten ihm leidgetan. Aber jetzt bemerkte er, dass sie ihm bedauernde Blicke schenkten. Alle anderen in der Großen Halle sahen in ziemlich fassungslos an. Wahrscheinlich würde ihm keiner seine Erklärung glauben. Liam vermied es, Keira anzusehen, doch ihr Blick brannte ihm fast ein Loch in die Kleider. Zu seiner Erleichterung wurde Lady Maudes Versuch, ihn zu umarmen, durch die Armlehne seines Stuhls vereitelt, die lang genug war, um ihm die Chance zu geben, sie zurückzuhalten.

»Sobald der Regen nachlässt, zieht Ihr weiter«, sagte er und drückte die Frau auf ihren Stuhl zurück. »Ich lasse mich von Euch nicht in das Spiel verwickeln, das Ihr mit Eurem Ehemann treibt.«

»Oh, wie grausam Ihr doch seid«, murrte sie.

Liam bemerkte, dass seine Grausamkeit ihr nicht den Appetit verdorben hatte. Eilig verdrückte sie alles Essbare in ihrer Reichweite. Leise befahl Liam einem der finster blickenden Küchenjungen, Lady Maude und ihren Leuten etwas Herzhafteres vorzusetzen. Dann wandte er sich an seine Frau.

»Die Männer müssen ausruhen«, sagte er.

»Natürlich«, erwiderte Keira. »Sie sehen ziemlich erschöpft aus. Müde, hungrig und zornig.« Ihr Blick Richtung Lady Maude zeigte deutlich, wen sie dafür verantwortlich machte. »Die Höflichkeit gebietet es, dass wir sie nicht in die Nacht und das Unwetter hinausschicken.«

»Aye, so ist es.« Etwas in Keiras Stimme gab Liam deutlich zu verstehen, dass er keine Hoffnung schöpfen sollte und dass dies nicht als artige, fügsame Billigung gemeint gewesen war.

»Die Höflichkeit gebietet es jedoch nicht, dass es mir gefällt«, setzte Keira hinzu.

Seufzend sah Liam ihr nach, wie sie aus der Großen Halle rauschte. Er wunderte sich allerdings, dass die anderen Frauen ebenfalls die Halle verließen. Sogar Meggie ließ Kester allein zurück.

»Ich glaube, soeben haben sich die Fronten geklärt«, murmelte Tait und grinste, als Liam ihn böse ansah.

Liam richtete seinen finsteren Blick auf die Person, die an all dem Ärger schuld war. »Ich glaube, Euer Spiel hat lange genug gedauert, Lady Maude«, fauchte er. »Ich habe es gründlich satt. Ich weiß nicht, was Ihr Euch davon versprecht, aber es kommt mich immer teurer zu stehen. Ich bin jetzt ein verheirateter Mann …«

»Aye, das habe ich gehört, und jetzt habe ich es auch gesehen«, fiel ihm Lady Maude ins Wort. Sie sah sich in der Großen Halle um. »Ihr habt es weit gebracht. Obwohl Ihr einen unwiderstehlichen Charme habt, dachte ich nie, dass Ihr es so weit bringen würdet.« Lächelnd streichelte sie seine Hand, die er ihr sofort zornig entzog. »Jetzt wird es leichter für uns, mein Lieber. Ihr seid jetzt ein Grundherr und befehligt ein eigenes Heer. Im Namen unserer Liebe können wir allem und jedem trotzen. Ist das nicht wundervoll?«

Liam hielt sie eigentlich nicht für geisteskrank, aber ihm war noch immer schleierhaft, was sie spielte und was sie tatsächlich glaubte. »Nay, das ist nicht wundervoll. Ich weiß nicht, in welch sonderbarem Traum Ihr gefangen seid, M'lady, aber mich zieht Ihr nicht mit hinein. Ich habe es Euch klipp und klar gesagt: Ich bin kein Ehebrecher. Ich werde das Eheversprechen halten, das ich meiner Frau gegeben habe. Das sind meine Regeln, und die meisten Leute wissen das. Warum sollte ich sie für Euch brechen?«

»Warum nicht? Als Ihr es mit meiner Schwester, Lady Grace, getrieben habt, habt Ihr Eure tugendhaften kleinen Regeln jedenfalls nicht befolgt.

»Lady Grace MacDonnell?«

»Aye. Wie ich sehe, erinnert Ihr Euch noch gut an sie.«

»Natürlich. Ich habe mit Edmund, ihrem Ehemann, oft gesprochen und gelegentlich sogar mit ihm und seiner Frau zu Abend gegessen. Doch seine Frau habe ich nie beschlafen.« Die Einladung hatte bestanden, doch Liam hatte sich eisern an seine Regeln gehalten. Außerdem betrachtete er Edmund als Freund. Ihn würde er nie betrügen.

»Sie hat mir gesagt ...«

»Das ist mir egal. Ich gehe *nie* mit verheirateten Frauen ins Bett. Ihr seid einer Lüge aufgesessen und habt Eurem armen Ehemann weitere Lügen aufgetischt. Wann müssen wir mit Laird Kinnaird rechnen?«

Lady Maude starrte ihn lange an, dann zuckte sie mit den Schultern. »Das weiß ich nicht. Er war nicht zu Hause, als ich mich aus meinem Gefängnis befreite und ich mich wieder auf die Suche nach Euch begab.« Sie schniefte. »Nur damit Ihr mir erneut mein armes Herz brechen könnt. Ich weiß nicht, was ich jetzt tun soll. Ich weiß nicht, wohin in meiner Not. Das Leben ist eine schwere Last für mich geworden, voller Schmerzen und Enttäuschungen. Oft frage ich mich, ob ich mich wirklich durch den nächsten Tag kämpfen soll.«

»Nun, wenn Ihr Euch zu einem Entschluss durchgerungen habt und die Antwort ›nein‹ lautet«, meinte Liam, erhob sich und deutete nach Osten, »dort ist der Fluss.«

Er hörte sie nach Luft schnappen, aber ihre Empörung ging

in Taits Lachen unter, einem Lachen, das rasch die anderen Männer in der Halle ansteckte. Liam war versucht, den Keep zu verlassen und wegzureiten, weit weg, und erst wiederzukommen, wenn er sicher sein konnte, dass Lady Maude Kinnaird nicht mehr auf Ardgleann weilte. Liam stand auf, seufzte, ging Richtung Treppe und begann, sie hochzugehen, auch wenn ein Teil von ihm meinte, dass er seine wütende Frau nicht besänftigen musste, dass sie kein Recht hatte, wütend auf ihn zu sein. Er hatte sich nichts zuschulden kommen lassen, er hatte diese Frau nie beschlafen, an deren Verstand er mittlerweile ernsthaft zweifelte, und er hatte sie auch nie ermutigt.

Dann fiel ihm ein, wie schön Keira heute Abend ausgesehen hatte. Offenkundig hatte sie sich besondere Mühe mit ihrem Aussehen gegeben.

Vielleicht hatte sie endlich beschlossen, ihm von ihrer Schwangerschaft zu erzählen? Dieser Gedanke war ihm schon gekommen, als er sie vor dem Abendessen aufgeweckt und sie ihm die Hand auf die Wange gelegt und ihn zärtlich angelächelt hatte. Der Eindruck hatte sich noch weiter verstärkt, als sie am Tisch nach seiner Hand gesucht hatte. Doch leider war alles, was Keira hatte sagen oder tun wollen, ungesagt und ungetan geblieben, als sich Lady Maude wieder einmal in ihr Leben gedrängt hatte.

»Dieses Weib ist ein wahrer Fluch«, murrte er, als er vor der Tür ihres gemeinsamen Schlafgemachs stand.

Einen Moment lang überlegte er, was er jetzt sagen sollte, doch er kam nicht weit. Er wusste ja nicht einmal genau, was Keira so verärgert oder am meisten erzürnt hatte. Schulterzuckend versuchte er, die Tür zu öffnen. Er versuchte es ein paarmal, bis er begriff, dass Keira ihn ausgesperrt hatte.

»Keira!«, rief er und schlug mit der Faust gegen die Tür.

»Was ist?«, rief sie.

»Lass mich rein!«

»Nay, nicht heute Abend. Ich muss nachdenken, und in deiner Anwesenheit komme ich nicht dazu.«

Das klang an und für sich nicht schlecht, aber dass sie nachdenken wollte, war nicht gut. Liam fiel ein, dass ihre Brüder erwähnt hatten, es sei gefährlich, sie zu lange ihren Grübeleien zu überlassen. Damals hatte es ihn belustigt, doch jetzt war ihm nicht zum Lachen zumute. Man konnte nie wissen, wohin ihre Gedanken sie führten. Ihm fielen mehrere Schlussfolgerungen ein, für die sie ihn büßen lassen konnte.

»Ich glaube, es wäre besser, wenn wir reden.«

»Nay, wir können reden, wenn ich nachgedacht habe.«

Liam starrte auf die verschlossene Tür. Er überlegte, ob er sich ein paar kräftige Männer und ein paar scharfe Äxte besorgen sollte, um Kleinholz aus der Tür zu machen. Der Gedanke gefiel ihm, doch dann sah er aus zwei Gründen davon ab: Zum einen war es unwürdig, zum anderen würde sich womöglich Lady Maude daran ergötzen.

»Na gut«, fauchte er schließlich. »Du denkst nach, und ich suche mir eine andere Beschäftigung und jemand anders, mit dem ich dieser Beschäftigung nachgehen kann.«

Auf dem Weg in sein Arbeitszimmer ging ihm auf, dass diese Bemerkung sehr töricht gewesen war; schließlich wollte er, dass Keira ihm vertraute. Jetzt glaubte sie bestimmt, er würde losziehen und der hemmungslose Lüstling sein, als den sie ihn schon öfter bezeichnet hatte. Als er seinen Cousin Tait im Arbeitszimmer sitzen sah, hätte er ihn am liebsten fortgeschickt, doch dann fiel sein Blick auf einen großen Krug Wein und zwei Becher auf dem Arbeitstisch.

»Ich hatte den leisen Verdacht, dass du dich hier verstecken würdest«, meinte Tait und füllte die Becher. »Und dass du vielleicht gern deine Sorgen ertränken würdest.«

Liam ließ sich auf seinen Stuhl fallen und leerte den halben Becher in einem Zug, bevor er düster verkündete: »Sie hat mich aus dem Schlafgemach ausgesperrt.«

»Hat sie zufällig gesagt, warum?«

»Sie hat gesagt, sie müsse nachdenken.«

»Das bedeutet bestimmt nichts Gutes.«

»Aye, und bevor ich ging, habe ich ihr noch zusätzlichen Stoff zum Nachdenken gegeben.« Er erzählte Tait, was er gesagt hatte.

Tait schnitt eine Grimasse. »Das war nicht besonders klug.«

»Es war dumm. Völlig blöde, äußerst schwachsinnig.«

»Worüber muss sie denn nachdenken? Über dich? Über Lady Maude? Oder über dich und Lady Maude?«

»Über alles, nehme ich an.« Liam trank stirnrunzelnd einen weiteren Schluck. »Ich wünschte nur, ich wüsste, welches Spiel Lady Maude mit uns spielt.«

»Bist du dir denn sicher, dass es ein Spiel ist, das sie spielt?«

»Ich werde mir immer sicherer, mit jedem, was sie sagt und tut. Ich weiß nur nicht, wer der Narr in diesem Spiel ist, ich oder ihr Ehemann.«

»Vielleicht ihr beide«, meinte Tait. »Glaubst du denn, dass sie Ardgleann morgen früh wirklich verlässt? Sie scheint mir ziemlich hartnäckig zu sein und hört offenbar immer nur das, was sie hören will.«

»Vielleicht reist sie nicht gleich in der Frühe ab, aber sie *wird* morgen abreisen. Und dann werde ich mich um die verdammte verschlossene Tür kümmern. Mehr als eine Nacht verbringe ich nicht allein.«

Keira hätte die Tür beinahe entriegelt, als Liams Abschiedsbemerkung durch den Gang hallte, aber sie zwang sich dazu, stark zu bleiben. Er hatte gesagt, dass er das Ehegelübde halten würde. Darauf musste sie vertrauen. Und wenn er zu den Männern gehörte, die allein wegen eines Streits ihre Eheversprechen brachen, war es am besten, das so früh wie möglich zu erfahren.

»Glaubt Ihr, er hat das wirklich so gemeint?«, fragte Meggie, die neben ihr auf der Bettkante saß und Donners Bauch kraulte.

»Nay, natürlich nicht«, erwiderte Joan. »Das war eine leere, im Zorn geäußerte Drohung, mit der er die Herrin verunsichern wollte aus Rache dafür, dass sie ihn ausgesperrt hat. Meint Ihr wirklich, dass Ihr das Richtige tut?«, fragte sie Keira.

»Aye«, meinte Keira. »Ich muss nachdenken, und dieser Mann kann einem das manchmal ausgesprochen schwer machen.«

»Aber worüber müsst Ihr denn nachdenken? Über ihn und diese Frau? Ich würde ihm glauben, dass er nie mit ihr das Bett geteilt hat. Wenn doch, dann wäre das vor Eurer Hochzeit gewesen, und er hätte keinen Grund, es zu leugnen.«

»Ach, ich glaube ihm«, sagte Keira. »Trotzdem muss die Frau einen Grund für ihr Verhalten haben. Als ich aus der Halle stürmte, war ich wütend auf ihn, auf sie und über die ganze Situation. Ich wollte nachdenken, ob das ein schlechtes Omen für meine Zukunft mit diesem Mann ist. Doch mittlerweile habe ich mich wieder beruhigt und will gar nicht mehr darüber nachdenken.«

»Worüber denn dann?«

»Ich kann nicht genau sagen, warum, aber irgendetwas sagt mir, dass Lady Maude nicht so närrisch ist, wie sie tut. Nay, ganz und gar nicht. In Wahrheit, denke ich, spielt sie ein böses Spiel mit uns allen.« Keira starrte finster in die Flammen im Kamin und dachte über ihre Vermutung noch eine Weile nach, bis sie das Gefühl hatte, dass sie richtig lag.

»Ein Spiel? Was für ein Spiel?«

»Das weiß ich nicht, aber es gehört zu den Dingen, über die ich nachdenken muss. Ich bin jedenfalls sicher, dass sie Liam nicht liebt, auch wenn sie das ständig beteuert. Also warum das Ganze? Ich begreife es nicht. Offenbar kennen die meisten Liams Regel, nie einer verheirateten Frau beizuwohnen. Ich glaube nicht, dass Lady Maude so eitel ist zu glauben, sie könnte ihn dazu bringen, die Regel zu brechen.«

»Also mir kam sie schon ziemlich eitel vor«, meinte Meggie. »Denkt doch nur, wie sie ständig die Aufmerksamkeit auf ihre großen Brüste lenkte.«

»Ach, das heißt nicht unbedingt, dass sie eitel ist«, meinte

Keira. »Sie weiß nur, dass die meisten Männer diese Fülle schätzen, und benutzt ihr Wissen, um auf sich aufmerksam zu machen. Manche Frauen halten diesen Unsinn für Schäkerei.« Keira stemmte die Hände in die Hüften und schüttelte langsam den Kopf. »Nay, ich werde mir jeden Moment sicherer, dass diese Frau ein Spiel spielt und Liam darin nur ein Bauer ist. Wahrscheinlich hat auch sie dafür gesorgt, dass er verprügelt wurde.«

»Nun, das hört sich für mich wie die Tat einer eifersüchtigen Frau an«, meinte Joan. »Würde das nicht bedeuten, dass ihr doch etwas an ihm liegt?«

»Nicht unbedingt. Eifersucht kann viele Ursachen haben. Wer weiß? Vielleicht hoffte sie, dass Liam glauben würde, ihr Ehemann habe es getan, und dann seine Regeln brechen und aus Rache mit ihr das Bett teilen würde. Vielleicht hat sie es sogar in einem Wutanfall befohlen, weil Liam ihr Spiel nicht so spielte, wie sie es sich vorstellte.«

Joan schüttelte den Kopf. »Ich habe keine Ahnung, wie Ihr dieses Durcheinander entwirren wollt. Vielleicht ist die Frau doch einfach nur närrisch.«

»Närrisch hin oder her, sie ist klug genug, um Liam immer wiederzufinden. Und dann passiert immer das Gleiche: In Kürze kommen ihr großer Ehemann und seine ebenso großen Männer, und Laird Kinnaird lechzt nach Liams Blut.«

Meggie runzelte die Stirn. »Das passiert jedes Mal?«

»Meiner Meinung nach schon«, erwiderte Keira. »Dabei sollte man glauben, dass eine Frau, die klug genug ist, sich von ihrem wachsamen Ehemann davonzuschleichen und einen Mann aufzustöbern, der nicht von ihr gefunden werden will, es ihrem Mann nicht so leicht machen würde, ihr zu folgen, oder?«

»Aye, das stimmt. Die Frage lautet nur: Welchen Mann möchte sie tot sehen?«

Keira starrte Meggie verwundert an, und Joan tat es ihr gleich. So sehr sich Keira bemühte, sie konnte nichts gegen den klugen Gedanken einwenden, der hinter Meggies Frage stand.

»Meggie, du besitzt einen überaus scharfen und durchtriebenen Verstand«, sagte Keira.

»Ist das gut?«

»Mit Sicherheit. Ich hoffe nur, dass dein Verstand im Lauf der Nacht weiter so scharf und durchtrieben arbeitet.«

»Warum?«

»Weil wir diese Frage beantworten müssen, bevor Laird Kinnaird vor unserem Tor zu toben beginnt.«

22

»Wie lange willst du Keira noch nachdenken lassen?«

Liam blickte finster auf seinen feixenden Cousin. Es ärgerte ihn, dass ihn Tait im Hof erwischt hatte, als er zum Fenster des Schlafgemachs hochstarrte, in das sich Keira eingesperrt hatte. Jetzt konnte er nicht mehr so tun, als mache es ihm nichts aus, dass seine Frau noch immer nicht mit ihm sprach oder ihn sehen wollte. Und schlimmer noch – Taits Grinsen offenbarte, dass sein Cousin genau wusste, dass er nicht die geringste Ahnung hatte, wie er das Problem lösen sollte.

»In zwei Stunden sind es genau sechzehn Stunden, dass sie mit dem Schmollen angefangen hat.«

»Mit dem Nachdenken«, verbesserte ihn Tait.

Liam überhörte ihn und fuhr fort: »Wenn sie die Tür nicht aufmacht, dann zertrümmere ich sie.« Er starrte Tait noch einmal böse an. »Wenn du es wagst zu lachen, schick ich dich zu Boden!«

»Ich lache lieber später, wenn du es nicht mehr mitbekommst.« Tait schüttelte den Kopf. »Tut mir leid, Liam, aber nachdem ich jahrelang gesehen habe, wie die Mädchen schon bei deinem Anblick schwach wurden und du selbst die mürrischste alte Vettel in Stimmung bringen konntest, kann ich nicht umhin, das Ganze lustig zu finden.«

»Du findest es lustig, dass mich meine Frau für einen hemmungslosen Lüstling hält? Und dass sie zweifellos sehr verletzt ist?«

»Nay, das nicht.« Tait verschränkte die Arme vor der Brust und blickte erst hinauf zum Fenster, das Liam angestarrt hatte, dann sah er wieder seinen Cousin an. »Wenn du mich fragst – ich denke nicht, dass sie dieser Frau glaubt.«

»Aber warum hat sie mich dann ausgesperrt?«

»Das hat sie dir doch gesagt – sie muss nachdenken.« Tait kicherte, als Liams Miene sich wieder verfinsterte. »Vielleicht muss sie sich überlegen, ob sie die Kraft besitzt, solchen Unsinn ein Leben lang zu ertragen.«

»Aber ich habe ihr doch gesagt, dass ich mein Ehegelübde halten werde.«

»Aye, aber hast du ihr je gesagt, dass du sie liebst?«, fragte Tait leise.

Liam machte den Mund auf, um ihm zu erklären, dass ihn das nichts anginge, doch dann seufzte er und raufte sich die Haare. Er liebte Keira, dessen war er sich sicher, seit er befürchtet hatte, dass Rauf sie töten würde. Aber gesagt hatte er es ihr noch nicht. Er war zu feige gewesen und hatte eine Liebeserklärung zuerst von ihr hören wollen. Jetzt kam ihn seine Feigheit vielleicht teuer zu stehen.

»Wie kommst du darauf, dass ich das tue?«, fragte er.

Sein Cousin verdrehte die Augen.

»Das ist kaum zu übersehen. Vergiss nicht, ich beobachte seit Jahren, wie du mit Frauen umgehst. Du bist freundlich und erzählst ihnen nette Dinge, aber mehr hast du nie getan. Bestimmt hast du auch darauf geachtet, dass sie ihren Spaß hatten, aber mehr war nie. Wahrscheinlich hast du sie auch gern gehabt, aber es war alles nur sehr flüchtig. Als Sigimor mir sagte, dass du deine Gefährtin gefunden hättest, die Richtige …«

»Die zu mir passt«, sagte Liam leise.

»Aye, die zu dir passt. Offen gestanden konnte ich es nicht recht glauben. Aber schon nach meinem ersten Tag auf Ardgleann habe ich es geglaubt.«

»Hast du gedacht, ich habe sie wegen der Burg und der Aussicht, Grundherr zu werden, geheiratet?«

»Daraus würde dir keiner einen Vorwurf machen. Du wärst auf alle Fälle ein guter Ehemann für sie. Daran hatte ich keinen Zweifel.« Er lächelte leise. »Aber jetzt glaube ich, dass du darüber hinaus der Richtige für sie bist. Das hat sie dir wahrscheinlich auch noch nicht gesagt, oder?«

»Warum also sollte ich ihr meine Gefühle offenbaren?«

»Weil sie sie kennen und daran glauben muss – und zwar mehr als du. Aye, ich nehme an, es ist schwer, wenn man nicht weiß, wie die Ehefrau zu einem steht, aber du kennst die Frauen doch gut genug, um zu ahnen, was sie für dich empfindet. Ich fürchte, du musst den ersten Schritt tun und ihr deine Liebe gestehen.«

Liam warf einen letzten finsteren Blick hinauf zu dem Fenster. »Darf ich sie vorher erdrosseln?«

Tait schüttelte lachend den Kopf. »Du wirst dich damit zufriedengeben müssen, ihr das anzudrohen.«

»Herr!«

Liam drehte sich um und sah Kester herbeistolpern, Meggie, sein Schatten, im Schlepptau. Der Junge wirkte beunruhigt, und auch Meggie sah besorgt aus, und auch ein wenig zornig. Liam beschlich eine düstere Vorahnung.

»Ein Mann …«, fing Kester an.

»Cameron, du Dreckskerl!«

Liam schüttelte seufzend den Kopf, als Kinnairds Schrei durch die Dunkelheit gellte. »Ich fürchte, diese dumme Geschichte hört erst dann auf, wenn ich den Narren töte.« Er sah, wie Meggie den Mund aufmachte, ihn jedoch gleich wieder schloss und die Lippen zusammenpresste. »Er wird mich dazu zwingen, und sei es nur, um ihn daran zu hindern, mich zu töten.«

»Ich glaube nicht, dass dieser Narr die Zügel in der Hand hält, Herr«, murrte Meggie, dann lief sie weg.

»Was meint sie damit?«, fragte Kester und sah Meggie stirnrunzelnd nach.

»Das wollte ich auch gerade fragen«, murmelte Liam.

»Cameron, du Ehezerstörer, komm heraus!«

»Glaubt ihr, dass wir diesen Narren zur Vernunft bringen können?«, fragte Tait und gesellte sich zu Liam und Kester, die sich schon auf den Weg zum Hof vor dem Eingang zum Wohnturm gemacht hatten, in dem Sir Kinnaird lauthals eine Beleidigung nach der anderen von sich gab.

»Bis jetzt ist mir das noch nicht gelungen«, erwiderte Liam.

»Das habe ich befürchtet.«

Keira stand auf der Schwelle des Schlafgemachs, das man Lady Maude Kinnaird zugewiesen hatte, mit Joan an der Seite. Joan, Meggie und sie hatten schließlich aufgegeben zu erraten, welches böse Spiel diese Frau mit ihnen spielte, und waren ins Bett gegangen. Als sie ein paar Stunden später aufwachte, fühlte sich Keira noch sehr müde, ihr tat der Kopf weh, und ihr war nicht nur ein bisschen flau gewesen, ihr Magen hatte offen rebelliert. Während sie sich bemühte, ihn zu beruhigen und sich anzuziehen, hatte sie die Schlussfolgerungen, die sie über Lady Maudes Verhalten angestellt hatten, infrage gestellt. Doch als sie jetzt sah, wie die Frau lächelnd auf ihren tobenden Gemahl hinunterblickte, fielen sämtliche Zweifel von ihr ab.

Sie marschierte zu Lady Maude, packte sie am Arm und drehte ihn ihr um. »Gefällt Euch das kleine Stück, das Ihr geschrieben habt, M'lady?«

»Lasst mich sofort los!«, fauchte Lady Maude. »Wer, glaubt Ihr, dass Ihr seid, mich so zu behandeln?«

»Die Herrin dieses Keeps, zu dem Ihr Euch gewaltsam Zutritt verschafft habt. Die Ehefrau des Mannes, den Euer Ehemann töten will. Und die Frau, die Euch den Arm brechen wird, wenn Ihr meine Fragen nicht rasch und wahrheitsgemäß beantwortet.«

»Ich weiß nicht, wovon Ihr redet.«

Keira verstärkte ihren Griff und zuckte bei Lady Maudes Schmerzensschrei zusammen. Keira wartete darauf, dass sich die Heilerin in ihr über ihr Tun empören würde, aber sie konnte nicht die leiseste Spur von Reue oder Abscheu entdecken. Wahrscheinlich, weil sie sich so sicher war, dass Lady Maude diese Ränke geschmiedet und alles getan hatte, damit die zwei

Männer mit vorgehaltener Klinge aufeinander losgingen. Wenn sie verhindern konnte, dass sich die beiden gegenseitig töteten oder verstümmelten, indem sie dieser Frau wehtat, dann würde sie nicht die leisesten Gewissensbisse haben.

»Treibt es nicht zu weit, M'lady«, meinte sie. »Ich bin nicht sehr gut gelaunt. Mir schmerzt der Kopf, und mein Magen freut sich nicht über den Geruch des Rosenwassers, mit dem Ihr Euch von oben bis unten begossen habt. Also beantwortet mir meine Frage: Welchen der beiden Männer wollt Ihr tot sehen und warum?«

»Was redet Ihr da?«

»Ich kann Euch den Arm brechen, glaubt mir.«

»Aye«, meinte Joan und wagte einen Blick aus dem Fenster. »Sie hat meinem Mann jeden einzelnen Finger seiner Hand gebrochen.«

Keira musste beinahe grinsen, als Lady Maude kreidebleich wurde. Joan war es hervorragend gelungen, ihrer Drohung Nachdruck zu verleihen; und da sie die Wahrheit sagte, klang sie umso überzeugender. Natürlich konnte Lady Maude nicht wissen, dass es nur deshalb geschehen war, um Malcolms Hand einzurichten, damit sie richtig heilte.

»Nay, Ihr begreift es einfach nicht. Liam und ich …«

»Da war nichts«, fauchte Keira. »Liam hat es sich zur Regel gemacht, niemals an einem Ehebruch mitzuwirken, und daran hat er sich gehalten. Glaubt Ihr etwa, er hat fünf Jahre im Kloster verbracht, nur weil ihm die Kutte gefallen hat? Er glaubt an die göttlichen Gesetze und kann Regeln befolgen, auch wenn er sie sich selbst gegeben hat. Er hat wohl einige Jahre der Wollust gefrönt, aber er hat nie einem Ehemann die Hörner aufgesetzt. Also versuchen wir es noch einmal mit der Wahrheit.«

»Er hat es mit meiner verheirateten Schwester getrieben. Das hat sie mir selbst erzählt.«

»Sie hat gelogen.«

»Offenbar kommt dieser Charakterzug in der Familie häufig vor«, murmelte Joan.

»Ach, was wisst Ihr schon, Ihr kennt meine Schwester Grace nicht.« Lady Maudes Stimme klang rau vor Schmerzen, aber auch vor Wut, wie Keira vermutete. »Sie kann jeden Mann haben, den sie will. Und sie nahm sich meinen Ehemann!«

»Aha, verstehe«, meinte Keira. »Und deshalb habt Ihr versucht, ihn mit Liam zum Hahnrei zu machen.«

»Warum auch nicht? Was er kann, kann ich schon lange. Aber nay, plötzlich spielt Sir Liam Cameron den Heiligen. Närrisch, wie ich war, habe ich ihm geglaubt, doch dann hat er es mit meiner Schwester Grace getrieben. Wohlgemerkt: mit einer verheirateten Frau. Mich hat er zurückgewiesen, sie nicht.«

»Und deshalb habt Ihr dafür gesorgt, dass Euer treuloser Gemahl von Eurer Jagd auf meinen Mann erfahren hat. Und warum wurde Liam beinahe getötet, nur weil Ihr auf die Lügen Eurer Schwester hereingefallen seid?«

»Das lag nicht in meiner Absicht.«

»Nay, natürlich nicht. Er sollte nur ein bisschen bestraft werden.« Keira blickte zu Joan. »Ich glaube, das reicht. Kämpfen die Männer schon?«

»Nay, aber ich glaube, es wird nicht mehr lange dauern«, erwiderte Joan. »Ich glaube, Euer Ehemann versucht, ihren Mann zur Vernunft zu bringen, aber der Narr hört nicht auf ihn. Er wirft ihm nur weiteren Unflat an den Kopf. Ich fürchte, unser Herr verliert allmählich die Geduld.«

Keira zeigte Joan, wie sie Lady Maudes Arm halten sollte. Mit diesem schmerzhaften Griff hätte man einen Arm sogar brechen können, aber er war auch ein ausgezeichnetes Mittel, um jemanden am Weglaufen zu hindern. Sie verließen den Raum, Joan hielt Lady Maude gepackt, und Keira nahm das Schwert zur Hand, das sie vor der Tür an die Wand gelehnt hatte. In ihrer momentanen Stimmung würde sie davon vielleicht sogar Gebrauch machen.

***

Liam schüttelte den Kopf, während das Wort »Feigling« über den Hof hallte, in dem es mucksmäuschenstill geworden war. Wenn er nicht auf seinem Land gestanden hätte, umringt von seinen Leuten, die ihn nicht aus den Augen ließen, hätte Liam auch diese Beleidigung vielleicht einfach überhört. Er wusste ja, dass sie nicht der Wahrheit entsprach, und die meisten Leute, die sie beobachteten, wussten es ebenfalls. Doch nachdem Kinnaird dieses Wort gesagt hatte, konnte er nicht länger herumstehen und versuchen, dem Narren mit vernünftigen Argumenten zu begegnen. Auf eine solche Beleidigung musste ein Mann mit dem Schwert antworten, und ein Laird vor allem. Dennoch wartete er, bis Sir Kinnaird sein Schwert gezogen hatte.

»Ich bin kein Feigling, Sir, und das wisst Ihr sehr wohl«, sagte er ruhig. »Aber ich hasse es, wegen einer Lüge Blut zu vergießen, ob nun das Eure oder das meinige.«

»Das sagt Ihr wahrscheinlich allen Männern, denen Ihr Hörner aufgesetzt habt«, erwiderte Kinnaird.

»Manchen Ehemännern könnte ich schon einiges sagen, zum Beispiel, dass sie sich mehr Zeit nehmen sollten, um ihre Frauen besser kennenzulernen. Wenn Ihr das getan hättet, wüsstet Ihr, dass Eure Frau lügt, und wahrscheinlich auch, warum sie es tut.«

»Meine Maude war ein Engel, bevor Ihr sie in Euer Netz gelockt habt, Ihr lüsternes Schwein!«, fauchte Kinnaird und schubste einen seiner Männer zur Seite, der versuchte, ihn zurückzuhalten.

Liam war klar, dass zumindest einige von Kinnairds Leuten den Geschichten ihrer Herrin keinen Glauben schenkten, doch ihren Ehemann hatte Lady Maude offenbar überzeugt. Liam vermutete, dass der Mann blind vor Eifersucht war. Der Gerechtigkeit wäre mehr gedient, wenn die verlogene Lady Maude um ihr armseliges Leben kämpfen müsste anstelle von ihm oder ihrem armen törichten Mann. Das Weib hatte sie beide an diesen Punkt gebracht. Er wünschte nur, er wüsste, warum.

Laird Kinnaird holte aus, und Liam bereitete sich darauf vor, den Hieb zu parieren, als Kinnaird plötzlich die Augen aufriss und stocksteif stehen blieb. Erst hatte Liam sich nur auf seinen Gegner und das Schwert in dessen Hand konzentriert, doch dann sah er aus den Augenwinkeln, dass auch jeder Mann, jede Frau und jedes Kind auf dem Hof die Augen aufgerissen hatte und einige sogar den Mund offen stehen hatten. Dann begannen die Frauen zu lächeln. Liam wagte es, Kinnaird etwas länger aus dem Auge zu lassen, und entdeckte Joan und vor ihr die bleiche, wütende Lady Maude. Er fragte sich, wo Keira steckte. Da er im Moment wohl nicht in Gefahr schwebte, von Kinnaird angegriffen zu werden, beugte er sich ein wenig zur Seite, um hinter Kinnaird zu schauen. Dann riss auch er die Augen auf. Keira stand hinter dem Mann, ein Schwert in der Hand, die Spitze an seinem breiten Rücken.

»Weib, du mischst dich in eine Angelegenheit ein, bei der es um meine Ehre geht«, meinte Liam leise.

»Mit Ehre hat das Ganze nichts zu tun«, fauchte Keira, erbost über die Schmähungen, die Kinnaird Liam entgegengeschleudert hatte, während der sein Bestes tat, die Sache friedlich zu regeln. Sie war ernsthaft versucht, dem Mann ein paar schmerzhafte Stiche mit dem Schwert beizubringen. »Sagt ihnen die Wahrheit, Lady Maude!«, befahl sie barsch.

»Mein süßer Prinz …«, fing Lady Maude an. »Eure Ehefrau hat mich schwer misshandelt …«

»Joan?« Keira nickte zufrieden, als Joan Lady Maudes Arm weiter herumriss und diese schmerzerfüllt aufschrie.

»Ihr habt nicht das Recht, ihr wehzutun!«, protestierte Kinnaird. Sein letztes Wort endete mit einem leisen Stöhnen, als Keira ihm die Schwertspitze schnell und spürbar schmerzhaft in den Rücken drückte.

»Haltet den Mund und setzt mir nicht weiter zu, M'laird«, sagte Keira. »Ich habe schreckliche Kopfschmerzen.«

Keiras trockener Ton brachte Liam beinahe zum Lachen, aber er hielt sich zurück. Kinnaird wirkte verwundert, gab aber ebenfalls keinen Ton von sich. Offenbar hatte Keira etwas herausgefunden, was diesem makabren Spiel ein Ende setzen würde.

»Also, M'lady, wollen wir es noch einmal versuchen?«, fragte Keira und hoffte, dass die Frau aufhören würde zu lügen; denn das Schwert war schwer, und ihr Magen rebellierte so heftig, dass sie sich nur noch hinlegen wollte.

»Ich habe Sir Liam niemals zum Geliebten genommen«, fing Lady Maude an.

»Es wäre wohl besser zu sagen, dass mein Ehemann Euch niemals zu seiner Geliebten nahm.«

»Autsch! Ihr brecht mir noch den Arm, wenn Ihr nicht damit aufhört.«

»Aye, das könnte passieren. Joan ist ein bisschen stärker als ich.«

»Na gut. Sir Liam weigerte sich, mein Liebhaber zu sein. Er behauptete, dass er nie eine verheiratete Frau beschläft. Ha! Ich hätte wissen sollen, dass er log wie alle Männer, denn er trieb es mit Grace, und sie ist verheiratet.« Sie funkelte ihren Ehemann böse an. »Wie fühlt es sich an zu wissen, dass deine Geliebte dir ebenso wenig treu ist, wie du mir treu bist?«

»Was redest du da?«, wollte Kinnaird wissen. »Ich war dir stets treu!«

»Grace hat mir alles erzählt, lüg mich nicht an. Sie hat mir von euren vielen Schäferstündchen berichtet.« Zornig funkelte sie Liam an: »Und auch über die, die sie mit Euch hatte.«

Kinnaird starrte erst seine Frau an und dann Liam und schließlich wieder seine Frau. »Sie hat gelogen, und ich denke allmählich, dass auch du gelogen hast.« Er steckte sein Schwert zurück und wandte sich wieder an Liam. »Vermutlich ist das Eure Ehefrau, die mir die Spitze eines Schwerts oder eines Dolchs in den Rücken drückt.«

»Aye«, erwiderte Liam und steckte sein Schwert ebenfalls in die Scheide. »Keira, du kannst jetzt aufhören, Sir Kinnaird zuzusetzen.«

»Befehlt dieser Frau, mich loszulassen«, forderte Lady Maude Keira auf, als sie hinter Kinnaird hervortrat.

»Nay, noch nicht«, meinte Kinnaird, als Liam den Mund aufmachte, um Joan zu sagen, dass sie Lady Maude freilassen sollte. »Sehr klug«, sagte er, während er den Griff begutachtete, in dem Joan seine Frau hatte. »Tut wahrscheinlich ziemlich weh, oder, Maudie?«

»Robbie, wie kannst du es zulassen, dass diese Frau mich so misshandelt?«, fragte Lady Maude weinerlich.

»Offenbar bringt es dich dazu, die Wahrheit zu sagen, und das hast du wohl eine ganze Weile nicht mehr getan.«

Liam wollte nicht, dass Joan weiter in diese Geschichte verwickelt wurde. Er sah Keira an. »Vielleicht könntest du ...« Doch Keira schnitt ihm mit ausgestreckter Hand das Wort ab.

»Nay. Mir reicht's. Ich war die halbe Nacht auf und habe versucht, die krausen Gedankengänge dieser Frau zu entwirren. Jetzt bin ich müde und habe Kopfschmerzen. Ich will nur noch ins Bett und vielleicht einen oder zwei Haferkekse und ein bisschen Ziegenmilch. Joan wird dir sicher beistehen, wenn du die Knoten der Fesseln aufknüpfst, in die dieses elende Weib dich gelegt hat.« Als Joan ihre Zustimmung murmelte, nickte Keira. »Gut, dann viel Spaß.« Sie machte sich auf den Weg in ihr Schlafgemach, wobei sie inständig hoffte, es bis dorthin zu schaffe, ohne sich zu übergeben.

Liam sah wie alle anderen Keira nach, die im Keep verschwand, das Schwert in der Hand, wenngleich die Spitze über den Boden schleifte. Es wäre schön gewesen, wenn Keira nur über Lady Maudes Ränke nachgegrübelt hätte, doch Liam fürchtete, dass ihm dieses Glück nicht beschieden sein würde. Er wandte sich Kinnaird zu, der sich im selben Moment zu ihm umdrehte.

»Eine Murray bis ins Mark«, meinte Kinnaird. »Mit dieser Frau werdet Ihr noch alle Hände voll zu tun haben.« Er sah seine Ehefrau böse an. »Aber diese hier wird Euch keinen Ärger mehr machen. Deine Schwester ist eine verlogene Hure, Maude, und du bist eine große Närrin, dass du ihr geglaubt hast. Und mich hast du auch zum Narren gemacht. Ich habe versucht, einen Mann zu töten, der mir nichts getan hat. Im Grunde hätte auch ich sterben können. Hattest du das beabsichtigt?«

»Nay, mein Lieber, ich …«

»Halt den Mund, halt jetzt einfach den Mund.« Er wandte sich wieder Liam zu. »Es tut mir leid, dass sie Euch in diese Sache hineingezogen hat. Ich möchte mich bei Euch entschuldigen.«

»Dafür, dass Ihr versucht habt, mich in einem ehrlichen Kampf zu besiegen, oder dafür, dass Ihr mich fast zu Tode habt prügeln lassen?«, fragte Liam. Er wunderte sich nicht über Sir Kinnairds Bestürzung bei dem zweiten Vorwurf. Mittlerweile war er sich fast sicher, dass Lady Maude die Prügel in Auftrag gegeben hatte, doch er wollte es noch einmal aus ihrem Mund hören. »Also habt nicht Ihr diese Männer auf mich gehetzt?«

»Ich habe mich beleidigt gefühlt, und meine Ehre erforderte es, dass ich mich rächte.« Kinnaird funkelte seine Frau wieder böse an. »Du hast ihn verprügeln lassen? Warum? Weil er sich geweigert hat, mich zu betrügen?«

»Er hat Edmund betrogen«, meinte Lady Maude.

»Nay, das glaube ich nicht.« Kinnaird wandte sich an die Männer, die seine Frau nach Ardgleann begleitet hatten. »Ihr hättet mir sagen müssen, was sie getan hat. Offenbar waren meine Befehle nicht klar genug. Ihr werdet sie weiterhin begleiten, doch fortan sagt Ihr mir auch, warum sie wohin geht. Ihr werdet mir über alles Bericht erstatten – was sie tut, wen sie trifft und was sie sagt. Und jetzt bringt sie zum Wagen.«

»Aber, mein Lieber …«, wandte Lady Maude ein, als die Männer sie Joan abnahmen.

»Am besten hältst du ab jetzt den Mund, Frau. Ich werde später mit dir reden.« Sobald sie weggebracht worden war, wandte Kinnaird sich wieder an Liam. »Ihr müsst mir gestatten, Wiedergutmachung zu leisten für alles, was sie angerichtet hat – die Prügel und all den Ärger, den sie verursacht hat.«

»Nay, das ist nicht nötig. In gewisser Weise hat es mir sogar genützt.« Liam verzog den Mund zu einem schwachen Lächeln. »Ich habe dadurch meine Frau kennengelernt.« Sein Blick schweifte über Ardgleann. »Ich habe mehr gewonnen, als ich verloren habe.«

»Ich habe gehört, dass Ihr darum kämpfen musstet und Schottland von einer wahren Geißel befreit habt.«

»Das Glück stand auf unserer Seite, und die Schlacht war Gott sei Dank nicht sehr verlustreich.«

»Auf meinem Weg hierher habe ich überall die Spuren gesehen, die dieser Dreckskerl auf eurem Land hinterlassen hat. Ich werde Euch etwas schicken, was Eure Speisekammer für den Winter füllt.«

Dieses Angebot konnte Liam nicht ausschlagen. »Ich danke Euch«, meinte er. »Das ist ein sehr willkommenes Geschenk.«

Kinnaird verbeugte sich und ging, und bald darauf sah man ihn mit seinem Gefolge davonreiten. Liam schüttelte seufzend den Kopf. Der Mann hatte noch einen schweren Weg vor sich. Unter dem Zorn und der Enttäuschung über seine Frau hatte sich ein Schmerz verborgen; offenbar vermutete er, dass seine Frau versucht hatte, ihn zu beseitigen.

»Nun, deine Frau hat offenbar sehr viel nachgedacht«, meinte Tait, der zu Liam getreten war. »Lady Maudes Eifersucht auf ihre Schwester grenzt ja fast schon an Wahn. Ich frage mich nur, wie Keira das herausgefunden hat.«

»Vermutlich hatte sie wie wir alle einen Verdacht. Und den Rest hat sie dann wohl erfahren, als sie dem Weib den Arm verdreht hat.«

Tait grinste. »Da hast du deiner kleinen Frau aber etwas sehr Nützliches beigebracht.«

»Ich war es nicht, vermutlich waren es ihre Brüder oder einer ihrer zahlreichen Cousins.«

»Ich finde, ihre Zeit fürs Nachdenken ist jetzt abgelaufen. Du solltest lieber zu ihr gehen, bevor sie ihr schlaues Köpfchen wieder dazu benutzt, über dich zu grübeln.«

Liam runzelte die Stirn. »Wahrscheinlich hast du recht, auch wenn sie noch immer ziemlich verärgert gewirkt hat.«

»Vielleicht ist das ja nützlich. Sigimor behauptet immer, dass Wut auch nützlich sein kann.«

Liam nickte versonnen und machte sich auf den Weg in den Keep. Als er am Fuß der Treppe, die zu dem Geschoss führte, in dem sein Schlafgemach lag, anlangte, sah er sich schlecht behandelt: Er war beleidigt worden, und man war ihm mit vorgehaltener Klinge auf seinem eigenen Hof begegnet, alles wegen der Eifersucht und der Lügen einer Frau. Seine Frau sollte auf seiner Seite stehen, ihn unterstützen und trösten, und nicht in ihrem Schlafkgemach schmollen.

Und, dachte er, als er vor ihrer Tür stand, sie hatte viel zu bereitwillig all die Lügen über ihn geglaubt. Seit er sie kannte, hatte er nichts getan, um ihr Vertrauen zu missbrauchen, und dennoch weigerte sie sich, ihm zu vertrauen. Sie war schwanger, schien es jedoch nicht für angebracht zu halten, ihn davon in Kenntnis zu setzen. Zwar schenkte sie ihm manchmal einen Blick, der auf tiefere Gefühle schließen ließ, Gefühle, die er sich sehnlichst wünschte, doch sie sagte nichts dergleichen.

Nur mit Mühe konnte er sich zügeln und daran denken, dass nichts Gutes herauskam, wenn man die Beherrschung verlor. Als er die Tür zu ihrem Schlafgemach öffnen wollte, stellte er fest, dass sie wieder verriegelt war. Das brachte das Fass zum Überlaufen, und er hämmerte an die Tür.

23

Mach sofort die Tür auf!«

Keira öffnete ein Auge und starrte die Tür finster an. Bei Liams Faustschlägen zuckte sie zusammen. Sie hatte die Tür nur verriegelt, weil sie nicht in dem dringend nötigen Schlaf gestört werden wollte. Doch leider war der Frieden nicht von langer Dauer gewesen.

»Mach sofort auf, Keira, sonst trete ich die Tür ein, das schwöre ich dir!«

Langsam erhob sie sich und ging verwundert zur Tür. Warum klang Liam so aufgebracht? Sie zog den Riegel zurück und trat hastig zur Seite für den Fall, dass er die Tür aufstieß, wie es zornige Männer oft tun. Als die Tür beinahe sanft aufging und ihr Ehemann mit seiner üblichen Geschmeidigkeit eintrat, machte sich ein gewisses Unbehagen in ihr breit. Bei dem Blick, mit dem er die Tür leise schloss und verriegelte, hätte sich Keira am liebsten unter dem Bett verkrochen. Ihr Mann wirkte ausgesprochen wütend. Unter der Ruhe ihres ausgeglichenen, freundlichen Ehemanns schwelte das Temperament eines Rotschopfs.

»Hast du fertig geschmollt?«, fragte er.

»Ich habe nicht geschmollt«, wandte sie ein. »Ich habe nachgedacht.«

»Aha, wieder über deinen hemmungslosen Lüstling von Ehemann?«

Keira setzte zur Widerrede an, doch er gab ihr keine Gelegenheit dazu.

»Aye, ich war einige Jahre lang ein lüsterner Narr«, sagte er und begann, vor ihr auf und ab zu laufen. »Das habe ich zugegeben, und ich habe sogar zugegeben, dass ich nicht gerade stolz darauf bin. Aber hast du mir zugehört, als ich dir geschworen habe, dass ich dieses verrückte Weib nie beschlafen habe? Nay! Hast du mir zugehört, als ich dir gesagt habe, dass ich nie eine verheiratete oder verlobte Frau beschlafen habe, nie ein unschuldiges junges Mädchen? Mir nie durch Verführung oder Lügen meinen Weg in das Bett einer Frau ergaunert, nie einer Frau etwas versprochen habe? Nay!«

»Liam, ich …«, fing sie an, doch sie verstummte beunruhigt, als er vor ihr stehen blieb, die Hände in die Hüften stemmte und sie böse ansah.

»Ich weiß nicht mehr, was ich tun soll, Keira«, sagte er. »Ich habe mein Ehegelübde abgelegt, aber du hast nicht geglaubt, dass ich es halten werde, oder? Ich habe dir gelobt, dir treu zu bleiben, aber du zweifelst mein Wort an, stimmt's? Ich sage dir hübsche Sachen, aber du tust sie mit einem Schulterzucken ab. Ich habe Dinge mit dir gemacht, die ich mit keiner anderen Frau gemacht habe. Und trotzdem beäugst du mich, als ob ich gleich die nächstbeste Frau packen und sie auf dem Tisch stoßen werden.«

»Nay, das tue ich wahrhaftig nicht!«, protestierte sie, aber sein finsterer Blick hielt sie davon ab, sich weiter zu verteidigen.

»Ich habe mir gesagt, dass ich geduldig sein muss, dass ich es bin, dem unsere Ehe zum Vorteil gereicht. Nun, ich bin geduldig geblieben, aber ich ertrag es nicht länger. Du must damit aufhören zu glauben, dass ich dir untreu werde, wann immer ich kann. Selbst wenn ich es wollte, würde ich es nicht tun, weil ich vor Gott und den Menschen ein Gelübde abgelegt habe. Einen heiligen Eid. Aber ich habe gar nicht vor, dir untreu zu werden. Wie kann ich dich nur dazu bringen, mir das zu glauben?«

Er klang fast traurig, und er begann wieder auf und ab zu laufen. Keira wollte zum Reden ansetzen, sagen, dass sie ihm glaubte, was Lady Maude anging, doch eine innere Stimme bedeutete ihr, lieber den Mund zu halten. Sie wusste, wenn man so herumschimpfte wie er gerade, zeigten sich manchmal die innersten Gefühle und Gedanken. Vielleicht war es besser, still dazustehen und den Mann reden zu lassen.

»Wenn wir uns uns hingeben, versuche ich, dir all das zu zeigen, aber du siehst es nie. Ich lege es in all meine Berührungen und Küsse, doch du bleibst blind. Du versteckst einen Teil von dir vor mir, du hütest ihn wie einen mächtigen Schatz, den ich plündern und zerstören könnte. Bislang habe ich kaum darauf geachtet, was im Herzen oder im Kopf einer Frau vorgeht, und deshalb vermag ich in dir jetzt nicht zu lesen. Wenn ich dich nicht dazu bringen kann zu erkennen, dass mein Verlangen ausschließlich dir gilt, wie soll ich dir dann je zu verstehen geben, dass auch mein Herz dir gehört?« Er schüttelte den Kopf. »Ich dachte nie, dass ich mich einmal ernsthaft verlieben würde. Nachdem ich mit so vielen Frauen zusammen war, dachte ich immer, ich wäre dagegen gefeit. Manchmal habe ich mir sogar Sorgen gemacht über diesen Mangel. Doch jetzt wünsche ich mir manchmal, dass ich tatsächlich nicht lieben könnte. Ich …«

Liam ächzte überrascht auf, als Keira sich auf ihn stürzte und ihn ungestüm umarmte. Blinzelnd sah er auf ihren Scheitel und versuchte, sich daran zu erinnern, was er gerade gesagt hatte. Offenkundig hatte er in seiner Tirade auch etwas geäußert, was richtig gewesen war. Es wäre nicht schlecht, sich daran zu erinnern, was es gewesen war.

Er legte die Arme um ihren schlanken Körper. Irgendwann hatte ihn bei seinem Ausbruch der Zorn verlassen, und er hatte angefangen, sich bedrückt und geschlagen zu fühlen. Ihm war aufgegangen, dass ihm nichts mehr einfiel, um seine Frau dazu zu bringen, ihm wenigstens zu vertrauen, geschweige denn ihn so zu lieben, wie er sie liebte. Doch offenbar hatte er Keira in seiner langen Litanei an Klagen gestanden, dass er sie liebte. Und offenbar hatte Tait recht – er hatte es als Erster sagen müssen.

Keira konnte Liam gar nicht fest genug halten. Sie zitterte, und ihr Herz pochte, aber es war die reine Freude, die in ihren Adern pulsierte. Liam liebte sie! Dieses Wissen breitete sich in ihr aus und wärmte sie von Kopf bis Fuß. Sie fühlte sich, als hätte sie einen ganzen Weinkrug geleert.

Er hatte ihr seine Liebe nicht in einem süßen Moment der Leidenschaft erklärt und auch nicht in einem romantischen Augenblick, wie sie es sich immer vorgestellt hatte. Und er hatte ihr auch nicht in die Augen geblickt, und er hatte nicht in klaren, deutlichen Worten gesprochen. Doch sie wusste, dass er es gesagt hatte. Es war versteckt gewesen in all seinen Klagen darüber, wie blind sie war und dass sie ihm nie zuhörte. Und so merkwürdig das war – eben deshalb glaubte sie ihm.

»Oh, Liam, ich liebe dich auch!«, sagte sie und schmiegte sich, so eng sie konnte, an ihn.

Liam hob ihr Gesicht und gab ihr einen Kuss. Es war ein gieriger, fordernder Kuss, den Keira in gleicher Heftigkeit erwiderte. Sie war sich nicht sicher, wer damit angefangen hatte, sich auszuziehen, aber bald waren sie beide nackt und fielen in einem Knäuel aus Armen und Beinen aufs Bett. Keira überließ sich vorbehaltlos der Wollust, die das Geständnis ihrer Liebe in beiden geweckt hatte. Liam liebkoste und küsste jeden Zoll ihres Körpers, und sie erwiderte liebevoll seine Zärtlichkeiten und gab ihm vorbehaltlos alles, was sie ihm geben konnte. Er brachte sie mehrmals bis knapp an den Rand der Lusterfüllung, bis sie zu schimpfen begann, dass er ihr diese verweigerte, statt ihn zu bitten, sich mit ihr zu vereinigen. Dann drang er endlich tief in sie ein, und Keira klammerte sich an ihn, als er sie mit heftigen Stößen dazu brachte, gemeinsam mit ihm in den Abgrund der Glückseligkeit zu taumeln.

Keira versuchte, sich nicht zu viel zu bewegen, weil Liam aussah, als schliefe er fest auf ihr. Sie sah sich um und grinste. Überall lagen Kleidungsstücke herum. Wann hatten sie eigentlich den Tisch umgestoßen? Ihr Gedächtnis war noch angenehm getrübt von den Gedanken an die Lust und die Freude, die sie in den Armen des anderen gefunden hatten.

Dann runzelte sie die Stirn. Liam hatte die magischen Worte noch immer nicht gesagt, auch wenn er auf ihre Liebeserklärung so reagiert hatte, wie es sich eine Frau nur wünschen oder erhoffen konnte. Er hatte sie wieder und wieder gebeten, die Worte zu wiederholen, als sie sich liebten, so als ob er sie gar nicht oft genug hören konnte. Keira hatte keinen Zweifel, dass ihre Liebe gesucht, sehnsüchtig erwartet war.

Sie fühlte sich, als hätte ihr Herz seine Fesseln gesprengt. Liams Vergangenheit verursachte ihr nur einen winzig kleinen Schmerz, und sie war sich sicher, dass auch der bald vergehen würde. Liam hatte den Frauen in seiner Vergangenheit zwar bestimmt ein paar hübsche Worte ins Ohr geflüstert und sie freundlich behandelt, doch er hatte sie genauso benutzt, wie sie ihn benutzt hatten. Da waren keine echten Gefühle im Spiel gewesen, nur Lust. Es gab keine Gespenster, gegen die sie antreten oder die sie aus seinem Gedächtnis verbannen musste.

Und einige seiner Klagen waren durchaus berechtigt gewesen, wie sie zugeben musste. Sie hatte seine Worte zwar vernommen, doch nie richtig hingehört oder ihm geglaubt. Aber was hatte er mit ihr gemacht, was er nie mit einer anderen Frau gemacht hatte? In der Hoffnung, ihn aufzuwecken, damit sie ihm diese Frage stellen konnte, fuhr sie sanft mit den Fingerspitzen über seinen Rücken – hinauf und hinunter.

Liam schlug ein Auge auf, sah die Wölbung der wunderhübschen Brust seiner Frau und musste sie küssen. Seine Frau liebte ihn. Er hatte sie mehrmals in ihrem wilden Liebesspiel gedrängt, die magischen Worte zu wiederholen. Er konnte sich nicht vorstellen, ihrer je überdrüssig zu werden. Er fühlte sich auf eine Art, die er nicht fassen konnte, ganz. Es machte ihn stark und bereit, sich der Zukunft zu stellen, was immer sie ihm auch bringen mochte.

»Liam?«

Er lächelte. Ihm gefiel der rauchige Ton in Keiras Stimme, der immer noch eine ganze Weile mitschwang, nachdem sie sich geliebt hatten. »Mmm?«

»Als du geschimpft hast …«

»Ich habe nicht geschimpft. Ich habe nur ein paar Dinge dargelegt.«

»Natürlich. Also gut, als du diese Dinge dargelegt hast, hast du auch gesagt, dass du Sachen mit mir gemacht hast, die du noch mit keiner anderen Frau gemacht hast. Da mir deine Erfahrung in der Liebeskunst fehlt, kann ich mir nicht vorstellen, was du damit gemeint hast.«

Liam hörte keinen Ärger in ihrer Stimme, als sie auf seine Vergangenheit zu sprechen kam. Er hob den Kopf und sah sie an. »Bist du etwa neugierig?«

»Aye. Du weißt, was ich noch nie mit einem anderen Mann gemacht habe, weil ich noch Jungfrau war. Und da ich alles, was ich jetzt weiß, von dir gelernt habe, kann ich schlecht schätzen, was auch für dich neu ist.«

»Sehr richtig.« Er begann, Küsse auf ihrem noch immer erhitzten Gesicht zu verteilen. »Ich habe nie eine ganze Nacht im Bett einer Frau verbracht, und ich habe auch nie mit einer Frau gebadet.« Er grinste, als sich ihre Wangen röteten, weil sie sich wohl daran erinnerte, wie sie gemeinsam gebadet hatten. »Und ich habe nie dem ganzen Körper einer Frau mit Küssen gehuldigt wie dem deinen.« Ihre Röte vertiefte sich derart, dass er wusste, dass sie verstanden hatte, was er damit meinte, und er lachte leise.

»Also war es wirklich nur ein Stoßen«, murmelte sie.

Er merkte, dass sie versuchte, ein für allemal mit seiner Vergangenheit abzuschließen, und pflichtete ihr bei. »Ich habe meine Regeln befolgt, ich habe hübsche Dinge gesagt, um die Frauen zum Lächeln zu bringen, und ich habe meinen Spaß mit ihnen gehabt.« Er drückte ihr einen sanften Kuss auf den Mund. »Ich wünschte mir wirklich, ich wäre so rein zu dir gekommen wie du zu mir.«

»Nun, das wäre ganz schön gewesen, aber wahrscheinlich ist es gar nicht so schlecht, dass einer von uns ein bisschen Erfahrung hatte.«

Er dachte an die Verlegenheit und dieses suchende Sich-zu-schaffen-Machen beim ersten Mal und gab ihr stillschweigend recht. »Im Übrigen lerne ich noch immer.«

Keira musste lachen. »Unsinn. Ein Mann, der so erfahren ist wie du, muss nichts mehr lernen.«

»Oh doch.« Liam musterte ihr Gesicht und strich ihr ein paar Strähnen aus der Stirn. »Ich habe viel gelernt, seit ich dich geheiratet habe. Ich habe erfahren, wie eine Frau schmeckt.« Er zwinkerte schelmisch, als sie errötete. »Ich habe erfahren, dass einige der Stellungen, die in den weniger heiligen Büchern der Mönche beschrieben werden, einem große Lust schenken. Vor dir habe ich nur zwei Stellungen gekannt.« Er musste ein Grinsen unterdrücken, als er ihrem konzentrierten Gesichtsausdruck entnahm, dass sie hastig all die Stellungen durchzählte, die sie ausprobiert hatten. »Und ich habe erfahren, wie vollkommen es sich anfühlt, wenn man mit der Frau zusammen ist, die man liebt«, fügte er leise hinzu. »Und wenn ich der Frau beiwohne, die ich liebe, sind all die anderen Male bedeutungslos und leer, denn keine Frau kann mir so viel Wonne spenden wie sie.«

Keira schlang die Arme um seinen Hals und legte ihr Gesicht in seine Grube. »Jetzt hast du es klar und deutlich gesagt. Ich habe mich schon gefragt, ob du das je tun würdest.«

»Du hast es doch auch getan, ein- oder zweimal sogar sehr laut«, murmelte er und lachte, als sie ihn neckisch zwickte. »Zweifle bitte nie daran, Liebste, auch wenn ich es dir vielleicht nicht oft genug sage.«

»Ich weiß, dass du so etwas nie sagen würdest, wenn du es nicht meinen würdest, Liam.«

»Vertraust du mir denn jetzt, mein Herz?«

Sie hob den Kopf und lächelte ihn an. »Ach, ich glaube, das tue ich schon länger. Aber dieses Weib hat mich einfach schrecklich wütend gemacht. Ich wusste nicht einmal, warum und ob ein Teil dieser Wut nicht auch dir galt. Aber denk bitte daran, Liam: Ich vertraue dir und bin davon überzeugt, dass du dein Ehegelübde hältst. Ich glaube an deine Liebe zu mir und an unsere Ehe. Aber all den Frauen, die dich ansehen und dich haben wollen und, ohne zu zögern, über mich hinwegtrampeln würden, um dich zu bekommen – denen vertraue ich nicht. Darüber werde ich mich auch in Zukunft aufregen. Aber selbst wenn ich dich dann anfauche, tue ich es nicht, weil ich denke, dass du mit irgendeinem Weib, das dir wieder einmal schöne Augen gemacht hat, gleich ins Bett hüpfen wirst.«

»Ich denke, ich verstehe, was du meinst – du regst dich über die Situation auf und nicht über mich.«

»Aye. Ich kann diese Frauen ja nicht einfach ohrfeigen, aber in meinem Bauch sitzt dann eine große Wut, und …«

»Und die kann sich dann schon mal gegen mich richten. Aber wenn wir hier nicht so abgelegen leben würden, würde es mir genauso gehen, mein Herz.« Er küsste sie, als sie die Stirn runzelte. »Glaub mir, am Königshof würden dich die Männer in Scharen verfolgen.«

Keira lächelte. Sie glaubte ihm kein Wort, war aber geschmeichelt. Ihr Mann fand sie so schön, dass er fürchtete, andere Männer könnten ein Auge auf sie werfen. »Es gibt etwas, was ich dir noch erzählen wollte, Liam«, murmelte sie und fuhr zärtlich mit den Fingerspitzen über die straffen Muskeln seiner Brust.

Liam wollte ihr nicht zeigen, dass er ahnte, worum es ging. »Ach, du hast ein tiefes, dunkles Geheimnis?«

»Ich habe keine tiefen, *dunklen* Geheimnisse. Woher auch? Ich habe den Großteil meines Lebens an Orten wie diesem hier verbracht. Meine Zeit im Kloster war ein großes Abenteuer.« Sie lächelte, als er lachte, dann fügte sie leise hinzu: »Aber ich glaube, ich werde bald ein weiteres Abenteuer erleben, in etwa sieben Monaten.«

Liam war tief bewegt, auch wenn er gewusst hatte, was sie ihm hatte erzählen wollen. Sie sah ein bisschen unsicher aus, und er küsste sie zärtlich. »Wir werden ein kleines Mädchen bekommen mit schwarzen Locken und dunkelgrünen Augen«, sagte er und streichelte ihren Bauch.

»Nay, einen Jungen mit dunkelroten Haaren und Augen, die manchmal blau und manchmal grün sein werden.« Sie strich ihm lachend über die Wange. »Freust du dich? Du hast nie gesagt, dass du Kinder haben willst.«

»Ach, Liebste, wie kannst du so etwas fragen? Schon bevor wir geheiratet haben, habe ich in dir immer die Mutter meiner Kinder gesehen. Beinahe von Anfang an. Ich habe mir immer kleine schwarzhaarige Mädchen vorgestellt, die ich verwöhnen würde und die du bestrafen müsstest.«

»Danke.«

»Gern.«

»Ach, du meine Güte – gerade fällt mir etwas ein.«

»Deine Brüder haben mich gewarnt, dass ich dich nicht zu viel nachdenken lassen soll«, zog er sie auf.

»Miese Kerle. Nay, mir ist nur gerade in den Sinn gekommen, dass wir Sigimor ja zum Paten machen müssen.«

»Meinst du, das wäre nicht so gut?« Ihm war klar, dass sie nicht recht wusste, was sie von Sigimor halten sollte, aber sobald sie davon gesprochen hatte, ihn zum Paten ihres ersten Kindes zu machen, war ihm aufgegangen, dass ihm das sehr recht wäre.

»Nay, ich fände das sehr schön. Aber ich habe auch daran gedacht, dass ein Mädchen mit dir als Vater, meinen Brüdern als Onkeln und Sigimor als Paten nach Strich und Faden verwöhnt würde.«

Er lachte und umarmte sie. »Wir werden ein gutes Leben haben, Liebste. Ein sehr gutes Leben.«